GW00670576

BUR
Rizzoli

Dello stesso autore in BUR
Rizzoli

Acciaio

Marina Bellezza

SILVIA AVALLONE

DA DOVE LA VITA È PERFETTA

BUR
Rizzoli
contemporanea

Pubblicato per

da Mondadori Libri S.p.A.
Proprietà letteraria riservata
© 2017 Rizzoli Libri S.p.A. / Rizzoli, Milano
© 2018 Mondadori Libri S.p.A., Milano

ISBN 978-88-17-09976-9

Prima edizione Rizzoli: 2017
Prima edizione BUR: 2018
Quarta edizione BUR Contemporanea: ottobre 2021

Seguici su:

www.rizzolilibri.it   🄵/RizzoliLibri   🄳@BUR_Rizzoli   🄾@rizzolilibri

DA DOVE LA VITA È PERFETTA

Ogni parola bella
è per te, Nilde.

Parte I

Tre chili e quattrocento grammi

Arrivava, da chissà quale universo sprofondato nel corpo. Da così lontano dentro la carne, come se provenisse da un paese straniero.

E aumentava, s'irradiava dall'ombelico a dismisura. Esatta, regolare: sessanta secondi interi. Lei lo sapeva che le avrebbe schiantato le reni. E poi, sarebbe cresciuta ancora. Si sarebbe fatta gigante come sua madre la sera prima abbandonata sul divano, come il telefono in corridoio che non aveva squillato per anni; gli occhi di Zeno quando le aveva detto: «Sì, andiamo via».

Le avrebbe fermato il cuore, come tutte le cose che non potevano guarire. Adele lo sapeva.

Respira. Era quello che le ripetevano di fare. Ma lei non poteva *respirare*. Aveva i polmoni pieni di segatura. Il dolore le comprimeva il torace, glielo spaccava a metà come una mela. Il dolore era l'unica verità vera. Così sterminato, quanto l'Adriatico a febbraio.

«Non la voglio.»

I capelli bagnati di sudore le colavano lungo le guance. Nuda, i pugni contro le ginocchia. Se ne stava accovacciata a terra come dovesse pisciare lì, in mezzo alla stanza.

«Te ne puoi pure andare» aggiunse, maleducata.

L'anestesista rimase indeciso sulla porta. Inarcò un sopracciglio, a dire: Sei proprio sicura che non vuoi l'epidurale?

Il volto dei medici era sempre strano quando la guardavano. Come se non riuscissero a metterla a fuoco. Come si fa con le imperfezioni, le cose scadenti. Forse era solo una sua impressione, ma le sembrava glielo rinfacciassero tutti, che aveva sbagliato. Che non sarebbe mai stata perdonata per questo.

La porta si richiuse e Adele fu di nuovo sola. La contrazione montava. Le prendeva a calci l'addome e la colonna vertebrale. Eppure, doveva esserci ancora il sole da qualche parte.

Si stava facendo giorno quando era salita sul 22 insieme a quelli che pulivano le strade, e a quelli che vagavano alle sei del mattino con gli occhi stanchi. Lo sporco sotto le unghie, il collo consunto delle giacche: si capiva solo a guardarli dov'è che abitavano.

I Lombriconi erano illuminati su una facciata e bui sull'altra, desolati su entrambe come la superficie lunare. Li aveva visti rimpicciolire, premendo la tempia contro il finestrino. Si era accorta di come tutto fosse diventato distante.

Era finita la notte, la casa era sottosopra, le si erano rotte le acque.

Solo una pazza avrebbe preso l'autobus con le doglie, e lei lo aveva fatto. Sgusciando via senza dire niente. Con le orecchie piene di parole cattive. Aveva deciso. Si era piegata in due sul sedile durante il viaggio, e morsa le labbra più volte per non urlare. Aveva i jeans zuppi incollati al sedere, il liquido amniotico le era colato lungo le gambe.

Tanto, la gente mica si voltava.

Tanto, non sarebbe mai cambiato niente.

Calpestò la camicia da notte che si era strappata di dosso due, tre, cinque ore prima. La afferrò per un lembo con le unghie viola tempestate di brillantini. Cominciava a sentire il bisogno di spingere e spingere, e non spingeva. OFFERTISSIMA c'era scritto sopra il cesto da ravanare, TUTTO DA 9 EURO E 99. Non l'aveva nemmeno scelta lei, quella stupida camicia a cuoricini. Strappò i bottoni. Mentre il corpo la dilaniava per aprirsi, lei si chiudeva. La verità era che non voleva farla uscire.

Udì un rumore di porta che sbatte, di pantofole bianche con i buchi.

La riconobbe prima ancora che parlasse.

«Ci sono tua madre e tua sorella.»

«Mandale via.»

«Neanche tua mamma vuoi vedere?»

Marilisa era l'unica persona buona che le era rimasta. La sola che le avesse chiesto, un pomeriggio di qualche mese prima, di fronte al monitor dell'ultima ecografia: «Ma *tu*, cos'è che vuoi?».

Si era precipitata qui mezz'ora dopo la sua telefonata, un numero privato che di solito alle pazienti del consultorio non dava.

Però, lo faceva per lavoro. Come l'assistente sociale e la psicologa dell'Ausl che l'avevano seguita, ascoltata, incoraggiata; che le avevano ripetuto: «Andrà tutto bene».

Da domani, non ci sarebbe stato più bisogno d'incontrare nessuno.

«È arrivato anche Manuel, ha ottenuto il permesso.» Marilisa addolcì la voce per dirglielo, l'abbassò di un tono. «Sei tu che devi decidere, ma lui vorrebbe entrare.»

Adele scosse la testa, si raggomitolò su un fianco. Sentiva premere tra la vagina e l'ano, inesorabile come la piena di un fiume.

Si disse che mai, mai gliel'avrebbe fatta vedere. Continuò a scuotere la testa per l'intera durata del dolore. No, no e no. In posizione fetale, acciambellata intorno alla pancia per proteggerla un'ultima volta.

Nella camera grigioverde in fondo al corridoio, in quella solitudine spettrale che odorava di lisoformio, con il lavandino già pronto per il bagnetto, il cassetto con su scritto "ventose" e la flebo di ossitocina in caso di bisogno, c'era solo lei adesso.

Lei al plurale.

Anche l'ospedale le vorticava a vuoto intorno al corpo, le urla delle altre partorienti le arrivavano deboli come sogni. Come se i piani, le corsie, i reparti fossero in realtà deserti, evacuati in fretta per un incendio o un nubifragio. Anche sua madre, sua sorella e Manuel fuori dalla porta erano distanti migliaia di anni. Li aveva dimenticati. Non le importava che Manuel ci tenesse ancora a lei, che avesse strappato con le unghie e con i denti un permesso straordinario per essere qui. Che avesse chiesto di entrare.

Cosa si era messo in testa, di fare il padre?

I padri non esistono.

Avvertì le mani di Marilisa posarsi sulle sue spalle, massaggiarle per alleviare il dolore. Lasciamelo, avrebbe voluto dire.

Non portatemelo via, almeno questo.

«Brava, lo sento che non hai paura.» La voce dell'ostetrica era calma, c'era dentro una fiducia che nessuno era mai stato disposto a concederle. «Stai andando bene, devi solo continuare. Neanche quelle di trent'anni sono così coraggiose.»

Quelle di trent'anni avevano già il passeggino. E il lettino, il fasciatoio, le congratulazioni dei parenti, i cumuli di regali. Il fiocco rosa o azzurro per farlo sapere al mondo.

Adele, a casa, non aveva niente.

Non aveva neppure un mondo a cui dire qualcosa.

Solo l'acme della contrazione che deflagrava, e il cuore bloccato da tonnellate di gelo. Poi, il dolore mollò la presa.

«Butta fuori l'aria, adesso, tutta quanta.»

E mentre il dolore s'inabissava, i polmoni si allargavano e lei poteva riaffiorare, le tornò in mente una mattina, la più bella dell'ultimo inverno, quando si erano svegliati insieme. La luce polverosa che s'intrufolava tra le tapparelle, il rumore del caffè sul fuoco in cucina, e Zeno che le faceva il solletico dietro le orecchie: «Alzatevi, *ragazze*».

Riaprì gli occhi.

«Quanti centimetri sono?»

«Adesso vediamo.»

«Quante ore sono passate?»

«Sette, va tutto bene. Le ascoltiamo il cuore.»

Il *suo* cuore.

Adele si tirò in piedi e raggiunse il letto. Approfittò dei trenta, quaranta secondi che la contrazione le concedeva per posarsi una mano sulla pancia e accarezzarla. La forza di cui aveva bisogno per sopportarne un'altra, per sopravvivere altre sette ore, o sette mesi, o sette anni, era tutta nel suo cuore. In quel battito che Marilisa amplificò di colpo. Che diventò immenso.

«Cavallino, senti come corre.»

A volte la chiamava così, Marilisa: "cavallino". O "frugolino". O "la signorina". Non lo sapeva, che aveva già un nome. Non lo sapeva nessuno, neanche Zeno. Era una cosa segreta, solo tra Adele e sua figlia.

Un nome che non sarebbe mai stato registrato da nessuna parte.

Forse fu questo. Il pensiero nitido, nella stanza numero 1 al secondo piano, alle 13.55, di quello spazio vuoto sulla linea tratteggiata dei documenti.

«Marilisa.» Adele si voltò di scatto.

Le cercò gli occhi, ci si aggrappò dentro. Era stravolta, il suo viso era paonazzo e madido come se avesse 41 di febbre.

Fu l'assenza di quel nome dal mondo.

«Sei di dieci centimetri, tesoro. Ci siamo, comincia a spingere.»

Ma Adele non voleva più sapere questo. Stava cambiando idea cento volte e prendendo cento decisioni e tentando di sottrarsi a ciò che doveva accadere, che sarebbe accaduto comunque.

«Lasciamela un poco sulla pancia, *dopo*.»

Marilisa posò il doppler portatile sul tavolo, congiunse le mani perché non avrebbe saputo dove metterle.

Era la prima volta che glielo sentiva dire.

«Un'ora, anche solo mezz'ora.»

Era il suono di una preghiera.

Per un istante Marilisa si chiese quanto ci avessero capito, di quella ragazzina. Di cosa volesse *davvero*, di cosa nascondesse dietro i grandi occhi castani impiastricciati di trucco, i lunghi capelli mossi lasciati sciolti e i tacchi esagerati, gli orecchini troppo grandi.

Represse il moto che si sentiva premere contro lo sterno. Un fiotto di compassione o di strazio che l'avrebbe spinta ad abbracciarla e dirle: Ti aiuto io. Lo aggiusto io, tutto quanto. Ma non poteva.

Adele, dal letto, continuava a fissarla, a implorarla con lo sguardo largo e bagnato. E lei rimaneva in silenzio perché non ce le aveva proprio, le parole.

«Non portarmela via subito, ti prego.»

~

La sedia era una di quelle pieghevoli da campeggio, in alluminio e poliestere. La trascinava là, di fronte alla finestra della cucina, e si sedeva a guardare fuori. In silenzio, per ore.

Lo faceva da cinque anni.

Il panorama dal quarto piano non era poi così male. Oltre le colate di cemento, oltre le torri tutte uguali butterate di parabole e tapparelle sbiadite, la campagna si estendeva calma e muta come un lago verde.

Se chiudevi gli occhi, potevi persino fingere che il rumore delle auto in tangenziale fosse quello dell'acqua.

Forse era questo che immaginava, di trovarsi su una riva.

Ogni giorno nella stessa posizione, i capelli raccolti da una farfalla di plastica.

Le si sedette accanto. Le prese una mano e se la mise sulle ginocchia, distendendole le dita che erano affusolate e bianche come quelle di una bambina.

«Di che colore lo mettiamo, oggi? Fucsia "ceramic"?»

Marta piegò l'angolo della bocca in un frammento di sorriso, appoggiò gli occhi su quelli di Zeno. Uno sguardo vuoto, fuligginoso, che era pur sempre lo sguardo di sua madre.

Erano le tre del pomeriggio del primo lunedì di aprile.

La luce levigava i pensili di compensato allineati sopra il lavabo, le piastrelle giallo limone, il cumulo di federe e tovaglie che aspettava da tempo sull'asse da stiro. Era come un guscio, quella cucina. Starci dentro era come galleggiare sul tuorlo di un uovo.

Ai lati, e in basso, il baccano esplodeva a ogni ora del giorno e della notte: gente che litigava ai videogiochi, che minacciava il divorzio, che bestemmiava perché mancavano i soldi. Loro due, rintanati nell'interno 21, senza che nessuno venisse a cercarli, erano in salvo.

Zeno intinse il pennello nella vernice. Si chinò sulla mano di sua madre e le laccò le unghie una a una.

La vista da lassù abbracciava quasi tutto il quartiere.

Non lo sapeva, cos'è che fissava lei con gli occhi sgranati. Qualcosa che non esisteva più o che non era mai esistita. Lui, quando richiuse lo smalto e si lasciò scivolare indietro contro lo schienale, si soffermò soltanto su quello che c'era.

Una donna affacciata al balcone, a fumare. I capelli essiccati dalle decolorazioni, la pelle ingrigita dalla nicotina e lo sguardo segnato dagli straordinari. Indossava una tuta, che forse era un pigiama. Osservava il cortile sottostante, dove si era radunato un cerchio di ragazzetti in sella ai motorini, e Zeno fu certo che tra loro cercasse il volto assente di suo figlio.

Ad altre finestre e terrazzini della torre, una delle sette che circondavano i Lombriconi su tre lati, assediandoli, ce n'erano decine di donne come quella. Più giovani, più vecchie. Chi seminascosta dietro le tende, chi con la fronte corrugata contro i vetri. Con le mollette per il bucato in mano, lo specchietto per truccarsi, il telefonino. Tutte identiche nel modo di guardare fuori, come uccelli incastrati in una colombaia.

Antonia gettò il mozzicone in strada, sollevò la testa e si accorse di avere un testimone. Si conoscevano da sempre, anche se ormai si erano interrotti i rapporti. Lo salutò con un gesto breve, prima di riprendere le solite faccende, le solite preoccupazioni: lo stipendio che non bastava, e Manuel in galera.

Però, pensò Zeno, a una manciata di chilometri da lì cominciava il Million: *Il più grande centro commerciale d'Italia.* E dentro c'erano McDonald's e MediaWorld, Coop e Decathlon, Leroy-Merlin e Prénatal. C'era tutto. E gli adolescenti del Villaggio, perlomeno i più innocui, il sabato pomeriggio si riversavano là a giocare all'Xbox in esposizione, a fare lo struscio in mezzo a cellulari che non avrebbero mai potuto comprare, e a cospargerne di ditate gli schermi.

Lui, in quei sabati pomeriggio, a volte prendeva un treno. Se ne andava da solo a Ferrara, a sdraiarsi sotto le mura del Castello Estense, o a Ravenna a godersi la Basilica di Sant'Apollinare in Classe. Oppure raggiungeva il centro della città, semplicemente, e si chiudeva in una biblioteca vecchia di centinaia di anni.

Si alzò, spostò la sedia dalla destra alla sinistra di sua madre e le prese l'altra mano. Era incredibile come la sua pelle fosse rimasta intatta, il suo viso inalterato, mentre il resto del corpo si era assottigliato fin quasi a scomparire, e la mente era crollata.

Avrebbe dovuto fare la spesa, domani. E la fila alla posta insieme a Cinzia per ritirare l'assegno. La vedeva così di rado ormai, ma le era ancora grato: non fosse stato per lei, sarebbe finito in una casa famiglia, e forse sua madre portata via chissà dove. La spesa e l'assegno: avrebbe dovuto ricordarsene all'uscita da scuola.

Riaprì la boccetta di smalto, partì dal mignolo: lo sollevò con cura. Stava per posare il colore sull'ovale dell'unghia quando il citofono ruppe il silenzio. Una, due, tre volte.

Era lunedì, Lunedì dell'Angelo. Una colomba aperta e appena assaggiata giaceva come il giorno prima accanto al frigo.

Da un mese e mezzo nessuno veniva più a chiamarlo.

Zeno rimase immobile. Pensò di non rispondere, fare finta di niente.

Quattro, cinque, sei volte. Era qualcuno che conosceva bene le sue abitudini, che era sicuro di trovarlo in casa. E insisteva. Il rumore metallico vibrava tra le pareti, spaventava sua madre che si era voltata a guardarlo con occhi pieni di allarme.

Le abbandonò la mano.

Percorse il corridoio, che era buio e stretto, avvertendo il lavorio dei muscoli nelle gambe, il peso dell'esistenza a ogni passo.

«Zeno? Sono Jessica.»

Lo sapeva. Prima ancora di alzare il ricevitore, di posarci sopra l'orecchio. Lui lo sapeva.

«Puoi scendere, per favore?»

No che non poteva.

«Ti prego.»

E prima che Jessica lo dicesse a parole, prima di ascoltarle davvero, Zeno se le sentì detonare in tutto il corpo.

«Sta partorendo.»

Jessica aveva il respiro inceppato e lo stava implorando.

«È da otto ore quasi che sta in travaglio. E a noi non ci vuole, non vuole nessuno. Ieri sera è successo un casino… Non lo so.» Si fermò a riprendere fiato. Il citofono era intasato dai fruscii, dalle distanze incolmabili, dalle frasi impossibili da pronunciare.

«Penso che dovresti venire.»

~

Rosaria teneva le braccia conserte, la pelliccia rosa che aveva comprato per le sue figlie, ma che finiva per mettere sempre lei, piegata sulle ginocchia. La accarezzava per sfogare la tensione; all'indice della mano destra l'unico anello che aveva tenuto, mentre gli altri li aveva dovuti portare al Compro Oro.

Fissava Manuel con calma feroce, accanendosi su ogni dettaglio.

La postura, prima di tutto. Stravaccata, insolente. Le gambe larghe, i jeans che gli cadevano sotto il culo, con il cavallo così basso che si vedevano le mutande. L'espressione: eterna. Sempre lo stesso odio. I capelli ricci e neri che gli chiudevano il volto: cupo, con quella sfida marchiata a fuoco di voler ribaltare il mondo.

Però, il riformatorio lo aveva sbattuto: gli aveva tolto la bella cera olivastra da figlio di puttana, era dimagrito. Bene, pensò Rosaria, era il minimo. Non provava pietà per lui, solo rancore.

Gli agenti in borghese parlottavano tra loro, Manuel li ignorava. Osservava svogliato le persone di passaggio: una partoriente che arrivava esausta, in ciabatte e vestaglia, due ostetriche trafelate, altri parenti in attesa, come loro.

Sembrava non rendersi conto, pensò Rosaria. Sembrava persino annoiarsi. E allora cosa ci era venuto a fare, qui? L'ora d'aria in più? E chi l'aveva avvertito, eh? Quella stronza di sua madre, si rispose con rabbia. Che stava sempre al balcone a spiare, a mettere zizzania tra le persone. Quando tutto fosse finito, sarebbe salita su per la torre c fino al quinto piano e avrebbe preso a mazzate quella gran puttana.

Due figlie aveva tirato su, lei. Senza un cristo che le desse una mano.

Andavano a scuola entrambe, prima che succedesse il casino. Ne era fiera. Le altre agli sportelli le dicevano: Mandala al lavoro, quella grande, non puoi portarti tutto il peso tu. Lei però era contenta che Adele studiasse. Era la maggiore ma anche la più fragile, ogni tanto la trovava rannicchiata tra il bidè e il water con la testa affondata tra le ginocchia. L'anno prima era stata brava, aveva preso pure buoni voti.

Finché il bastardo non gliel'aveva rovinata.

Lo fissava, ancora e ancora. Non ti ci ha voluto dentro con lei, eh?, pensò con soddisfazione. Aveva un bel viso, le labbra carnose e regolari, gli occhi così neri che non distinguevi l'iride dalla pupilla. Sarebbe potuto andare da Maria, a *Uomini e Donne*, a farsi corteggiare. Avrebbe potuto farne di strada, con quella bellezza malandrina. E invece, era un delinquente. Un malcresciuto da sua madre. E Rosaria ci godeva.

Più si ostinava a guardarlo, più le sembrava di dimenticare la notte appena trascorsa. Più riversava su Manuel ogni colpa, più si illudeva di non vedere, di non sentire quello che le accadeva intorno.

Zii che arrivavano di corsa, nonni che esultavano perché i padri, appena usciti, le lacrime agli occhi e una mano passata tra i capelli, avevano annunciato la notizia.

Vòltati, pensava Rosaria. Azzardati ad alzare la cresta, cornuto. A borsate, ti prendo, a calci nel culo.

Ma Manuel teneva la testa girata dall'altra parte, e a lei ormai, dopo tutte quelle ore, venivano meno le forze. Aveva in bocca il sapore cattivo del caffè della macchinetta, le luci e i movimenti dell'ospedale li percepiva come da lontano. Non riusciva più a sostenerla, la felicità degli altri.

Poi, a un certo punto, cominciò a distinguerla.

Attraverso la fessura sotto la porta che separava la sala d'aspetto dal corridoio delle sale parto, venire su dal fondo del baccano.

Poco, proprio poco, come si sentono i richiami di un gattino. Non gridava, si lamentava soltanto.

Era sangue suo. Era troppo giovane per farsi spaccare le viscere. E Rosaria avrebbe voluto alzarsi, entrare là dentro e toglierle il male dal corpo. Suturare le ferite, assorbire il sangue, nettare via la placenta.

Era sempre stato questo il suo dovere: tenerla pulita, darle da mangiare, difenderla. Ma non poteva più e allora si concentrava su Manuel, sulla felpa grigia con su scritto BORN TO LOSE. Che manco sapeva cosa voleva dire. Ma se lo avesse saputo, in questo momento della sua vita gli avrebbe dato ragione. Nonostante la tenacia, la testardaggine, erano tutti e due nati per perdere.

Manuel chiese agli agenti se potevano accompagnarlo fuori a fumare. Quelli gli risposero di no e guardarono l'orologio.

Adesso Adele gridava.

Come se le stessero strappando via il cuore a mani nude.

I secondi passavano pesanti e immani, quindici e ventinove diventava quindici e trenta, i minuti si confondevano ai mesi, agli anni.

Chi è che stava nascendo?

Sua nipote?, si chiese Rosaria.

Oppure non era niente?

Si aspettava di veder uscire l'ostetrica da un momento all'altro, di vederla scomparire in fondo al reparto con la creatura in braccio.

Aveva fatto un sacco di conti, inforcando gli occhiali. Foglio e matita, addizioni e moltiplicazioni. I costi dei pannolini, i costi delle tutine.

Ma la creatura non l'aveva contata.

Intanto Adele urlava, così forte che la sala si era congelata. Lei lo sapeva, quanto era il male. Che nessuno te lo racconta.

Che ti dicono lo dimenticherai. Ma il corpo non dimentica. Si tiene i fianchi più larghi, la pancia più molle, i capezzoli sformati dall'allattamento, per ripeterti ogni giorno che sei sopravvissuta – ma un poco sei anche morta.

Le urla intanto si ripetevano più intense, più ravvicinate. Come una bestia che viene mangiata viva da un'altra. Zittivano tutti, facevano voltare la gente.

Finché Manuel guardò Rosaria, e Rosaria guardò Manuel.

E lei ripensò a quando, un pomeriggio di febbraio, aveva ringhiato contro Adele: «Voglio proprio vederti, un domani, con una figlia adolescente!».

Le era scappato di bocca, non ci aveva riflettuto. E Adele le aveva risposto. Con gli occhi duri.

«Io non la vedrò mai, mia figlia adolescente.»

2

Il Country Inn era ancora là, come nel settembre del '98.

Torreggiava tra la rampa d'accesso all'autostrada e la statale 9. In una delle camere al settimo piano, la prima notte che era arrivato in città, si era buttato sul letto insieme a Carlo, a sognare ad alta voce: una Jeep Grand Cherokee con i cerchi in lega, l'estate ai Caraibi e il Capodanno a Cortina, come sarebbe dovuta diventare la sua vita.

Lo ricordava come un posto eccitante, e ora si accorgeva del tradimento: l'anonimato delle finestre con gli infissi in metallo, l'intonaco che avrebbe avuto bisogno di una rinfrescata, il via vai delle prostitute non lontano dall'ingresso, tra mozziconi e buste di plastica.

Si era fermato con il motore acceso in fondo al parcheggio. Trovò il coraggio di girare la chiave e spegnere. Si lasciò sprofondare nel sedile. Sudava, i ricordi gli otturavano la gola.

E il più letale era questo: Emma biondo oro in quinta liceo. Bella a dismisura, oca a dismisura. La rivide sotto rete in pantaloncini corti, al centro di un palazzetto dello sport in delirio. E poi in penultima fila, il banco a sinistra, investita da un fascio di luce caravaggesca.

Ascoltava i Pink Floyd, all'epoca. Li ascoltavano tutti, al Liceo Virgilio di San Martino sul Panaro. 35.000 abitanti, il mais come attività principale. Ogni moda arrivava con un ritardo di vent'anni, laggiù.

A Emma piaceva Nietzsche, che non aveva mai letto. Si annodava una kefiah intorno al collo, indossava braccali di cuoio intrecciati da Kevin Il Madonnaro. Era così stupida, pensò sorridendo, lo era in un modo insopportabile e irresistibile insieme.

Ci capiva zero, di politica. Alla Festa dell'Unità friggeva le patatine e cantava *Bella Ciao*, ogni estate. Poi chiedeva passaggi per andare a ballare sul cubo in discoteca.

Ma era stata una campionessa di pallavolo, e il suo culo di diciottenne dentro i pantaloncini di spugna era qualcosa di universale. Ricordò l'ora di educazione fisica in cui glielo aveva palpato la prima volta. Il suo viso d'alabastro, abbandonato alla musica e alle luci stroboscopiche al Capodanno del 2000. E quel culo, e quel volto perfetto anche da ubriaca, valevano tutto, compensavano tutto.

Fabio scese dalla Jeep togliendosi la giacca.

Si appoggiò al cofano impolverato.

Solo che poi non aveva sposato lei, pensò.

Aveva sposato l'*altra*.

Due fiumi di automobili fluivano accanto all'albergo, ogni tanto ne vedeva una rallentare, accostarsi a una slava giovanissima. Non voleva guardare e guardava: le cosce nude, le scollature. Se Emma non si fosse presentata, avrebbe caricato una di quelle in macchina. Anche minorenne, le ciglia impastate di mascara. Non l'avrebbe toccata. Avrebbe solo guidato con lei fino a notte fonda annegando nella pianura.

Osservò la fine della città. C'era il traffico del Lunedì dell'Angelo: gente che andava a fare una gita, o forse tornava dal pranzo in famiglia carica di colombe, uova di cioccolata rotte, avanzi.

Tanti sforzi per arrivare fin qui, si disse. Gli occhi contro i casermoni sovietici che qua e là, in lontananza, solcavano l'orizzonte. E adesso?

Adesso aspettava la più figa del liceo, ma undici anni dopo.

E aveva due macchie enormi di sudore sotto le ascelle.

E la verità schifosa erano le gambe. Era che voleva scoparsi una con un bel paio di gambe. Tornite, aggraziate. Munite di polpacci, ginocchia e tutto il resto. Perché non era vero che ti affezionavi ai difetti, che erano le imperfezioni a renderti speciale. Col cazzo.

Poi, la vide. Emergere dentro la realtà delle cose.

Scendere da una station wagon con la borsa di cuoio a tracolla. Attraversare il parcheggio a passo deciso, un movimento d'anca perfetto.

Non era più la pallavolista del liceo che si faceva le canne, era la donna che aveva riconosciuto con stupore sei mesi prima al Top Café, e che adesso camminava slanciata, i jeans non più sbregati ma di Armani, la giacca color cammello e il mezzo tacco. Sempre dannatamente bella, come se nulla l'avesse mai scalfita.

«Dove mi vuoi portare?» gli chiese raggiungendolo. La bocca contratta in una smorfia di disgusto. «Mica qui, vero?»

Indicò i caselli all'ingresso dell'A1, la luce cruda di aprile che spioveva su terreni incolti e capannoni industriali.

Fabio scosse la testa: «Ma no, figurati».

In verità, aveva proprio pensato a una camera per poche ore, a un frigobar da svaligiare come in gita scolastica.

Non erano più in gita scolastica.

«Sali in macchina» le disse.

Emma obbedì, si agganciò la cintura di sicurezza ed evitò di guardarlo.

Fabio prese la statale, a caso.

Non era mica facile, tradire.

Solo il tempo, solo i desideri lo facevano alla perfezione.

«Per le otto massimo devo rientrare.»

«Tranquilla» le rispose.

Accelerava, sorpassava, non aveva la più pallida idea di dove andare.

«Sono tranquilla, io.» Emma tirò fuori dalla borsa il cellulare e lo silenziò. «Sei tu che mi sembri nervoso.»

Fabio sorrise, scosse la testa. Non era nervoso, era esaurito.

Non ce la faceva più a guardare Dora mentre afferrava per i capelli la gente, a giustificarla mentre sbraitava in mezzo alla strada, a prenderle la mano: Va tutto bene. Non andava bene niente.

E l'indomani non voleva presentarsi. Non l'avrebbe retta, un'altra ora di attesa al primo piano del Tribunale dei Minori, un altro colloquio con il giudice, con Dora che si sforzava di essere perfetta, di dare le risposte giuste con il tono della maestrina quando in realtà era fuori di testa.

Lui era arrivato, punto. Era al capolinea, si arrendeva. E, per la prima volta dopo tanto tempo, ammettendolo, si sentì umano.

Sterzò di colpo. Fece inversione a U.

«Sai dov'è che andiamo?»

Affondò sull'acceleratore.

«Dove?»

«A casa.»

Emma sgranò gli occhi. Spalancati e azzurri.

Il tachimetro segnava 110 e il limite era 70.

«Ci facciamo portare al tavolo un Southern Comfort da Pino.»

«Tu veramente sei impazzito» scoppiò a ridere. «Saranno tre anni che non ci metto piede.»

«Non è cambiato niente, non ti preoccupare.»

Dora gli avrebbe stracciato le palle per la velocità già da un pezzo. Emma si era sfilata le scarpe, aveva allungato i piedi sul cruscotto, e sembrava divertirsi come una ragazzina.

La vita è una cosa lieve, pensò. *Deve* esserlo.

«Mi è venuta voglia di rivedere il liceo» disse. «Di sedermi da Pino, ubriacarmi, e guardare il granturco dietro le case.»

Emma continuava a ridere. Cedeva.

«Non c'è mica il granturco in questa stagione...»

Il sole le maculava i jeans aderenti attraverso il parabrezza punteggiato di moscerini. Fabio accese lo stereo: un cd dei Pink Floyd che aveva scelto apposta dallo scaffale in salotto.

La vide sciogliersi insieme a *Time*, avvertì l'insinuarsi della mano di lei dentro la tasca dei suoi pantaloni.

Il tempo si accavallava. I decenni si confondevano tra loro. La pianura si allargava immota, con i suoi filari di pioppi, la sua foschia gelida che si appiccicava alla pelle e non ti andava via neppure dopo una doccia bollente.

No, non erano le gambe, pensò Fabio.

Era qualcos'altro, di peggiore.

La donna meravigliosa che non aveva sposato, con una mano dentro le sue mutande e l'altra intenta a tirarsi fuori il seno, aveva partorito due bambini, se li era portati dentro la pancia. E il suo corpo di questo parlava: del fatto che, se si schiudeva, rimaneva incinta.

~

C'era stata una stagione, nei primi anni universitari, in cui le piaceva venire qui, ai giardini Parker-Lennon, a fare un gioco.

A maggio, quando il vento staccava i fiori dagli ippocastani e sembrava nevicasse, si sedeva nel punto più isolato e scosceso, sotto i rami bianchi di una betulla, sulla panchina che avevano ribattezzato, lei e la sua migliore amica, "da dove la vita è perfetta".

Ma adesso la sua migliore amica non lo era più, e lei si sforzava di farlo funzionare, quel gioco, da sola, e non ci riusciva.

I prati erano zeppi di bambini, per via del giorno di festa. Alle quattro del pomeriggio l'aria era gradevole e loro potevano lanciarsi il pallone con solo le felpe addosso, correre a nascondersi e a cercarsi, mentre le madri, donne perlopiù velate, li sorvegliavano a distanza.

Dora si teneva il cellulare vicino, ne fissava il display ogni tre minuti. Nessuno la guardava eppure si vergognava lo stesso a piangere.

Sapeva che Fabio non l'avrebbe chiamata, che forse stasera non sarebbe tornato. E non poteva dargli torto, non questa volta.

Vide passare una giovane pakistana con un neonato in braccio. Era buffo: indossava un maglioncino di qualche fratello maggiore, di almeno quattro taglie più grande, e faceva penzolare le maniche lunghe ridendo come un matto. Eccole le perfezioni, pensò. Il mondo ne era pieno, doveva solo assecondarlo. Si asciugò le lacrime, si sforzò di proseguire il gioco. Doveva solo concentrarsi su quella ragazza, su come baciava la fronte di suo figlio.

Non le invidiava, le sconosciute. Specialmente le straniere, quelle con il passeggino di quinta mano e un'orda di pargoli sopra. Anzi la intenerivano, la abbagliavano con quel loro destino severo di maternità e basta, di mogli e basta. Ma con le altre era diverso.

Con quelle come lei, che avevano letto gli stessi libri e visto gli stessi film, con le sue colleghe o cugine o vecchie compagne di scuola, era più forte di un uragano. Era un'apocalisse. Le prendeva una cosa allo stomaco, come se glielo scorticassero dall'interno. E quel dolore acuminato che le raschiava l'esofago, la gola, i polmoni le scatenava reazioni da animale.

Come stamattina. Lei era tranquilla, si sentiva bene. Fabio anche, le dava la stessa impressione. Avevano imparato a dissimularla, la tensione per i colloqui. Si erano detti: «Usciamo, compriamo dei pasticcini». Era pur sempre Lunedì dell'Angelo. Anche se non esiste festa quando non hai figli. Non ha senso la Pasqua, non ha senso il Natale.

Erano usciti lo stesso. Si erano impegnati. Erano andati da Zanarini con quell'idea delle paste che fa tanto famiglia, avevano passeggiato fino a piazza Cavour. E sarebbe stato giusto, piacevole sotto i raggi tiepidi del sole, con i portici inondati di voci, se non avesse visto Serena.

Quella puttana.

Quella stronza che era stata la sua migliore amica, la sua più grande alleata e complice e confidente, di cui si era *quasi* innamorata e che ora detestava con tutta se stessa.

Dora si prese la faccia tra le mani: si vergognava da morire adesso, ma questa mattina non era riuscita a trattenersi.

Le aveva visto la pancia.

La pancia.

Prima di vederle la faccia, le scarpe, la giacca, dal fondo del portico elegante di via Farini le aveva visto quella prominenza enorme. E viva. Di sette mesi almeno. Una pancia lampante, alta e rotonda, evidenziata dal vestito prémaman aderente, cucito apposta per sbatterlo in faccia, che era incinta.

Camminava tronfia, il cappottino aperto. Sempre per esibire che lei aveva un bambino, là dentro. Con quell'orgoglio sfacciato che hanno le donne in gravidanza, nemmeno fossero la Divinità Madre in persona, la Dea Terra. Con i capelli, la pelle, lo sguardo più belli.

Tutte, ma Serena no, aveva pensato.

Lei no, porca troia.

Aveva provato quella furia. La furia della Siberia bruciata dalla neve, dei deserti riarsi, dei vulcani pieni di lava. Che non era invidia, ma un sentimento più potente. Una cosa che stava lì, conficcata nella notte dei tempi. E non la spostavi. Non c'erano corsi formativi, sedute di analisi, sessioni di agopuntura che tenessero.

Aveva avvertito le viscere vuote, l'utero cavo, le ovaie piene di sassi, contorcersi e contrarsi. E non ci aveva più visto.

Era andata là, di fronte a Serena: il tradimento in persona, il più grande, l'ultimo di una serie infinita. Le aveva sputato in faccia: «Me lo potevi anche dire, in quelle cazzo di mail».

Non riusciva a vederlo, perché gli dava le spalle, ma immaginava esattamente la faccia di Fabio, cosa stava provando. La forma precisa della sua delusione, la sua vergogna. Solo che in quel momento non gliene fregava un tubo.

«Me lo potevi pure scrivere, che eri *incinta*». E quella parola, detta da lei, era nitroglicerina, dinamite e napalm.

C'era il fidanzato di Serena, basito. C'erano i futuri nonni, scandalizzati. E lei aveva infierito, godendoci. «Anziché sparire accampando scuse. Avremmo festeggiato insieme, no? Cos'è? Un maschio, una femmina?» Avrebbe dovuto andarsene, prima che fosse tardi. Ma era troppo bello farsi del male, farsi esplodere davanti a lei. «E quando nasce? Avete deciso il nome?» Non aspettava che le rispondesse, non le interessava un accidente della loro amicizia. Odiava Serena, odiava la creatura che le si stiracchiava dentro.

La voleva, la sua pancia.

L'avrebbe uccisa a mani nude, se fosse servito a prendersela.

Le aveva fissato quei bei capelli lucidi, in fioritura per via del progesterone, e aveva provato l'irresistibile necessità di strapparglieli.

Serena aveva contratto il volto in una smorfia di dolore, mentre la ciocca fine e castana rimaneva in mano a Dora. Era stato a quel punto che i genitori e il fidanzato avevano cominciato a urlare. Gente sfocata ai lati del portico si era fermata inorridendo: «Ma cosa fa? È impazzita?». Poi qualcuno aveva afferrato Dora per le braccia e l'aveva trascinata via. Solo che quel qualcuno non era Fabio.

Fabio se n'era già andato.

Concentrati sulle perfezioni, s'impose.

Non pensare, non ricordare. Resisti solamente.

Il telefono continuava a non squillare. Fabio chissà dov'era.

Ma lei doveva sforzarsi di far funzionare il gioco, contare i bambini sul prato punteggiato di palloni, di richiami. Ad aprile gli ippocastani non nevicavano, avevano solo le foglie nuove. C'erano bambine con i cerchietti rosa che facevano le gare sull'altalena, codine tenute su da fermagli a forma di caramella, gonnelline di velluto e scarpine che conosceva bene: dopo ore, giorni e anni a fissare le stesse vetrine.

Quelle dei negozi in cui non aveva niente da comprare.

Anche lei era esausta, non solo suo marito. Di aspettare, di precipitare dalla fiducia alla delusione. Ma domani ci sarebbe andata lo stesso, in Tribunale. Con il vestito migliore, con le palle d'acciaio. Fabio o non Fabio. Si sarebbe sottoposta ancora a migliaia di colloqui, di esami, di prove di forza.

Anche se non poteva averla, la pancia, il bambino lo voleva. E allora contava. E piangeva. E contava. Diciotto, venti, venticinque. Con le lacrime che le appannavano gli occhi. E l'unico che vedeva giocare là in mezzo era il figlio che la vita si ostinava a non darle.

Poi il telefono squillò di colpo.

Dora si slanciò a rispondere. Era così tenace, in lei, la speranza. Ma più che speranza era qualcos'altro.

«Pronto, tesoro, come stai?»

Era ostinazione. Era un suicidio.

«Tutto a posto» rispose a sua madre schiarendosi la voce.

«Volevo solo farti l'in bocca al lupo per domani. Sei pronta?»

Dora rivide Serena che indietreggiava tastandosi la tempia, osservando lei come se compatisse una mentecatta. Senza odio. Solo pena.

Le aveva detto, con l'aria di superiorità di chi sta bene, di chi sta da dio e ha tutto il mondo ai propri piedi: «Spero tu possa risolvere i tuoi problemi, Dora».

E l'aveva squadrata, tra l'inguine e il seno, proprio là dove non c'era niente, dove non avrebbe mai attecchito niente. Allora lei le aveva afferrato il collo con entrambe le mani. Perché il dolore di quel niente era diventato un fuoco. Una folla inferocita si era sollevata e scagliata contro di lei: il mostro che aveva osato aggredire una donna incinta.

Aveva stretto lo stesso.

«Sono pronta.» Dora spostò la stampella e l'appoggiò al bordo della panchina, accavallò la gamba sana sulla protesi dell'altra. «La terza volta che il giudice ti chiama, dicono sia sempre quella buona. Oppure, vuol dire che è finita.»

3

Il Maggiore era un ospedale immenso. Sembrava alto e largo più ancora dei Lombriconi, più di tutte le torri messe insieme. Circondato da centinaia di auto in coda nel parcheggio, persone trafelate, autoambulanze con i lampeggianti accesi. Aveva proprio la forma, di una cosa irreparabile.

Jessica lo prese per mano. Lo condusse oltre l'edificio principale, lontano dal traffico della via Emilia, verso una palazzina discosta dove si trovava il pronto soccorso di ginecologia e ostetricia.

Sollevò un braccio nel cielo azzurro, terso come un vetro ripassato con alcol e carta di giornale. Puntò l'indice di fronte a sé: «Secondo me è quella, la finestra».

Zeno smise di camminare. Distolse lo sguardo dal secondo piano.

«Voglio rimanere qui» disse, «aspetto fuori.»

C'era un furgoncino che preparava le piade poco più in là, e che faceva sfrigolare i würstel sulla piastra. Jessica, senza rispondere, si frugò le tasche del piumino, tirò fuori un lucidalabbra, una cipria e dieci euro.

Fame di porcate, la chiamavano. Quando ti prendeva alle quattro del pomeriggio, alle tre del mattino. Jessica lo lasciò solo per alcuni minuti, prima di tornare con due hot dog pieni di ketchup e maionese, e qualcosa avvolta in un sacchetto di carta.

«Grazie.» Zeno le accarezzò la testa.

Se fosse stata sua sorella, le avrebbe impedito d'indossare una minigonna così corta che si vedevano le mutande se ti piegavi, di usare tanto fondotinta, e di tatuarsi una farfalla sul collo a quindici anni.

«Ho preso una piada per Adele» gli disse sollevando il sacchetto, «è con il crudo.»

Si sedettero uno accanto all'altra, arrampicati sulla curva di un muretto alto, a guardare il reparto maternità. Era proprio una posizione strategica, quella: si poteva tenere d'occhio l'ingresso principale, chi entrava e chi usciva. Mangiavano in silenzio con le mani unte.

«Quest'anno spacco il culo a tutti» disse Jessica a bocca piena.

«In che senso?»

«Che ho nove in matematica, e nessuno se l'aspettava.»

Zeno sì, invece. Era l'italiano che Jessica non voleva imparare. Forse si trascinava dall'asilo una dislessia mai diagnosticata. Era stata bocciata in quinta elementare, per il resto era stata promossa sempre con il minimo dei voti. Ma con i numeri era un mezzo genio e avrebbe potuto iscriversi allo scientifico, di più: avrebbe *dovuto*, se a seguirla ci fosse stato qualcuno.

«Te lo ripeto: se decidi di andare al liceo, il prossimo anno, io ti aiuto. Con storia, anche con latino. Conta su di me.»

Jessica divorava l'hot dog e continuava a fissare quel punto dove immaginava ci fosse sua sorella.

«Lo so, Ze'. Ma io non ho pazienza. Le cose a me mi devono venire subito, sennò mi scoccio. E i temi, le parole, non mi vengono.»

Appallottolò la carta, la gettò a terra e si accese una sigaretta. Una Marlboro rossa cinese di contrabbando.

Stava tutta lì, la differenza: nell'accanirti in quello che non ti riesce, nell'ostinartici giorno e notte, nello scegliere il difficile anziché il facile e ammazzartici sopra. La differenza, pensò Zeno, tra chi se ne andava e chi rimaneva ai Lombriconi.

«Sei un po' giovane per arrenderti.»

«A me l'importante è che non mi bocciano più» alzò le spalle. «E che ho nove in matematica, perché sono l'unica in tutta la classe.» Sorrise, maliziosa, poi aggiunse: «Mi manca vederti girare in pigiama per casa...».

Fu una frustata. Zeno provò a ridere ma gli uscì male. Aveva di colpo la bocca salata, impastata e piena di sete. Si sentì fuori posto, e senza senso, e mezzo nudo davanti al piccolo padiglione dietro l'ospedale enorme.

Jessica lo tirò d'improvviso per la giacca: «Eccolo, il bastardo».

Zeno si voltò verso l'ingresso e riconobbe Manuel.

«Il Tony Montana de noantri.»

Portato via dagli agenti in borghese. L'andatura strascicata. Sempre la stessa felpa. *Siamo nati per perdere, vero, Ze'?*

Una parte di lui avvertì l'istinto di chiamarlo: Manu! Come in cortile da bambini. Come dai rispettivi balconi. Ma l'altra parte era troppo cresciuta e rimase in silenzio.

Non lo odiava più. Non provava alcun compiacimento a vedere quei due uomini che lo tallonavano stretto. Solo ricordi. Solo cose lontane e sbiadite. Ripensò alla storia del supermercato, quello triste del punto servizi Il Villaggio, quando ci andavano a rubare il limoncello per rivenderlo ai ragazzetti più piccoli, e a quando si erano ubriacati la prima volta all'autolavaggio a gettoni, sparandosi addosso con le pompe dell'acqua, e il giorno dopo avevano l'esame per la licenza elementare.

Manuel si chinò per entrare nell'auto civetta, prese posto sul sedile posteriore, e fu a quel punto, ruotando la testa, che si accorse di loro.

Jessica si sporse per sputare a terra.

Zeno rimase impassibile, ma non distolse gli occhi da quelli del suo ex peggior nemico, ex migliore amico. Finché Manuel gli fece un cenno con la mano. Due dita alzate che significavano: "Senza rancore". Va bene, pensò Zeno, senza rancore. E alzò anche lui due dita.

Solo che la macchina era già passata.

Quando la signora Rosaria uscì dall'ingresso, Zeno aveva ancora lo sguardo annebbiato e perso nel fondo della strada. Erano le 16.20. Jessica saltò giù e le andò incontro, lui si sentiva le gambe come due sacchi di sale. Era da settimane che evitava quelle persone, era da tutta la vita che ci era legato. E, anche se un giorno fosse partito davvero per Parigi, gli sarebbero rimaste conficcate come chiodi nella carne.

La signora Rosaria era distrutta, e non si fermava.

«Ma'!» gridò sua figlia.

Lei si voltò veloce solo per fare segno di no: «Lascia perdere!».

«Ma le ho preso da mangiare, voglio vederla!»

«È lei che non vuole.»

Correva perché tra poco le cominciava il turno, e forse, se si sbrigava, poteva prendere al volo un 39. Aveva quella pelliccia rosa da ragazzina che stonava un po' con i suoi anni. Le scarpe con il tacco, i jeans con le borchie. E un trucco vivace sul viso affranto, di chi comunque, in qualunque situazione, vuole resistere.

«Ma'!» gridò Jessica di nuovo, con tutto il fiato che aveva, rincorrendola per via dell'Ospedale, voltandosi a controllare che Zeno le stesse seguendo e non le lasciasse sole.

Rosaria attraversò il parcheggio, raggiunse la pensilina e finalmente si fermò. Rimase là imbambolata. Gli occhi lucidi sotto l'eye-liner e un mezzo sorriso, timido, come una cosa che non può ma vuole esistere.

«È nata» disse.

E quelle due parole, pronunciate a voce alta, le infiammarono lo sguardo. Trovò il coraggio, lo gridò più forte – «È nata!» – a Zeno e a Jessica che la guardavano impietriti, con le macchine che passavano incuranti, la gente che affollava le strisce pedonali e li spintonava.

Poi il sorriso le crollò dal volto. Le scesero due lacrime lungo le guance. Provò ad asciugarsele con il dorso della mano. Ma non aveva tempo nemmeno per soffrire. Perché doveva andare al lavoro, perché non aveva uno straccio di diritto e manco due ore di permesso le avevano dato. Si voltò senza salutare, sparì nella calca verso l'autobus che stava già per ripartire.

Lasciò Zeno e Jessica in bilico sul marciapiede.

In balìa di quelle due parole.

~

"Il parto è una separazione" era scritto nel libro che le aveva preso in prestito Zeno in biblioteca. Il parto è un addio, e adesso lo sapeva.

Sapeva quello che nessuno ti dice, e cioè che devi morire. Che c'è un momento in cui lo devi fare, se vuoi dare la vita a un'altra persona.

Marilisa e una seconda ostetrica le ficcavano dentro rotoli di garza per tamponare l'emorragia, le iniettavano anestetico di continuo per poterla ricucire e salvare. Era una questione di vita o di morte, le avevano intimato per farla stare buona, affinché tenesse le gambe aperte e ferme. Stava perdendo troppo sangue.

Solo che Adele non le sentiva nemmeno, le loro voci. Non le importava del sangue né dei punti né di morire. Era come ammaliata. Rapita e stregata da quel volto, appena dischiuso come una conchiglia.

Avvertiva d'improvviso una tale energia, una voglia matta di ridere, di piangere, di urlare; avrebbe potuto spostare montagne mentre gli occhi di lei, così lucidi e ancora ciechi, così neri e ancora sporchi di lanugine, la fissavano sgranati. Attoniti di fronte al mondo.

L'aveva chiamata Bianca. Come le cose bianche.

Come le cose pulite e piene di luce.

L'aveva chiamata così tante volte nella sua testa, specialmente nei giorni peggiori. A bassa voce, chiusa a chiave nel bagno. Alla fermata dell'autobus quando non riusciva a dormire, quando non c'era un solo posto dove potesse andare – con quella pancia.

Ne aveva seguito i movimenti dei piedi, dei gomiti, delle ginocchia attraverso la pelle. L'aveva sognata. E provato a indovinarla dalle immagini delle ecografie. Ma adesso che la vedeva per la prima volta, capiva che non era né conosciuta né ignota.

Era *sua*. Così tanto sua da schiantarle il cuore.

Aveva creduto di non farcela, fino a un istante prima. Aveva sentito gli occhi rovesciarsi, le forze che se ne andavano. Solo un dolore immenso e accecante. E la testa di Bianca incastrata dentro, che le spaccava in due il bacino. Aveva pensato: Adesso muoio. Va bene così. Lei nascerà in qualche modo. Aveva pensato: La tireranno fuori. Questo è l'importante. E a me mi butteranno via, come un guscio che non serve più. A Marilisa che le gridava di spingere ancora, aveva sussurrato: «No, non ce la faccio».

E aveva chiuso gli occhi.

La sala operatoria era nella stanza accanto, sapeva che c'era sempre un chirurgo pronto per un cesareo d'urgenza. Solo che poi aveva avvertito qualcosa in fondo al corpo. Un richiamo così remoto, come da una galassia senza nome. Così potente.

Voleva vederla. Questo aveva sentito. Che voleva conoscerla. Che voleva metterla al mondo *lei*.

Allora aveva spinto. Ancora una volta.

L'ultima.

Con quale forza, non sapeva, con quale fiato.

Mentre Marilisa le ripeteva agitandosi: «Lunga, lunga, lunga! Stai lunga!». E le teneva un dito piantato là dove doveva spingere, dove la sua carne si stava lacerando.

Era uscita. Schizzata via a velocità della luce, come una saponetta bagnata, una liberazione assoluta. E Adele aveva spalancato gli occhi di colpo, impazzita di adrenalina. Come deve sentirsi dio. Con tutto il dolore dell'universo azzerato.

Era lì, viva. Esisteva.

Finirono di cucirla. Marilisa mantenne la promessa: le lasciò sole. Avevano molto da dirsi e pochissimo tempo. Ma a questo Adele non voleva pensare. La porta si chiuse.

Non sentiva caldo né freddo né male né stanchezza. La stava abbracciando, come si può abbracciare un corpo minuscolo. E avrebbe voluto parlarle, ma aveva paura.

Sapeva che Bianca avrebbe riconosciuto la sua voce, che in quei nove mesi l'aveva imparata e trattenuta nella sua memoria. Che era memoria misteriosa del battito cardiaco, dei succhi gastrici, del phon con cui si asciugava i capelli. Memoria del mondo che erano state, loro due soltanto. Ma adesso non si sentiva all'altezza.

«Bianca» provò a chiamarla.

Il cordone non era ancora stato tagliato. L'aveva voluto Adele, che le separassero dopo. Che non ci fosse mai più, un *dopo*.

La guardava, prona sulla sua pancia come un osso di seppia portato dal mare. Teneva gli occhi aperti e fissi. Aveva smesso di piangere, aveva imparato a respirare. Sapeva di alghe e di salsedine, di prato umido, di chiuso di petali. Cercava il seno.

Adele la guidava. Le teneva una mano sulla peluria della nuca, l'altra sulla schiena. La toccava senza esercitare peso, custodendone il calore. Scansandole via di dosso la stanza, le luci, l'ospedale che era troppo vasto e distante. Che era un intruso.

«Bianca» ripeté, come fosse una parola nuova.

Nessuna delle due era stata pulita, avevano ancora lo stesso odore.

Le assomigliava. Il naso, la forma a cuore delle labbra. I capelli invece, e il taglio orientale degli occhi, li aveva presi da Manuel. Ma non le dava fastidio adesso, anzi.

C'era un pezzo della sua vita. Momenti di felicità e delusioni, i tanti errori a cui non poteva rimediare. C'era la sua storia, in controluce su quel viso. Che però non aveva colpa.

Come faccio a lasciarti qui?, si chiese.

Si voltò dall'altra parte a guardare il muro.

Come faccio ad andare via senza di te?

Sotto il telo che le copriva entrambe, sotto le dita spalancate, sentiva muoversi la colonna vertebrale di Bianca, le sue cartilagini, il suo cuore. Sentiva che avrebbe potuto farsi ammazzare pur di proteggerla – anche solo da un grammo di polvere.

Fa' la cosa giusta, si disse.

Nessuno ti darà una medaglia per questo.

Ripensò alle tante cose che le avevano detto: che non sarebbe stata elogiata né ricordata da nessuna parte. Al contrario, il suo nome sarebbe scomparso da ogni documento: dall'atto di nascita, dal fascicolo relativo all'adozione. Glielo avevano spiegato bene: *Anche se lo vorrà, anche se lo chiederà in carta bollata, non potrà mai ritrovarti.*

Le posò la testa sul seno, la bocca vicino al capezzolo.

Quello che stavano vivendo era un tempo che non esisteva. Non registrabile, non ufficiale. Erano ancora libere di essere inseparabili.

La *cosa giusta*, sì. E lei come faceva a saperlo?

Chi glielo assicurava che se adesso l'avesse presa e portata via, e fossero tornate insieme in quel casino che erano la sua casa, la sua vita, il suo quartiere, sarebbe stato sbagliato? E invece era giusto uscire senza voltarsi, con gli stessi vestiti di quella mattina, senza niente tra le braccia, con la pancia vuota e i punti in mezzo alle gambe?

Adele aveva diciotto anni, compiuti da due settimane.

Glielo poteva chiedere, a Bianca, che era nata da dieci minuti?

Il gesto d'amore più grande, le avevano detto. *Offrirle una vita migliore.* Doveva solo aspettare che Marilisa tornasse e dargliela.

Era questo, l'amore. Secondo gli altri, secondo chi sapeva sempre tutto ma non lo viveva.

Bianca le tastò l'aureola, che aveva lo stesso odore del liquido amniotico. Erano ancora lo stesso corpo. La stessa identica vita.

Si attaccò al capezzolo, cominciò a succhiare. Le palpebre sottili come veli, le ciglia che dovevano ancora venire.

Immaginò che se un giorno si fossero ritrovate in mezzo a una strada, o anche a una piazza affollata di gente, e lei avesse gridato forte il suo nome, Bianca si sarebbe girata d'istinto. Che avrebbe ricordato, senza ricordare. E saputo, senza sapere. Lo sentiva fin dentro le ossa, negli alveoli, nei capillari, che quei nove mesi le avevano legate per sempre, come nessuna cosa può essere legata a un'altra.

Una vita migliore, sì. E chi la voleva?

Solo una cosa desiderava davvero.

Poterle dire: Sono la tua mamma.

4

«Allora? Sei diventato papà?»

Fuori la luce stava cominciando a declinare.

Manuel si voltò di sbieco. Aveva il volto teso, gli occhi cupi. Quando Serena entrò chiudendosi la porta alle spalle, lui fece una smorfia: «Ancora qui stai? Non dovevi andartene l'altra settimana?».

«Sono tornata per te, solo oggi.»

Non aveva voglia di parlare, né con lei né con nessuno. Quando la guardia gli aveva ordinato di farsi trovare giù, in quella che ormai era diventata "la loro stanza", si era buttato sul letto, aveva acceso la tv con il volume assordante e finto di non sentire.

Era appena rientrato dall'ospedale. Le celle, il corridoio al primo piano, erano pieni di silenzio; così vuoti che il silenzio poteva sprofondarci dentro e sparire. Era quello che voleva: stare solo, scegliere il canale che preferiva senza dover litigare con i compagni. Fissare in pace il poster di Eminem che si era attaccato davanti al letto.

Gli altri detenuti, a quell'ora, erano tutti giù ai laboratori. Impegnati a cucinare, studiare, fare teatro; a immaginare di avere un futuro. Lui no, perché non si illudeva più di niente e voleva solo non pensare.

Invece Serena era venuta a rompergli i coglioni.

«Non hai risposto alla mia domanda» insisté togliendosi il cappotto rosso, quello che portava sempre anche se ormai non riusciva più ad abbottonarlo.

«Non me l'hanno mica fatta vedere. Cazzo ne so, io.»

Manuel si tirò su dalla sedia su cui stava svaccato. Andò a sedersi su un'altra, lontano da lei.

«Be', è nata no? Sta bene?»

«Credo di sì, non m'interessa.»

Incrociò le braccia sul tavolo, ci affondò dentro la testa come se volesse dormire. Ma Serena non aveva alcuna intenzione di mollare. Gli si avvicinò: «È pur sempre tua figlia. Non ti fa effetto?».

«No che non è mia figlia» rispose lui sollevando il capo, ma senza guardarla. «È figlia di due stronzi che stanno in via Farini o in piazza Cavour. Due rincoglioniti ma gonfi di soldi, che quando uscirò da questa merda andrò a rapinare con un fucile a pompa.»

Serena scoppiò a ridere: «Un fucile a pompa, addirittura?».

«Sì, come Terminator.»

Gli spuntò un mezzo sorriso all'angolo sinistro delle labbra: la sua tipica espressione da schiaffi. Serena non si scompose. Aveva imparato a conoscerlo, ad aspettare: tonnellate di pazienza ci volevano con lui.

Anche quando sembrava disposto a concederle un po' di fiducia, bastava una parola storta perché si trincerasse di nuovo dietro quel suo ghigno. Che era adulto, e insieme infantile. Era una causa persa, eppure.

Non sapeva nemmeno lei perché ci si ostinava così tanto.

«Avanti, dimmi cosa senti.»

«Ho sonno.»

Era come fare le prove generali di maternità, ma per mille.

Come intestardirsi a voler cambiare il mondo dentro una persona.

Un'utopia.

«Cosa vuoi, dormire? Rincoglionirti davanti alla televisione? Che ci vediamo tra cinque mesi?»

«Ecco, brava. Porta quella pancia fuori di qui e sparisci. Che le hai già fatto venire la puzza di galera, alla bambina.»

Serena era stata criticata da tutti per la sua scelta, perché quello era un lavoro a rischio e avrebbe potuto rimanere a casa nello stesso istante in cui aveva letto il test di gravidanza. Ma lei non era tipo da starsene sul divano a pensare o a preparare corredini.

Aveva firmato, assumendosi la responsabilità della sua cocciutaggine, e proseguito fino alla fine del settimo mese. Ne era sicura, che non le avrebbero fatto del male. Perché tutti i bambini erano attratti dalla pancia, se lo ricordavano da dove venivano. E quei delinquenti lì, i suoi sedici studenti condannati o in custodia cautelare, anche se avevano spacciato, rapinato, ucciso, rimanevano dei bambini.

«È da quando sei arrivato che te lo chiedo, e non mi stancherò mai di ripetertelo. Mi piacerebbe che ci scrivessi qualcosa, sulla tua storia. In rima, in prosa, quello che vuoi.»

«E poi tu come fai a leggerla? Tanto te ne vai.»

Eccolo, il bambino.

«Mi arriva tutto, non hai neanche bisogno del francobollo. Scrivi! Altrimenti macerati in silenzio finché muori.»

«Ci penserò» rispose Manuel, ammorbidendo il tono di voce.

Si alzò. Si avvicinò con cautela a Serena che era rimasta in piedi, appoggiata a uno scaffale.

La verità era che lei gli piaceva, ma non voleva ammetterlo. Era l'unica prof, se non l'unica persona adulta che era stato sul serio a sentire. Nonostante fosse una donna, una privilegiata, una con molti libri e poca vita. Però le aveva fatto ascoltare Eminem, Fibra e Marra, e lei lo aveva sfidato: «Scrivila anche tu, una canzone».

«Ehi, ma che hai combinato?»

Quando finalmente si decise a guardarla in faccia, notò che aveva una tempia infiammata e due ematomi sul collo.

«Oh, t'hanno menata!»

Serena scosse il capo, senza perdere l'ironia: «Anche tra donne ci si azzuffa, cosa credi? Anche in via Farini dove abitano i tuoi stronzi da rapinare».

«Ma sei incinta!» gridò lui, incredulo.

Faceva tenerezza quando diventava protettivo. Perché lo era in modo goffo, come se si vergognasse a provare qualcosa di diverso da un senso sterminato di rivalsa.

«Proprio perché lo sono, le ho prese. Ma sto bene, stiamo tutti bene. Pensa alla proposta che ti ho fatto, piuttosto. Butta fuori quello che hai vissuto oggi.»

Per un istante Manuel rivide il cielo.

Limpido e gigantesco sopra la testa. Quel cielo crudele che lo aveva tallonato da ogni vetro, da ogni finestrino, per ricordargli che lui era un cattivo, un prigioniero, e tale doveva rimanere per chissà quanto.

Rivide l'attesa, il tempo che muoveva le cose là fuori.

La corsia di donne doloranti, di coppie commosse che sarebbero tornate a casa in tre anziché in due, nelle vite felici che stavano sempre di là, dall'altra parte.

Rivide gli occhi incendiari di Rosaria, che non gli perdonava niente e poteva pure crepare per quanto lo riguardava. L'unico motivo per cui non le aveva sputato in faccia "Che minchia ti guardi, stronza?" era che non voleva casini.

E poi c'era Zeno, in cima al muretto. La sua mano sollevata che rimpiccioliva nel lunotto posteriore. Quanto cazzo gli aveva voluto bene.

La sua ex, che non lo aveva fatto entrare. Aveva implorato il giudice, era arrivato in ospedale. Ci aveva sperato, con una speranza cieca e ottusa che non avrebbe ammesso mai. Ma avrebbe davvero voluto esserci: con lei dentro quella stanza. Capire cosa avevano fatto insieme. Che non era un errore né una scopata né una distrazione. «Metà me, metà te» gli aveva detto Adele.

Più di tutto era il suo viso che aveva bisogno di ritrovare. Arrossato dal freddo, da una corsa improvvisa, spalancato, intatto. Lo stesso di quando gli aveva rivelato, su un pianerottolo senza pareti: «Aspetto un bambino». Dura, severa. Eppure aveva anche sorriso.

Con quel sorriso dolce che aveva solo lei sulla Terra.

«Sere'» Manuel le indicò la porta. «Non per deluderti, ma io, da raccontare, non ho niente.»

~

Al primo piano, in reparto, erano tutte diventate madri tranne lei. Ma lei dormiva in una stanza separata dalle altre, e ancora non se ne rendeva conto.

Non l'aveva svegliata l'afflusso di parenti nel corridoio durante l'orario di visita né la distribuzione della cena e delle flebo da parte degli infermieri che si erano affacciati anche da lei, ma poi avevano deciso di lasciarla riposare. Non aveva avvertito nemmeno i pianti dei neonati.

Poi, alle 21.30, la porta si era aperta e una voce gentile ma squillante l'aveva destata.

«Buonasera, Casadio. L'abbiamo fatta la pipì?»

La sagoma di un ragazzo si chinò su di lei. Sembrava grande e grosso e aveva un marcato accento meridionale.

Lei riuscì appena a scuotere la testa.

«No, niente pipì? Siamo sicuri?»

Non ricordava niente. Non avrebbe saputo dire il suo nome né dove si trovava. Percepiva il peso del sonno e un calore intenso, un'umidità soffusa. Le venne in mente: Forse deve ancora nascere.

«Dài» l'infermiere la incoraggiò, «provaci. Che dopo ti alzi anche e stai meglio.»

47

Adele, le palpebre mezze chiuse, cercò tra pensieri impastati e limacciosi, mentre il ragazzo la puliva e le cambiava la biancheria sporca di sangue, sistemandole una padella sotto il sedere.

Dormiva da quasi cinque ore, ma era come se dormisse da un mese. Non si sentiva le gambe, non si sentiva il cuore. Non sapeva neppure più cosa fosse una vescica.

«Sennò poi ti devo mettere il catetere, ti avviso!» la minacciò per scherzo. Ma fu efficace, perché Adele si riprese di colpo sgranando gli occhi.

«No no! Adesso mi sforzo.»

Il solo pensiero che qualcosa le passasse ancora là in mezzo la terrorizzava.

«Ti lascio dieci minuti. Impegnati, mi raccomando.»

Si concentrò. Cominciò a distinguere gli odori e i contorni di quella stanza d'ospedale. Aveva una flebo attaccata al polso: OSSITOCINA e FERRO c'era scritto sui flaconi appesi al carrello. Cominciò a ricordare.

Non era riuscita neppure ad alzarsi, prima. Mentre l'avevano portata in reparto in barella, era persino svenuta. E adesso aveva i capelli sporchi di sudore, schiacciati dietro la testa. Si chiese dove avesse lasciato il cellulare, la borsa con tutte le cose.

Il ragazzone tornò giocando: «Guarda che il catetere è qui, proprio qui, e non vede l'ora!».

Riuscì a strapparle un mezzo sorriso, il sorriso di una della sua età.

«Ancora un minuto, ti prego!»

Un lago caldo le inondò le natiche. Funzionava ancora. Adele provò sollievo, e imbarazzo all'idea che quello sconosciuto si occupasse del suo corpo. Non riusciva ad abituarsi, a essere come una cosa distesa sopra un letto. Il seno le scoppiava, le faceva male, avvertiva ancora delle contrazioni.

D'istinto si mise una mano sopra la pancia.

Non c'era più.

Quando provò ad alzarsi, avvertì un senso infinito di abbandono e quasi cadde. L'infermiere la sorresse, chiamò una collega che le portasse qualcosa da mangiare. Ma non aveva fame.

Raggiunse il bagno trascinandosi dietro la flebo. Le girava la testa. Si sentiva vuota. Appoggiandosi con le mani al lavandino, riuscì a osservarsi allo specchio. La sua faccia era pallida e verdastra, gli occhi cerchiati di nero. Non era più lei. Guardò più in basso.

Bianca non c'era.

Si sforzò di mangiare. Il cellulare era rimasto sepolto nel borsone, ora ricordava. Glielo dovevano aver portato qui e sistemato nell'armadietto. Ma non aveva voglia di sentire nessuno.

Decise di uscire, invece. Voleva camminare, vedere cosa c'era là fuori. Distinse un pianto in lontananza, più di uno. Ma s'infilò ugualmente la vestaglia e aprì la porta.

Il corridoio era immenso e illuminato a giorno. Le stanze erano decine, spalancate. C'erano donne sdraiate su un fianco nei propri letti, con i bambini attaccati al seno. Altre che se li tenevano accanto, nelle culle trasparenti, e accarezzavano loro il naso, i capelli. Adele si fermò e guardò meglio. I mazzi di fiori sui comodini, le pile di pannolini forniti dall'ospedale, un'infermiera che ne prendeva uno e aiutava una madre con il cambio.

Tornò indietro.

Tornò a nascondersi.

Non provava rancore. Né rabbia.

Lo accettava.

Che il dolore che aveva passato, che questo corpo sfatto che si ritrovava, e questa Adele in macerie che mai più sarebbe guarita erano tutte cose necessarie. E basta.

Era entrata veloce richiudendo la porta della sala parto Mimosa, cinque ore prima.

«Devi dirmi quello che vuoi fare» le aveva intimato Marilisa, che si sforzava di sembrare calma ma in realtà era agitata. E lei si era stretta istintivamente la bambina al seno senza rispondere, sigillando il volto in un'espressione assordante.

«Adele» l'aveva richiamata all'ordine. «Ne abbiamo parlato così tanto. Adesso il tempo è finito.»

«Ne abbiamo parlato *chi*?» aveva alzato la voce.

Dopo mesi di silenzio a incassare le parole degli altri, aveva trovato la faccia tosta di ribattere. Non era più la pischella di un anno prima, del giorno prima, sentiva una fitta crudele, una lacerazione fonda tra la vulva e l'ano che la incendiava e le dava una forza bestiale.

«Chi è che ne ha parlato, *io* o mia madre, voi, il resto del mondo?»

«Non accusare gli altri. Sono nove mesi che ti seguiamo, che cerchiamo di aiutarti…»

«Lasciami in pace» aveva ringhiato. Aveva girato lo sguardo verso l'orologio: «Sono passati venti minuti! Non è giusto!».

«Ho fatto quello che ho potuto.»

«Non è vero! Non hai fatto niente!» Sentiva il peso di Bianca tra le braccia, così lieve, impossibile da misurare.

Fai la persona adulta, diceva lo sguardo di Marilisa, che era fermo e anche lucido. Mentre lei se ne stava lì, distesa con un telo buttato addosso, nuda e sporca, il cordone da tagliare, e no: non era affatto adulta. Anche se avrebbe voluto.

«Lo vedi questo?» le aveva chiesto Marilisa a un certo punto, spiegandole di fronte un foglio. «È un certificato di nascita.»

Aveva inforcato gli occhiali: «Sei tu che me lo devi dire, cosa posso scriverci qua sopra. Tu e nessun altro. Ma quello che mi dirai adesso, pensaci bene, è irreparabile».

Alla vista di quel foglio, Adele si era sentita schiacciare. E ripiombare in fondo alla città, nell'ultimo sottoscala dei Lombriconi. Con le spalle al muro, il culo sul pavimento freddo.

Come quando aveva dieci anni e papà era sparito. E nessuno aveva voluto dirglielo, dov'è che era andato. Ma lei lo sapeva, lo aveva capito da sola. Si era nascosta per un giorno intero là sotto, dove finivano i gradini e cominciava il buio degli scantinati. Dove cominciava la sua nuova vita, che non le aveva mai promesso niente di buono.

«Non è un gioco, Adele. La riconosci o non la riconosci?»

E lei, adesso, in quel sottoscala, avrebbe dovuto confinarci sua figlia? Poteva davvero farle una cosa del genere?

«Forza, Adele. Devo tagliare il cordone.»

Era scoppiata a piangere.

La bambina dormiva.

Non più Bianca, non più sua figlia, *la bambina*.

«Sono passati solo venti minuti...» aveva provato a protestare.

Poi l'aveva guardata, la sua bambina.

Per l'ultima volta.

E aveva capito: non era *sua*.

Era addormentata, inerme, appena venuta al mondo, ma non era sua.

Anche se adesso la teneva tra le braccia e se la premeva al petto, non apparteneva né a lei né a nessun altro. Era l'inizio di una storia. Una persona nuova che assomigliava a lei, sì, un pochino, a Manu, ma non conteneva alcuno dei loro errori.

«Non la riconosco» aveva detto.

Lo aveva detto davvero.

Ricorrendo a una volontà disumana. Che nessuno doveva azzardarsi a giudicare, a immaginare, a capire. Allora Marilisa aveva scritto, e aveva reciso. E dopo pochi istanti, il corpo aveva espulso la placenta, si era richiuso.

5

Aveva parcheggiato dietro il liceo e abbassato i sedili, come undici anni prima. Solo che undici anni prima, al posto di una Jeep da cinquantamila euro, guidava una Uno rossa con le portiere ammaccate, i tergicristalli che sfrigolavano e che tremava tutta appena superavi i 100.

Guardava le mura grigie del Virgilio, immobili nel silenzio della pianura, e ascoltava Emma respirare.

Si erano fermati da Pino prima che facesse buio, ma solo per comprare una bottiglia di Jack Daniel's. Poi erano sgusciati via dal centro di nascosto.

San Martino sul Panaro era un paesone recente con niente di speciale e la ferrovia in mezzo. Loro due, su una macchina come quella, avrebbero dato nell'occhio. Così si erano divertiti ad attraversarlo senza farsi riconoscere, Emma con gli occhiali da sole e un foulard sui capelli. Come le celebrità inseguite dai paparazzi.

In realtà, erano solo due che se n'erano andati. E che adesso si passavano la bottiglia bevendo a collo in un parcheggio vuoto.

Ce l'aveva fatta, pensò Fabio, a comprarsi un'auto che suo padre manco si azzardava a sognare. Che accarezzava giusto sulla pagina di "Quattroruote" quando andava dal barbiere. E allora perché adesso, con il whisky in gola, si sentiva bruciare dentro una nostalgia pazzesca per quella vecchia Uno? Per i sedili sfondati? Per le cinquemila lire di benzina che gli servivano ad arrivare nella frazione di dieci case e un alimentari in cui abitava Emma?

«Sai cos'è che mi manca, più di tutto?»

Emma beveva piccoli sorsi di Jack Daniel's, chiudendo gli occhi, mettendoci una vita a deglutire: «Dimmi» rispose con voce suadente.

Gli mancava immaginare, seduto su una panchina della stazione. Gli mancavano i sabato sera dal pizzaro e un emerito cazzo da fare. L'amore sugli argini dei canali, la nebbia gelida che ti mordeva il culo. E neanche mezzo pensiero, nessun calendario da rispettare. Come randagi, lui ed Emma – non lui e Dora – a cercarsi un angolo in cui sudare, in cui venire uno contro l'altra. Nell'estate piena di zanzare, nell'inverno coperto di brina. Barbari, incoscienti. Nessun esame dello sperma a cui sottoporsi.

«Non avevamo i soldi neanche per prendere un treno, mai a cena fuori in un posto decente. Non potevamo fare un tubo, in pratica, eppure» si voltò a guardarla «quando credevo di ottenere la libertà, andandomene, alla fine è successo che l'ho persa.»

Non era nei piani di Emma ubriacarsi, anzi. Al solo pensiero che suo marito la raccattasse sulla porta con il fiato che sapeva di alcol, le veniva male. Le faceva ricordare i suoi quando la andavano a prendere in discoteca. Ma poi era stato più forte di lei: trasgredire, lasciarsi andare. Era nella sua natura.

Lo fissò con gli occhi lucidi, le labbra socchiuse: «Cos'è tutto 'sto sentimentalismo? Ti senti vecchio?» sorrise.

Stupida, e sarcastica. Stupida, e letale.

«A me di questo posto non manca niente. Dovrebbero risarcirmi per l'adolescenza sfigata che ci ho passato. Chi è rimasto qui si droga oppure è iscritto a zumba. Non è un caso.»

Parlava così perché aveva due figli, pensò Fabio.

Perché il tempo, per lei, non era un problema.

Lei ce lo aveva, un futuro: il primo dentino, la prima parola, il primo autobus da soli. Il tempo di lei cresceva e generava e si prolungava in altre persone. Mentre il suo rimaneva fermo. Come una lama nella carne, che fa infezione.

«Me lo dici, cos'è che ti tortura?»

Che non riusciva a toccarla. Che aveva avuto bisogno di comprare una bottiglia di whisky per imboscarsi con lei. E adesso stava finendo, e ancora non gli faceva effetto.

Laggiù, sulla destra, c'era un campetto di atletica con due spalti arrugginiti. Dopo anni, in controluce tra i riflettori, assomigliava a uno scorcio della Valle dei Templi. Ricordò quando, verso aprile, maggio, li portavano fuori per educazione fisica. La corsa di riscaldamento lungo il perimetro, le cosce nude delle sue compagne di classe sotto i pantaloncini. Blu elettrico, fucsia, giallo fosforescente. E Dora sullo sfondo.

Intenta a leggere su un gradino. La rivide assorta ed emarginata. Lei, che era la più intelligente di tutti, la più determinata di tutti. Provò a perdonarla. Provò persino a sentirsi in colpa.

Era la rossa, la storpia della scuola. E Carlo una mattina, prendendolo da parte nei cessi dei maschi, lo aveva avvertito: «Se vuoi sverginarla, pensaci bene. È una responsabilità enorme».

«Fabio, per favore. Adesso mi fai paura.»

Riemerse da quel ricordo. Distolse lo sguardo dal gradino più alto degli spalti su cui era rimasto impigliato il fantasma di Dora.

«Il mio matrimonio è finito» disse.

Vuotò la bottiglia, la gettò fuori dal finestrino.

«Oh-oh…» fece Emma, ubriaca. Come avrebbe sospirato Marilyn Monroe se fosse nata, cresciuta e morta a San Martino sul Panaro. «Davvero?»

«Davvero» annuì Fabio.

«Mi dispiace.»

Non era vero. Era una bugiarda patentata, e ci godeva.

Si sistemò i capelli con un gesto svagato, aveva la camicetta abbottonata storta. «Adesso però devo chiamare Carlo.»

Chissà con quanti lo aveva tradito, si chiese Fabio, mentre lei cercava il telefono nella borsa. Quanto le veniva facile, come non avesse un'anima, come fosse una corolla da impollinare e basta.

Non gliene poteva fregare di meno, di Dora. L'aveva sempre evitata. Faceva tanto la rivoluzionaria, l'anticonformista, ma poi la diversità la terrorizzava.

«Devo inventarmi qualcosa» gli disse. «Devo dare la buonanotte ai miei figli.»

Si stava facendo tardi, e sempre più buio. I rami dei carpini imprimevano "nere trame" nel cielo come nella poesia di Pascoli.

La vide uscire dalla Jeep. Si reggeva a malapena in piedi. Non capì le scuse che imbastì a suo marito perché si era allontanata troppo. Notò solo che gesticolava e le scappava da ridere. Con tutti quei boccoli biondi sulla fronte, i fianchi ammorbiditi da due gravidanze.

Ma a un certo punto cambiò espressione di colpo: forse Carlo le aveva passato i figli, fatto ascoltare le loro voci. Seria, composta, come fosse diventata un'altra. E Fabio si sentì schiacciare il cuore da quella sconosciuta.

Continuò a fissare il liceo vuoto oltre il parabrezza.

Il tempo che aveva perso.

Poi Emma tornò in macchina, nell'aria densa di umidità e moscerini che filtrava dalla portiera socchiusa, e lui la trascinò dietro. Le spinse la faccia contro i sedili posteriori. Le montò sopra e le strappò la camicetta. Non lo sapeva, se voleva ucciderla oppure scoparla.

Le sganciò il reggiseno, le abbassò i jeans. Emma, di profilo, soffocata contro lo schienale, non protestava affatto. Lo sfidava. Il suo occhio lucente nella notte nera diceva: Avanti, fammi vedere di cosa sei capace. Allora Fabio si slacciò la cintura con una mano. Con l'altra continuava a tenerle la testa. Ma c'era troppa perfezione, troppa sicurezza in lei. E la furia che provava era solo disperazione.

L'aveva portata laggiù perché avrebbe dovuto essere tutto come a diciott'anni. Invece non lo era, non avrebbe più potuto esserlo.

La sagoma del liceo incombeva dietro le sue spalle, contro il vetro appannato, nella desolazione del parcheggio. Lui si tirava giù i pantaloni, le mutande. Le mordeva il collo, le stringeva i capezzoli. E si sentiva cattivo, e gli veniva da picchiarla.

Ma la sua anima rimaneva inerme.

~

Il corridoio bianco, con le sedie di legno inchiodate al muro e il labirinto di porte che si dipanava a destra e a sinistra, infinito, le dava la sensazione che là dentro si potesse solo aspettare, per tutta la vita, aspettare e basta.

Era un ex convento, un quadrilatero con chiostro enorme che ospitava sia il carcere sia il Tribunale dei Minori. Quella mattina, alle 8.30, in attesa c'era soltanto lei, in anticipo di un quarto d'ora, la gamba sana accavallata sul moncone. Ma i pantaloni beige le stavano proprio bene: la sagoma della protesi non si indovinava quasi.

Non si era fatta domande. Alle sei aveva aperto gli occhi, non aveva neppure avuto bisogno di girarsi verso l'altro lato del letto.

Sapeva che il cuscino di Fabio era rimasto intonso, nessun profilo di spalle sotto le coperte. Si era alzata senza battere ciglio. Si era fatta il caffè, imburrata due fette biscottate. Poi si era lavata il viso e truccata, come ogni mattina.

Era questo che le aveva insegnato sua madre: non pensare, agire soltanto. Il mondo le stava crollando addosso: era il caso di stendere bene il fondotinta, anche sulle lentiggini. Suo marito la stava lasciando: occorreva passare con attenzione la matita intorno agli occhi per sottolinearne il verde, ravvivare i ricci rosso rame che erano il suo pezzo forte.

Essere una bella donna. Nata con una malformazione, ma fiera. Difettosa, ma determinata. Senza concedersi di sbagliare, di uscire con il rossetto sbavato, di confondere congiuntivi e condizionali.

Il mondo era pieno di perfezioni. Doveva farne parte.

Fuori dalla finestra le facciate di tre palazzi si animavano avvolte in una nebbia leggera. La città si svegliava spalancando le imposte, mettendo fuori i tappeti dai balconi, rassettando via del Pratello.

Non era servito a niente arrivarci.

Aspettava che la convocassero per l'ultimo colloquio. Che le aggiustassero la vita. Era un buon segno: se ti richiamano, vuol dire che ispiri loro fiducia, che sei in pole position nel girone dei genitori mancati.

Aveva già confezionato una scusa per l'assenza del marito: un lutto grave in famiglia, il funerale proprio quella mattina. Poi avrebbe costretto Fabio a recitare la parte del consorte impeccabile finché ce ne fosse stato bisogno.

Non gliene fregava niente che non fosse tornato a casa. Era riuscita a non chiederselo mai, dove avesse passato la notte. Si era alzata cinquanta volte per andare in bagno, per sedersi in cucina con un bicchiere d'acqua, ma si era tenuta rigorosamente lontana da quella domanda.

Stavano passando i minuti e lei rimaneva ferma, di pietra a fissare il battiscopa, le fughe annerite del pavimento. Decise di alzarsi, si avvicinò alla finestra. Si appoggiò al vetro con la fronte e vide.

I due militari con i mitra in mano all'ingresso del cortile, un Ciao di Poste Italiane parcheggiato dall'altra parte della strada, e due donne che passavano facendo jogging, le tute sgargianti come negli anni Novanta.

Le tornò in mente. Che anno era? Il '96, il '97? Quando con il bel tempo li portavano fuori, al campetto di atletica: le femmine a giocare a pallavolo, i maschi a calcio. E lei rimaneva a guardare dagli spalti.

Erano attese anche quelle. Di una se stessa *normale* che non si sarebbe mai aggiunta alla partita, non avrebbe piegato le gambe e teso le braccia per la ricezione. Ricordò Fabio, come si appendeva alla traversa per indurire gli addominali. Le schiacciate di Laura, Francesca ed Emma quando si allungavano con grazia verso la palla, arcuavano la schiena e la colpivano con forza. Si era letta tutto Dostoevskij in quelle ore, dalle *Notti bianche* ai *Fratelli Karamazov*. Aveva conosciuto Raskol'nikov e capito a fondo il suo odio.

Poi vennero a chiamarla.

Dora si alzò di scatto. Fece un bel respiro. Per una frazione di secondo realizzò che forse Serena si trovava lì, a pochi metri da lei, e avvertì l'impulso di riaccendere il cellulare e scriverle: "Scusami, non ero io ieri mattina, è un male che non so spiegarti quanto mi annienta".

Era un fascio di nervi, ogni muscolo del suo viso era contratto allo spasmo, le arterie pulsavano lungo le tempie. Ma doveva resistere e andare avanti.

Seguì l'assistente sociale lungo il corridoio stretto dai soffitti altissimi. Quand'è che uno diventa genitore? Quando lo desidera, quando partorisce, quando lo esige e lo pretende?

Ricordò cosa aveva risposto a Fabio mesi prima: «È quando accetti che tuo figlio sia un altro, quando lo ami chiunque sia».

Ma Fabio adesso non era lì, e quell'edificio vecchio di secoli che macinava destini stava inghiottendo anche il suo. Era troppo sola, troppo in difetto. Per la prima volta avvertì che le mancavano le forze.

Poi si sentì chiamare.

«Dora.»

Due sillabe scagliate in alto da una voce crepata.

Si sentì incrinare il cuore, si voltò lentamente.

Fabio stava arrivando, di corsa. Con la cravatta storta, i pantaloni sgualciti, i capelli confusi sulla fronte. Con l'aria di uno che non ha dormito, che non l'ha nemmeno visto, un letto. Però stava tornando, le stava chiedendo perdono, e che tutto il passato passasse.

Provò rabbia. Provò una fitta di amore feroce.

Quando la raggiunse, lasciò cadere il suo corpo contro quello di lui, non riuscì a non baciarlo.

Entrarono insieme nell'ufficio del giudice, prendendosi per mano.

~

«Mettiamo che da qualche parte ci sia davvero questo bambino.»

Ci sia: congiuntivo. Modo del verbo che indica un'azione o uno stato in quanto *pensati*; in quanto *desiderati* o *temuti* o *ipotizzati* da qualcuno.

Non una realtà, precisò a se stessa: solo una possibilità vaga, inquinata dalle speranze, resa infida dalle fantasie nella tua testa.

Dora strinse i braccioli imbottiti della sedia a cui stava inchiodata. Per sopravvivere doveva rimanere salda dentro i confini dell'analisi grammaticale. Non avventurarsi fuori, nell'immaginario dei significati.

Bambino: era un sostantivo singolare maschile. Nient'altro.

«Ricapitoliamo. La situazione di partenza è questa. Il minore, di etnia rom, ultimo di cinque fratelli, è stato affidato ai servizi sociali perché vittima di molestie da parte dei partner della madre, tutti inerenti la cerchia familiare.»

Pausa. Il giudice dallo sguardo vivido e penetrante dietro gli occhiali, dalla barba brizzolata e folta, quell'uomo senza età che li perquisiva dall'interno, lasciò che lo scenario – baracche di lamiera, una roulotte circondata dai rifiuti dentro cui avvenivano le peggiori cose – si coagulasse nell'aria di fronte a loro.

«Aggiungo che il minore ha precedenti penali.»

L'assistente sociale, che sedeva in disparte e sembrava rileggere alcuni fogli, annuì e puntualizzò: «Borseggio, concorso in furto d'auto».

Dora e Fabio rimasero muti. Osservarono la scrivania, sopra la quale adesso vedevano fumi maleodoranti e materassi sventrati come al telegiornale. Un italiano da lavavetri, il ciabattare di donne dai capelli lunghissimi che possono farti il malocchio. Denti d'oro, gatti randagi. E laggiù, in un angolo, che suona la fisarmonica: *lui*.

Quello che continuavano a chiamare *il minore*.

Che già sapeva come si rubava un'auto.

A cui Fabio forse aveva allungato una moneta, una volta.

Fabio, che al massimo aveva sgraffignato un paio di merendine dagli zaini dei compagni alle elementari. Che solo nei film aveva visto gente, *brutta* gente, che faceva partire le macchine accostando i cavi per poi portarle da qualche parte e cancellare il numero del telaio.

Il giudice andò avanti: «Ricordo, quando vi ho chiesto come immaginavate vostro figlio, che mi avete risposto: piccolo. E invece questo bambino ha otto anni. Ci avete pensato?».

Avrebbero dovuto esserci abituati, ormai. Sapevano bene come funzionava. Avevano studiato, si erano preparati accumulando sulle mensole decine di libri: *L'abuso infantile*, *Una base sicura*, *L'adozione difficile*. Ma la verità era che non potevi abituarti, mai. Che Fabio si sentiva accoltellato da ogni frase, sempre più con le spalle al muro. Che Dora incassava i colpi in apnea e non bastavano i dizionari, le enciclopedie e tutti i saggi di questo mondo a spiegarle cos'era un partner di tua madre che ti mette le mani addosso a otto anni.

E otto anni erano una vita. Un'intera storia composta da sedimenti di voci, botte e strati su strati di ricordi. Quando aveva sorriso la prima volta, quando aveva imparato a camminare: tutto avvenuto e concluso in un tempo ostile.

Il tempo del *prima*, senza di loro.

«Presenta problemi psicologici, forse reversibili.»

Mitragliate di aggettivi. Virgole che presagivano sciagure. Problemi su problemi su problemi.

E tuttavia resistevano.

Fabio e Dora.

Seduti lì, l'uno accanto all'altra.

Marito e moglie.

«E ha frequentato un solo anno di scuola» intervenne l'assistente sociale alzando lo sguardo e facendolo ripiombare sul plico, «ma questo già lo sapete.»

Insieme, nella buona e nella cattiva sorte.

Dora si chiese perché le stessero raccontando tutto di nuovo, perché non le stessero semplicemente dicendo sì o no. Violentato, cresciuto, analfabeta. Era il loro caso, o il solito esempio fittizio che usano per metterti alla prova? Non gliene fregava niente. Lei era pronta. Le sue forze insieme a quelle di Fabio erano forze *irreversibili*.

«Ecco» riprese il giudice, che aveva un modo lento di parlare, intervallato da silenzi siberiani, stillicidi di consonanti e di vocali. «Voi come direste a questo bambino che è figlio di suo nonno?»

Fabio allungò il braccio e raccolse nella sua mano quella di Dora. Le sciolse le dita che avevano artigliato il bracciolo fino a lasciarci i segni e le tenne chiuse dentro le sue per custodirne il calore, per trattenerne l'umanità, l'insicurezza.

Nessuno avrebbe desiderato un figlio simile, pensò Fabio.

Pensò ai Natali con i cugini, agli zii che facevano a gara a chi aveva il campione di calcio, ai suoi parenti: tutti bravi, tutti biondi. E lui, con questo rom. Che non assomiglia a nessuno, che non sa l'italiano, che ha attraversato cose a cui tu non riesci nemmeno a pensare. E magari è violento. E magari, anche se ti ci impegni fino in fondo, hai paura di lui. Paura di non riuscire a salvarlo.

Un figlio del genere non è una benedizione, è un incubo.

Eppure. E questo Fabio lo sentiva in ogni vertebra e costola e nervo come un incendio appena appiccato. Eppure. E questo Fabio lo gridava dentro di sé. Per quel bambino lui avrebbe dato la vita. Sarebbe morto *ora*. E sì, lo voleva. Con tutta la sua disperazione e il suo amore.

Gli avrebbero preparato la colazione ogni mattina, svegliandolo con una carezza sui capelli. Gli avrebbero allacciato le scarpe e abbottonato la giacca. Portato a scuola, aiutato con i compiti. E poco importava se lui li avrebbe spinti contro il muro gridando: Cosa volete da me? Non siete i miei genitori! Poco importava che gli otto anni vissuti senza di loro sarebbero stati insormontabili, forse per sempre. Fabio era pronto a dirlo adesso, ad alta voce: «Io non lo so come si fa a dire a un bambino che è figlio di suo nonno. Ma so che per mio figlio quelle parole le voglio trovare».

Il giudice lo interruppe con un gesto della mano.

«No» disse.

Scosse la testa, rivolse il profilo verso la luce mattutina che inondava i vetri della finestra. Sovrappensiero, indicando qualcosa che si agitava nell'azzurro, sopra il campo da calcio racchiuso da altissime barriere di ferro, dove giocavano i detenuti.

«Mettiamo invece che non sia in una casa famiglia, ma in ospedale. Mettiamo che non abbia otto anni, ma pochi giorni.»

Fu come se gli occhi di Fabio e Dora, i loro polmoni, i loro cuori, e ogni più remota galassia dei loro corpi, esplodessero di colpo.

«Mettiamo che in neonatologia, adesso, dentro una culla, ci sia un bambino appena nato.»

6

«Scusami, avevo dimenticato questo.»

Marilisa afferrò la busta di plastica, ci sbirciò dentro. Era passata in ospedale apposta per salutarla, per sincerarsi delle sue condizioni, anche se era distrutta dal giorno prima.

«Cos'è?» la voce le uscì stanca.

«Niente» rispose Adele abbassando lo sguardo.

Avrebbero dovuto tornare due estranee, adesso, come al primo appuntamento in consultorio. Quando si erano presentate l'una di fronte all'altra e, in mezzo, sulla scrivania, l'esito dell'esame delle urine.

«Niente, è solo che» ricominciò Adele. Poi s'interruppe.

Era esausta anche lei. Aveva lo stesso colorito di una lapide, gli occhi gonfi. Ma sembrava stare in piedi perfettamente.

«Vorrei che tu gliela mettessi» si decise, indicando il contenuto della busta. «Perché è vero che non l'ho riconosciuta, però a lei ci ho pensato.»

Aveva di nuovo le zeppe di dieci centimetri, gli orecchini fucsia fosforescente. Era di nuovo la ragazzina del Villaggio Labriola. Eppure, era anche un'altra persona.

«Va bene» le rispose Marilisa. «Non so se posso, ma chiederò.»

Adele si chinò a raccogliere da terra il borsone. La camicia da notte sporca appallottolata in una busta, gli assorbenti postparto, la Coca-Cola in caso di nausee durante il travaglio: Marilisa lo sapeva perché le aveva spiegato lei cosa metterci dentro. Allora si rese conto, finalmente, che era vestita per andarsene.

«Dove vai? Non puoi mica uscire.»

«Tu non preoccuparti, c'è mia mamma qua fuori.»

«Dov'è? Non l'ho vista.»

«Nel parcheggio, è venuta a prendermi adesso.»

Mentiva, la signora Rosaria Vitiello non era nelle vicinanze.

«Devi aspettare 48 ore prima di farti dimettere, è importante.»

«No, sto bene.»

La vide voltarsi, capì che stava scappando. I jeans macchiati di liquido amniotico, i capelli raccolti a coda di cavallo. Avrebbe voluto accarezzarla, quella testa. Chiamarla indietro, assicurarsi che i valori del ferro nel sangue fossero rientrati nella norma, che la madre fosse davvero lì pronta a prendersene cura.

Ma chi era lei per fermarla, si chiese, per intromettersi in quella vita. Non c'erano più ecografie, né analisi da prescrivere né toxoplasmosi né curve glicemiche.

Il loro legame era finito.

La seguì con lo sguardo mentre rimpiccioliva. Riconobbe nella sua camminata la strana sensazione di non avere più la pancia, di essere tornata bruscamente singolare.

Le augurò buona fortuna.

Poi aprì la busta del Million e ci guardò dentro.

Era una tutina, rosa. Di ciniglia, di quelle da poco.

Un gattino disegnato sopra.

~

Adele superò le porte a vetri dell'ingresso.

Tutti passavano da lì. Quelli che entravano di corsa durante un travaglio, quelli che uscivano con l'ovetto e il neonato avvolto nelle doppie coperte. Quelli che uscivano senza niente.

Aveva letto: "Peso alla nascita, 3 kg e 400. Nata da donna che non consente di essere nominata". Aveva firmato.

E adesso, mentre il giorno la investiva con la sua luce fredda, pensò che la stava lasciando. Dietro di sé. In un lettino, sola, in qualche stanza.

Non si era lavata i denti né i capelli. Aveva abbandonato tutto per sempre a diciotto anni. E adesso era diventata vecchissima.

La città le era estranea. Le era estraneo il cielo. Forse aveva ancora una casa da qualche parte, forse avrebbe dovuto ricominciare la scuola o cercarsi un lavoro. Ma non aveva senso niente, neppure mettere un piede davanti all'altro.

Dove poteva andare, se non aveva più neanche un nome?

Quando si riabituò alla luce, riconobbe via dell'Ospedale che curvava. S'incamminò con il borsone sulla spalla, raggiunse lo spiazzo davanti al corpo principale del Maggiore. La gente si affrettava come ogni giorno. Macchine. Autombulanze. La vita degli altri che andava avanti. E in mezzo, proprio di fronte, con la sciarpa a righe e il berretto di lana, le scarpe da ginnastica fuori moda e l'eskimo verde: Zeno.

Che aveva saltato la scuola, che l'aveva aspettata per chissà quanto tempo. E adesso provava a sorriderle mentre le veniva incontro.

Nove mesi prima

Parte II

La ruota panoramica

7

«Adele, rispondi tu?»

Adele alzò lo sguardo dall'sms che stava scrivendo e lo fermò su sua madre: la massa di capelli bruni tenuta su da un mollettone, il costume sbiadito dell'anno scorso. Le stava stretto, quel bikini. Un capezzolo le usciva, la mutanda le scivolava in mezzo al sedere. Avrebbe dovuto piantarla di prendere il sole sul balcone.

«Allora. Vai a rispondere, *please*?»

Scaldava il sugo con una mano e con l'altra cercava di accendersi una sigaretta. Allungava il braccio per afferrare una presina e la faceva cadere, rovesciava anche il sale.

Bye bye Ernesto, concluse Adele: si sono lasciati. Ebbe la tentazione di alzarsi e di pensarci lei, al sugo, anche se aveva già apparecchiato, passato il mocio e poteva bastare. Si chiese: Perché si ostina a portarli a casa, se non durano più di due mesi?

«Oh! Ma 'sto telefono?»

E ci si metteva anche Jessica a urlare dal bagno. Si era chiusa da un'ora a farsi la tinta, e morire se in casa alzava un dito.

Era sempre lei che doveva fare: Adele, è finito lo zucchero; Adele, tieni i soldi, vai a pagarmi 'sta bolletta. E ora, a mezzogiorno passato, nell'afa insopportabile della cucina, con il ventilatore che mulinava aria calda e il fornello che aggiungeva calore al calore, si chiese se la sua fosse una famiglia.

«Adele, porco giuda!» gridò Rosaria esasperata. «Vai a sentire chi cazzo è! E che cazzo!»

No, non lo era.

Si staccò dal divano, dal messaggio che stava scrivendo. Scalza, sbuffando, arrivò all'undicesimo squillo. Di solito i venditori mollavano al sesto e non c'era bisogno di scomodarsi, ma questo qui insisteva come un dannato.

Alzò il ricevitore: «Pronto?».

Dall'altra parte qualcuno c'era, ma non diceva niente.

Respirava.

Adele rimase in attesa, sovrappensiero.

Respiravano entrambi. Si creò un silenzio dentro la linea, come una bolla d'aria in una siringa.

Sentiva sua madre che continuava a trafficare aprendo il rubinetto, sbattendo ante. Jessica era sempre in bagno a impiastricciarsi. Pensò che fosse il vicino: quello strano tipo con la madre pazza. Non aveva senso, perché non si erano mai parlati né avevano niente da dirsi. E poi, non le sembrava nemmeno un soggetto incline allo scherzo.

«Pronto?» ripeté, tra lo scocciato e il divertito. Quel giochetto improvvisato, che potesse essere il sociopatico dell'interno 21, la distraeva dall'oppressione che provava.

L'estate, ai Lombriconi, era un inferno. Calava un silenzio di morte su ogni pianerottolo quando l'orologio toccava la mezza. Chi poteva sgattaiolava via e se ne andava al Million a prendere l'aria condizionata.

«Ehi!» Solo che loro erano troppo sfigate persino per il Million. «C'è qualcu-u-noo?» gridò ridendo.

Un colpo di tosse.

Un sospiro pesante.

Adele non ebbe alcun presentimento. Continuò imperterrita a civettare con il fantasma del vicino: «Sei un maniaco? Un mitomane?». Scimmiottando sua sorella: «Sei un manicomane, per caso?».

«Adele?»

Lesse l'ultima parola che aveva digitato nell'sms: "pillola", dopodiché il cellulare le cadde di mano. Avvertì un freddo improvviso, come se nel suo stomaco avesse cominciato a nevicare.

Il suo corpo arrivò prima, infinitamente prima, alla verità delle cose.

Il telefono non aveva squillato per anni.

«Chi parla?»

Era rimasto inerte sul comodino, nell'angolo più buio del corridoio, per sette anni. A parte all'ora di cena e di pranzo, qualche volta, quando chiamavano quelli dell'Enel o della Vodafone per venderti qualcosa, e la mamma rispondeva invariabilmente: «No grazie, non abbiamo soldi». O qualche insegnante ogni tanto, o qualcuno che rompeva le palle: una, due volte al mese. Ma, eccetto questo, che non significava niente, il telefono non aveva squillato mai.

E nel frattempo erano arrivati i cellulari e internet, erano venute le mestruazioni prima a lei poi a Jessica, e mamma aveva cambiato due lavori e tre fidanzati, e lei si era messa insieme a Manuel *ufficialmente*.

Erano successe tante di quelle cose. Ma il punto non erano gli anni, e l'irrecuperabile che ci era caduto dentro. Il punto era che, dopo tutto questo tempo, lui aveva pronunciato il suo nome, non quello di sua madre, non quello di sua sorella, per primo.

«Ciao, Adele.»

Esplose la sigla del telegiornale.

Mamma non si era neppure affacciata per sapere chi fosse.

«Come stai?» le chiese.

Continuava a non rispondere.

Jessica le passò davanti con l'asciugamano in testa, e non sapeva niente, non immaginava.

Erano loro due, alle estremità di un cavo.

«Ci sei? Sei sola?» parlava con cautela. Come se non volesse infrangere il filo da equilibrista su cui erano sospesi. «Ti ricordi di *me*?»

Ricordava. Non lei, ma le sue arterie, i suoi recettori. Sentiva l'odore della sua schiuma da barba all'eucalipto, vedeva la sua calligrafia limpida e ordinata, alcuni caratteri identici al Times New Roman; seguiva la sua sagoma altissima lungo i binari della stazione, mentre lo chiamava, in lacrime, nella foschia invernale.

«Ti ho scritto ogni giorno.»

Adele si lasciò stordire da quella frase.

«Ti prego di credermi. Ti avevo promesso di tenerti un diario e io l'ho fatto.»

Non aveva più neppure un volto, la sua voce. In pratica, non esisteva. Eppure l'aveva riconosciuta all'istante, come fosse l'elemento chimico base di cui era composta la sua esistenza.

Avrebbe dovuto mettere giù prima che fosse troppo tardi. Invece rimase in ascolto. E lui continuò a parlarle in tono rassicurante. Il baccano dell'appartamento le arrivava come da una distanza siderale. Le sembrò di osservare da in cima a un tetto, con assoluto distacco, l'unica finestra rumorosa dei Lombriconi schiacciati dal sole.

Le sembrò di vedere se stessa intrappolata in quella vita.

«Va bene» riuscì a dire alla fine.

Posò il ricevitore.

Lentamente percorse il corridoio, s'impigliò sulla soglia della cucina. Sua madre si era infilata un prendisole hawaiano, la pelle abbronzata che sapeva di crema, la matita sciolta sotto gli occhi. E Adele pensò che toccava a lei, adesso, proteggerla.

Sullo schermo uno stabilimento balneare affollato risaltava stracolmo di felicità, l'inviato sul posto diceva ai microfoni di *Studio Aperto* che anche quell'anno la Riviera registrava il tutto esaurito. Jessica sgranocchiava un grissino con i capelli bagnati. Sua madre si voltò a guardarla: «Allora, quale ladro era? L'Enel o l'Eni?».

"Cara mamma" le aveva scritto una volta. Era solo un tema in classe, stupido e imbarazzante. Però quella volta aveva preso Ottimo. "Cara mamma, scusami se quando pulisco butto la polvere sotto il letto."

Sedettero a tavola, tutte e tre in copricostume. Come se stessero per pranzare là, al ristorante del Bagno 38 che facevano vedere in tv.

In quei sette anni, rimaste sole, si erano date alla fantasia. Avevano preso abitudini speciali, come fingere di vivere altrove. Vestirsi stravaganti, colorarsi i capelli di viola come Jessica oggi, color melanzana. Fare le indipendenti. E una volta che Salvatore, o forse era Ernesto, si era fermato a dormire e poi, la mattina dopo, si era seduto sul divano pretendendo di essere servito e riverito, mamma lo aveva cacciato fuori a calci nel culo.

Adesso Rosaria riempiva i piatti, prima quelli delle sue figlie poi il proprio. Vuotava la pentola, incrociava le gambe sulla sedia come una ragazzina. E Adele non voleva farle questo. Neppure a sua sorella, neppure a se stessa.

Affondò la forchetta tra i fusilli senza infilzarne nessuno.

«A Ferragosto papà esce di galera.»

~

75

Manuel D'Amore, da bambino, sapeva come tirare un pallone e fare gol. Tanto che il pomeriggio di Pasqua del 2000, due della torre B che si davano arie da esperti gli avevano detto di farsi allenare sul serio, lui sì che aveva un futuro.

Invece era rientrato a casa sudato marcio perché doveva bere, e aveva trovato sua madre per terra, la bocca piena di sangue.

La finestra era aperta. Attraverso le tende le pallonate e gli insulti dei suoi amici rimbombavano fin lassù.

Aveva pensato fosse morta. Era rimasto inchiodato all'ingresso con la porta socchiusa dietro le spalle e si era sentito franare per un lungo istante.

Non era la prima volta che la menava. Succedeva sempre. Ma non era mai arrivato ad ammazzarla. Lo vedeva anche Manuel che non era una bella donna. Era un po' sovrappeso, si vestiva come un uomo: con i jeans larghi, i maglioni scuri accollati. E mai un gioiello, sempre i capelli tagliati corti. Però era sua madre, era quello che nessuna persona al mondo poteva sostituire.

Aveva trovato il coraggio di avvicinarsi. Si era chinato, si era accorto che respirava: aveva solo perso conoscenza.

Il mondo di Manuel, apparentemente, era tornato a ruotare su se stesso.

L'aveva raccolta da terra. Senza sognarsi mai, neppure per scherzo, di chiamare il 118. Il corpo di sua madre pesava il triplo del suo, e lui l'aveva trascinato fino in bagno. Aveva aperto il rubinetto della vasca, controllato che l'acqua non fosse né calda né fredda. Poi l'aveva spogliata: i pantaloni, la canottiera, le calze, e mentre compiva delicatamente queste operazioni, aveva otto anni.

Le aveva sganciato il reggiseno, sfilato le mutande evitando di guardare. Con tutta la forza e la premura di cui era capace, l'aveva immersa. E lavata. Finché sua madre aveva riaperto gli occhi, pronunciato piano il suo nome. Se avesse chiamato il

118, i medici avrebbero allertato i carabinieri. Poi i carabinieri avrebbero portato via suo padre, e sua madre non voleva, e l'infanzia era un lusso che non poteva permettersi.

Invece adesso, nove anni dopo, poteva permettersi di tirare fuori dalla tasca 790 euro in contanti e pagare un iPhone 3GS da 62 giga con un gesto secco della mano. E provare, in aggiunta, una sensazione di piacere in ogni angolo del corpo, che non era affatto male.

«Ti devi prendere la custodia, però.»

Enzo aveva ragione.

«Fichissima, la voglio.»

Andarono a setacciare l'espositore, lo studiarono clinicamente. Un vento siberiano spirava dai condizionatori del Million.

Enzo indicò un esemplare con le borchie d'oro e un bulldog ringhiante stampato al centro. Manuel scosse la testa: se c'era l'oro, doveva essere vero. Sennò eri solo feccia di periferia.

«È questa, fra'» disse scegliendo la sua.

«Seee, business man! Ma quanto sei frociato?»

Pelle nera: semplice, elegante. Anche se il boss continuava a lasciarlo lì con quel cazzone anziché promuoverlo e mandarlo in trasferta, lui aveva classe da vendere.

Quando uscirono, li investì un muro di calore: 38 gradi all'ombra, 42 percepiti. L'asfalto evaporava. L'afa schiacciava e tramortiva. Ma quel che davvero lo deprimeva era ritrovarsi di fronte, parcheggiata di traverso, gialla come l'ingiustizia, l'Opel Tigra di Enzo.

Una macchina di merda, di un colore di merda. Ci facevano la figura dei coglioni, là sopra. Manuel si sedette al posto di guida anche se non aveva ancora la patente. Accese lo stereo. Enzo si stravaccò sul sedile del passeggero e s'infilò tra le labbra una sigaretta.

Estate in città. Non c'era niente di più schifoso al mondo.

Era una roba non da falliti, ma proprio da pezzenti. Anche i punkabbestia di piazza Verdi con le pulci dei loro cani rognosi addosso andavano al mare. Era come cantava Marracash nel pezzo che stavano ascoltando: "Prendo il sole mangiando McDonald's". Unto, puzzolente e sudato. L'unica cosa che salvava di quella macchina era l'impianto con il woofer che faceva vibrare pure la riga bianca della strada.

C'erano due filosofie. Una era quella di Enzo: non strafare. Se giri con venti grammi di eroina ficcati tra l'olio e il radiatore, sei residente al Villaggio e hai pure diciassette anni, non puoi guidare una Mercedes SLK. Manuel lo capiva, arrivava persino a digerirlo finché si muovevano nel grigio piattume al di là della tangenziale.

Ma se andavi a Riccione o a Gabicce Mare, se parcheggiavi davanti al Cocoricò o all'Imperiale, allora era diverso. Con una Opel gialla non avresti potuto smerciare neppure pasticche di tachipirina. Questa era la filosofia di Manuel.

«Cazzo di caldo, eh?» Enzo fumava con i finestrini chiusi e l'aria condizionata al massimo. «Andiamo ai Budelli o ai Paradisi?»

«Ai Budelli» rispose Manuel, cupo. «Ma prima facciamo un giro.»

Aveva voglia di guidare. Non che Enzo gli stesse sui coglioni, anzi, era diventato come un fratello ormai. Però non era un'aquila. Ci arrivava fino a un certo punto, alle cose. E lui amico con la testa straordinaria lo aveva avuto, conosceva la differenza.

Marra aveva ragione: "Il Pusher migra per la stagione / a seconda di quello che tira va in / Salento o a Riccione". E lui, che si sarebbe venduto un rene per rifornire i locali splendidi della Riviera, batteva ancora zone depresse per spacciare roba d'infima categoria – tagliata col fruttosio, con l'amido, col bicarbonato – a gente altrettanto infima.

Marracash era diventato qualcuno. Veniva da una periferia come la sua, ma aveva imparato a usare le parole, a farle fruttare. Le parole in connessione alle cose, con *dentro* le cose. Non le parole vuote.

Anche lui sarebbe stato capace di fare il rapper. Oltre che a calcio, era bravissimo in italiano. Lui e Zeno alle medie se li mangiavano vivi, i professori. Li umiliavano, da quant'erano veloci ad apprendere, a rilanciare. Avevano impostato un modello di business supercompetitivo per andarsene dai Lombriconi. Diventare imprenditori, mettersi in proprio.

«Di cos'è che la gente avrà sempre bisogno?» «Della droga.» «Sì, e dopo?» gli aveva detto Zeno. «Di scopare? Di mangiare?» «C'è un'altra cosa…» Un progetto geniale, finito bruscamente a tredici anni.

E adesso Manuel era qui, a fare il pusher di serie z. Guidando per le statali della pianura padana, negli ultimi gangli infestati di zanzare della via Emilia. A elemosinare una telefonata che gli desse una possibilità a Riccione, che gli cambiasse il destino mentre respirava fumo di Pall Mall rosse e condizionatore marcio, mentre puntava a un tossico terminale con la faccia butterata e le piante dei piedi piene di buchi.

Uno come suo padre.

Quando gli era capitato ancora di trovare sua madre priva di sensi, cosa che accadeva specialmente a Ferragosto e a Natale e nei giorni di festa, per compiacere la volontà inspiegabile di lei, Manuel aveva continuato a parargli il culo e a non chiamare il 118.

Non ne aveva parlato a nessuno, tranne a Zeno. Perché Zeno era più di un amico, più di un fratello.

Era la sua stessa cosa, ma migliore.

Si erano consultati. Avevano ragionato e predisposto un piano, perché secondo Zeno c'era sempre un piano razionale che poteva rimediare alla non razionalità delle cose.

Invece le cose non si erano salvate. E Zeno era partito per il liceo più figo e glorioso della città. E lui aveva mollato al primo anno di istituto tecnico, mandando i suoi Ottimo a puttane.

Però si era giurato.
Che li avrebbe sterminati tutti, quelli come suo padre.

I Budelli emersero alla fine dello sterrato. Nella loro imponente devastazione. Era il punto più basso oltre il Villaggio Labriola, a est delle torri F e G, con una spianata di lotti incolti nel mezzo.

Un cratere abusivo a cielo aperto.

Nella mente degli speculatori che avevano iniziato a costruirla, sarebbe dovuta diventare un'isola felice. Con un asilo nido, un campo sportivo, addirittura una piscina termale. A una manciata di chilometri dall'edilizia popolare, ma rigorosamente separata. Lontana dal centro, ma ben servita. Riparata, esclusiva. E invece.

Erano fuggiti con la cassa. Il cartellone pubblicitario con la dimora dei tuoi sogni era sbiadito. Di tutte le promesse erano rimaste viscere di cemento armato. Un paradiso per i graffitari, per le prostitute, e per guardie e ladri.

Manuel spense il motore, rimase fermo sul sedile. La prospettiva di uscire e passeggiare alle 13.30 in un cantiere fermo da trent'anni, a metà luglio, improvvisamente non lo esaltava.

«Sai a cosa pensavo?» chiese a Enzo prima di aprire la portiera. «Quante volte ci abbiamo giocato, qui?» Una pausa ispirata. «Tutto ci abbiamo fatto. Le seghe, le canne. Dovrei esserci affezionato e invece, ogni volta che lo vedo mi dico: Se faccio un figlio, col cavolo che gli permetto di venirci.»

Enzo non rispose. Dai piani terra incompiuti, dalle fondamenta mai finite di scavare, spirava solo un'immobilità asfissiante, un senso di non potere, di non contare, di non esistere.

E Manuel pensò che il futuro in cui si fosse fatto una famiglia sua sarebbe stato a miliardi di chilometri da lì. Che quando fosse arrivato il suo momento, i Lombriconi, i Budelli, il Villaggio, non avrebbero più infierito né lasciato tracce. Ma questo non lo disse.

Fuori non si muoveva niente. Non c'era vento, le ombre erano ridotte a strisce risicate lungo i piloni interrotti. Manuel uscì e gli venne in mente di colpo: Com'è che nessuno mi sta cercando?

Estrasse il vecchio cellulare dalla tasca, trovò sei chiamate senza risposta: una era di Maria Elena e cinque erano di Adele. Rilesse meglio perché non ci credeva: Maria Elena.

Aveva impostato il silenzioso per errore. Aveva il suo numero solo perché lo aveva estorto al figlio con l'inganno. Perché gli piaceva tenerselo in rubrica. Pensare: Io ce l'ho. Sentirsi importante. Ma mai e poi mai si sarebbe sognato di ricevere una chiamata da lei.

Il cemento arroventava, Enzo scalava la benna di una ruspa arrugginita alla ricerca del fumo che ci aveva nascosto.

Manuel si guardò intorno, e forse qualcosa si mosse. In fondo, sotto il gigantesco graffito che ritraeva due mostri: un cane-topo e un coniglio-gatto abbracciati, dov'era una macchina messa di traverso. L'emergere furtivo di una schiena nuda, una chioma striata di colpi di sole, una donna che si rivestiva in fretta e il cliente che metteva in moto.

C'era anche un messaggio di Adele, oltre alle chiamate. Lo lesse: "Voglio le cose serie, oppure ci lasciamo. O prendo la pillola". L'altro termine dell'opposizione mancava.

Ma perché – Manuel rovesciò la testa verso il cielo – continuava a cagargli il cazzo così tanto?

Solo che Maria Elena, adesso, era tredicimila volte più importante.

~

Il bus in partenza dal capolinea era spesso vuoto. Oltre a lui, alle due spaccate di quel mercoledì, salirono un signore anziano vestito come a gennaio, con la sciarpa e il maglione, e un gruppetto di ragazzine seminude, le facce rilucenti di glitter.

Presero posto al centro, decretando con i corpi che il mezzo era cosa loro, discutendo con voce animata di una che si faceva i video, li metteva su internet e si credeva chissà chi. Lui obliterò e andò a sedersi in fondo, vicino al vecchio. In quel sedile a sinistra accanto al finestrino, che in quattro anni non aveva quasi mai cambiato.

Anche l'autobus era sempre lo stesso: a coprire la linea 22 mandavano solo vecchi cassoni a gasolio senz'aria condizionata, con i soliti passeggeri: l'alcolista della torre A, il disoccupato con il cane, due sorelle di quarant'anni che ne dimostravano sessanta.

Era un viaggio interessante.

Nei cinquanta minuti che lo separavano dalla meta, poteva osservare i casermoni popolari rimpicciolire e lasciare posto a palazzine sempre meno anonime e meno grigie. Diminuivano le parabole satellitari sui balconi, aumentavano negozi e ristoranti. Anche le strade si assottigliavano, si ingentilivano. I bar perdevano gli anziani con la pensione minima e le partite a carte, guadagnavano signore in tailleur e avvocati. Via via che ci si avvicinava, la gente cominciava a camminare con addosso vestiti migliori, spuntavano insegne di cinema, pub e locali famosi. Finché il 22 raggiungeva i portici medievali.

Allora, era come aver passato i controlli alla dogana. Come aver ricevuto il visto per un altro pianeta.

Zeno ricordava ancora l'effetto straordinario, nel settembre di quattro anni fa, del primo viaggio verso la nuova scuola. L'arrivo in centro non più da clandestino, ma da quattordicenne regolarmente iscritto alla quarta ginnasio del Liceo Galvani.

Fondato nell'anno dell'Unità d'Italia. Incastonato nella via più bella, a un passo dall'Aula Magna di Santa Lucia. Con dentro la biblioteca Zambeccari, tutti i volumi antichi che puoi desiderare. Dove avevano insegnato Pascoli e Carducci, dove aveva studiato Pasolini. Sette allievi eroi, morti per la Resistenza.

Ancora oggi, ormai ammesso all'ultimo anno, ci pensava: a quelle persone che avevano fatto la storia, la sua stessa storia. E non si stancava di osservare, la fronte contro il finestrino, tutte le sottili, invisibili frontiere che separavano la città dei protagonisti da quella degli emarginati.

Non c'era un solo adolescente in tutto il Villaggio che prendesse con lui l'autobus delle 6.57 per andare a scuola. Era l'unico studente del classico dell'intero quartiere. Lo avevano schifato per questo, e anche punito fisicamente. Ma Zeno capiva, e accettava.

Intanto il 22 era diventato un carro bestiame. La gente si accalcava, l'aria che entrava dai finestrini era un phon carico di polveri sottili. Ma a lui non dava fastidio: se al di sopra dello smog e del sudore poteva intravedere la metà incompiuta di San Petronio, ne valeva la pena.

Scese in via Rizzoli. Alcune serrande erano già abbassate per ferie, alcuni turisti scattavano fotografie. Attraversò la piazza principale battuta dal sole. Raggiunse correndo un filo d'ombra sotto i tetti di via Clavature e risalì veloce via Castiglione.

Non credeva che lo avrebbe aspettato, per giunta fuori con tutto quel caldo. Invece: eccola là, seduta sui gradini del portico davanti al liceo. Leggeva il giornale, con i ricci raccolti.

«Zeno!» gridò gioiosa appena lo vide.

Lui ricambiò il saluto, un filo d'imbarazzo nella voce.

«Grazie per essere arrivato in anticipo», richiuse il "Corriere della Sera" e lo ficcò in borsa, «non ne potevo più di quella D'Addario e di tutte le donne del Presidente.»

Gli inviò un sorrisino d'intesa, che lui raccolse fino a un certo punto. Non era molto ferrato sull'attualità, anzi: era diventato, a forza di Epicuro e Sofocle, Tasso e Voltaire, piuttosto inattuale.

«Vieni, andiamo a prenderci un gelato.»

La professoressa Cattaneo doveva trovarsi in uno dei suoi giorni migliori perché si alzò con incredibile disinvoltura. Non era sempre così, anzi: il suo umore poteva toccare vertici di cupezza abissali, lo sguardo fisso e la voce monocorde per intere lezioni. Spesso si assentava per settimane, e non era difficile capire il perché di quei vuoti.

Adesso però, gli occhi abbaglianti, lo invitò a schiodarsi con un buffetto sul braccio. Sciolse i capelli dalla matita che li teneva fermi e gli fece strada zoppicando.

Non erano ben viste le preferenze spiccate, al Galvani, ma la Cattaneo se ne fregava e lo riempiva di attenzioni. Era stata gentile a invitarlo ad assistere agli orali di maturità: «Così ti fai un'idea e l'anno prossimo ci stendi tutti». Sembrava ci tenesse da morire, che Zeno si diplomasse con 100 e lode. E ora gli stava persino offrendo il gelato.

«No no, ci mancherebbe!» disse fermandolo prima che tirasse fuori il portafoglio (e lui gliene fu grato, perché era ancora quello di Spiderman delle medie, e dentro c'erano forse cinque euro). «Un giorno, quando sarai ricercatore alla Sorbona o a Cambridge, tornerai apposta per portarmi fuori a cena.»

Si sedettero su una panchina di plastica all'esterno della gelateria, a un centinaio di metri da scuola.

«Ho letto il tuo saggio breve su Rousseau e la bontà innata della natura umana: è superlativo. E commovente.»

Quelle attenzioni lo lusingavano, ma lo spaventavano anche.

«Non esageri, prof» protestò a bassa voce.

«Ti prego, quando siamo fuori da scuola, chiamami Dora.»

Era una donna giovane, del genere che viene definito "intelligenza brillante". Lo idealizzava perché veniva dal Villaggio e aveva la media dell'otto, ma la verità era che nel suo quartiere non ci aveva mai messo piede, ed era facile così partire per la tangente del romanticismo.

Però anche lei aveva la sua fonte di dolore. E per questo lui la rispettava. Certe mattine si vedeva dall'espressione tirata che la protesi le faceva male, da come la trascinava.

Il dolore rendeva i loro pensieri cristallini, acuiva i ragionamenti, sviluppava il fiuto per i dettagli secondari, i più rivelatori. Il dolore non li rendeva persone migliori, però li univa.

«Cosa farai quest'estate?»

«Leggerò» rispose lui. «E basta.»

«Molto bene» disse Dora. «E cosa pensi di leggere?»

«Gli americani. DeLillo, Franzen. Non li conosco.»

«Naaa» Dora scosse la testa, contrariata. «Io, alla tua età, quando volevo vincere tutto e prendermi il mondo, leggevo solo Dostoevskij. *Delitto e castigo* cento volte. Hai tempo più tardi di conoscere i vivi, adesso dedicati ai russi morti e incamera grandezza nei tuoi polmoni.»

I vecchi amici dei Lombriconi non lo erano più. Ma di nuovi, in altri quartieri, non se ne era fatti. Forse lontano da lì, forse a Parigi o a Londra, sarebbe potuta diventare una persona nuova. Ma intanto rimaneva lì insieme alla sua professoressa d'italiano. L'unica con cui poter parlare.

«Leggi *L'idiota*, leggi *I fratelli Karamazov*! Il più grandioso romanzo di sempre. Lo diresti che siamo già in paradiso, anche se non riusciamo a comprenderlo?»

Avrebbe voluto risponderle che lo conosceva già, quel passo, e anche il resto del romanzo. Ma era un segreto e lo tenne per sé.

«Non hai idea di quanto quei libri mi abbiano aiutata…» non finì la frase. Cambiò tono e sguardo all'improvviso: «Dimmi perché hai rifiutato la borsa di studio per andare a Parigi. Dopo che ne avevamo parlato per mesi, dopo che avevamo fatto insieme la domanda».

Si era fatta seria, quasi accorata.

«Spiegamelo, ti prego. Perché io davvero non lo capisco. Se tu mi dicessi quali sono gli ostacoli, gli impedimenti, io proverei a darti una mano. Se tu fossi mio figlio…» si morse le labbra «non ti toglierei mai questa occasione.»

Zeno osservò il bancone dei gelati, si soffermò minuziosamente su ciascuno dei cartellini dei gusti. Il pistacchio era il preferito di Manuel, la crema quello di sua madre. L'estate, senza la scuola, era diventata una prigione. Più ancora dell'interno 21, dei pranzi e delle cene nel più totale silenzio.

La Cattaneo avrebbe dovuto saperlo, che nessun genitore si era mai presentato ai colloqui. Solo Cinzia, che era puntuale e firmava tutto quel che c'era da firmare, ma era pur sempre una cugina di sua madre. Lo aveva ospitato a casa sua per tre mesi, trattato come un figlio; era andata a trovarli ogni giorno quando lui aveva insistito per tornare ai Lombriconi. Però aveva anche una famiglia, un lavoro, e la vita normale, alla fine, aveva preso il sopravvento.

Zeno avrebbe voluto, più di ogni altra cosa, partire per Parigi. Fare come un personaggio di Balzac: superare tutte le sottili, invisibili frontiere tra il Quartiere Latino degli studenti squattrinati e il Faubourg Saint-Germain, dove scintillavano le donne ricche e colte. O come un personaggio di Dickens, passare da est a ovest del Tamigi, scampare alle luride unghie di Fagin. Scavalcare il filo spinato, precipitare di culo dall'altra parte. Salvarsi.

Ma non poteva. Lasciare sua madre. Non pulirle la casa. Non farle la spesa. E dove stava scritto, che i desideri erano più importanti delle persone?

«Perché, Zeno?» insisté la professoressa.

«Perché» rispose lui con distacco «ci sono forze invincibili. Forze molto più irreparabili di uno sciocco, egoistico, desiderio.»

8

Le aveva spaccato il cuore, glielo aveva crepato e mandato in frantumi così piccoli da non poterli più aggiustare.

Si era sentita scoperta. Giudicata. Condannata. E anche se Zeno era il ragazzo più intelligente e sensibile della Terra, anche se lei se lo era preso a cuore fin dal primo trimestre del primo anno, però, in quel momento, fuori dalla gelateria, lo aveva quasi odiato.

Erano presagio di sventura, le sue parole, lo sapeva.

Per le quarantott'ore precedenti aveva vissuto come sospesa in una bolla di ottusa meraviglia. Camminando a un metro da terra. Scossa da improvvise raffiche di impazienza e brividi lungo la schiena.

Per una volta, non aveva ceduto alla paura.

Si era messa in ascolto, invece, di ogni più minuto segnale: un crampetto *particolare*, che non aveva niente a che vedere con uno dei soliti, tristemente noti, crampi; uno strano, lievissimo mal di testa, non paragonabile all'effetto collaterale dei farmaci; e poi, un senso non proprio di nausea, ma come di luccicante sazietà, come se nel suo stomaco si fosse formato un vuoto improvviso da montagna russa in un magnifico pomeriggio di sole.

Le era parso di sentire gli odori diversamente. L'abituale profumo di Fabio, mentre gli augurava il buongiorno baciandolo sul collo, le aveva dato fastidio. Uscendo di casa le era parso di avvertire in bocca proprio il sapore dello smog. Era come se avesse cominciato a percepire la rotondità delle cose, la vita sotto la vita.

Prima, era sempre corsa subito a dirlo a Fabio. Invece, questa volta, era rimasta zitta.

C'era una sorta di magica gelosia nel volersi tenere l'attesa tutta per sé, nel raggomitolarsi e proteggere quel *forse* primissimo accadimento.

Si era controllata cento volte, correndo in bagno tra un orale e l'altro. Si era sbottonata i pantaloni con le mani che le tremavano, il cuore in gola. Si era ripetuta nella testa come un mantra: *ti prego ti prego ti prego*, calandosi le mutande, lasciandole tese tra il ginocchio sano e quello finto. Aveva chiuso gli occhi prima di guardare. Li aveva riaperti di colpo: erano ancora bianche.

Allora aveva provato una tale gioia, incommensurabile. E si era contenuta a stento, anche se avrebbe voluto urlare con ogni fibra del corpo. Calma e gesso, si era imposta.

Aveva continuato a indossare gli assorbenti per scaramanzia. A ripetersi: No, non è vero. A tentare di cautelarsi contro lo spettro delle Beta negative. Ma era più forte di lei.

I giorni di ritardo erano due. Non era mai accaduto.

Era arrivata al Galvani così di buon umore che aveva scherzato persino con i colleghi che detestava. Aveva rivolto domande troppo semplici ai maturandi e distribuito punteggi follemente generosi. Proprio lei, «che segava, segava, segava»; che arrivava a dare persino zero ai suoi ragazzi, per il loro bene: il mondo era un tale bastardo, là fuori.

Per un istante, mentre un suo studente si arrampicava sugli specchi dei *Malavoglia*, aveva rivolto lo sguardo alla finestra – l'azzurro intatto del cielo, l'estate che fermentava – e aveva provato la sensazione netta di essere abitata.

Aveva sentito, nella propaggine più fonda della sua pancia, l'avveramento di *qualcosa* che non osava chiamare per nome, ma che forse era ancora vivo. E teneva. E si annidava alle sue pareti con tenacia, proprio adesso, moltiplicando a dismisura le cellule.

Aveva comprato il giornale per distrarsi. Era andata in pausa pranzo, per coccolarsi, alla Drogheria della Rosa, e aveva evitato come sempre maionese e prosciutto crudo. Non ricordava da quanto tempo aveva smesso di mangiarli, e cominciato a prendere ogni mattina una pastiglia di acido folico. L'unico integratore che amava, tra le decine che campeggiavano in cucina accanto al piano cottura.

Forse aveva cominciato già a venticinque anni, a comportarsi da donna incinta. E adesso ne aveva trenta.

E non lo era mai stata.

Lasciò cadere il test nel lavandino.

Per tre minuti eterni lo aveva fissato tenendolo tra le mani con tanta intensità che i suoi nervi erano stati sul punto di spezzarsi.

Si appoggiò sul bordo e chiuse gli occhi.

Ci sono forze invincibili. Forze molto più irreparabili.

Non era corretto, dal punto di vista semantico. Non esistevano cose più irreparabili di altre. L'irreparabile non si ripara, punto e basta. Ma era anche giusto, dal punto di vista della vita. Perché esistevano sul serio cose così rotte, così impossibili da aggiustare, che era come morire.

Quante volte aveva vissuto questo momento? Non lo voleva sapere.

Non lo poteva più tollerare, quel *meno*. Che stava a significare una negatività assoluta, una mancanza totale.

L'*irreparabile* assenza di suo figlio.

Che non veniva. E non c'erano sottocutanee di Decapeptyl una volta al dì intorno all'ombelico. Non c'erano stimolazioni né monitoraggi ecografici a giorni alterni. Fax e pagamenti. Autocertificazioni e permessi per malattia. Perché era una malattia, sì. La più tremenda. E non occorreva che scomodassero Dio o la Natura, perché lei se li sarebbe fatti a pezzi e mangiati vivi. Non le occorreva neppure la compassione degli altri, lo sguardo comprensivo di chi non ne sapeva un accidente e sotto sotto era pure contento che non fosse toccato a lui.

Non c'erano pick-up che tenessero, un nome simpatico per nascondere una pratica dolorosa. Non c'erano mai ovuli a sufficienza, o abbastanza maturi. E quando c'erano, mancavano gli spermatozoi in grado di farcela. Sia fuori che dentro il vitro, persino iniettati nel citoplasma da mani espertissime e ultrapagate. Non c'erano cannule. Non c'erano parole latine o inglesi che potessero rendere la realtà meno crudele. Il suo utero, evidentemente, era un posto troppo inospitale.

Lei era una persona troppo sbagliata.

Ma cosa provavano le altre donne?, si chiese. Quelle che pisciavano, aspettavano i tre minuti, e si trovavano di fronte un bel più? Come esultavano, *se* esultavano. Quali parole dicevano, quelle per cui bastava una scopata. Quelle a cui *capitava*, e manco lo avevano voluto.

Le odiava, una per una. Le odiava di un odio folle. Anche la farmacista mesciata, con una scopa in culo, che continuava a venderle quei test di merda e la guardava con un sorriso falso pieno di pena mentre le dava lo scontrino. Non ci sarebbe più andata, basta. Avrebbe cambiato farmacia, cambiato marca di test di gravidanza.

Si guardò allo specchio. *Uno sciocco, egoistico, desiderio.*

Aveva sentito l'embrione sfaldarsi, su quella panchina con Zeno. Anziché attecchire, il minuscolo prodigio si era dissolto. Era morto.

E lei con lui.

Quando aveva ripreso gli orali, nel pomeriggio, era piena di astio. Non riusciva neppure a camuffare la fretta, anzi l'urgenza, di tornare a casa. Presto, prima che Fabio rientrasse dal lavoro. Voleva essere sola in quello che ormai era diventato un tragico rituale.

Era così tremendo? Così diabolicamente contro natura, desiderare un figlio? Si piegò su se stessa. Non doveva piangere. Si lasciò cadere sul pavimento, stringendosi la pancia che non sarebbe cresciuta. Non avrebbe mai visto un *più* nella sua vita. Si prese a pugni la protesi. Era una donna inutile, riarsa. Era solo un vuoto enorme.

Quando avvertì la chiave nella toppa e la porta d'ingresso aprirsi, si sforzò di rimettersi in piedi. Si sistemò i vestiti, si infilò nelle forcine le ciocche crespe e ribelli. Il mascara era ancora impeccabile.

Uscì dal bagno. Non solo a lei doveva toccare questo inferno.

Rimase ferma sulla soglia. Fece mente locale sulle parole giuste. Ma non ce ne fu bisogno.

Dall'anticamera Fabio la guardò e comprese.

Il timido sorriso con cui era entrato sparì di colpo.

Lo vide lasciare la borsa del computer a terra, voltarsi piano per appendere la giacca. I soliti gesti, le abitudini che avrebbero dovuto proteggerli dal dolore che da anni li stava risucchiando.

Non si salutarono: non ci riuscivano. Perché quel dolore non era solo male. Era una vergogna conficcata in quel che avevano di più intimo. Le ovaie, i testicoli, la capacità di fare vita.

Conosceva il seguito: Fabio avrebbe afferrato il telecomando e abbassato la temperatura in tutte le stanze, poi sarebbe andato in camera a spogliarsi e sarebbe rimasto sotto la doccia per un tempo infinito. Lei avrebbe cominciato ad affettare le zucchine e i pomodori, con largo anticipo perché erano solo le sei di sera.

Ci avrebbero messo parecchio a trovare la frase, l'appiglio. Ma si sarebbero aggrappati a tutto: al surriscaldamento del pianeta, alla D'Addario, al commento di un politico cretino. Pur di seppellire sotto il tovagliolo l'ennesimo fallimento. E ricominciare. Un altro ciclo. Un altro prestito da chiedere alla banca. Per quanto ancora? Quante dosi? Quanti meno da sostenere? Era logico, era umano? Non lo ricordava neanche più, quando le era venuto il desiderio di avere un figlio. Quando ancora facevano l'amore, non le attese snervanti davanti agli ambulatori. Così, per gioco, senza neanche contare i giorni.

Dora aprì l'anta del frigorifero e scoppiò a piangere.

~

«Cazzo ci fai qui. Ti avevo scritto di non venire.»

Una delle cose che Adele non sapeva era che Manuel possedeva un libro, uno solo, sepolto sotto le felpe invernali. Un segreto che nel loro quartiere sarebbe stato considerato da perdenti. Ma lei non aveva bisogno di saperlo, perché lo intuiva.

La sua seconda, invisibile natura. Quella nascosta sotto lo spacciatore, sotto il cattivo. La amava, dalla quinta elementare. Da quando lei e quel che rimaneva della sua famiglia si erano trasferite ai Lombriconi, e dalla finestra della sua nuova, tristissima stanza lo aveva visto.

Rimase sulla soglia a guardarlo in silenzio, mentre lui giocava alla PlayStation sul letto, fumava e la ignorava con insistenza.

Il piccolo stereo mandava *Lose Yourself* a ripetizione.

«Devi sparire. Lo capisci l'italiano?»

Si chiese se fosse un destino: quello di farsi umiliare.

La risposta non le interessava.

«Ti ho aspettato tutto il giorno, ti ho chiamato cento volte…»

Le sue proteste erano flebili e lui non le stava ascoltando. Stava stravaccato sul letto, indifferente, e aspirava la sua Marlboro.

Adele staccò un piede dall'infradito, si accorse di avere il tallone sporco. Era uscita senza pettinarsi, senza neppure truccarsi. Nella testa le rimbombavano ancora i cocci dei piatti spaccati da sua madre, i singhiozzi di sua sorella.

«Vuoi lasciarmi?» gli chiese.

Manuel roteò gli occhi sbuffando: «Quanto caghi il cazzo, Adele».

«No, perché se vuoi lasciarmi…»

Non ce la faccio. Non lo accetto. Mi ammazzo, se lo fai.

Ma non disse niente.

La stanza di Manuel assomigliava a uno sgabuzzino. Era stata ricavata dal salotto con una parete di cartongesso, e gli era rimasta solo una finestrella in cui era possibile a malapena infilare la testa. Il letto a una piazza, addossato al muro, occupava quasi metà dello spazio. Tanto che lui a volte ci scherzava: «Se mi mettono in galera, sono già abituato».

Oltre al letto, c'erano un comodino con sopra un mini televisore, un armadio strettissimo con un'anta sola, un lettore cd portatile appoggiato per terra, un poster di Eminem e uno di Tony Montana.

Lei era la sola che potesse entrare là dentro.

Manuel odiava quella casa. Per lui contava solo il fuori: le scarpe di Jordan, il Rolex tarocco, la Betamotor 125 truccata che era il suo più grande orgoglio, con cui di notte svegliava l'intero quartiere, in sella alla quale postava decine di foto su Facebook. Giacca di pelle e casco integrale.

Ma quel dentro lei lo vedeva. Ed era triste. Ci ristagnava un calore schifoso, di animale ferito. Un'eterna puzza di fumo.

«Ci sono giorni in cui non ho voglia di vedere nessuno» Manuel posò il controller e spense la sigaretta, «neanche te. Giorni di merda. Dentro estati di merda. E tu non te ne rendi conto perché non hai un cazzo a cui pensare.»

Adele lo aveva già imparato, che i problemi degli uomini erano sempre infinitamente superiori a quelli delle donne. E ciò che le donne dovevano tenersi dentro gli uomini lo potevano sbraitare e riversare sugli altri.

Avrebbe aspettato che si sfogasse, e basta. Tollerato: gli insulti, i silenzi. Purché non la lasciasse. A patto che dopo le chiedesse di sedersi lì, accanto a lui, per tenerla tra le braccia. Che erano grandi, con le vene in rilievo. I capelli neri, forsennatamente ricci, gli gocciolavano sul dorso nudo e abbronzato.

Lo dicevano tutte, persino sua madre, che era un ragazzo bellissimo, di quelli che potevano fare gli attori, andare in tv e sui giornali. E lei ce lo aveva. Lei se lo era conquistato e sudato. Quando sua madre aveva scoperto che spacciava e le aveva proibito di vederlo, lei lo aveva difeso, disobbedendole. C'era qualcosa, conficcato nel suo corpo, che le diceva di non poterne fare a meno, che le imponeva di averne bisogno. Dove la parola "bisogno" stava a significare una mancanza totale, un'astinenza assoluta, svegliarsi la mattina e non avere un senso.

«È successa una cosa» gli disse.

«Assì?» Manuel la guardò con rancore, come se quello che stava per raccontarle fosse colpa sua. «E sai cosa è successo a me, invece? Che uno di quei tossici idioti è schiattato. *Schiattato*, porca troia» tirò un pugno contro il lettore cd che ammutolì di colpo. «E adesso dicono che è colpa mia, che sono io che taglio male la roba, che si sparge la voce, che rovino il mercato. Ma non è vero niente. È arrivato il Torace e mi ha fatto una cazziata. Ma che colpa ho io, gli ho detto, se questi stanno messi una schifezza?» continuò nel silenzio. «Non me ne frega niente della tua pillola, fai quello che vuoi. Basta che te ne vai.» Appoggiò la testa al muro, chiuse gli occhi. «Ti chiamo domani.»

I compagni di scuola di Adele, a diciassette anni, si facevano giusto le seghe. E alcuni persino preparare i vestiti, la mattina, dalla mamma. Giocavano a Magic, appiccicavano adesivi al motorino. Il Professionale per i Servizi Commerciali e il Turismo Luigi Einaudi era zeppo di sfigati che non si capiva cosa fossero.

Manuel non aveva paragoni. Lo immaginò con quel tossico morto, con il Torace che urlava, spadroneggiava e si credeva un padreterno, e le dispiaceva che anche lui avesse avuto una brutta giornata. Ma.

«Per favore» gli disse, «è *davvero* una cosa…»

Antonia spalancò la porta. Adele si scansò di lato, spaventata, come se li avesse sorpresi nudi.

Era una donna tremenda. Non aveva neppure bussato. Aveva la voce arrochita dalle sigarette, era così trascurata: i capelli a spazzola, la faccia senza neanche un pochino di fondotinta, le unghie spezzate. Sembrava fare tutto il possibile per imbruttirsi.

«Bisogna che vai a fare la spesa» ordinò a suo figlio.

«Va bene» rispose Manuel.

«Devi andarci subito, sono le sette.»

«Ci vado» cercò di non essere scortese con sua madre, anche se lei lo era con tutti, «però adesso chiudi la porta.»

Antonia detestava che si imboscassero là dentro, detestava Adele, sennò perché doveva interromperli tutte le volte?

«Mamma, per favore.» Manuel si alzò, la spinse via e girò la chiave.

«Avanti» rivolgendosi a lei, scocciatissimo, «dimmi cosa mi devi dire.» Aprì l'anta dell'armadio per cercare una maglietta pulita.

Adele lo guardò sedersi, infilarsi gli anfibi con rabbia.

«Mio padre esce di galera, a Ferragosto.»

Manuel sollevò gli occhi.

«Doveva uscire tra un anno. Non so che fare.»

«Scusami.»

Le andò vicino, la voce improvvisamente dolce. Aveva sempre bisogno di litigare, di un dramma, per dimostrarle un minimo di bene.

«Scusa, non potevo saperlo.»

Adele gli appoggiò la testa sul petto e lui riuscì ad abbracciarla.

Erano due ragazzini chiusi in una cameretta, ma Adele si convinse che, rimanendo insieme, potevano essere più forti del mondo là fuori.

«Ha chiamato oggi, mia mamma è impazzita.»

Manuel le accarezzò i capelli.

«Se non vuoi rivederlo, non lo fare.»

«Non ho voglia che ricomincino i casini.»

«Non ricominceranno.»

Amava il suo modo di parlarle quando diventava protettivo. Amava il fatto che lui fosse, nonostante avesse solo tre mesi più di lei, più adulto di chiunque altro. Non poteva perderlo. Specialmente adesso. Specialmente a Ferragosto. Manuel era l'unica via di scampo. Era *tutto*.

Fu quando si chinò per baciarla, che le venne in mente.

Un pensiero stupido.

Così stupido da non poter essere reale.

«Ho già cominciato a prenderla, la pillola» a bassa voce, mentre Manuel le sfilava il vestito.

Non capì neppure se avesse sentito oppure no.

Antonia gridava dal salotto accanto: che c'era da fare la spesa, che doveva preparare la cena e andare al lavoro, che lei si spaccava la schiena e non aveva più tempo. Cosa cavolo prendeva ai genitori, si chiese Adele chiudendo gli occhi, per farli diventare così noiosi e senza sogni?

Manuel allungò un braccio e riaccese lo stereo, sparò Eminem al massimo. Perché: lei che sogni aveva? Non voleva studiare. Non voleva trovarsi un lavoro. Non voleva diventare qualcuno né niente. Voleva solo appartenergli.

Lose Yourself era ricominciata. La camera-sgabuzzino si era riempita di parole straniere e cattive che si mescolavano al fumo, all'aria stantia, al sudore. E quel pensiero, così folle da sembrarle infantile, era solo uno scherzo minuscolo.

Gli aveva consegnato tutto: la propria storia, i propri sentimenti, la verginità in terza media. Adesso toccava a lui, pensò Adele, darle qualcosa di... non le veniva la parola... *irreparabile*. E che certo oggi non poteva accadere, perché dovevano ancora passare anni. Però le piaceva baciarlo e tenergli i capelli *come se* stesse accadendo.

Mentre Manuel si sbottonava i jeans e si abbassava le mutande, quel pensiero stupido che le era venuto, e non se ne andava, era solo un gioco lieve e futile. Mentre le entrava dentro, e le respirava sul collo, era lei ad avere il potere. Anche solo per finta. Anche solo per una volta. Una, cosa vuoi che sia?

Erano in piedi, addossati all'unica parete nuda. Dalla finestrella un fascio di luce estenuata trafiggeva la stanza, la polvere sospesa nell'aria densa di Marlboro. Non le era mai piaciuto, il sesso. Lo aveva sempre fatto perché andava fatto, perché sennò Manuel l'avrebbe lasciata. Perché altrimenti sarebbe passata per sfigata.

Invece adesso avvertì il suo corpo sciogliersi e spalancarsi. Sentì che stava per succedere qualcosa nel fondo della sua pancia. Come una gemma che pulsa per uscire. O una piccola esplosione. Una bacinella d'acqua rovesciata a mezzogiorno, da bambine sul balcone.

Prima di venire, Manuel glielo chiese. «Hai preso la pillola?» E lei rispose. L'acqua le colava lungo le gambe, sulle spalle, insieme a tutta quella luce. Era come essere tornati piccoli e inermi nelle braccia di qualcuno.

Continuarono a tenersi stretti contro la parete per un po'. Come se non riuscissero a staccarsi. Come se fossero diventati le due metà di una stessa cosa.

~

«Non ci posso credere, ma'. C'è *Il piccolo Lord*!»

La signora Rosaria, però, doveva avere ben altro a cui pensare perché non rispose nemmeno. Lui la vide uscire, affacciarsi dal balcone.

Quando adocchiò la figlia maggiore sgusciare fuori dal portone della torre di fronte, le lanciò contro una parola irripetibile, nel suo dialetto d'origine, che deflagrò in tutto il cortile.

«Sono le nove passate» gridò appena Adele fu in casa. «Non hai rispetto per nessuno, sempre insieme a quel criminale. Ma dove ho sbagliato, io?»

Si appiattì contro il muro, riuscì a inquadrare una sezione più ampia della loro cucina adesso che anche l'altra anta era rimasta aperta. La sorella fissava ostinatamente il televisore e non fiatava. La madre, sul balcone, aspirava come una forsennata un mozzicone ridotto al filtro: «Dico, proprio stasera?» fece voltandosi, ma rimanendo lì affacciata e incurante di dare spettacolo. «Dico, *porca troia*, ci dovevi far aspettare come due sceme per più di un'ora?»

Adele comparve sulla scena, alla fine, in un angolo laterale. Andò ad appoggiarsi al solito termosifone. A quell'unico punto della casa, e forse del mondo, che per lei significava sicurezza.

«Mi dispiace, c'è stata un'emergenza...»

«Sentiamo questa emergenza, avanti.» Rosaria gettò il mozzicone in cortile e accese un'altra Merit. «Sentiamo l'*emergenza* più grave di tuo padre che esce di galera.»

La notizia gli assestò un pugno tra i polmoni. Premette ancora di più la guancia contro le piastrelle, il naso contro lo stipite della finestra.

«Mi hai deluso, credevo di poter contare su di te.» La voce di Rosaria stava tremando. «Non sono uscita oggi, anche se ero di riposo, non ho trovato le forze nemmeno di farmi un giro, e tu...» Non voleva, ma cominciò a piangere.

Adele rimase dov'era, indecisa. Si guardarono, lei e Jessica, nel tentativo di scambiarsi consigli per uscirne fuori. «Riscaldo la cena» disse alla fine.

Si staccò dal termosifone e sparì dove lui non poteva vederla. Nella cucina crollò il silenzio. Si udiva solo, ogni tanto, la voce del piccolo Lord che forzava la dura scorza del nonno. Tutt'intorno i Lombriconi furoreggiavano a ogni piano: di liti tra adulti, di pianti di bambini, di pentolame accatastato e suonerie isteriche di cellulari.

Era un mercoledì di luglio. Il 15, una data che nessuno avrebbe ricordato. Vide la signora Rosaria asciugarsi le lacrime, stropicciarsi gli occhi come se il vero problema fosse la stanchezza. Gli piaceva quella donna: faceva un mucchio di sceneggiate, ma era sempre capace di rialzarsi. Da un licenziamento, da un uomo sbagliato. La seguì con lo sguardo fin dove poteva, immaginò che aiutasse Adele con la cena. Si spaccava le ossa per le sue figlie, si faceva in quattro pur di difenderle. Anche sua madre, una volta, era così.

Adele si sedette a tavola incrociando le gambe. Una posa poco educata che però le donava molto. Lui conosceva a memoria il suo modo di cenare, quasi sempre distratta, giocherellando con l'orlo di qualcosa: la tovaglia, un tovagliolo. Era come un fiore, proveniente da una terra lontanissima e non ancora classificato. La gente ignorava la sua intelligenza, il suo talento. Ma lui aveva un fiuto speciale.

Mangiavano lente, prigioniere di quel peso che gravava sulle loro teste. Si erano abituate a stare sole, non sarebbe riuscito a immaginarle con un uomo in casa. Dopo quattro anni, aveva imparato molte cose dai loro silenzi.

Ogni sera lui si era appostato lì: sopra il water, nell'unica posizione da cui poteva vedere senza essere visto. Quella sera Adele indossava un vestitino di cotone bianco, con la stoffa traforata. Nessuno l'aveva notato, ma era al contrario. L'etichetta le veniva fuori da dietro la nuca. Una spallina del reggiseno era allentata e le pendeva sull'avambraccio.

Sapeva benissimo da dove era rientrata, di chi era la ragazza. Ma a lui interessavano di più i dettagli secondari.

«L'ho sempre odiato, quel cazzo di bambino.»

«Ehi! Moderare i termini, Jessica.» La signora Rosaria allungò il braccio verso la bottiglia dell'acqua, cercò con lo sguardo quello di Adele. «E cambia canale, per favore, che manco io lo sopporto.»

Intanto però lo stavano guardando, tutte e tre insieme: un film di Natale in pieno luglio.

«Sapete cosa pensavo? Che dovremmo andare in centro una di queste sere, in piazza Maggiore. C'è il cinema gratis.»

Jessica fece una faccia schifata alzando gli occhi al cielo. Adele, più diplomaticamente, disse che sarebbe stato «carino» e ne approfittò per annunciare che lei sarebbe uscita, quella sera: solo un'ora, da Claudia.

«Allora esco anch'io!» protestò Jessica.

La madre ci rimase male. Si capiva che avrebbe voluto tenersele lì tutte e due. «Ingrate, siete» mise il broncio. Ma le lasciò andare.

Si alzò solo per sdraiarsi sul divano, sfilandosi una sottoveste di raso piuttosto sexy e rimanendo in mutande a sventagliarsi con la guida tv, per il caldo che non mollava.

La "privacy" era una parola grossa, ai Lombriconi. Volendo, potevi conoscere anche il più buio segreto di una persona. Di notte, tendendo le orecchie, ti arrivava non solo il ronzio dei ventilatori, ma anche lo strofinio delle lenzuola degli altri.

Le facciate dei due casermoni erano a zig zag, come il disegno di un bambino. I balconi e le finestre dei vicini di piano si occhieggiavano di sbieco, come quella del suo bagno e della loro cucina. E poi c'erano le mille visuali dalle torri di fronte e da quelle accanto, le panchine e i muretti dei cortili su cui c'era sempre qualcuno seduto a guardare. Chi aveva progettato quel quartiere doveva essersi prefisso come scopo la letteratura. Infatti lui non spiava e neppure ficcava il naso.

Lui *scriveva*.

Avrebbe potuto passare ore in quella posizione scomodissima, pur di osservare Adele mentre sparecchiava, e immedesimarsi in lei. Prima i piatti, poi le posate: era in grado persino di prevedere i suoi gesti. Di rado le confidava qualcosa, anche se solo per finta, con il pensiero; accadeva quando sua madre aveva una ricaduta e si sentiva solo. Ma il più delle volte rispettava il rigoroso ruolo che si era dato: quello del narratore esterno. Che al massimo simpatizza, ma non giudica e non interviene.

Quando lei spariva dalla sua visuale, lui se ne tornava in camera e si chiudeva dentro. Quando lei usciva, la sera, e andava chissà dove a fare l'amore con Manuel, lui accendeva la luce e il computer.

Adele non poteva saperlo, come del resto non sapeva un mucchio di cose, ma lui la considerava un'amica da molto tempo.

E non una qualunque. Sentiva con lei un legame più puro, come accade tra gli amici di penna. Più esclusivo, come tra uno scrittore e il suo personaggio principale.

Erano le 22 passate quando la vide uscire sul balcone e affacciarsi alla ringhiera. La notte era così umida e stagnante, come fossero precipitati nel fondo di un lago. Notò subito, al di sotto della solita tristezza, che c'era qualcosa di nuovo nel suo volto.

Qualcosa d'ineffabilmente bello.

Guardava, come se il mondo quella sera le avesse promesso qualcosa. Zeno lo avvertì. Si sentì escluso da quella promessa, ma allo stesso tempo felice di averla intercettata. Erano loro due. Inscindibili. Sospesi al quarto piano nella notte estiva che formicolava, in basso, di marmitte e di clacson, di accuse, bottigliate e canzoni.

«Dove te ne andrai?» le chiese sottovoce.

Lei raccoglieva perizomi e mutande dal filo teso del bucato, e non poteva sentirlo. E non lo avrebbe mai immaginato.

Ma lui era il suo unico, più intimo, testimone.

9

"Ti piace vincere facile?" A chi no?, si disse. Ma non era vero. A questo mondo nessuno, tantomeno lo Stato, era mai stato disposto a regalarle denaro. Eppure.

Entrò nel bar tabacchi e chiese un Mega Miliardario.

Dieci euro erano un sacco di soldi, ma i due milioni in palio erano molti di più. Afferrò il biglietto con le unghie fresche di smalto che si era passata sull'autobus delle 9.45, come se avesse facoltà preveggenti.

Il bello era che lei, per lavoro, lo sapeva benissimo come funzionava. «La tassa sui cretini» la chiamavano le sue colleghe. Però si sedette sul solito sgabello sul fondo della tabaccheria. La minigonna si sollevò lungo i fianchi fino a scoprirle un pezzo di coscia. Chissenefrega. Un'altra donna, labbra disegnate male con la matita, ricrescita grigia, grattava furiosamente il quinto biglietto. Non guardarla, si costrinse.

Cominciò piano, proprio piano, a scoprire "I Tuoi Numeri" con una monetina: 8, 24, 6, 62, 30. Non belli, pensò. Ma non era detto. Avvertì il solito brivido alla nuca, un calore improvviso dietro le orecchie, quasi erotico. Sempre pianissimo, raschiò via la patina argentata dalla prima mazzetta di soldi.

Non pagava per vincere, sia chiaro. Non era mica scema come i suoi clienti. Lei pagava per l'ebbrezza di poter sognare, per un istante – prima che l'illusione si trasformasse in un 59 che non aveva – di diventare ricca, di cambiare tutto e di abitare a Capri.

A picco sul mare. Con le maioliche sia in bagno sia in cucina. Con la domestica che te le lavava e te le faceva risplendere. Con le tende Mastro Raphaël da 600 euro che aveva visto in una vetrina in centro. E poi, andare a prendere il caffè in piazzetta con le sue figlie. Tre caffè, 18 euro. Ma tanto, se sei una megamiliardaria. Poteva comprarsi sei o sette costumi da bagno di Prada, una borsa da mare di Louis Vuitton, e fare il bagno di fronte ai Faraglioni.

7, 81, 54. Il cuore le accelerò nel petto allo scoprire un sessanta e qualcosa, che forse era il 62 che lei aveva, e invece era il 61 porca miseria. L'unica volta che ci era stata, a Capri, le si erano rotte le infradito e non aveva trovato nemmeno un ambulante che ne vedesse un paio a un prezzo umano. Avevano girato l'isola elemosinando un tuffo in mare per rinfrescarsi mentre il sole picchiava feroce. E la sola roccia risicata che non bisognava pagare, nel punto più merdoso della scogliera, era già assediata da poveri cristi come loro.

Quel ricordo le fece male. Smise di grattare e chiuse gli occhi. Era così stanca. Non dormiva decentemente da quanto? Diciassette anni?

2, 35, 44. Era ovvio che non avrebbe vinto: era un biglietto sfigato. Lo capiva da quel 2, 'a Piccerella. Era il 2002 quando tutto era andato storto, il 22 giugno quando era rimasta incinta per la prima volta e lo aveva voluto con tutta se stessa, sì, ma per la ragione sbagliata.

Riaprì gli occhi, grattò un altro pochino. La odiava, la bella ragazza mora che era stata: vita sottile e nemmeno una smagliatura, innamorata persa del Casadio, il romagnolo biondo che soggiornava nella stanza numero 5 una volta al mese. E lei, che aveva appena diciassette anni quando si erano conosciuti, faceva in modo di servigli sempre la colazione.

Le piaceva assai vincere facile, a quella là.

Perché, si chiese in ritardo di vent'anni, non era rimasta a Napoli come le sue sorelle? A gestire la pensione in via dei Tribunali, una vita tranquilla alla reception?

76, 42, non c'era niente da fare.

Rivide Adriano, bellissimo, che la trascinava in giro per l'isola fingendosi ricco, l'estate del 1990. Li amava troppo, i soldi. Un giorno ne aveva a sfare e li spendeva tutti subito, l'altro ne aveva zero ma riusciva a spenderli lo stesso. Era il suo gioco preferito: sedersi a un ristorante, ordinare bottiglie di vino da 100.000 lire e poi scappare prima del conto. Impossibile non perderci la testa. Doveva incastrarlo, farlo suo per sempre. E c'era riuscita, due anni dopo.

Due, sempre quel maledetto due.

Alla penultima mazzetta, corrugò la fronte: 10 euro li aveva vinti.

Strinse più forte la moneta. Dài, che ne vinciamo 1.000. Tornò a crederci, a sperare. Perché la tentazione di vincere facile è irresistibile. Anche se sai che non è vero, che non basterà trasferirti al Nord perché ti piovano in testa la felicità, il benessere e il lavoro; anche se sai che hai sposato un uomo con troppo fascino per non contenere una fregatura. Però quanto è dolce farsi fregare.

53. Infatti. Non ce lo aveva.

Non ci poteva pensare, che tra un mese sarebbe uscito. L'amore era una cosa sbagliata. Sbagliata, sbagliata. E avrebbe dovuto spiegarlo ad Adele, metterglielo bene in testa. Invece la guardava ogni giorno ripetere i suoi stessi errori.

Corse a lavorare. Via Saragozza era una strada lunghissima, incandescente a quell'ora, ma piena di verde. E lei, protetta dall'ombra del portico, poteva godersi un po' di frescura e anche di bellezza: Villa Benni imponente dietro i cancelli, gli abeti di Villa Spada. Ci andava spesso quando vivevano non lontano da lì, e le bambine erano piccole. Le portava a giocare, la domenica, nei prati terrazzati, tra le siepi di bosso del giardino all'italiana, che ti facevano sentire dentro la perfezione.

Il luogo era l'unico motivo per cui si faceva piacere quel lavoro.

Quando entrò, c'era una puzza insormontabile di umanità anche se erano solo le undici del mattino. Verso sera poi, con le corse dei cavalli, l'aria sarebbe diventata irrespirabile, il pavimento così sommerso di scommesse appallottolate e biro finite da non vedere più le piastrelle.

«Buongiorno!» le gridò Luana dalla postazione accanto. «Com'è che siamo in orario? Domani piove!»

Era un covo di vipere, là dentro. Assumevano solo donne perché i clienti erano solo uomini.

Aprì lo sportello. Il primo disperato si presentò con il foglio in mano. D'estate, senza campionato, si concentravano sui cavalli. O sul golf in Canada. O sulle freccette in Cina. Questo qua, senza una moglie che gli lavasse la roba, voleva scommettere sul trotto di Taranto.

«Terza corsa. Cavallo 4, Rolando, vincente 50 euro.»

Rosaria lo accontentò, digitò il codice. Dopo fu la volta del tossico con le monetine, di un gruppo di indiani espertissimi in equitazione. Tutti, li conosceva, anche il barbone con il Tavernello. Ma a mezzogiorno, quando alzò gli occhi per l'ennesima volta, s'incantò quasi a guardarlo.

Trent'anni, forse. Biondo come Adriano, occhi azzurri come nella pubblicità di quel profumo di Dolce & Gabbana, girata proprio a Capri.

Alto, belle spalle sottolineate dalla giacca antracite. E poi la cravatta, la camicia. Roba stiratissima. Taglio fatto bene.

Le rivolse un timido sorriso, per niente marpione. E, con voce educata: «Deve scusarmi, non so da dove cominciare... È tanto che non scommetto».

«Non si preoccupi.»

Un fidanzato così avrebbe voluto, per Jessica e Adele. I vestiti, nella sua esperienza, non mentivano mai. Lei non aveva i mezzi per concedersi uno stile, ma sapeva riconoscerlo negli altri, e chi le stava di fronte era una persona molto *fine*.

«Il fatto è che…» s'interruppe. «Non ho idea.»

Ma Rosaria sapeva anche che, se un uomo entrava là dentro, Armani o mercatino, un problema c'era. Gli carpì una ruga di preoccupazione sulla fronte. La punta di un iceberg di dolore, forse. Ma molto ben celato.

«Esistono ancora le scommesse sul volley?» chiese titubante. «Femminile?»

«Certo.»

«Anche oggi?»

«Siamo aperti tutto l'anno» recitò secondo la formula di rito. *«Solo a Natale siamo chiusi, ma perché è la festa del fantino.»*

Lo vide sorridere spaesato. Controllò sullo schermo la diretta di tutti i campionati del mondo.

«Vedo un'amichevole questa sera, 18.00 ora locale, in Bielorussia.»

«C'è solo la Bielorussia?» Sempre più smarrito.

«Il 16 luglio?» Rosaria controllò meglio. «Direi di sì. O preferisce la Thailandia?»

Il ragazzo la fissava con occhi così sgranati, ed era così pallido, che quasi le venne voglia di alzarsi e abbracciarlo.

~

San Martino sul Panaro non aveva niente. Né una squadra di calcio né una di basket. E anche quando aveva qualcosa, come l'associazione di canottaggio o il nuovo palazzetto dello sport, non era nulla di speciale.

Però, negli anni tra il '93 e il '98, un piccolo miracolo era accaduto. La squadra di pallavolo femminile, sponsorizzata dalla Guicciardini Srl Porte e Infissi, piano piano, partita dopo partita, aveva risalito la classifica. E nella primavera del '98, dopo una rimonta invernale travolgente, la speranza di accedere in B era diventata concreta; così concreta, che i sanmartinesi avevano perso la testa.

L'irruzione dello straordinario in paesotti ordinari può avere effetti devastanti. Suo padre, per esempio, che era uno che impilava le monetine da venti lire e le metteva da parte, cominciò a parlare di «Orgoglio del San Martino Volley», di «Sostegno alle nostre ragazze» e a fare parecchie code davanti alla Snai aperta da poco in piazza Gramsci.

A lui, invece, non gliene fregava un tubo del San Martino Volley. Come ogni liceale fico e dannato, schifava sia i palazzetti che il gioco d'azzardo. Il fatto che pensionati del '32 si riempissero la bocca con la parola "volley" anziché un semplice "pallavolo" lo faceva sorridere di tristezza. Avrebbe ignorato per sempre cosa fosse un bagher, non si sarebbe mai seduto in tribuna a tifare. Non fosse che, in quella squadra, giocava Emma Rosselli.

Fabio dispiegò il promemoria della scommessa appena giocata sul volante: Baranaviču contro Nёman Hrodna. Cento euro secchi sulla vittoria del Nёman Hrodna, ultimo in classifica, in Bielorussia.

Si chiese se non stesse diventando un fallito come suo padre.

Erano decenni che non sognava San Martino, secoli che non sognava Emma. Ma quella notte era accaduto.

L'ultima volta che si erano incrociati risaliva a un pomeriggio di quattro o cinque anni prima in via Zamboni. Passeggiava mano nella mano con Carlo, incinta del primo figlio, un arioso vestitino che le svolazzava intorno alla pancia. E lui avrebbe voluto fermarsi, ma Dora lo aveva strattonato con violenza. Già non la poteva soffrire al liceo, già una volta li aveva sgamati in macchina e a lui era toccato l'impossibile per recuperare il rapporto. Avevano finto di andare di fretta.

Non gli era dispiaciuto. Da quando si erano fidanzati lui con Dora e lei con Carlo, era diventato un inferno stare l'uno davanti all'altra con un caffè nel mezzo e non saltarsi addosso. Si erano persi di vista, avevano smesso di scriversi sms di nascosto. Anche vederla incinta, lì per lì, non gli aveva fatto effetto. Con Dora avevano appena cominciato a provarci, lui era ancora convinto di avere lo sperma più potente del mondo. Semplicemente, Emma era diventata off limits, Carlo aveva piantato la sua bandiera. E lui si era convinto di averla dimenticata.

Abbassò il parasole. Lo specchietto gli restituì un'immagine di sé che non voleva vedere. Aveva la barba rasata, le sopracciglia curate. Eppure, da sotto la patina del giovane rampante trapelava orrendo, inequivocabile, lo sfigato di provincia.

Di più: il figlio del benzinaio Gino.

Il bambino grasso che era stato.

Come a ogni fine ciclo di una fecondazione assistita, la sera prima si era seduto a tavola davanti a sua moglie, a lato il telegiornale, e si era sforzato di trovare in Cicchitto o in Gasparri lo spunto per una battuta. Tentare un sorriso. Una via di scampo. Non ci era riuscito.

Anche perché questa volta si trattava di una ICSI e l'embrione c'era. E loro ci avevano sperato, creduto. Invece zero.

Ormone Beta hCG.

Dora aveva gli occhi gonfi, i nervi a pezzi, era uno straccio. Ma non mollava, non cedeva: parlava già di cambiare clinica, di pensare all'estero. Lui non ne poteva più, invece.

Erano passati dalla cucina al salotto. Si erano seduti su un divano di design norvegese che suo padre, quando era venuto a trovarli a Natale, aveva strabuzzato gli occhi e chiesto: «Cos'è quel paraurti?». E subito dopo, completamente in orbita: «Ma avete Sky? Con tutto il calcio?».

Comunque. Fabio tenne a bada il pensiero di suo padre accigliato che gli girava per casa. Tornò al suo divano da 4.000 euro che, insieme alla Jeep Grand Cherokee, era stato la più grande rivincita sulla sua adolescenza infame. Non si erano più rivolti la parola, dopo cena. Avevano guardato in silenzio una puntata di *Breaking Bad* che piaceva tanto a Dora, e anche a lui. Solo che lui era stanco, era davvero troppo stanco persino di quel divano, persino di voler diventare padre. Si era addormentato, e aveva sognato.

Emma.

Il pantaloncino di spugna blu. La consistenza diabolica di quella spugna che conteneva le sue natiche alla perfezione, mentre giocava, come la buccia dura di una mela Pink Lady.

Infiammava gli occhi, era uno schianto. Mentre saltava per la battuta e sembrava aprire una a una le vertebre e disegnare un arco con la schiena. Era di un biondo accecante. Loro due erano "i biondi" della scuola. Decisamente troppo belli insieme, così belli che avevano bisogno di fare gli alternativi e infagottarsi con una kefiah, dentro camicioni indiani di tre taglie più grandi per dissimulare la loro superiorità.

Avrebbero potuto recitare in *Bonnie e Clyde*, in una pubblicità di Yves Saint Laurent, partire per Hollywood all'istante, tanto scintillavano e rilucevano in quel paesone di merda.

Anche se lui aveva un cervello, e lei meno, però quanto cazzo si divertivano insieme?

Nel sogno si trovava ancora una volta in tribuna a fare il tifo.

Dora non solo non sedeva in fondo, sull'ultimo gradino degli spalti, ma proprio non esisteva. Emma, invece, esisteva eccome e a ogni punto esultava: «Sè!», decisa, rabbiosa. E si voltava a guardarlo.

Era il match della vita. Quello su cui tutta San Martino aveva scommesso i risparmi. L'ebbrezza di poter arrivare in B, di diventare famosi *a livello nazionale*. File e file di gente a sgomitare davanti alla Snai. 100.000 lire, un milione, l'intero stipendio in una sorta di frenesia collettiva che aveva contagiato uomini e donne.

Era ovvio che "le nostre ragazze" dovessero vincere, era *certo*.

Emma Rosselli era stata esonerata da ben tre compiti in classe per quella partita contro il Portogruaro. Era l'asso della squadra.

Fabio accese il motore e proseguì su via Saragozza. Il fogliame verde scuro di Villa Spada era appiccato di luce, il vialetto di ghiaia gli fece venire voglia di sterzare e farsi un giro nel parco. Ma l'orologio segnava le 12.37. Stava rischiando di fare tardi, di compromettere la propria credibilità di fronte alla più grande occasione di lavoro della vita, per uno stupido sogno.

Guidò sospeso in una bolla d'aria condizionata. Prigioniero di pensieri dolorosi, protetto dai finestrini oscurati. La voce metallico-sexy del TomTom gli indicava la strada, oltre la tangenziale e l'aeroporto, verso un luogo che non aveva mai visto.

Avevano perso.

Non nel sogno, nella realtà.

Emma, in una nuvola bionda e vaporosa di capelli, aveva fatto muro, era ricaduta sotto rete, aveva messo male un piede. Eccola, la banalità: un ossicino della caviglia che esce dal suo posto. Il suo volto si era contratto in una smorfia che aveva gelato le tribune.

Ma nel sogno era andata anche peggio.

«Sartori, buongiorno.» Sandro Poli gli andò incontro sbirciando l'ora, per rimarcare che quei dieci minuti di ritardo non erano affatto passati inosservati. «Come andiamo?»

Fabio inforcò gli occhiali da sole, stiracchiò mezzo sorriso. Nessuna casa, nessun negozio, neppure un parcheggio o un benzinaio. Solo lotti sotto sequestro e polvere. «Bene, grazie. E lei?»

Risalirono una collinetta artificiale, che forse era un'ex discarica, e dall'alto presero le misure mentali di quel deserto.

«Come può vedere, è una bella sfida.» Il collega più anziano gli indicò la valle abusiva che si apriva loro di fronte.

Il cemento informe e surriscaldato lo abbagliò.

«Si sono impegnati parecchio, i fratelli Lo Monaco, per realizzare uno scempio del genere. E dire che sono stato in certe periferie del Brasile che sembrano un videogioco postatomico.» Scosse la testa. «Ma questa rimane un capolavoro.»

Fabio aveva studiato. Sapeva che, nelle idee speculative dei palazzinari Lo Monaco, sarebbe dovuta diventare una città a parte. Recintata, le spalle voltate al Villaggio di via Labriola, che vedeva stagliarsi più in là all'orizzonte. Un progetto ambizioso che ruotava intorno a una sorgente d'acqua termale.

Calpestò il terreno, s'impolverò le scarpe. Non poteva credere che là sotto, da qualche parte, si nascondesse qualcosa di buono.

«Immigrati irregolari, pregiudicati: percentuali *vertiginose*.» Poli gesticolava con sicurezza, stagliato contro un cielo sporco di afa, sudando dentro il vestito di sartoria, ma non accennava ad allentare la cravatta. «Quei mostri laggiù, li vede? Quelle torri? Ecco, alcune sono in parte occupate illegalmente. E anche quei due abomini più bassi e lunghi un chilometro, anche quelli: tutte case popolari sfuggite di mano. Invece qui» sorrise, come di fronte a un film eccitante, «qui nessuno, eccetto gli ultimi della Terra, ha voglia di metterci piede. Ho saputo che la gente lo chiama "i Budelli". Poetico, no?»

«Avviciniamoci» disse Fabio discendendo la collinetta incurante dei rovi. «Cosa c'è là, una piscina?»

«La stazione termale a cui le avevo accennato.»

Era proprio come lo avevano battezzato: interiora sventrate

di mattoni, rigaglie di calce. Solo le piastrelle blu della vasca rilucevano crepate: una promessa non mantenuta.

«E dove sono adesso, i fratelli Lo Monaco?»

«A Las Palmas? A Porto Rico? Lei lo sa? Ma se avessero immaginato che nel 2000, a due passi da qui, ci avrebbero aperto il Million, sarebbero rimasti eccome.»

Fabio si tolse gli occhiali. Il sole avvampava tra le rovine, il calore gli appiccicava la camicia alla schiena. Aveva trent'anni, quel giorno. Aveva appena rinunciato all'idea di diventare padre. Però, era ancora convinto di poter salvare il mondo attraverso l'architettura.

«E io invece ce lo vedo» disse.

«Che cosa?»

«Il più avanzato polo tecnologico d'Europa. Una cosa che anche a Cupertino ci invidieranno.»

«Crede? Dalle soffiate che ho avuto gli stanziamenti del Comune e della Regione sono molto meno ambiziosi. Dobbiamo volare basso, se vogliamo vincere la gara.»

«Non importa. Ce lo vedo lo stesso.»

Al posto della piscina, immaginò una vasca per piante acquatiche in via d'estinzione, un pavimento a fori traspiranti, e sopra una cupola in vetro che contenesse un auditorium aereo. Un guscio. Una membrana che accoglie e custodisce. Con larghe trame d'acciaio a dargli sostegno.

Come un columbarium, come la casa dell'anima secondo il *Teeteto*.

Se a San Martino fosse esistito un auditorium a forma di voliera, un palazzetto dello sport a forma di anima, quella partita nel 1998 l'avrebbero vinta, e lui non sarebbe rimasto un provinciale insicuro sotto l'illusione dell'architetto prodigio.

«Ecco, possiamo fermarci qui.» La voce di Poli lo richiamò alla realtà. «Più avanti c'è pericolo d'incappare in qualche tossico o prostituta.»

I cancelli del vecchio cantiere erano aperti. L'intera area era transennata e tappezzata di sbiaditi cartelli con ordinanze della Questura che nessuno rispettava.

Fabio distolse lo sguardo. «Va bene, torniamo indietro.»

Aveva rivisto Emma nel sogno portata via in barella, i delicati ossicini della caviglia ridotti a un lancio di Shangai. Anziché rimanere impietrito in tribuna, però, com'era accaduto davvero, era corso a tenerle la mano. L'aveva seguita fin dentro gli spogliatoi. Ed Emma era meravigliosa, anche se sofferente. Ancora fragrante dei suoi diciannove anni perfetti. Le cosce sode, i fianchi accennati. Solo che nel sogno, al posto dei consueti addominali, aveva una pancia enorme.

Il medico, gli infermieri, erano tutti spariti. Negli spogliatoi erano rimasti solo lui e lei con la caviglia dolorante e diabolicamente incinta.

Attraverso la porta trapelavano le urla d'entusiasmo dei tifosi del San Martino che stava rimontando. Aveva sentito dire che le donne in gravidanza sono molto più disinibite del normale, e quello che Emma gli stava chiedendo, adesso, era di sfilarle i pantaloncini ed entrarle subito dentro. Anche se aveva quella pancia, anche se all'interno non c'era il suo bambino, anzi, proprio per quello.

Si era svegliato alle quattro del mattino sgranando gli occhi. Si era ritrovato nel letto senza neppure ricordare come ci fosse arrivato. Dora, sdraiata al suo fianco, disegnava una strana sagoma sotto le lenzuola. L'aria condizionata le spirava silenziosamente sui capelli. Le mancava una gamba. Le mancava la pancia. Le mancava il potere.

Una volta tornati alle loro auto, le carrozzerie impeccabili e lustre di cera che i malviventi locali dovevano già aver notato, Fabio si sedette sul cofano della Jeep e fissò le crepe, i buchi, i vuoti dei Budelli.

In realtà, stava contemplando se stesso.

10

Era il solito dolorino prima del ciclo, fastidioso, di piccolo animale che raspa e rosicchia in fondo a una scatola di cartone.

Non ci aveva fatto caso. Neanche quando, l'altra mattina, sua madre si era accesa una sigaretta dopo il caffè e lei, a stomaco vuoto, lo aveva sentito sobbalzare. Un segnale secondario, riaffiorato da un sisma così minimo da non essere neppure registrabile. Le tette, dure come sassi, le facevano male, sì, ma le riempivano anche a meraviglia il sopra del costume. Il problema era il sotto, invece.

«Dimmi se si vede.»

Claudia, sdraiata nella vasca da bagno, sfogliava un volantino pubblicitario raccolto nella posta e beveva un tè freddo facendo rumore con la cannuccia. «Girati» le disse, morendo di noia.

Si era messa come se sotto il culo avesse una sdraio. Gli occhiali da sole anche se c'erano le tapparelle abbassate. Le gambe nude appoggiate al bordo: faceva finta di essere al Papeete.

Adele, in piedi sul water, si voltò prima da un lato poi dall'altro.

«Ti esce il filino» sentenziò la sua amica.

«Sei sicura?»

«Per forza, col perizoma.»

Adele si guardò meglio dentro lo specchio. Rispetto a due

estati fa, quando era stata bocciata in prima superiore, si era fatta sottile. A furia di svegliarsi presto e andare a scuola a piedi, il culo le era diventato supersodo. Non che si facesse impazzire, tra le due era Claudia quella che si giravano a guardare: aveva lunghissimi capelli neri, lisci come quelli di una cinese, e occhi verde smeraldo famosi in tutto il quartiere. Però, Adele notò che la pelle le era migliorata, e anche la chioma castana, niente di speciale, era come più folta, più luminosa. Sembrava che il suo corpo avesse introiettato luce.

«Scusa, ma se non ce le hai, perché te lo devi mettere?»

«E se mi vengono in piscina?»

Sarebbe stato un disastro. Già non ci andavano mai. I Paradisi era il massimo dell'estate e sua madre finalmente le aveva dato i soldi. Era quasi come Rimini, come Riccione: con tutti quegli scivoli acquatici, la musica e l'idromassaggio. E poi Manu le aveva promesso che l'avrebbe raggiunta e si sarebbero fermati là a cena.

«Da quanti giorni è che non ti vengono?»

«Boh. Sette, otto…»

«Cosa?!» Claudia scattò a sedere, si tolse i Gucci della bancarella.

Adele le vide gli occhi allargarsi, un sorriso malizioso spuntarle sul volto di soppiatto. Eccitatissima le chiese: «E se sei incinta?».

Adele scese dal cesso. «Tu stai male.»

«Oh, può capitare!»

«Sì, infatti. Vado a cercare un altro costume.»

Uscì dal bagno, si affacciò nella camera buia di sua madre. Non ricordava neppure che giorno fosse, *quel* giorno. Aprì un cassetto, rubò un bikini. Era successo solo quella volta, e poi basta. Poi si era inventata che la pillola le faceva allergia e non avevano più rischiato.

Impossibile, si disse. Ma l'idea di giocarci le piaceva.

Tornò in bagno, guardò Claudia dritto in faccia: «Dammi una sigaretta, potrebbe essere l'ultima della mia vita».

Claudia scoppiò a ridere. Era una cosa troppo scema.

«Adele mamma!» mimò con la mano la prominenza di una pancia. «Pensa Manuel: la colonna sonora del *Padrino* gli mette, al battesimo.»

Adele si tolse il perizoma e il reggiseno, divertita, e s'infilò il costume di Rosaria. Si proiettò madre in un futuro ipotetico, a spingere la carrozzina, di domenica, insieme a Manuel.

«La donna del boss col pancione!» Claudia continuava ad applaudire. «Adesso l'hai proprio incastrato. Complimenti.»

Si diedero il cinque, soddisfatte. Poi Claudia accese una Camel, aspirò, gliela passò: «Tieni, dovrebbe farti schifo».

Adele diede una boccata e, istintivamente, contorse le labbra.

«Lo vedi? Ti fa schifo!»

Il tabacco aveva lo stesso retrogusto di pelo bruciato di quando aveva l'influenza. Le venne da tossire.

«Dobbiamo comprare il test.» Claudia le strappò di mano la sigaretta, la spense nel lavandino. «Subito, adesso.»

Adele provò a protestare: «Stavo solo scherzando...».

Il gioco le scricchiolò nello stomaco, attraversato da sottili folate di paura. Si chinò sul bidè, si sfilò l'assorbente.

Era ancora bianco.

«Lo vedi?»

Non sapeva se ridere o preoccuparsi. Ma era una cosa talmente assurda: «Basta Cla', non c'ho nemmeno i soldi».

«Lo rubiamo al Million! Ci penso io, tu fai il palo.»

Adele cedette. Forse voleva solo fare una cosa che non aveva mai fatto, solo sentirsi importante.

Scesero le scale, di corsa. Montarono sulle bici e si fiondarono sullo stradone rovente di via Labriola, intasato di auto che lasciavano la città per il mare.

Loro non la potevano lasciare, la città. E il mare lo avevano visto una volta sola, in gita scolastica all'acquario di Cattolica. Pedalavano forte, sudate, scosciate. Si presero una pioggia di clacson e labiali sguaiati attraverso i finestrini chiusi. La gente col culo al fresco dell'aria condizionata. E loro lì a squagliarsi nella solita estate senza niente da fare.

Arrivarono al Million, semideserto alle 11.30 del mattino.

Claudia assicurò le loro biciclette rubate a un palo con un catenaccio in acciaio altrettanto rubato, ché nessuno doveva essere più furbo di lei.

Entrarono all'ipermercato. L'unica fila era alla gastronomia per farsi fare i panini da portare in gita. Adele osservò di nuovo la sua migliore amica, la sua camminata disinibita da passerella. E stentava a crederci, di essere lei la protagonista. Lei, che era sempre stata soltanto quella carina, timida e defilata, che nessuno capiva perché Manuel se la fosse presa. Una *normale*. A cui non poteva toccare niente di straordinario.

Comprarono un pacchetto di patatine, tanto per. Adele selezionò la faccia più stanca alle casse mentre Claudia prendeva un test dallo scaffale della parafarmacia e scollava l'antitaccheggio. Se lo infilò in mezzo alle tette. Adele pagò le patatine. Passarono indenni sotto gli occhi della guardia.

Tornarono indietro, il più veloce possibile. Adele guardava Claudia che le pedalava davanti e pensava che tutto questo era solo un modo per passare il tempo. Lei era lei, punto. Non le stava succedendo niente.

In casa trovarono Jessica buttata sul divano. Non ci voleva, lo pensarono tutte e due. Caricate a molla di adrenalina.

«Ma non eri al campo estivo, tu?» le chiese Adele, aggressiva.

«Il venerdì è solo mezza giornata» rispose Jessica facendo zapping col telecomando. Poi le guardò meglio: «Oh, cosa nascondete?».

Claudia prese di peso Adele, la trascinò in bagno e chiuse a chiave.

«Cosa combinate? Aprite un po' 'sta porta!»

La ignorarono. Claudia tolse l'affare dalla scatola. Lesse le istruzioni. Le rilesse. Non avrebbero saputo dire quante volte le rilessero, e ogni volta non ci capivano niente. Adele pisciò sopra quel coso. Rideva. Anche Claudia rideva.

«Stai pisciando storto, vedi di centrarlo.»

Stavano tornando alla loro età, all'ordinarietà delle cose.

«Infilagli il cappuccio e lascialo stare.»

«Dove lo poso?»

«No, non lì! Deve stare orizzontale.»

Jessica continuava a implorare dal corridoio che la facessero entrare, che voleva partecipare anche lei.

«Mica è una festa!» le gridò Claudia con superiorità.

Misero il test in posizione orizzontale, con il cappuccio inserito, sul bordo del lavandino.

«Cronometra, avanti.»

Adele prese il telefono e avviò il cronometro.

«Non guardare, c'è scritto di non guardare prima dei tre minuti.»

«Non è vero che c'è scritto, cretina. E nemmeno tu devi guardare!»

«Cosa guardate?» Jessica non mollava.

Si affacciarono alla finestra, imbucandosi sotto la tapparella mezza abbassata. Appoggiando i gomiti sul davanzale. Si presero la mano. La strinsero forte. Ed eccolo.

Il Villaggio Labriola calpestato dal sole. Un villaggio di murales. Di ragazzini sugli skateboard a gareggiare. Di motorini truccati. Di gente che si ricavava un po' di fresco con un ombrellone in mezzo al cemento.

E laggiù, dopo la torre A, il punto servizi con un supermercato piccolino, un bar tabacchi, la farmacia, le Poste, il FIORELLA SUN Estetica & Abbronzatura. Poi basta. Poi un autolavaggio self-service dietro la torre G. Un parchetto con due altalene e una biblioteca nel mezzo, che però era chiusa da anni. Una fila di orti abusivi con le recinzioni arrugginite.

«Adesso sono passati» le disse Claudia.

Adele controllò il display del cellulare: «Due minuti e quarantuno».

«Va bene.»

Si voltarono. Era lì sul lavandino: un oggetto innocuo che sembrava un evidenziatore. Si avvicinarono. Sempre mano nella mano. Sudate fradice con il cuore in gola. Ma anche con la certezza, in fondo, di essere al riparo, e che quella fosse solo una messa in scena, una recita come a scuola. Un *come se*.

~

Tutto apparteneva a Maria Elena.

Il parco acquatico con gli scivoli tortuosi e alti più ancora di quelli di Mirabilandia, il ristorante con terrazza aperta sulle colline e "special menù" per cerimonie, la discoteca più grande della provincia, dov'era stato ospite anche David Guetta.

Era stata sua l'idea di creare un villaggio divertimenti a ridosso della città e chiamarlo I Paradisi. Cosa c'era di meglio di una mega piscina – aveva chiesto sorridendo – per lavare un mucchio di soldi? «E noi siamo gente ambiziosa, voliamo alto. Quindi non costruiamo un paradiso solo, ma tanti.»

Era un posto gigantesco: cento matrimoni l'anno, battesimi, cresime, comunioni, e pure feste di compleanno, meeting aziendali, addii al nubilato. D'estate l'acquapark richiamava a frotte quelli che rimanevano in città. D'inverno c'era il pienone di modaioli con i calzini firmati e i pantaloni da acqua in casa. Se fosse stato in Riviera, I Paradisi avrebbe dovuto vedersela con la concorrenza. Ma qui, alle pendici dei colli, faceva il tutto esaurito.

Manuel entrò e la riconobbe, seduta al banco su uno sgabello.

Il cocktail bar era chiuso, un cameriere era rimasto a servire solo per lei. E lei era. Come l'Elvira di *Scarface* che scende dall'ascensore. Aveva un modo di guardarti e di parlare, che faceva balbettare anche la Guardia di Finanza. Si portava alla bocca la flûte di Moët & Chandon con cui accompagnava ogni pasto, accarezzava con le dita la tastiera illuminata del cellulare. E non rispondeva. Non ne aveva bisogno.

Era così bella che non sembrava reale.

E ti notava prima ancora che arrivassi, anche voltata di schiena.

«Sei tu?»

Manuel strisciò la spalla contro il vetro dell'acquario con i pesci tropicali e si fece avanti.

«Ricordami quanti anni hai.»

«Diciassette. Ne faccio diciotto a dicembre.»

«Certo, cinque più di Anthony. È una differenza di età notevole.»

Maria Elena si voltò con calma, dopo aver incrociato le posate su un'insalata di mare. Aveva il profilo di una statua greca. Dal lobo sinistro le pendeva un orecchino d'oro con un diamante incastonato. E Manuel era la prima volta che la vedeva così da vicino, loro due soli. Non immaginava perché lo avesse convocato. Non gli aveva fatto sapere più niente, dopo quell'unica incredibile telefonata, per settimane. Torturandolo nell'attesa, costringendolo a starsene lì, sulle spine, con i nervi tirati. Poi gli aveva mandato il Torace, il giorno prima, con luogo e ora. E adesso era lì, morto di tachicardia.

Le donne, secondo lui, non erano fatte per il potere. Era proprio una questione fisica, innata. Però, quando nasceva un'eccezione, allora il potere s'incarnava nella sua forma più sublime.

«Non t'illudere. Se non fosse per mio figlio, non saprei neanche che esisti.»

Manuel abbassò lo sguardo, deferente.

«Non so cosa gli hai fatto, a Anthony. Non fa che parlare di te, della tua moto. Ripete che sei *un mito*.»

Era stata la mossa più intelligente della sua vita, quella d'ingraziarsi il figlio. Se lo era lavorato con gli slalom sulla Betamotor, i consigli per rimorchiare, aveva umiliato il bullo che lo tormentava all'uscita dalla loro scuola, davanti a tutti. Ma mai e poi mai avrebbe creduto di farcela.

Capì che lei lo stava squadrando, anche se non osava guardarla in faccia.

«Sei consapevole o no, di essere solo l'ultimo dei cretini?»

Aveva posato il bicchiere. Manuel lo capì dal rumore del vetro sul bancone.

«Mi ha detto pure che hai lasciato gli studi» continuò, «e ti credi furbo, magari. Una persona intelligente, che può costruire qualcosa, non si riduce a girovagare per strada come te. Legge, immagina, non si arrabatta.» Si sporse dallo sgabello, e lo costrinse ad alzare lo sguardo. «Ma tu sei solo un fesso. E no, non è una scusa vivere dove vivi. Nascere in un posto o in un altro non fa nessuna differenza, se hai un cervello. Anzi.»

Era bionda da morire. Vera, non finta. Gli occhi erano azzurri come la pietra di un ciondolo che aveva regalato ad Adele: acquamarina. Sembrava una svedese, ma dicevano fosse nata e cresciuta in un paesone anonimo, conosciuto per lo svincolo della Salerno-Reggio Calabria. Non aveva accento, non conservava tracce. Un'infanzia poverissima, e adesso era una grande imprenditrice.

Manuel avrebbe dato non sapeva cosa per vederla a letto nuda sopra un uomo. Non sopra di lui, che sarebbe stato troppo e persino un sacrilegio. Sopra qualcun altro, uno di quelli con l'aria del broker con cui ogni tanto s'intratteneva a cena. Ma li salutava sempre dopo il caffè.

123

«Vorrei darti un consiglio, anche se lo sto sprecando. Mi piacerebbe che a settembre tu tornassi a scuola.»

I congiuntivi, con lei, avevano solo la forma del congiuntivo. Erano imperativi.

«Mi piacerebbe vederti, tra non troppi anni, laureato in Ingegneria informatica, o in Economia. Ci servirebbe.»

Anche i condizionali. Non c'era nessuna condizione al mondo eccetto quella che poneva lei.

Maria Elena scese dallo sgabello e gli si avvicinò. Indossava un tubino di raso rosso aderentissimo che le sottolineava i fianchi, le tette e il culo *perfetti*. Manuel si era chiesto migliaia di volte cosa si provasse a essere figlio di una madre così. C'era da andare fuori di testa. Da schiattare di gelosia. Complessi di Edipo grossi come una casa, irresolubili anche dopo cinquecento vite. Ma quella mezzasega brufolosa di Anthony era troppo scemo e pure viziato per porsi questo genere di domande. E, naturalmente, nessuno sapeva chi fosse il padre.

«Tu non preferiresti studiare all'università, lavorare in un bell'ufficio, anziché vivere e crepare su quella macchina gialla... cos'è, una Fiat?» lo sguardo all'orologio, che era un Rolex. «Comunque.»

Gli andò ancora più vicino, fin quasi a sfiorarlo.

Manuel non aveva fatto altro che stare fermo e zitto. Ora sostenne deciso lo sguardo di lei, perché aveva intuito che si trattava di una prova.

Maria Elena gli pizzicò il mento con le dita. Gli sistemò un ricciolo dietro l'orecchio con un gesto sensuale.

«Almeno, sei un bel ragazzo» sorrise. «Ringrazia mio figlio se ho deciso di mandare te e non un altro fallito a Riccione, questo fine settimana.»

Manuel, il cuore a mille, rimase a bocca aperta. Incredulo. Si sentì impazzire di gratitudine. Ma Maria Elena se ne stava già andando. Udì la sua voce mentre svaniva dietro una porta di servizio della discoteca: «C'è l'Audi di Gregorio, qua fuori. Non farlo aspettare».

Riccione. Un'Audi. Gregorio. Era la vita che voleva. E Gregorio era una leggenda, era Gegè il Brutto. Le guance butterate, la barba a chiazze per una malattia della pelle. Lo aveva visto bene solo al Tg Regione, quando lo avevano arrestato.

Ma anche una laurea, sì, anche quella voleva. In Ingegneria, in Economia. Così un giorno lo avrebbe incrociato in via Zamboni, nel fiume di studenti universitari che avevano osservato e derubato. Avrebbe rallentato il passo e, con disinvoltura, gli avrebbe detto: "Ciao, Zeno".

~

Finestra di controllo. Una linea. La linea ci deve essere, altrimenti il test non è valido. Rileggi, non ho capito. Qual è la finestra di controllo? Questa, la più piccola. Sei sicura? Rileggi. Finestra dei risultati. Cosa dice? Meno: Non Incinta. Più: Incinta. Qual è la finestra dei risultati? È questa. Qui c'è un meno. No, quella è la finestra di controllo. È quell'altra la finestra dei risultati. Non è vero. È un più quello, Adele. Guarda il disegnino: è un più.

Era un più. Netto. Blu. Come quelli scritti sul quaderno a quadretti con la penna blu. Era un'aggiunta. Una somma. Una cosa più qualcos'altra. Era un più.

Ma era anche un meno.

Adele si sedette e smise di guardare: Claudia con una mano davanti alla bocca, la porta contro cui continuava a battere sua sorella, i tre accappatoi – rosa, arancione e rosso – appesi accanto alla vasca.

Era anche una sottrazione.

Come alle elementari, prima di cominciare la quinta. Era un'estate anche quella. E lei si era svegliata una mattina ed era andata in bagno a fare pipì. Solo che a un certo punto aveva abbassato gli occhi e aveva visto una macchia rossa nelle mutande.

Non lo sapeva, cosa voleva dire. Eppure lo aveva capito all'istante che la stava perdendo, la sua infanzia. Anzi, era già finita.

Perché il suo corpo l'aveva deciso.

Senza chiedere, senza aspettare.

Anche l'Adele di un attimo prima, quella di dieci anni che stava entrando in bagno. Basta, era morta. Solo che questa nuova Adele che stava diventando, questa che piangeva a dirotto sull'asse del water, lei non la conosceva.

Era il 2002 e avevano appena traslocato.

Lasciando via XXI aprile, il vicino di casa che suonava il violino, il giardinetto sul retro con le ortensie e la scuola bellissima in via di Casaglia. Erano state costrette a fare le valigie e ad andarsene ai Lombriconi. In uno di quei due edifici mastodontici rossi e grigi, con le finestre e i balconi che sembravano gabbie da cui sporgersi e immaginare: la vita che non potevi avere. Claudia ci era nata e non riusciva a capire. Ma lei l'aveva conosciuta, un'alternativa.

Quel giorno aveva negato. No, non aveva nessuna mestruazione. Non era vero, non le voleva. Finché sua madre l'aveva trascinata di peso al supermercato a comprare un pacco di assorbenti. E le aveva detto: «Fattene una ragione».

Adesso era di nuovo seduta su un cesso, e stava di nuovo piangendo. Ignorava cosa significasse in concreto quel segno lì: la gente della sua età faceva figli in tv, o dall'altra parte della strada. Ma lei no.

«Cazzo, Adele.» Claudia era pallida e con gli occhi sgranati.

Adele alzò lo sguardo su di lei. Non ci vedeva più bene tra le lacrime. «Non è vero» scosse la testa. «Non voglio, Cla', per favore. Adesso cosa succede?»

Ma Claudia non lo sapeva neanche lei, cosa succedeva. Andò ad aprire a Jessica che gridava, bussava, non le lasciava in pace. E quando entrò, vide la sorella maggiore distrutta, con un test di gravidanza in mano.

«Cazzo» disse.

Continuarono a dire *cazzo* per, forse, un quarto d'ora.

Solo che non era nella loro pancia che stava accadendo qualcosa, era nella sua.

Adesso come faccio a fermarlo?, si chiese Adele.

«No, vi prego» protestò con la bocca impastata di lacrime e di saliva. «Non voglio.»

Erano venuti ad arrestare papà, due mesi dopo il trasloco.

Anche se avevano già perso tutto: la loro bella casa, le passeggiate al parco, la tranquillità in cucina con mamma a fare i compiti, lo avevano cercato, preso e messo in galera lo stesso. Nel 2002, che era un numero che a mamma non piaceva. Perché mamma era napoletana e dava un sacco d'importanza ai numeri.

Lei e Jessica non avevano visto niente: né i carabinieri né le manette né papà che se ne andava, perché mamma le aveva spedite al doposcuola, quello organizzato dalla San Vincenzo de' Paoli. Le aveva iscritte apposta per tenerle lontane dall'aria pesante che si respirava in casa. Invece loro avevano capito. Anche se lì per lì mamma aveva detto che papà era dovuto partire per lavoro, avevano fatto finta di crederci ed erano rimaste in silenzio. «Con l'aereo» aveva aggiunto mamma. Forse, o forse se lo erano immaginato loro.

Sarebbero dovuti passare mesi prima che Rosaria la piantasse d'inventare storie: «È così, vostro padre si trova alla Dozza e non vi può telefonare». Mesi prima di trovare nella posta quell'unica lettera che Rosaria non era riuscita a intercettare: "Ti scriverò un diario, è una promessa. Prenditi cura di te e di tua sorella".

Aveva continuato a guardare gli aerei volarle sopra la testa, ed era stato più forte di tutto: forse, lassù, c'era davvero il suo papà in viaggio. Una parte di lei ci credeva, voleva crederci.

E adesso era incinta. Una parola che non aveva neppure un significato, tanto era enorme. E suo padre tra una settimana sarebbe uscito non dall'aeroporto ma dalla galera. E niente di tutto questo era vero.

«Ade', basta, sono quasi le due.» Claudia la prese per una spalla e la scosse all'improvviso. «Facciamo la borsa e andiamo in piscina. Poi ci pensiamo» aggiunse. «Adesso rimettiti il mascara che ti è colato. E tu» si voltò verso Jessica con l'indice fermo sulle labbra «muta.»

11

Rimase ferma a guardare una piantina di basilico dimenticata su un davanzale di fronte. Era un appartamento di studenti,
loro dovevano essere tornati a casa per le vacanze e la pianta
cercava di resistere con tutte le forze alla fornace là fuori.

Si chiese fino a che punto fosse lecito accanirsi, lasciare che
la speranza ti distruggesse la vita. Dicevano che i limiti erano
un'illusione, bastava volerlo e li potevi superare. Ma non era
vero. E quel basilico era già secco.

Ricordò se stessa in clinica nel 1990. La finestra della sua
stanza affacciava sul crinale ovest di una montagna molto ben
scolpita, rivestita fino a metà di abetaie e poi roccia nuda.

Quante volte l'aveva guardata, in tre mesi? A forza di vederla apparire e scomparire dietro la tenda, le sembrava di essere
diventata come quella pietra. Percorsa da cervi e scoiattoli, ri-
cettacolo per aghi e pigne cadute, senza pensieri né emozioni.
Una cosa.

Aveva perso metà anno scolastico. Lei, che era la migliore.
Per settimane non aveva trovato la forza di fare i compiti, di
mettersi in pari. Le assenze le sembravano insormontabili, tanto valeva rimanere ferme.

Così era stato: vivere in sottrazione. Anche quando era tornata a casa e aveva ricominciato a studiare come una forsen-

nata, le amiche la invitavano controvoglia a uscire con loro. Il sabato pomeriggio in corso Italia tutti facevano le vasche in coppia, e lei indietro, da sola.

Per troppo tempo era rimasta lassù, prigioniera di un confine. Aveva disimparato a vivere, a partecipare, a voler essere al centro.

Aveva aspettato. Qualcosa che non si sarebbe mai potuta avverare. Ascoltato le infermiere in corsia parlare francese. E scritto a Serena, una coetanea che all'epoca neppure conosceva: la sua unica amica di penna. Poi aveva letto: decine di romanzi per adulti. *Il maestro e Margherita*, *Le anime morte*. Perché la sua anima era morta e lei si era ritrovata vecchia di colpo.

Dora schiacciò la fronte contro il vetro. La finestra che affacciava su via San Sigismondo era la sua preferita perché poco più in là, dall'altra parte della strada, c'era una residenza studentesca: il Morgagni.

Ormai doveva essere vuota, quasi tutte le imposte erano chiuse. Però ricordava quando aveva vissuto anche lei negli studentati universitari, vitto e alloggio pagati dalla Regione e l'obbligo di farcela con i voti migliori. Quando stava sui libri notte e giorno. Quando voleva vincere e riscattarsi. Che fine aveva fatto la sua determinazione?

Si staccò dalla finestra. Non voleva ammetterlo, ma se n'era andata. Come l'ultimo embrione faticosamente formatosi in un dischetto d'acqua di coltura ed espulso con le mestruazioni.

Cinque FIVET e quattro ICSI in quattro anni.

Anni in cui non aveva pensato ad altro che alle iniezioni serali di gonadotropine. «Fammi male!» aveva scherzato con Fabio finché aveva potuto, sul letto accanto al comodino invaso di siringhe, cotone, acqua ossigenata. Anni di soppressione della normale attività dell'ipofisi, un giorno sì e uno no dal ginecologo per misurare la grandezza dei follicoli. Di angoscia a dismisura nel post transfer: paura persino di fare la spesa, di compiere qualsiasi movimento maldestro.

La cova, la chiamano. Hai uova fecondate nell'utero, talmente deboli che non sai nemmeno se attecchiranno. E le devi covare. Come una gallina. Come un animale ingabbiato e sofferente, costretto in venti centimetri quadri. Con l'ossessione degli esami del sangue per misurare le Beta, il terrore di trovarle negative. O riprovare con il test della farmacia, e trovare negativo anche quello. Senza interessarti a nulla: né ai film né ai libri né a parlare con tuo marito. Vivendo di nuovo in sottrazione, come a undici anni nella clinica svizzera.

Ripensò a Zeno. Le aveva detto una cosa vera. Ripensò al tono adulto delle sue parole. E lei come si era comportata, invece di ringraziarlo?

Si era subito messa sulla difensiva, la voce distaccata mentre lo invitava a sbrigarsi e a non disturbare durante gli esami. Come se Zeno fosse tipo da disturbare.

Non lo aveva nemmeno salutato.

Andò a sedersi sul letto accanto alla valigia, aperta ma ancora da riempire. Si coprì gli occhi con una mano: perché continuava a ferire gli altri se voleva punire solo se stessa?

La camera era allagata di luce, i doppi vetri la proteggevano dai rumori del centro storico che sbaraccava e si preparava a fuggire per il fine settimana. Venerdì 7 agosto: non poteva partire senza scusarsi.

Gli voleva bene, come si può volerne solo a un figlio.

Doveva fare qualcosa, non poteva passare la vita a una finestra a guardare. Si voltò verso l'armadio, le ante erano spalancate. Invece di scegliere i vestiti per la montagna ne cercò uno per andare da lui.

Assolutamente sconsigliabile, le avrebbe forse intimato la preside. Ma a lei le cose sconsigliabili erano sempre piaciute. Non voleva scrivergli una mail patetica, non avrebbe sopportato la mediazione di un telefono. Voleva compiere un gesto secco. Di petto. Voleva un punto e a capo.

Esagerò con il rossetto. S'infilò il tailleur elegantissimo con la camicia di seta che aveva indossato solo una volta, alla laurea.

Rivoleva se stessa a vent'anni, la guerriera, ed era la prima volta che se ne accorgeva. Eppure, voleva anche una Dora nuova, che non conosceva ma che forse stava nascendo. Una donna in grado di accettare un fallimento, e andare oltre.

Uscita di casa, il calore la investì come una fiamma ossidrica. Ma fu felice di zoppicare senza protezioni in quel mondo pericoloso, vivo. Lo aveva perso di vista per troppo tempo, voleva tornarci: anche lei a sudare alla pensilina del 22.

Obliterò il biglietto, una ragazza giovane come le sue allieve si alzò dal sedile dietro il conducente per farla accomodare. Dora la ringraziò, prese posto e cominciò a studiare i volti, a cercare d'indovinare luoghi e storie dietro le espressioni delle persone.

Un vizio che le era rimasto dall'adolescenza.

Trascorse così una cinquantina di minuti, finché il Villaggio Labriola le si parò di fronte, in un incendio di luce e polvere.

Scese dall'autobus senza poter fare a meno di guardarsi alle spalle, e ne provò vergogna. S'inoltrò tra i casermoni. La via era intitolata ad Antonio Labriola, che lei aveva letto e amato. Controllò i numeri, sforzandosi di evitare le occhiate dei ragazzini che giravano a vuoto in motorino, annoiandosi, e subito l'avevano individuata come intrusa.

Erano due caseggiati infiniti e paralleli, lunghi forse un chilometro. E lei cercava il 109 scala E, che a un certo punto capì non affacciare sulla strada ma all'interno, su un labirinto di cortili.

Quando ci arrivò, trovò una donna enorme con il grembiule infarinato e le braccia da marinaio piazzata su una sedia proprio davanti all'ingresso. Si passava una bottiglia d'acqua ghiacciata sulle gambe stanche, provava a riposare. Ma un gruppetto scalmanato non le dava tregua.

Dora si fermò senza sapere che fare. I bambini in costume da bagno s'inseguivano con enormi fucili ad acqua sotto il braccio. Colpirono anche lei su un fianco, su un ginocchio.

Si fece coraggio, entrò nell'androne chiedendo permesso alla signora. Al di sopra delle cassette delle lettere, stipate di volantini di MediaWorld e Ricci Casa, campeggiava una scritta a pennarello nero: LA VITA È BELLA SOLO SE HAI I SOLDI. Provò ad aprire la porta dell'ascensore, ma era guasto.

Salì i gradini lentamente. Come se si stesse trascinando dietro, legata alle caviglie, qualcosa di molto pesante.

A ogni piano, le porte degli appartamenti erano spalancate, forse per fare corrente. Ma la corrente non c'era. E la gente non sapeva più dove mettersi per rimediare un po' di fresco, dove spostare le sedie di plastica e sfogliare in santa pace quei volantini di armadi in faggio e televisori al plasma.

Una piscina gonfiabile era stata abbandonata, sgonfia, su un pianerottolo. Un odore di fritto si propagava nell'aria umida e densa, mescolato a ventate di ammorbidente e a un retrogusto stantio di muri ammuffiti.

Dora aveva solo letto, ma non aveva mai visto: cosa significava vivere così accatastati uno sull'altro. Faticò a capire come Zeno potesse appartenere a tutto questo.

Passò di fronte a una cucina in cui il televisore mostrava la villa californiana di Ridge e Thorne, intravide un uomo in canottiera che fumava, unico spettatore. Due bambine di tre, massimo quattro anni, ballavano *People from Ibiza* in un corridoio, mentre la mamma le chiamava da una stanza forsennatamente. Da un'altra cucina emerse una voce: «E fammi questo caffè, Palmi', che poi me ne vado a stirare».

Al quarto piano, la sola porta chiusa era quella dell'interno 21, da cui sembrava provenire un grande silenzio. Suonò il campanello con un unico cognome, Giuliani. Si era già pentita.

Di essere venuta a mettere il dito in una piaga non sua, di aver violato la vita privata di uno studente. Di essersi conciata come alla sua laurea in un posto in cui sembravano aver divelto gli infissi comuni.

Ma era il giorno del punto e a capo. Doveva farlo: andare fino in fondo, sbattere la testa contro il muro, *cambiare*.

~

«Professoressa Cattaneo?» La voce e l'espressione di Zeno erano piene non di stupore, ma proprio di sgomento. «Cosa ci fa qui?»

Teneva solo la testa fuori, la porta aperta il minimo indispensabile.

«Scusami.» Fu l'unica parola che le venne in mente. Si guardò le scarpe, il modulo tubolare in carbonio nascosto sotto i pantaloni che andava a piantarsi in un bel piede di materiale espanso, morbido e opportunamente sagomato. «So che non avrei dovuto» provò a dirgli con sincerità, «ma domani parto per le vacanze e non potevo farlo senza vederti.»

Dalla tromba delle scale saliva la sigla di *Beautiful*, la stessa di sua madre in cucina a San Martino sul Panaro, quando tornava da scuola.

«Avevo bisogno di dirti che mi dispiace.» Continuò, disarmata, incerta sullo zerbino a forma di gatto. «Mi spiace per come mi sono comportata, agli esami di maturità. Mi spiace anche di averti costretto a venirci.»

«Professoressa» Zeno la interruppe, distogliendo lo sguardo dalle sue labbra che, solo adesso lo capiva, erano troppo imbrattate di rosso. «Non occorre, davvero.»

Sembrava avesse guai più seri a cui pensare, e molta fretta di chiudere la porta augurandole buone ferie. Ma lei rimaneva lì, testarda, ad arrampicarsi sugli specchi come quel suo studente che parlava dei *Malavoglia* senza sapere cosa fossero i lupini.

Si sentì ridicola da morire.

«No, hai ragione. Non so cosa mi sia preso...»

Dalla porta socchiusa dell'appartamento a fianco arrivavano voci isteriche di ragazzine che gridavano cazzo, cazzo, cazzo. E Zeno spiava da quella parte, increspava la fronte, sembrava preoccupato.

«Volevo rimediare e ho peggiorato le cose. Mi succede di continuo, in questi giorni.» Dora si mise una mano davanti alla bocca, il mento le tremava. Assolutamente sconsigliabile, ma stava per mettersi a piangere.

Fu allora che Zeno aprì e la lasciò entrare.

Le disse di fare piano, le indicò una poltroncina marrone dentro un salottino con la tappezzeria color crema e una pianta d'appartamento nell'angolo, di quelle che non mettono mai i fiori, ma molto ben tenuta.

Il pavimento era talmente pulito che rifletteva i contorni dei pochi mobili: un divano uguale alla poltrona, un tavolino verde bottiglia, una libreria con al centro il televisore e i cassetti in basso.

«Mi aspetti qui» le disse. «Le porto qualcosa da bere.»

Dora avrebbe voluto rispondere che no, non era necessario, e che non voleva disturbarlo oltre, ma non osò fiatare.

C'era qualcosa in quella casa. E lei avvertiva ancora un peso attaccato alle caviglie, come poco fa mentre saliva le scale: capì che era composto da due parole. Udiva lo scrosciare dell'acqua di un rubinetto in un lavandino, l'unico rumore in un silenzio gelido nonostante la temperatura. Un tintinnio di vetro risciacquato, di cucchiaini metallici che girano.

Quando Zeno ricomparve, reggeva un vassoietto d'argento con sopra due bicchieri di tè freddo solubile. Il genere di oggetti che prima o poi ti regalano, ma che è molto difficile usare.

Lo appoggiò sul tavolino senza guardarla. Si sedette sul divano, proprio in punta, come se il salotto non fosse il suo.

Erano mobili degli anni Ottanta. Roba in serie, del tipo magnificato dalle pubblicità di Aiazzone. Zeno teneva gli occhi bassi. Dora notò, sui ripiani della libreria, spiccare nell'anonimato alcuni piccoli oggetti: un fermaglio che forse era una spilla, una maschera veneziana, uno spartito; tutto rigorosamente spolverato. Le tapparelle erano chiuse, il lampadario acceso come fosse sera. L'aria sapeva di acqua distillata per il ferro da stiro. Dora si sentiva paralizzata.

«Lo avevo già letto» disse Zeno prendendo il suo bicchiere, «*I fratelli Karamazov*. Lo avevo letto ad alta voce insieme al mio migliore amico, con cui ormai non parlo da anni. Mille e centotrenta pagine.»

Dora deglutì. Allungò la mano verso il tè freddo preparato per lei, e si predispose a ricevere quella confidenza.

«Dei romanzi di Dostoevskij mi mancano solo *I demoni* e *L'idiota*, gli altri li conosco. Credo di non averli mai citati in un tema, né di avergliene parlato, perché per me contenevano un segreto legato a questo mio amico. Ma adesso che lei è qui, non ha molto senso continuare con i segreti.»

Dora lo amava. Lo osservò attentamente con gli occhi umidi: «Grazie per avermelo detto» gli rispose asciugandoseli. «Sai, non ti nego che preferirei cento volte passare l'estate con te a rileggere *L'idiota* anziché partire con mio marito per l'Alto Adige e affrontare il discorso che dobbiamo affrontare.»

«È così terribile?» le chiese Zeno.

Dora posò il tè freddo. «Sì.»

Intorno la casa respirava piano, come un museo minore di provincia. Sembrava disabitata, ma qualcuno c'era. Dora lo intuiva dal tono basso della loro conversazione. Tra quelle mura sembrava si prodigassero a mantenere fermo il tempo: anche le tende erano fuori moda, ma linde. Il divano vecchio tenuto come nuovo. E accanto alla finestra, in penombra, sotto vetro in una cornice di radica, c'era una locandina.

Dora se ne accorse solo in quel momento: *Turandot*.

Zeno osservava la stessa immagine sbiadita, lo stesso tavolino verde bottiglia, e non tentava neppure di nascondere il suo disagio. Aveva letto alcune pagine di Marx, sapeva che il lavoro degli uomini è contenuto negli oggetti, che il tempo, le ingiustizie, le sofferenze precipitano nelle nervature dei materiali, fin dentro i loro atomi. Dora stava decifrando la sua vita, leggendo quei mobili, e lui ne era consapevole. Che le persone tradiscono e dissimulano, ma gli oggetti no.

«Abbiamo dei problemi di salute» ammise Dora per pareggiare i conti, per offrirgli qualcosa di altrettanto vero del dolore contenuto in quella stanza. «E questa è anche la ragione per cui ho reagito così male quando mi hai parlato di desideri e di egoismo. Mio marito e io abbiamo vissuto un calvario, a causa di un desiderio. Siamo praticamente sterili e adesso dobbiamo prendere una decisione. Forse la più importante.»

Zeno non rispose: Mi dispiace. Dora lo apprezzò. Sapeva che lui era troppo intelligente per comportarsi con la superficialità o la falsa compassione di sua cugina rimasta a San Martino: «Oh, ma che brutto! Mica avrete intenzione di fare quelle cose? Quelle *manipolazioni* genetiche, vero?», o di sua nonna: «Mia cara, non lo sai che i figli in provetta nascono senz'anima?».

«Siamo, come si dice, arrivati a un punto di non ritorno.»

«Allora non ritorni» le disse semplicemente. «Non ritorni dove sa già che non troverà niente. Cambi strada. Vada altrove.»

Dora lo guardò negli occhi e fece una fatica immane a controllarsi.

Perché gli sarebbe saltata addosso e gli avrebbe messo la lingua in bocca, in quel momento. Fottendosene dei tredici anni che li separavano, di essere la sua insegnante. Lo amava così tanto che si sarebbe spogliata e ci avrebbe fatto sesso. Oppure se lo sarebbe portato a casa e gli avrebbe preparato la cena tutte le sere, lo avrebbe messo a letto rimboccandogli le coperte. Gli avrebbe pagato l'università a Oxford. Lo avrebbe portato al Comunale a sentire la *Turandot* della locandina appesa in quel salotto.

Si spaventò a morte di quel che stava provando e lo ricacciò in fondo a se stessa.

«Hai ragione» s'impose di dire. «Ma questi sono problemi di cui non avrei dovuto parlarti. Era solo per spiegarti che se mi sono comportata in modo orrendo...»

Dal corridoio si sentì un richiamo. Debole. Una specie di vagito o di miagolio. Qualcosa di umano e disumano insieme.

Zeno si alzò di colpo, rosso d'imbarazzo.

Dora si alzò anche lei, sforzandosi di congedarsi più alla svelta possibile. «Non è necessario che mi accompagni. Passa una bella estate, ci vediamo a settembre. Per qualsiasi cosa» aggiunse, «scrivimi.»

Prima di andare via, provò ad accarezzargli una spalla.

Ma lui già non la stava ascoltando, chiuse la porta e sparì.

Quando uscì dall'androne, i bambini erano ancora là, sparpagliati in cortile a giocare alla guerra, bersagliando di spruzzi la sfoglina enorme seduta all'ingresso, che gridava loro di piantarla.

Sine causa. Erano queste le due parole che continuava a trascinarsi come catene alle caviglie.

La sua sterilità era stata definita *sine causa*.

Ma una causa c'è sempre, pensò Dora, per tutte le cose. Tentò di fare un ripasso dei giorni che era rimasta reclusa in quella clinica nel cantone francese. Un calcolo dei soldi che i suoi genitori, troppo ansiosi, avevano sborsato rovinandosi per offrirle le cure migliori.

Una peritonite con complicanze. L'avevano operata due volte. Dora immaginò il bisturi recidere e l'ago ricucire, in una zona troppo pericolosamente vicina alle sue ovaie.

Una ragazzina iscritta in prima media non immagina di poter desiderare dei figli, un giorno. Il suo unico desiderio è essere *normale*.

Tornò indietro, sentendosi dentro, tra le ossa, una stanchezza abissale. Non aveva perso solo metà anno di scuola, lassù. Non aveva lasciato, in quella stanza con vista sulle Alpi, solo la sua adolescenza. Ma la possibilità di trattenere dentro di sé la vita e farla gemmare.

Forse non ci sarebbe mai riuscita, a rinunciare alla pancia. A un bambino con la metà dei suoi geni e qualcosa che d'improvviso si svela somigliante: il modo di sbadigliare, di tenere il mignolo sempre disteso.

O forse sì, ce la poteva fare.

A non tornare più nei luoghi dove sapeva che non c'era niente.

Si lasciò cadere sulla panchina alla fermata dell'autobus.

Erano le tre quasi, e nessuno ad aspettare. Gli stessi palazzoni che le sbarravano la visuale sembravano sgomberati e abbandonati da anni. Solo in fondo alla strada si muoveva qualcosa.

Una piccola esplosione di colori e capelli sciolti che si faceva via via più nitida e ansimante.

Correvano nella sua direzione, a rotta di collo. Una era nero corvino, la vita sottile dentro gli short a brandelli. L'altra era castana, due enormi orecchini fucsia fosforescente e le scarpe da ginnastica con le stringhe slacciate, che non si capiva come facesse a non inciampare.

Com'erano volgari, pensò Dora, e belle.

Si fermarono a pochi passi da lei, a confabulare tra loro agitatissime. Avevano costumi da bagno sotto le canottiere, sulle spalle zaini gonfi da cui sbucavano gli asciugamani. Non si accorsero neppure della sua esistenza. Si abbracciavano. Quella castana sembrava aver appena finito di piangere. Qualunque cosa fosse, si disse Dora, aveva tutta la vita per rimediare. Lei no, invece.

Chiuse gli occhi.

Lei aveva gli anni contati.

Ma andava bene lo stesso, sì.

Alla fine, andava bene così.

12

Quando più niente aveva senso. Quando, non per una fantasia adolescenziale ma per davvero, nel 2005 aveva pensato di farla finita. Non pensato, deciso. Anche se aveva solo tredici anni.

Aveva preso le misure. Nel giorno più brutto della sua vita, che non è mai quello della catastrofe, con il telefono che squilla a tutte le ore e il via vai incessante dentro casa, ma un giovedì anonimo di due settimane dopo, l'aria opprimente che prometteva neve, con mamma a letto, tornata irriconoscibile dall'ospedale, nessuno che si ricordava di portargli da mangiare; e lui aveva solo una vaga idea di come si preparava un piatto di pasta.

Si era sporto dalla finestra del bagno dopo aver calcolato accelerazione e impatto. Dal quarto piano erano poco meno di quattordici metri. Ma poi era accaduto che, per la prima volta, l'aveva vista.

D'inverno, mentre faceva i compiti. In cucina, rannicchiata contro il termosifone. Con una cruda luce al tungsteno che le pioveva addosso e due maglioni di lana uno sopra l'altro. Ripeteva la lezione a voce alta.

Chimica? Storia? Aveva provato a leggerle il labiale, mentre intorno i Lombriconi si affollavano di stanze illuminate. Era febbraio. Il buio scendeva ancora presto dentro le strade. Aveva tentato di tornare al proposito di prima. Solo che Adele lo aveva distratto in maniera irreparabile e lui aveva sentito l'aria gelida sferzargli le guance.

Non si era buttato. Aveva richiuso la finestra.

Era così che si apriva il romanzo, con la realtà dei fatti.

Solo che dopo lui non si sedeva sul water con la testa tra le mani, ma si alzava in piedi, si vestiva, contava i soldi nel porta-foglio di Spiderman e con stupore si accorgeva che bastavano. Nel romanzo, a differenza che nella vita, le suonava alla porta. La guardava negli occhi. Anche se non si erano mai parlati, mai conosciuti. Le diceva: Andiamo via.

Fissò il cursore di Word che lampeggiava.

Lo faceva da ore nello stesso punto: ricordargli quanto fosse impari la sua lotta con le parole.

Aveva iniziato a scriverlo più di quattro anni fa. Eccetto i tre mesi passati lontano dai Lombriconi, aveva raccontato e trasfigurato gran parte della loro adolescenza senza che lei se ne accorgesse. E adesso era arrivato al giorno prima, all'espressione così strana di Adele in quel fine settimana.

Cancellò "sperduta" e scrisse "spaventata". Ma era falso, quindi cancellò anche "spaventata" e provò con "assente". Con "occhi assenti". Con "distrazione nello sguardo". Ma niente di tutto questo era vero, e non rendeva neanche lontanamente l'idea del suo volto reale.

Zeno non si sentiva speciale per il fatto di chiudersi là dentro con il computer acceso. Anzi, si sentiva un insetto imbozzolato. Uno che non è più capace di scendere in cortile a prendere a pallonate la porta, a fare fallo sugli altri, a sudare e a sgolarsi. E allora scrive.

Ripiega. E dopo più di cinquecento pagine è ancora lì che non gli viene l'aggettivo.

C'era una punta d'inspiegabile felicità che premeva da sotto il viso di Adele. Che da venerdì era sperduto, spaventato, assente. Ma c'era anche altro. Una novità in filigrana che lui non capiva e gli veniva solo voglia di picchiare la tastiera.

Chiuse il file.

Il dolore degli altri lo poteva raccontare, ma la felicità no. Da quella poteva solo venire escluso.

Uscì dalla stanza e andò ad affacciarsi in cucina. L'ultima lavatrice era ancora nel cestello ad ammuffire. Sua madre, voltata di schiena, avvertì la sua presenza aggiungersi al silenzio inerte del centrotavola, di un pugno di noci vecchie, dei mestoli appesi. Perché sussultò appena.

Le andò vicino, le appoggiò le mani sulle spalle.

Oltre i vetri, nell'afa, la pianura sfocava all'orizzonte. Capannoni industriali qua e là, accrocchi di case isolate, un volo in decollo.

Non tornerà indietro, avrebbe voluto dirle.

Non è laggiù, non sta giocando dietro la fabbrica della Ducati.

Notò altri capelli grigi. La sua pelle sapeva di carta e di pane. Anche dalla felicità del passato si rimaneva esclusi, dai giorni in cui quel corpo era stato vivo e lo aveva abbracciato durante i concerti. Dietro le quinte del Comunale. A sentire Čajkovskij, Verdi e Rossini. Con via Zamboni sommersa di neve e tutti quei violini che li facevano vibrare, lui e sua madre insieme.

Non poteva rimanere lì per sempre, eppure. La Cattaneo era bravissima a parlare: Perché non vai a Parigi, solo per un'estate? Ma le sfuggivano i limiti delle cose.

Vuotò la lavatrice. Portò il bucato in bagno. Aprì lo stendibiancheria pieghevole fissato al muro e salì sul bordo della vasca.

In quattro anni, da solo, quante cose aveva imparato? Ad articolare un capitolo, a stirare. A delineare un personaggio, a sturare il lavandino. A isolare le fessure con il silicone, a usare il punto e virgola.

Stava piegando una federa quando avvertì un urlo provenire dall'appartamento di Adele.

«Tu glielo devi dire!»

La voce di Jessica era esplosa come un petardo. Uno di quei miniciccioli che accendevano alle medie durante la lezione e lanciavano sotto la cattedra, lui e Manuel.

«Ma no a Manu. A mamma glielo devi dire!»

«No, t'ho detto. E levati dai coglioni.»

Erano le cinque del pomeriggio. Non erano mai a casa a quell'ora, di domenica, ad agosto. Zeno rimise la federa nella bacinella, si avvicinò con cautela alla finestra.

«T'ho detto spostati!»

«Dove vuoi andare?»

Una serie di tonfi: porta che sbatte, sedia rovesciata.

«Sono cazzi miei e di Manu.»

«Assì? Perché Manu che fa?»

«Che te frega.»

«Mamma lo deve sapere.»

«Spostati.»

«Ti fa abortire.»

Zeno non avvertì alcun dolore. Né al costato né all'addome. Il suo corpo si rifiutò di accettare quella parola. Finse di non averla sentita.

«Cazzo ne sai tu, eh? Cosa t'impicci, ritardata mentale? Mamma s'incazza come una mina, mi spacca di botte. Fammi uscire.»

Schiaffi.

«Lasciami il braccio, cretina!»

Rumori di collisione, di resistenza. Di chiavi.

«Brava, esci. Vai a cercarlo. Ti ha risposto? No. Ti ha scritto? No. E poi sono io la ritardata mentale.»

«Sei un'idiota che non sa neanche leggere.»

«E tu però sei incinta.»

Un buco. Un foro nel cuore.

Zeno aveva quasi oltrepassato, senza volerlo, lo stipite della finestra. Per un istante scorse Adele uscire come una saetta sul balcone, voltarsi a destra e a sinistra per controllare se ci fosse qualcuno che poteva aver sentito, ma era così agitata che non vedeva niente. Si affrettò a nascondersi, inciampò sul tappetino, cadde di culo sulle piastrelle. Si morse le labbra per non imprecare.

«Sono solo io che decido. Ti è chiaro? Non tu, non mamma.»

La porta d'ingresso tuonò a tal punto, quando si chiuse, da far vibrare i muri portanti dei Lombriconi.

Se fosse stato un narratore russo dell'Ottocento, o il protagonista del suo romanzo, che prendeva il coraggio a due mani e agiva, vivendo la vita di cui lui non era capace, non avrebbe sentito le gambe tremare.

Eccola, la parola che cercava: "incinta". Poteva aggredire il trattino di Word e andare avanti. Ma era troppo coinvolto. Troppo. E l'unica cosa che provava, oltre a un senso sterminato di paura, era un odio ancora più sterminato per *lui* che le aveva fatto questo.

«Tu.»

Sentì gridare.

«Tu, manicomane della porta accanto. Guarda che t'ho sgamato.»

Non poteva essere vero. *Incinta* non era reale.

Udiva quella voce alta, imperativa, eppure non se ne rendeva conto.

«Mia sorella è scema, ma io no. E puoi pure uscire fuori.»

Il suo cuore martellava.

«Pazzoide, lo so che sei lì. Metti la testa fuori. Cazzone.»

Si appiattì sul pavimento. Si sarebbe seppellito dentro. Murato vivo. Non poteva credere che Jessica stesse parlando con lui. Si chiese perché; perché era così fragile e diverso da tutti gli altri.

«Spiegamelo un po', Liceo Classico. Te che sai tutto. Com'è

145

che ci spii sempre? Cosa abbiamo di tanto fico? Le tette? Il culo?»

Ma non era un guardone.

Si tirò su, prima sulle ginocchia, poi in piedi. Si sentiva il cuore mancare, lo stomaco accartocciato.

«L'ho capito che ti piace mia sorella, brutto porco.»

E non era neanche un porco.

Glielo doveva dimostrare. Il rettangolo della finestra era lì a significare ancora una volta: o l'inizio o la fine. A oggi Jessica Casadio era solo un personaggio secondario del suo romanzo, non aveva mai immaginato di poterla affrontare. A tu per tu. Da persona a persona.

Ma se Manuel davvero aveva fatto quella cosa ad Adele, allora non c'era più nessun romanzo, nessun aggettivo, e il mondo era morto.

«Oh, finalmente ti vedo!»

«Non ci provare mai più» gli intimò a muso duro.

Lui non annuiva, non parlava. La sua faccia era bianca come quella degli sfigati che non escono mai di casa. Aveva i capelli lunghi sulla fronte, le lentiggini. Eppure, non era neanche brutto.

Aveva un che del piccolo Lord, con quel taglio di capelli infantile. Troppo magro, forse. La colpirono gli occhi, così grandi, con lunghe ciglia nere arcuate come quelle di una ragazza.

Jessica non aveva più niente da dirgli, ma non si schiodava. Rimaneva lì, sul balcone, a fissarlo per la prima volta. E lui faceva lo stesso. Sembravano Mary e Colin del *Giardino segreto*. Una storia che le aveva letto la maestra al campo estivo, perché lei da sola non era in grado.

«Non dici niente, psycomerda?»

Avrebbe potuto continuare con gli insulti all'infinito. Ma in parte, senza una ragione plausibile, avrebbe voluto anche invitarlo in casa.

«Ti chiedo scusa» le disse a un certo punto.

Jessica si stupì che avesse una voce.

Era in castigo per essere rincasata alle tre quella mattina. Mamma l'aveva aspettata sveglia al balcone, e sgamata che usciva dalla portiera di una macchina sconosciuta: vietatissimo. E poi era triste per via di suo padre. Stava per ritrovarlo, e ricordava così poco di lui. Qualcuno aveva fatto sparire tutte le fotografie dagli album e dai cassetti. Avrebbe proprio avuto bisogno di non passare quel pomeriggio da sola.

«Cosa riesci a vedere da là?» gli chiese. Non con astio adesso, ma con semplice curiosità.

E lui rispose, onestamente: «Fino al termosifone».

Jessica si voltò a guardare: le piastrelle a rombi bianche e arancioni, il divano a fiori consunto, i piatti ancora da lavare. Non aveva proprio niente d'interessante la loro cucina, niente che valesse la pena. Davanti al termosifone c'erano mezzo tavolo e una sedia, che però era la sedia di sua sorella.

«Ti faccio menare» lo segnò a dito. «Giuro. Se ti ribecco, ti faccio aprire il culo.»

Questa volta rientrò. Andò dritta in camera sua, che era anche la camera di Adele. I letti gemelli erano separati solo da un comodino. Si sedette sul suo a gambe incrociate, a guardare l'altro. Afferrò il cuscino a forma di cuore, che era un residuo della loro prima casa, della loro prima vita.

Cosa voleva dire che una persona era incinta?, si chiese.

Non nel senso astratto del termine, ma in quello vero.

Cosa sarebbe successo a sua sorella? Le sarebbe cresciuta la pancia, va bene. Ma poi? Sarebbe stata male? Avrebbe vomitato? E il bambino? Chi era questo bambino? Dove lo avrebbero messo? Si strinse forte al petto il cuscino sbiadito dal tempo e dalle lavatrici e si rese conto che no, non c'era posto.

Ci stava a malapena l'armadio. Non erano riuscite a sistemare neanche un tavolino per fare i compiti. Non c'era veramente spazio per un bambino in quella casa. E papà invece dove avrebbe dormito: sul divano, o con mamma? Voleva una foto. Di loro due insieme.

Provò a cercare in camera di sua madre, nelle borse, nelle tasche. Nella trousse dei trucchi. Nelle scatole delle scarpe. Erano 2.553 giorni, perché il 2004 e il 2008 erano bisestili. Tradotto in ore faceva 61.320, il tempo di lei senza suo padre.

Il tempo a guardare gli aeroplani.

Era una persona importante, avevano stabilito. L'unica volta in cui ne aveva parlato con Adele, giù in cortile, un paio di mesi dopo la scomparsa, se n'erano convinte. Solo le persone importanti viaggiavano in aereo. E quello che vedevano attraversare il cielo sopra le loro teste forse era il volo giusto.

Era logico che fosse in galera. Ma per loro era diventato lo stesso un uomo d'affari. Chissà perché ci si erano intestardite. Solo adesso se ne rendeva conto: perché non la macchina, l'autobus, il treno?

Alzò la testa dalla cassettiera, si guardò allo specchio. Se riesci a calcolare i minuti in venti secondi, sei un genio, si disse. Sorrise. Scosse la testa. Sette anni erano 3.679.200 secondi. Non è che ci pensasse davvero. Era come se tirasse a indovinare, ma sapesse già che il risultato era esatto.

Corse a cercare il telefono, digitò i numeri sulla calcolatrice. 3.679.200.

Peccato non servisse a niente, lì dove viveva lei. Era uscita dalla seconda media con un calcio nel culo. Della verifica finale di matematica la prof le aveva detto: «Non so come, ma tu copi sempre».

Prese dal comodino di mamma "Settimana Sudoku". Tornò a sedere sul suo letto con la schiena al muro. Le avrebbe finito tutti i sudoku per ripicca, adesso, manco uno gliene avrebbe lasciato. Così imparava a metterla ancora in castigo, alla sua età.

Appoggiò la matita sulla carta, scrisse un 8. Non c'era proprio spazio, in quella casa, per un bambino. Scrisse un 9. Poi da giù si levò un clamore, un applauso, un coro da stadio.

Andò alla finestra. Vide una piccola folla di ragazzetti e adulti appanzati spintonarsi davanti ai garage, intorno a un'auto che scivolava a passo d'uomo per andarsi a piazzare al centro del cortile della torre D, falciando le uniche due aiuole.

Era un macchinone nero con i vetri oscurati, la carrozzeria lucida e incerata, neanche fosse del Presidente della Repubblica. Quando la portiera si aprì, lentamente, a effetto, ne uscì uno con l'iPhone d'oro e le Nike fosforescenti di Michael Jordan ai piedi. Che allargò le braccia come il Cristo Risorto, gridando: «Stasera offriamo da bere a tutti!».

Uno che era Manuel D'Amore con un Rolex tarocco al polso.

Jessica si sporse un altro poco: a un centinaio di metri, seduta su una panchina, sua sorella sembrava incerta se farsi avanti o rimanere lì, nascosta per sempre.

~

«Oh, ma li stai vedendo 'sti sedili? È pelle umana.»

Tastò il poggiatesta del passeggero, orgoglioso, come se l'Audi fosse sua e non avesse implorato Gegè il Brutto di prestargliela per qualche ora: «Solo per farci un giro, te lo chiedo per favore, con la mia ragazza. Dopo te la vado a lavare, passo anche l'aspirapolvere negli interni». Poi con le mani giunte, come un bambino: «Ti prego!».

Ma questo Adele non lo sapeva.

«E lo schermo, lo hai visto? Ci guardi pure Al Jazeera, qui. Ti colleghi con iTunes, ti scarichi i film!»

Non aveva la patente e viaggiava a 170 chilometri orari. La tangenziale deserta circondava una città disabitata, domenica 9 agosto. Colossei di cemento in mezzo a una vegetazione riarsa.

Manuel faceva il dito medio al sistema Tutor, accelerava,

cambiava frequenza radio, sollevava l'accendisigari: «Un lanciafiamme! Cazzo è Al Qaeda, guarda che roba».

Solo che Adele non vedeva niente. Cominciava a girarle la testa.

«Puoi andare un po' più piano?»

Oltre alla nausea, le stavano venendo come le vertigini. Un senso di non aderenza alle cose. Forse era la velocità, oppure erano *i sintomi*.

«Rallenta, Manu.»

«Non puoi capire.» Non rallentava. «C'era questo locale, fatti la scena: diciotto ballerine nude. Professioniste. Ucraine, russe, tette immani. Ovunque ti giravi, gente che sciabolava. Dom Pérignon come se piovesse. Chili di coca che nevicavano nei bagni. Un paradiso terrestre.»

Come se il suo corpo non obbedisse più alle leggi normali, le sembrava di slittare su uno scivolo d'acqua. E quella nausea che non se ne andava. Quando Manuel si accese una sigaretta con i finestrini chiusi, le venne da vomitare.

«È solo l'inizio, Adele. Ho tirato su una cifra *paurosa*. Riccione è la mia vita, sono nato per quel posto. E la sai un'altra cosa? Vuole farmi studiare! Giuro. Liceo, università, mica stronzate. Adele, ma mi stai ascoltando?»

«Accosta.»

Doveva essere pallida da far spavento, perché Manuel si portò sulla corsia d'emergenza e si fermò lì con le quattro frecce.

Adele scese, raggiunse il guardrail e Manuel la seguì. I colli verdegiallo battuti dallo scirocco si susseguivano laggiù, dove il sole stava calando. Dall'altra parte la torre dell'Unipol svettava austera, insieme ai grattacieli della Fiera. La realtà risaltava. La sua pelle era una sottile membrana che separava mondi pieni di avvenimenti. E le cose avvenivano, più forte dei suoi pensieri.

«Stai bene?»

«Meglio.»

Da quando lo aveva scoperto, non c'era un solo istante in cui non ci pensasse. Non lo vedeva, non lo avvertiva. Ma sapeva che c'era. *C'era.* E bastava questo verbo.

«Quando devi tornarci, a Riccione?»

«Non lo so, me lo dicono domani.»

Qualcosa, che non era ancora qualcuno, ma che era viva e si era stanziata dentro di lei. E lei aveva la tachicardia. Aveva paura. E un subbuglio nello stomaco, uno sfarfallare di cellule e atomi, e il cemento, e il cielo, e il panorama sfocato degli Appennini: ogni dettaglio reclamava la sua esistenza.

«Ho bisogno che parliamo.»

«Di tuo padre? Di cosa?»

«No, non di mio padre.»

«Dimmi.»

«Non qui.»

Manuel risalì in macchina senza parlare più di Riccione, le aprì la portiera, attese che lei si sedesse. Poi s'immise di nuovo sulla tangenziale.

«Mi fai preoccupare.»

«Non devi.»

Era una cosa sua, sì. Solo sua, pensò Adele. Ma nello stesso tempo era anche di Manu. Una parte di lei aveva il terrore della sua reazione. L'altra no. L'altra non vedeva l'ora di dirlo ad alta voce e non si era mai sentita così sfrontata.

Era convinta che li avrebbe uniti. Che quello che si stava avverando nel suo interno più remoto, che non riusciva neanche a chiamare per nome, li aveva già legati. Per sempre. Irreparabilmente. Era convinta di essere lei la più preziosa adesso, la più importante. E non c'era modo di fuggire.

Manuel guidava.

«Dove stai andando?»

«Ai Budelli.»

Finivano sempre là, ogni volta. Adele ci rimase male perché avrebbe voluto dargli la notizia in un altro luogo, dove non andavano mai. In centro, in piazza Maggiore, al tavolino di uno di quei bar per turisti che costavano un mucchio di soldi.

Non si era preparata un discorso. Non aveva pensato. Stava solo vivendo, come poteva.

«Adele» cominciò Manuel scendendo dall'Audi una volta arrivati. «Anch'io ti devo parlare. Cazzate a parte», s'inoltrò nel cantiere fermo, «voglio davvero trasferirmi a Riccione per il resto dell'estate, e a settembre voglio riprendere a studiare.»

Adele camminava incerta dietro di lui. Le facevano male, quelle parole. Ma al contempo le scivolavano addosso.

Distolse lo sguardo dal terreno cosparso di ferri arrugginiti, un preservativo, uno slip annerito dalla polvere. Lo soffermò per alcuni istanti sul graffito più grande dei Budelli, il più suggestivo, che riempiva per intero una parete di fronte alla piscina. Erano due chimere: un cane con la testa di un topo e un coniglio con la testa di un gatto, che si tenevano stretti. Adele non sapeva cosa significasse, ma era commovente.

«Non so quanto riusciremo a vederci» continuò Manu.

E lei se lo aspettava. Non avevano fatto altro che ripeterglielo tutti fin dall'inizio: Ti lascerà. È troppo per te. Troppo bello. Troppo violento. Troppo perso. Troppo in gamba. Lo arresteranno. Si farà strada. Morirà sparato. Diventerà qualcuno. E lei?

Lei cos'era? Si era mai preoccupato qualcuno, di quello che poteva diventare lei?

«Non voglio che fai la gelosa.» Manuel le faceva strada. «L'ossessiva o cose del genere.» Camminava sicuro in quel quartiere sventrato, che avrebbe potuto essere e non era stato, tra cumuli di calce, sabbia e fondamenta vuote.

Entrò dentro un edificio, una palazzina incompiuta di una decina di piani, salì le scale che erano l'unica cosa ultimata, insieme ai piloni e ai pavimenti. «Siamo troppo giovani per fare le cose sul serio. Lo capisci?»

Adele lo capiva, lo seguiva. Aveva temuto quelle parole dal giorno dopo che si erano messi insieme, tre anni prima.

Lui saliva i gradini e non si voltava, non la guardava.

Prima o poi, c'era sempre qualcuno che la abbandonava.

«Io ti voglio bene» le diceva.

E ti voglio bene, nel cuore di Adele, era un insulto.

«Te ne vorrò sempre.»

Era così alto. Le sue spalle erano larghe. Indossava vestiti che costavano dieci volte i suoi. E si sentiva forte, invincibile. Dicevano che al poligono di via Agucchi fosse uno dei migliori, che se si fosse allenato avrebbe potuto giocare a calcio da professionista, che alle scuole medie era uscito con Ottimo senza aver mai avuto bisogno di studiare. E Adele non era nulla al confronto, non avrebbe saputo trovare in se stessa nemmeno un talento. Eppure, per la prima volta, si rese conto che Manu, di tutte le promesse, non ne aveva mantenuta una.

Che ora, in questo preciso momento, era più forte lei.

Si ritrovarono al terzo piano, su un pianerottolo senza pareti. *Un figlio* era qualcuno che non ti abbandonava mai.

Intorno non c'erano abitazioni, né città né mare. C'era solo il niente a perdita d'occhio.

Manuel la guardò in faccia: «Devi lasciarmi andare».

Adele guardò in faccia lui: «Aspetto un bambino».

13

L'espositore girevole mostrava perlopiù immagini di altri luoghi: Fiè allo Sciliar, Castelrotto, il Sasso Lungo e il Sasso Piatto. Località di grido, con masi dai balconi straripanti di gerani, cuori incisi nel legno e pascoli fioriti. Della Valle Aurina, invece, che era una zona di confine, c'erano solo poche e modeste foto.

«Ti muovi?»

La voce di Fabio le arrivò scocciata da dietro le spalle.

«Un attimo, per favore.»

Doveva trovarla: una cartolina che non mentisse, che rendesse davvero testimonianza di quelle dorsali impervie e austere, delle abetaie buie, della ferita non rimarginabile per l'annessione all'Italia. Perché non si erano mai raccontate bugie, anzi: avevano sempre sopportato la verità l'una dell'altra come solo le migliori amiche sanno fare.

«Ho fame. E non ho voglia di passare la giornata davanti a un tabaccaio per colpa di Serena.»

Dora si voltò di sbieco. Fabio, appoggiato alla portiera della Jeep, la fissava attraverso le lenti nere di costosissimi occhiali da sole.

Da quando erano partiti faceva lo scontroso. Sembrava portarle rancore, non riuscire mai a rilassarsi.

Ma Serena era una persona importante per lei. Per otto anni si erano scritte lettere lunghissime, almeno una la settimana, senza mai essersi viste in faccia. Scegliendo con cura la carta, leccando sul retro il francobollo e affezionandosi alla buca della posta più vicina.

Aveva avuto il batticuore ogni volta che aveva riconosciuto la sua calligrafia. Quando era in ospedale, ma non solo – anche dopo il ritorno apparente alla vita di prima – le aveva scritto di se stessa le cose più difficili da dire. Per esempio l'odio che provava. L'invidia per le compagne di classe normali, che si tenevano per mano in corso con i fidanzati mentre lei non aveva mai baciato nessuno. Serena non l'aveva giudicata. Al contrario: si era messa a nudo.

Era stato un piccolo miracolo, dal letto della clinica, scorrere la bacheca annunci di "Minnie & Co.", sezione "Amiche di penna", e trovarla.

Ne ricordava ancora la presentazione: "Lettrice appassionata, innamorata dei gatti e del mare, cerca un'amica lontana che le racconti cose nuove e le descriva nuovi posti". Le era subito piaciuta, un po' per quel *descrivere* che annoiava tutti e invece era la sua passione, e un po' perché l'annuncio di Serena – come quello che aveva pubblicato lei e a cui nessuno aveva risposto – era senza foto.

Le aveva scritto, vincendo il pessimismo. E, scrivendole, aveva dimenticato i medicinali, la stampella, la cicatrice. Era solo una "undicenne convalescente e triste in un paese straniero", ma ci aveva sperato, senza sperarci.

Serena le aveva risposto.

Adesso la Valle Aurina le ricordava la Svizzera, e quello che cercava era un'immagine che le restituisse quei giorni.

Scelse la più sbiadita, in bianco e nero. Entrò in tabaccheria, raccolse una penna e scrisse: "Sono ancora qui, prigioniera delle stesse montagne, ma questa volta ho deciso di scalarle".

«Dio santo, quanto ci hai messo?» Fabio risalì in macchina sbattendo la portiera. «A volte penso che tu sia lesbica.»

Dora si mise a ridere. Prese posto sul sedile del passeggero e si allacciò la cintura. Che ne sapeva lui, di cos'era un'amicizia femminile? C'era sempre una quota d'amore viscerale, tra due donne, altrimenti si trattava solo di conoscenti.

«Sai, credo di aver scelto l'università non per te, ma per la città in cui viveva Serena.»

«Non avevo dubbi.»

«Credo di averlo sempre saputo, che il mio futuro sarebbe stato insieme a lei: stessa facoltà, stesso lavoro. Scrivevo il CAP, la provincia, e ogni volta mi dicevo: Un giorno non ci separerà più niente.»

«E così fu» la schernì Fabio. «Come nelle favole migliori.»

«Sei una persona arida.»

«Forse sono solo geloso.»

No che non lo era, non più. Nascondeva dietro l'antipatia per Serena l'insofferenza per queste vacanze con Dora.

Si lasciarono alle spalle Campo Tures. Si diressero a Selva dei Molini, un paesino minuscolo dove la guida dell'hotel segnalava una chiesetta caratteristica. S'inerpicarono su per una provinciale, pascoli verde scuro sembravano essere stati tosati quella mattina stessa. Un forte profumo d'erba falciata entrava dal finestrino e se ne portava dietro un altro, più ambiguo, di terra fredda e aghi schiacciati.

Non ne avevano ancora parlato, si rese conto. Nemmeno un cenno.

Erano fuggiti dall'afa della pianura, ma trovare dieci gradi in meno e un resort di lusso non era servito a molto.

Il panorama che scorreva loro accanto era ricamato e orlato. Era riposante, quella natura così ben conservata. Ma i cartelli prima in tedesco e poi in italiano ribadivano una frattura mai guarita.

Dovevano parlare.

A Selva dei Molini parcheggiarono di fronte a un ufficio postale aperto tre giorni la settimana e s'incamminarono alla ricerca di un ristorante, un bar o una panetteria. Era tutto chiuso.

«Che sòla di paese» commentò Fabio, astioso. «Se sapevo, ordinavo un club sandwich in albergo.»

Voleva già andarsene. Solo che Dora notò una stradina arrampicata su un'altura, e in cima la chiesetta dal campanile appuntito pubblicizzata nella brochure. Lo fermò indicandogliela.

Non sembrava granché, ma lo convinse a salire, tanto per non aver fatto un viaggio a vuoto. Scattarono un paio di fotografie con il cellulare e, quando arrivarono, si trovarono davanti un cimitero.

«Non ci credo. Questo è il colmo.»

Fabio era sempre più nervoso. E Dora era stanca.

«Senti» gli disse a un certo punto, «perché non torniamo in hotel? Io leggo, tu puoi fare un'arrampicata. Non voglio condizionarti.»

«E io non ho voglia di sudare» ribatté lui senza lasciarle spazio. «Comunque, ormai è tardi.»

Erano fermi in mezzo a un giardino di croci. Si vedeva lontano chilometri che lui aveva voglia di scaricare la tensione, di buttarsi in un corpo a corpo, di litigare.

«Riportami in albergo, te lo chiedo per favore. Goditi la *tua* vacanza.»

«Porca troia» Fabio si sforzò di ridere. «Ho questo grossissimo lavoro per le mani. Ho sborsato 5.000 euro per portarti quassù. E tu devi rompermi i maroni?»

«Volevo solo dirti che non ti devi adeguare a me. Non voglio che tu sia una specie di stampella per la mia invalidità.»

Fabio puntò gli occhi contro quelli di Dora: «Gesù, tu sei fuori».

Vide tutto il suo malessere, il non detto, risalire in superficie e fargli avvampare la faccia: «Non puoi fingere di divertirti, no? Possibile che devi sempre comportarti da vittima? Far pesare tutto, sottolinearlo?».

«Perché pesa.»

«No, perché *tu* lo rendi pesante.»

«Non sei felice.»

Fabio perse la pazienza. Sferrò un calcio alla lapide di uno sconosciuto. «No che non lo sono!» gridò al paese disabitato. Nel silenzio infrangibile di quel pugno di pietre.

Le montagne intorno gli restituirono la sua eco.

Lo sapevano tutt'e due che l'ultimo tentativo di ICSI era fallito e non ce ne sarebbe stato un altro.

«Cosa vuoi fare?» le gridò, pieno di rancore. «Mi hai fatto passare quattro anni di merda, e adesso manco due settimane di ferie mi concedi? Ti odio, cazzo.» Sputò a terra. «Dimmi che intenzioni hai, avanti. Vuoi lo sperma di un altro? Vuoi andare all'estero? Affittare un utero? Dimmi a che punto vuoi fermarti, se *puoi*. Perché se è questo che desideri…»

Dora aveva il viso contratto, ma inespressivo.

«Vai avanti. Finisci il discorso.»

«Cosa devo finire?» Fabio sorrise, pieno di rabbia.

Nessuno abitava a Selva dei Molini, evidentemente, perché le case e le strade erano immobili, la porta della chiesa serrata. C'erano solo boschi di abeti e fiori innaffiati alla perfezione.

«Devi finire di sfogarti, tira fuori tutto.»

«Dora» le andò vicino, muso contro muso. «Non dirmi quello che devo fare. Non fare la maestrina con me. Ti ho vista annullarti su quei lettini d'ospedale. Mi è toccato farmi le seghe, quante volte? Cercando di connettermi a YouPorn e non prendeva il wifi, con la fila di maschi fuori, con il contenitore per lo sperma in mano. E non doverci mettere più di venti minuti, altrimenti la fecondazione sarebbe andata a puttane. La fecondazione, Dora, come nelle piante, come negli animali. E ogni volta c'era qualcosa che non andava. Un tuo ovulo. Un mio spermatozoo. Cosa siamo diventati, eh? Delle cellule, degli organi, degli zombi? Non va, Dora. Non andrà mai. Te lo dico, non ho intenzione di proseguire.»

«Nemmeno io» ribatté Dora.

Fabio indietreggiò.

«Nemmeno io» gli ripeté.

Poi si voltò in cerca di un angolo in cui sedersi. Si sentì esausta, e vecchia. Ma anche decisa. Raggiunse un muretto accanto a una fontana con una sistola per bagnare le piante.

«Ci ho rinunciato» disse, con sincerità.

Aveva voglia di piangere, ma riuscì a trattenersi e ad andare avanti.

«Alla pancia, alla possibilità che mi assomigli.»

Vide suo marito, lentamente, raggiungerla. Sedersi, sorpreso, accanto a lei.

«Ho capito una cosa. Che la mia era un'ossessione. Pensavo solo alla maternità, e non vedevo il resto. Anzi, nemmeno alla maternità, ma a rimanere incinta. *Incinta*, era una maledizione che si era presa tutto.»

Era. Fabio stentava a credere che stesse parlando al passato.

«Ci ho inflitto tutti quei cicli, quegli esami, quelle frustrazioni, pensando solo a me che volevo le nausee, partorire, allattare. Volevo che tu mi tenessi la mano in sala parto. Volevo che fosse nostro. Ma cosa vuol dire *nostro*? Nessuna persona è di qualcun altro. E io, risucchiata in questo delirio, non ho pensato a lui, Fabio. Non ho pensato alla sola cosa importante.»

Fabio si voltò a guardarla. Non capiva.

Dora aveva gli occhi pieni di lacrime adesso, ma anche un sorriso bellissimo. Un'espressione di volontà tenace nonostante il male, che era il motivo per cui si era innamorato di lei.

«Nostro figlio esiste già, Fabio» fissò lo sguardo da qualche parte, come se segretamente conoscesse la direzione. «*Esiste*. E forse ci sta aspettando.»

~

I moduli per l'adozione, nazionale e internazionale, li avevano già ritirati una volta presso il Tribunale dei Minori, anche se non lo avevano detto a nessuno. Una rigida mattina d'inverno dell'anno prima, in cui avevano smesso di credere a tutto.

Un gesto disperato più che meditato. Non ne avevano discusso: l'avevano fatto e basta, quando ormai era chiaro che nemmeno il miglior specialista al mondo poteva farci granché, con loro due.

Avevano frequentato gli incontri informativi presso la Ausl, ascoltato assistenti sociali parlare di come «condividere una storia plurale», come «accogliere le ferite dell'abbandono» seduti in fondo, in silenzio, senza mai alzare la mano per fare domande. Ci avevano provato, a mettersi nell'ordine di idee di diventare genitori di *qualcun altro*.

Giovani, laureati, benestanti: le loro credenziali sulla carta erano ottime. Al primo colloquio con la consulente per la compilazione delle domande, però, erano stati sgamati. Una piacevole signorina con gli occhiali sul naso aveva consigliato loro di ritentare «fino all'ultimo» con la procreazione assistita, perché Dora con ogni evidenza, ma anche lui, non aveva superato «il lutto per il figlio biologico».

Lo volevano appena nato, sano, perfetto. «Signori, non è così che funziona.» Allora erano usciti da quell'ufficio non sollevati, ma proprio euforici. Autorizzati ad ammazzarsi ancora di ormoni, avevano subito telefonato in clinica per prendere l'ennesimo appuntamento. Arrivati a casa avevano cercato i moduli, li avevano stracciati e cestinati. E la verità triste ma vera era che lui non ci si vedeva.

Ad arrivare in ufficio una mattina e dire: Sono diventato padre di un bambino russo. Etiope. Cinese. Non ci si vedeva a spingere un passeggino per strada e leggere negli occhi della gente: L'ha adottato. Soprattutto, s'immaginava già cosa avrebbe detto suo padre. Cose come: L'ho capito che è tuo figlio, però lasciamo l'eredità a uno *sconosciuto*. Non voleva sentirlo, non voleva affrontarlo.

Li aveva letti, i libri consigliati durante gli incontri. Lo sapeva che i genitori sono coloro che ti hanno cresciuto, educato, amato. La conosceva, la differenza tra padre naturale e padre adottivo. Tra madre "di pancia" e madre "di cuore". E gli era chiaro che al centro doveva esserci il bambino, solo lui con il suo dolore, e non i sentimenti degli aspiranti genitori adottivi.

Ma lui non ce la faceva, ecco.

Lui aveva una laurea in Architettura con 110 e lode, e a trent'anni firmava già i progetti del più prestigioso studio cittadino. Si era sempre considerato un progressista di larghe vedute. Però l'idea di un figlio suo non lo mollava. *Suo*. Pronome possessivo. Dove il possesso era possesso, sì, e allora? E c'era di mezzo la genetica. Una cosa primordiale come il sangue. Una cosa selvaggia, furiosa e furibonda. Che era lo sperma. La trasmissione ereditaria. I gioielli di famiglia che funzionano da dio. Il potere di ingravidare, segnare un corpo, metterci dentro il tuo nome e te stesso, generare qualcuno che ti deve continuare.

Roba reazionaria, stupida, primitiva. Però la provava.

L'aveva sempre provata fino a oggi. Fino al sorriso di Dora: nuovo, mai visto, in calce al piccolo cimitero altoatesino.

Il sorriso e la voce di sua moglie lo avevano fatto sentire come appena venuto al mondo. Ritornato nel proprio corpo. Era accaduta una rivoluzione immane in un secondo.

Quel figlio che già esisteva, lo vedeva adesso per la prima volta. Non più un bambino, ma proprio un figlio: l'unico che avesse mai voluto.

Era lui che li stava aspettando. Lui, nessun altro. E pensarlo così, senza connotati, senza somiglianze. Pensarlo nel suo solo esistere e chiedere amore era una liberazione dolcissima.

Quando rientrarono in hotel, nel tardo pomeriggio, si separarono: Dora andò in camera a farsi una doccia, e lui al bar a ordinare un Lagavulin a stomaco vuoto. Avevano bisogno di elaborare la decisione, ognuno per proprio conto, di sentirne la bellezza inondare i polmoni.

Uscì in terrazza, si sedette a un tavolo che affacciava sulla piscina. Stranieri in accappatoio uscivano dalle saune e si sgranchivano pigri al sole.

Fabio pensò che era un giorno importante, anche se apparentemente non era accaduto nulla. Un giorno che avrebbe cambiato per sempre le loro vite, come un concepimento avvenuto, come un test positivo.

Aprì il portafoglio per preparare la mancia. Rovistando tra i soldi trovò per caso il biglietto di una scommessa.

Era datata 16 luglio. Ricordò di colpo la puzza della Snai, la signora con un quintale di eye-liner e la scollatura generosa che lo aveva accolto allo sportello. Ed ebbe la tentazione di appallottolare la ricevuta.

Un figlio cinese con il labbro leporino. Una figlia vittima di abusi. Un neonato lasciato in ospedale a causa di una malformazione. Gli scarti, avrebbe pensato ieri. E invece oggi erano tutto.

Quale di loro avrebbe portato lassù, il prossimo anno o quello successivo, con quale avrebbe giocato allo squalo in piscina come adesso il signore russo con i suoi gemelli?

Si rimise gli occhiali da sole perché si accorse che stava piangendo.

«Mi scusi» chiese al cameriere che gli portò il Lagavulin, «mi darebbe la password del wifi?»

Si era ripromesso di non collegarsi a internet, di staccare

per l'intera durata delle vacanze. Ma adesso aveva una cosa importante da fare e il ragazzo, in un italiano dal forte accento tedesco, gli rispose.

Fabio sorseggiò con calma il suo whisky. Continuò a guardare per un tempo infinito un turista russo esibirsi in facce sceme con i figli. Era quella cosa lì che desiderava: poter far ridere un bambino in quel modo. Un bambino che non era uno qualsiasi, ma l'unica persona al mondo la cui storia era più importante della tua.

Tirò fuori il cellulare, inserì la password. Per gioco, di più: per scherzo, si connesse al sito della Snai. Fece una scommessa con se stesso, lieve, lievissima: Se ho vinto, abbiamo una speranza.

Era passato un mese, quasi. Risalì alle partite di quel giorno. Volley femminile. Che Paese era? L'Ucraina? No, la Bielorussia.

Il ricordo di Emma era solo un puntino sullo sfondo, una stella lontanissima che in un'altra galassia si stava spegnendo. Ricontrollò sul promemoria il nome impronunciabile delle squadre. Baranavičy, ah già, contro Nëman Hrodna. La prima contro l'ultima in classifica. Va be', aveva buttato via cento euro.

Attese che si aprisse la pagina con i risultati. Ovovie in funzione fino alle cinque del pomeriggio trasportavano gli escursionisti sopra abetaie nere. Nubi temporalesche si addensavano contro le punte dei ghiacciai. La luce prima della pioggia era trasparente come il vetro.

La pagina si aprì. Il risultato comparve.

«Non è vero» disse ad alta voce.

Scosse la testa, incapace di crederci. Scoppiò a ridere. Cristo santo, era data venticinque a due. E lui ci aveva scommesso.

Si alzò di scatto, cominciò a camminare veloce, sempre più veloce, fino all'ascensore. Da quant'è che non si sentiva così vivo?

Quando le porte si aprirono si lanciò lungo il corridoio. Fino in camera, fino a Dora che lo aspettava, un prendisole allacciato alla vita, i grandi occhi verdi commossi, i suoi fianchi, il suo unico ginocchio.

Non esisteva donna più bella.

14

Il dolore era una forma del linguaggio.

Adele ancora non lo sapeva, quando superò la soglia di un portone nero e l'ex ospedale Roncati le si parò di fronte.

Sapeva soltanto di aver aspettato Manuel per più di un'ora al capolinea degli autobus, di aver attraversato la città con il sole già alto e i negozi chiusi, e che per lei il dolore era il vuoto che aveva accanto.

Adesso, al civico 94, si ritrovò al cospetto di quell'edificio enorme che era stato un monastero, una caserma napoleonica, un manicomio, da sola, con il foglio della farmacia in mano.

Era il 14 agosto e non c'era nessuno. S'inoltrò nel cortile. Al di là di un muro vide abeti così alti che sembrava là dietro ci fosse un bosco. Entrò nell'androne, notò una guardiola con dentro un vecchio.

«Scusi, dov'è il consultorio?»

Quello alzò lo sguardo dalle parole crociate e la fissò sorpreso.

Quando avevano telefonato, ieri, sua madre aveva chiesto per prima cosa quanto costava: «Ah, è gratuito». E Adele, durante la notte, non era riuscita a prendere sonno. Si era alzata più volte a fare pipì, si era sforzata di piluccare un paio di biscotti a colazione, aveva proibito anche a Jessica di venire.

Allora mamma si era incazzata, l'aveva rincorsa fin sulle scale: «Perché, cosa credi? Che ti accompagnerà lui? Non hai capito niente».

La sala d'aspetto aveva un pavimento a scacchi bianchi e neri ed era deserta, a eccezione di una signora sulla quarantina. Le si sedette vicino senza sapere che fare. Non aveva un appuntamento, solo quel foglio che stava attenta a non spiegazzare, dove si attestava che le sue hCG erano superiori a 25.

La donna aveva la pancia e non parlava. C'erano due sportelli chiusi con le veneziane abbassate e uno aperto. Adele si sentì persa, come da bambina quando suo padre si era dimenticato di andare a prenderla a scuola. Le elementari che amava, immerse nel verde, dentro il parco del Pellegrino. Tirò di nuovo fuori il cellulare: messaggi da mamma, Jessica, Claudia.

Ma nessuno da Manu.

«Cosa le occorre?»

Un'infermiera con il camice bianco si chinò a interrogarla.

Adele abbassò gli occhi. Si guardò le mani.

«Sono incinta.»

L'altra annuì, e scomparve nel labirinto dell'ex manicomio.

"Sei arrivata?", "Cosa ti hanno detto?", "Ti hanno fatta pagare?". E l'unico sms che voleva leggere non c'era. Le veniva da piangere. Perché non mi scrivi? Eppure lo sapeva, che c'entrava anche lui.

Che era l'esatta metà di tutto questo.

Fu invitata ad alzarsi, accompagnata lungo un corridoio che non finiva più. Ambulatorio 32, 38, 40. Entrò in una stanza luminosa, la finestra spalancata, e alla scrivania una con i colpi di sole biondi e il rossetto fucsia che la guardò e le indicò una sedia: «Prego».

Le scappava di nuovo la pipì. Si sedette e posò subito il foglio sulla scrivania. La donna gli diede un'occhiata e tornò a concentrarsi su di lei.

«Mi chiamo Marilisa Cavalli, faccio questo lavoro, cioè l'ostetrica, da tanti di quegli anni…» indicò con le mani mulinanti un'infinità di anni. «Ho due figli, quindi ci sono passata in prima persona. E mi piace molto viaggiare. L'Europa, gli Stati Uniti. E lei, cosa mi racconta?»

Lei non aveva niente da raccontare.

Non era stata nemmeno a Napoli, dove aveva i nonni e due zie che non vedeva da anni, che gestivano pure un albergo. Ma sua madre non ce l'aveva mai portata.

«Vuole dirmi il suo nome?»

«Adele» rispose, come fosse alla lavagna. «Adele Casadio.»

«E quanti anni ha, Adele?»

«Diciassette.»

La signora annuì, come poco prima la sua collega. Per un tempo incalcolabile, nella stanza, si abbassò la temperatura.

Adele si voltò verso la finestra: c'erano quegli alberi altissimi, inimmaginabili al centro di una città, dove le cicale si nascondevano e frinivano come pazze, poi si zittivano tutte insieme e crollava il silenzio.

La dottoressa aprì una cartella e ci scrisse in stampatello il suo nome. «Mi sa dire da quanto tempo è incinta?»

Non ne aveva idea.

«Mi creda, è importante. Quando ha avuto l'ultima mestruazione?»

Erano domande imbarazzanti. E lei mica se lo scriveva sul diario.

«Non le darò un voto, gliel'assicuro.»

«All'inizio di luglio» si sforzò. «Il 2 o il 3, credo.»

«Bene» Marilisa Cavalli le sorrise con calore.

Adele non riuscì a ricambiare.

Parlavano di una terza persona, di una fantomatica *lei* che non esisteva. Mentre l'Adele presente e viva cercava con tutte le forze di non guardare la sedia vuota che aveva di fianco.

«Dobbiamo fare un discorso» la dottoressa cambiò tono. «Che non sarà facile, lo so, ma lo dobbiamo fare. E la prima cosa che devo chiederti, vista l'età, è se è una gravidanza desiderata questa, Adele, se lo vuoi tenere.»

Il passaggio al tu le fece venire voglia di scomparire. Gli alberi là fuori, tutto quel verde, le ricordavano via XXI aprile e la sua infanzia perduta che forse distava solo un quarto d'ora a piedi da lì. Avrebbe potuto tornarci.

«È una domanda *impegnativa*, me ne rendo conto. Ti chiedo scusa se ti sembro brusca, ma non abbiamo tempo da perdere. Ne hai già parlato con la tua famiglia? Cosa ne pensano i tuoi genitori?»

Papà esce domani di galera. Mamma ha spaccato lo specchio del bagno e si è ferita una mano.

«E il padre? Con lui ne hai parlato?»

Adele s'irrigidì contro lo schienale. Sigillò le labbra come i bambini che non vogliono mangiare.

«Vorrei che tu mi dessi fiducia, che mi raccontassi qualcosa in più. Se studi, per esempio, se lavori. Se ti senti pronta a diventare mamma oppure no. Noi siamo qui per aiutarti, per darti tutte le informazioni di cui hai bisogno.»

Non c'era nulla che Adele sapesse. Né cosa significavano quelle immagini di "epoche gestazionali" appese alle pareti. Né come accadeva, in concreto, che nella pancia si formasse una persona con le gambe, le orecchie e tutto il resto. Non sapeva nemmeno cosa avrebbe fatto il giorno dopo, quali materie scolastiche le piacevano, in cosa era brava.

«Lo voglio tenere» disse a voce alta.

Non ne aveva idea, ma ne era sicura.

«Lo voglio tenere» ripeté, «perché è mio.»

Vide quella donna così calma, così laureata, con quel mestiere mai sentito nominare, rimanere spiazzata per un lungo istante.

Adele non era scema: "Bolofeccia" li chiamavano, quelli come lei. Mentre quella signora lì con il camice era una "Bolo-bene" di certo. Ma adesso avvertiva un potere dentro di sé, che cambiava tutto quanto.

«La decisione più importante, allora, è stata presa.»

Marilisa riempì alcuni spazi tratteggiati nella cartellina.

«Sarà un percorso faticoso. Dovremo vederci una volta al mese, fare tante di quelle visite e analisi del sangue che non ne potrai più. Ti dovrò preparare al parto e all'allattamento: non una passeggiata. Ma niente sarà paragonabile alla difficoltà di fare il genitore.»

«Sì, mia mamma me l'ha già spiegato.»

«Mi fa piacere. E perché non è con te, la tua mamma?»

«Perché io non ho voluto.»

Aveva fatto una scenata, il giorno prima in farmacia, mentre aspettavano l'esito dell'esame delle urine. Aveva pianto contro un espositore, l'aveva rovesciato, aveva tirato una madonna in napoletano.

«Me la porterai a conoscere la prossima volta. Intanto, assicuriamoci che tu stia bene.»

Marilisa si alzò, preparò il lettino adagiandovi della carta. Adele si sentì di nuovo minuscola. Con la pipì da fare. Lo stomaco pieno anche se era vuoto.

E un senso di precarietà assoluta, come se camminasse sull'orlo di un grattacielo.

«Pantaloncini e mutande, prego.»

Tornata alla scrivania, Marilisa cominciò a digitare al computer a velocità folle, elencando in una lingua straniera: «Emocromo, citomegalovirus. Puoi sdraiarti intanto. Toxoplasmosi, HIV. E se devi andare in bagno, è qui fuori, in corridoio».

Adele andò alla porta. Esitò. Con un filo di voce, voltandosi piano chiese: «Fa tanto male?».

«La visita, partorire: che cosa?»
«Tutto.»

E venne fuori che il dolore le sarebbe servito.

A indicarle la strada. A guidarla nei nove mesi e durante il parto. Perché era una forma di comunicazione. Una connessione tra lei e il bambino.

E venne fuori anche che c'era questo luogo, dentro di lei, cavo. Marilisa glielo spiegò mentre la visitava e Adele si ostinava a tenere gli occhi chiusi. C'era questa camera oscura che al momento era grande come una mela, ma che poi sarebbe diventata quanto un cocomero maturo. Che era un mondo graduale, che si formava lentamente. Dove non c'erano caldo né freddo né fame né sonno. Dove passavano i rumori, ma non i batteri. E arrivavano il nutrimento e le emozioni.

Dove *lui* la poteva sentire, anche adesso. *Lui* faceva tutto, là dentro: nuotava, tra un po' di settimane avrebbe persino sognato.

Che cosa? Oh, certe impressioni primitive. I succhi gastrici, la luce del sole attraverso la pelle, l'eco delle parole che lei pronunciava.

«Va tutto bene» concluse, togliendosi i guanti.

«Non me ne rendo conto» disse Adele. «Cioè, lo so che c'è. Ma non lo sento. Non lo vedo. E però ne ho bisogno.»

«Ti sei spiegata.»

Si allontanò e accostò gli scuri. «Sto per fare una cosa che non potrei fare. Ma è il 14 agosto, ci sta un'eccezione.»

Accese un macchinario che sembrava un computer del decennio scorso. Afferrò un arnese, lo ficcò dentro un guanto di lattice e lo cosparse di gelatina.

«Sta' a vedere.»

Adele, con quell'affare nel corpo, guardò lo schermo nero

dove si agitava altro nero. Pensò che forse era stato tutto un errore, che quei test si erano sbagliati e sarebbe tornata subito alla vita di prima.

«È lui» Marilisa glielo indicò.

In effetti, non era nessuno. Solo un puntino.

«Si sta muovendo, lo vedi? Te lo dicevo che nuotava.»

Adele scosse la testa: non lo vedeva. Di colpo pensò che rivoleva la sua vita indietro, anche se faceva schifo. Perché aveva detto quella cosa, prima? Non intendeva tenere niente, solo andarsene, cancellare tutto. Allora Marilisa si spazientì, premette un pulsante che accendeva un amplificatore. E nel buio si udì un rumore enorme.

«È il cuore.»

Adele si spaventò, fece per alzarsi.

«Non il tuo. È il *suo* cuore. È come un cavallino al galoppo» sorrise, «lo senti?»

Da un luogo che non le apparteneva, forse da quella polla nera che era come una stella sul libro di astronomia, le uscì un singhiozzo. Uno solo. Stupore. Incredulità. La cosa più violenta che avesse mai provato.

Rimase lì, in ostaggio di quel cuore.

Senza poterlo decidere o capire, gli giurò che lo avrebbe difeso.

«Dovrai prestare attenzione a cosa mangiare. Smettere di fumare, se fumi. E di bere, se bevi. Non cambiare vita, ma prenderti una responsabilità nuova. Perché adesso devi occuparti di due persone.»

Quando uscì, carica di fogli e di prescrizioni, si ritrovò di nuovo in quel cortile sterminato colmo di silenzio. Rivide il fogliame sbucare da un luogo misterioso, cercò un gradino su cui sedersi e pianse.

Pianse. Pianse. Senza sapere perché, e cosa sarebbe successo.

Si guardò intorno. Si sentì in preda alla vita.

Tirò fuori il cellulare e scrisse: "Ho sentito il cuore di nostro figlio. E tu non c'eri".

~

In cucina c'erano sessanta gradi. Rosaria stirava con la mano fasciata e si ostinava sull'orlo strinato di un vestito.

«Quante volte gliel'ho ripetuto? Che i miei errori non li doveva fare? Che così funziona, e se non stai attenta sei fottuta?»

In mutande e reggiseno, il ventilatore puntato addosso, colava lo stesso sudore e bile. E gridava: «Mo' io a quel delinquente che ci devo combinare? Dimmelo tu. Dimmi *comm' l'aggia accirere, chillu fetènt*».

E veramente lo voleva strozzare. Che a lei non faceva mica paura, il ragazzino. Ne aveva visti di bulletti nella sua vita. Aveva imparato a smascherarli fin da bambina, che erano più deboli degli altri, e a metterli all'angolo. Con chi pensava di avere a che fare, Manuel, con una nata ieri? Avrebbe voluto piangere, ma per il nervoso, per il destino infame che si accaniva.

«Spiegamelo tu, Barbara, tu che sai. Come devo fare con *chilla creatura*. Perché questo è il guaio, non Manuel.»

Era solo una replica di quest'inverno. Lo sapeva già chi c'era ospite: Elisabetta Canalis e Platinette. Avrebbero di nuovo parlato del delitto di quella ragazza, che di sicuro era stato il fidanzato. A Rosaria non piaceva la cronaca nera, non ci trovava nessun gusto nelle disgrazie altrui. Ne aveva già abbastanza delle proprie.

Però Barbara le teneva compagnia. Le dava sicurezza, come una specie di seconda madre o di sorella maggiore. Aveva un bell'italiano, un gran personale e i capelli sempre perfetti con la messa in piega. Certo, faceva televisione. Ma non si trattava solo di questo. C'era qualcosa in lei che te la faceva sentire amica, confidente. Anche se Jessica la prendeva in giro, «Ora chiamo

Mediaset e ti faccio mandare un santino», per lei era un sacro diritto, *Pomeriggio Cinque*, che nessuno le doveva toccare.

«La creatura no.»

Non si poteva. Rosaria non credeva né a san Gennaro né ai preti. Non andava a messa. Non si sognava nemmeno di giudicare le altre donne, anzi. Ma lei non lo poteva fare. A quella creatura lì, di sua figlia, no. Perché? Non c'era un perché. Tutte le cose importanti non lo avevano mai, un perché.

Anche Adele voleva tenere il bambino. Però come stratagemma per incastrare il fetente, per appiccicarselo. Falso.

I figli non servono e lei lo sapeva. Ci era già passata. Non servono a fare matrimoni felici, a diventare migliori, a legarsi i mariti. Perché lui se ne sarebbe andato, non c'era niente di più ovvio al mondo.

Anzi, lo aveva già fatto: chi lo aveva visto ieri sera a cena? «Mamma, adesso viene, te lo giuro. Adesso ti spiega.» Ma quando mai? «Me l'ha promesso!»

Difendeva l'indifendibile, sua figlia. Non avrebbe cacciato un euro, il disgraziato, sarebbe sparito. E quanto costa una creatura? Quante preoccupazioni, quante ansie? E il suo ex marito? Cosa avrebbe detto lui, di questa situazione? Le avrebbe aiutate? Macché, Adriano era tutto chiacchiere.

Spense il ferro da stiro. Il televisore. Si lasciò cadere sul divano.

L'aveva riconosciuta, in Adele, la forza scellerata che aveva avuto lei a diciotto anni. E con quella forza non si poteva ragionare.

Si ricordò di un giorno, al settimo o all'ottavo mese di gravidanza, quando si erano già sposati e trasferiti al Nord, ma erano tornati a Napoli per festeggiare l'anniversario dei suoi genitori.

Avevano litigato. Perché dovevano dare tre mesi di affitto ed era venuto fuori che Adriano «in quel momento lì» non li aveva. Era l'inizio di una serie interminabile di grane, a cui lei per anni non avrebbe fatto altro che mettere le pezze. Ma quel giorno era troppo giovane e troppo incinta e si era ribellata.

Era uscita di casa, sola. Era andata a piedi fino a Castel dell'Ovo, si era seduta su un muretto a guardare il mare. L'aveva capito, di essersi giocata tutto per un cretino. Allora, accarezzandosi la pancia, si era giurata: Mia figlia diventerà una persona libera.

Non m'interessa quanti sacrifici dovrò fare. Dove la dovrò mandare. Quanto ci dovrò discutere. Mia figlia avrà un titolo di studio tale, un tale italiano, un tale lavoro, che potrà sempre fare le sue scelte e non dovrà mai sottomettersi a nessuno.

E invece.

Rosaria si tappò la bocca con la mano fasciata per non urlare.

~

«Quello che non sapete è come ha iniziato.»

La osservavano, lui, Enzo e il Torace, seduta al bar dall'altra parte della piscina. Mentre in via eccezionale, era uno di poche parole, il Brutto raccontava da dietro le lenti scure.

«La famiglia era con le pezze al culo. Pezze vere: nove figli, lei era la maggiore. S'è svegliata subito, a sedici anni. Aveva già capito che fare la moglie non contava un cazzo.»

Ascoltavano senza fiatare. Sbracati sotto l'ombrellone di paglia africana, intorno a un vassoio di ananas e mojiti. Lei, in tailleur estivo rosa cipria, salutava un tizio con 50.000 euro al polso.

«Si era messa a frequentare uno, da minorenne, imparentato con il boss di Sciarella. Sapeva che il suo corpo era un capitale. Lo è sempre stata, un'imprenditrice.» La videro accavallare le gambe, aprire lentamente un giornale. «Voleva studiare, arrivare, e così è stato.»

Manuel la seguiva con attenzione. S'immedesimava in lei così tanto da desiderare la sua stessa vita.

Anche lui voleva studiare. Non bassa manovalanza, scooter e marijuana. Ma ufficio, prestigio e aria condizionata. Una finestra spalancata su Roma, meglio ancora: su New York.

«E insomma fa l'amante di Gaetano, il numero uno, per ben otto anni. Quasi trenta di differenza. Lui le paga i libri, l'università, le sistema la famiglia. E le racconta tutto. Quello che non dice alla moglie, lei lo ottiene. Lui sa di potersi fidare, lei non sgarra. Anzi, impara. Finché si laurea e come regalo gli chiede un chilo.»

«Stai scherzando?» Enzo rimase di stucco con il bicchiere in mano. «Così ha iniziato?»

Il Torace non fiatava, forse la storia già la conosceva.

Il Brutto si sporse dalla sedia, sollevò gli occhiali per fissare meglio Enzo: «Ti sembra che scherzo?».

Manuel raccolse una fetta di ananas dal piatto. Maria Elena era immersa nella lettura, ma ogni tanto lanciava uno sguardo preoccupato al figlio che stava in piscina, in disparte dai coetanei, sotto l'ombrellone con un videogioco in mano.

«Non uno, ma quattro gliene ha regalati. Poi, tre anni dopo, lo hanno fatto fuori, Gaetano. Lei ci teneva molto, lo considerava come un padre. E ha deciso di andarsene, di venire al Nord. Aveva già i suoi contatti, il suo capitale da investire.» La voce del Brutto era calma e piena di ammirazione. «Una donna di grande professionalità» concluse.

«Dovrebbero farci un film» commentò Enzo.

«Primo o poi lo faranno» intervenne il Torace. «E tu? Manuel, non dici niente?»

No. Ma avrebbe dato un rene perché quel film fosse il suo.

Dalla piscina, intanto, gli arrivavano le occhiate di Anthony. Era così gracile e pallido a forza di stare all'ombra. Aveva tutto, era firmato da capo a piedi. Sarebbe stato anche bello se un'acne aguerrita non gli avesse deturpato le guance. Faceva finta di giocare al Nintendo, però lo aspettava. Sperava che andasse almeno a salutarlo. E Manuel rimaneva fermo, prigioniero della storia che aveva appena ascoltato.

Maria Elena aveva chiuso il giornale e guardava ormai chiaramente nella direzione del figlio.

Era il punto debole del capo. Tutti i figli lo sono.

Ti ostacolano, ti bloccano, ti rallentano.

Sono un errore. Come i padri, del resto.

E lui invece voleva il suo film, diventare un protagonista.

«Manuel» disse Gegè, «partiamo stasera.»

Manuel si alzò in piedi: «Va bene. Faccio un salto a casa».

Salutò i suoi superiori, ed Enzo con un cenno del capo. Ma, prima di andarsene dai Paradisi, raggiunse l'ombrellone di Anthony, consapevole che Maria Elena lo stesse guardando.

Gli mise una mano sulla spalla, si sporse sul suo Nintendo DS.

«*Fifa 09*? Potentissimo.»

Anthony mollò De Rossi e compagni, fiorì in un sorriso disarmante e pieno di aspettativa che Manuel fu costretto a soffocare subito: «Mi mandano via oggi, Ant'. Quando torno recuperiamo alla grande».

«Ci conto» rispose lui.

Si scambiarono il gesto di fratellanza dei rapper.

Poi Manuel uscì, attraversò il grande parcheggio sovraffollato la vigilia di Ferragosto. Salì sulla Betamotor RR Motard che lo faceva sentire un eroe. Aveva messo da parte i soldi per mesi, per poterla comprare usata sì, ma rosso sangue e senza un graffio.

Erano le 14.40. S'infilò il casco e pensò che il tempo c'era.

Per vederla un attimo, chiederle scusa.

Per dare ancora più gas e sparire.

A casa trovò sua madre che dormiva. Le lasciò 400 euro sul comodino e accostò la porta. Poi entrò in camera e, anziché preparare il borsone, si lasciò cadere sul letto con le braccia alzate.

Era stato un pugno in mezzo ai polmoni, quel messaggio. Gli aveva tolto il respiro. E fatto male, male, male.

Cos'è un uomo che abbandona suo figlio? Che lo lascia solo, a crescere insieme alla madre, senza un soldo, senza prendersene cura?

Si voltò sul letto, si mise su un fianco.

Lui quell'uomo lo conosceva bene: era un pezzo di merda.

Un fallito. Un vigliacco. Era la piccola morte che sentiva lì, dentro il petto, ogni volta che ripensava alla sua infanzia.

Si alzò di scatto, aprì l'anta dell'armadio. Prese di peso tutte le felpe, i maglioni invernali e li scaraventò a terra.

C'era ancora. Al di sotto di tutte le sue povere cose, l'unica che avesse un valore.

Una sovraccoperta di plastica, un numero di collocazione ingiallito che aveva imparato a memoria: N V E 0579 ESAMI. Il più proibito, il più prezioso: quello "per sola consultazione interna".

Si erano sentiti il cuore in gola mentre lo chiedeva, il signore addetto ai prestiti e alle restituzioni che li squadrava dubbioso. Si erano fatti forza del loro metro e 75, della rada barba che cresceva sui loro menti, e avevano provato a crederci: di essere maggiorenni.

Aveva sentito il gomito di Zeno toccare il suo. L'adrenalina come se di là, dall'altra parte del banco, ci fosse un milione di euro. Avevano mostrato la tessera fregata al Nanni, uno della Torre G che faceva finta di studiare Filosofia. Con gli universitari chini sui libri alle loro spalle, che in quel momento gli era sembrato sollevassero tutti le teste per guardarli.

Era il 2004. Dieci mesi prima della fine di tutto.

Frequentavano le medie Salvemini, oltre la tangenziale. In classe insieme, come sempre era stato fin dall'asilo. Erano usciti all'una, si erano guardati in faccia. Cosa li aspettava, a casa?

Le loro madri, niente.

Allora si erano detti: Perché no? Facciamo i signori. Andiamo a guardarci da vicino il nostro futuro. Prendiamocelo.

Avevano Ottimo in ogni materia, nonostante le note comportamentali. Stavano attenti, memorizzavano subito, e leggevano un sacco.

C'era una piccola biblioteca nel loro quartiere, al centro del parco, che avevano aperto due anni prima con un rinfresco. Si erano subito tesserati. La bibliotecaria aveva imparato i loro nomi. E loro avevano spazzolato gli scaffali della Narrativa uno dopo l'altro, a eccezione dei romanzi rosa. Si erano appassionati ai francesi e ai russi dell'Ottocento.

Manuel si sforzò di ricordare come gli fosse nato, quel fervore per Dostoevskij. Forse era iniziato dal documentario sulle prigioni in Siberia, o da una frase della professoressa: «È troppo difficile per voi».

Erano gli unici adolescenti maschi del Villaggio a chiedere in prestito dei libri. *Delitto e castigo*, *La mite*. Solo che poi una banda di cretini aveva preso le finestre della biblioteca a sassate, spaccato la porta. L'aveva riempita di scritte idiote sui muri. Manuel e Zeno si erano presentati un pomeriggio e l'avevano trovata chiusa, i volumi portati via. I lavori per rimetterla in sesto non erano mai cominciati.

Non avevano letto *I fratelli Karamazov*, dovevano averlo. Perché era il più massiccio, era l'ultimo.

Così, quel pomeriggio di aprile dopo la scuola, erano partiti alla volta della strada mitologica. Dei palazzi medievali. Degli studenti che provenivano da ogni regione d'Italia e non avevano nulla a che spartire con i loro vicini di casa.

Due autobus senza biglietto alla ricerca del libro perduto.

Erano scesi in via Irnerio, avevano risalito via Mascarella, erano sbucati dietro il Teatro Comunale dove lavorava la madre di Zeno. Ed eccola, via Zamboni, in tutto il suo splendore cattedratico, storico, e di alternativi con i cani pulciosi e gli orecchini al naso. Meraviglioso: camminare là in mezzo da dodicenni. Sgattaiolare dentro le facoltà: Giurisprudenza, Statistica, Lettere e Filosofia. Sfuggendo all'attenzione dei custodi, mescolandosi con destrezza ai flutti di studenti. Su per quelle scalinate enormi, con le statue di stucco nelle nicchie. E poi l'impresa massima: entrare in un'aula vuota, che sapeva ancora di lezione, salire in piedi sulla cattedra e cantare *Lose Yourself* mangiandosi l'inglese, per tre minuti buoni prima che li sgamassero.

A ricordarlo, il giorno più bello della propria vita, gli veniva da piangere e da spaccare il muro. Erano entrati nella biblioteca di Italianistica prima di rincasare, ubriachi di avventura. Scaffali di legno fino al soffitto e sale affrescate. Con le vertigini, tanti libri c'erano. Avevano cercato nell'inventario, recitato alla perfezione. E dalla pancia di quel luogo favoloso era risalito in superficie questo, che stringeva tra le mani.

Si sedette, lo tenne a lungo sulle ginocchia.

All'estate in cui lo avevano letto, no, non ci poteva pensare. Trenta pagine a testa. Di mattina e di pomeriggio. Sui tetti, negli scantinati, sui marciapiedi. Tra un furto di alcolici, una partita a pallone e un copertone a cui dare fuoco. Leggevano ad alta voce. E non c'erano più padri assenti né madri stanche né figli troppo unici e troppo soli.

Aprì a caso: "Che orribili tragedie combina agli uomini il realismo!". Un'altra volta: "Sono ubriaco spiritualmente". E ancora: "La cosa migliore è conoscersi al momento di separarsi". Le frasi che avevano sottolineato.

Sì, sarebbe stato meglio conoscersi alla fine anziché innamorarsi all'inizio. Perché era questo che era successo: si erano innamorati delle proprie teste, dell'unisono a cui ragionavano. Avevano parlato e parlato e parlato; e letto, letto, letto. E Zeno era diventato Alëša, e lui Mitja.

Si erano giurati che avrebbero fatto il liceo e l'università insieme, un giorno. E adesso, si chiese Manuel, se Zeno non ti avesse tradito, tu che persona saresti? Quella che ha lasciato sola Adele al consultorio, questa mattina? Comunque, un bastardo?

Oppure, se foste ancora amici, saresti diverso?

Guardò quella cameretta che era uno sgabuzzino. Se ne doveva andare. Un figlio, si chiese, chi è? Non riusciva a vederlo, a immaginarlo.

E cosa gli poteva dire, lui, cosa gli poteva insegnare? In quella fogna.

Non sono capace, si rispose, non posso.

Riempì il borsone, ficcandoci dentro il libro d'istinto. Poi se lo mise in spalla: era il suo momento, quello. Riccione, la sua rivincita.

Sua, e di nessun altro.

15

La Canon EOS 1000D era stata rubata. Un pomeriggio di marzo Manuel D'Amore si era presentato in cortile mostrandola a tutti: «Dite grazie a un turista giapponese». Gli piaceva sempre, quando capitava l'occasione, mettere a segno un furto. Claudia aveva alzato la mano: «Oggi è il mio onomastico, Manue', me la regali?».

Così si erano ritrovate, Adele, Jessica e Claudia, nella cameretta di lei, intorno a quell'oggetto favoloso. «Ma cosa fa, oltre le foto?» aveva chiesto Claudia. «Boh, i video penso» aveva risposto Jessica. «Ma si vedono bene? Meglio di quelli del Nokia?»

Da un po' di tempo, sul web, c'era un sito con i video musicali, spezzoni di film, ma anche inquadrature fisse di gente normale che raccontava cose, e Claudia si era appassionata. Si era iscritta, andava in una biblioteca apposta perché c'erano i computer e la postazione internet gratis: seguiva una tizia che insegnava a truccarsi. «Lo voglio fare anch'io» disse quel giorno. «Voglio aprirmi un canale mio.»

Adele e Jessica sapevano a stento di cosa parlasse, avevano deciso di appoggiarla senza condizioni. Solo che Claudia si era resa contro in fretta della realtà: «Non posso far vedere dove abito, è troppo brutto».

La sua stanza, un metro quadro in più di quella di Manuel, aveva i muri così malridotti che cascava l'intonaco. In un angolo c'era ancora il letto del fratellino che avevano temporaneamente affidato a un'altra famiglia. Sua madre non riusciva più a stargli dietro. Era arrivata a pesare 150 chili, non poteva nemmeno camminare, si muoveva per casa sopra una sedia da ufficio con le rotelle; figuriamoci badare a un bambino di tre anni.

Ma non si erano scoraggiate, anzi. Si erano ingegnate. Il giorno dopo Jessica le aveva portato da scuola un mappamondo, Adele una decina di cartelloni. Si erano messe d'impegno a disegnarci sopra un sacco di cavolate e avevano rivestito una parete intera.

Poco importava che le altre tre fossero come prima: quella era diventata un set cinematografico. Ci avevano aggiunto il grosso peluche vinto al luna park dall'ex di Claudia, uno sgabello del bar tabacchi del Villaggio, et voilà: "Il Diario di Claudia".

«Salve a tutti!» esordì quel pomeriggio di agosto, ormai veterana, con 12.000 iscritti al suo canale e le codine sparate.

La spia rossa accesa le metteva addosso il buon umore. Con una decina di oggetti raffazzonati era diventata meglio di Barbara D'Urso, pensò Jessica osservandola al di qua della Canon.

«Oggi vi parlerò di come sopravvivere al Ferragosto quando tutti sono partiti, la città è vuota, e tu non vedi l'ora di andare al mare ma il lavoro di tuo padre ti obbliga a marcire sul divano.»

Claudia, suo padre, sapeva a malapena dove fosse. Li aveva mollati tutti e tre per un'altra donna e aveva cambiato città. Il Diario consisteva sì nel racconto dettagliato della sua vita, ma con qualche aggiustamento.

Jessica e Adele si erano rivelate fondamentali come consulenti d'immagine, scenografe, sceneggiatrici. Ma al problema delle vacanze non avevano trovato una soluzione: «È troppo da sfigati non andarci», «Appunto», «Verrebbe fuori che sono una Bolofeccia», «Appunto», «Però mio zio dice che lo sbarco sulla Luna lo hanno girato in Arizona», «E quindi?», «Quindi c'inventeremo un mare».

Erano arrivate alla vigilia, e giravano ancora nella camera chiusa. Gli esterni dei Lombriconi avrebbero spaventato le piccole fan di Claudia.

«Per prima cosa infilatevi un costume e riempite la vostra vasca da bagno di acqua fredda e sciroppo alla menta. E se avete solo la doccia, non importa: si può fare anche con una bacinella.»

Jessica aveva altro per la testa, eppure guardava la sua amica e si divertiva un mondo.

«Aspe', mi sono impappinata.»

Quando si erano trasferite ai Lombriconi, era «quella con il moccio al naso di tre scale più in là». Una bambina sempre in mezzo alle liti dei genitori, che li osservava in silenzio fare piazzate in cortile con gli occhi che imploravano di piantarla.

Ma negli anni era diventata una ragazza bellissima, spigliata, intraprendente. Lì su YouTube, nei commenti, glielo scrivevano tutti. "Sei fantastica. Sei il mio mito." Jessica ne era fiera.

«Preparatevi una limonata con la cannuccia e l'ombrellino, rubate "Chi" alla vostra parrucchiera. Vi sembrerà di stare al Billionaire insieme alla Gregoraci. Garantito.»

Solo che ormai erano le sette di sera. Jessica controllò per l'ennesima volta il cellulare. Le si strinsero lo stomaco e la gola.

«Cla'» la interruppe. «Scusami, io devo andare.»

«Ancora niente? Allora è sparita!»

Quello che Jessica sperava, invece, era che fosse a casa.

Uscì e chiuse bene la porta. Passò in mezzo alla cucina assiepata di donne intente a preparare, nonostante il caldo, una parmigiana. Parlavano di Gionatan, il tronista di Maria De Filippi, dicevano che lui era un ragazzo d'oro e che quella Guenda era una furba, invece, non se lo meritava. Jessica si fiondò giù dalle scale.

Una volta fuori, i Lombriconi le parvero più lunghi e opprimenti del solito. Non era mai fuggita, Adele. Era sempre rimasta. La sua roccia, la sua certezza nel letto gemello accanto.

Erano ore che provava a chiamarla. Ogni volta era: «Wind, il numero chiamato» e vaffanculo. Neanche un sms le aveva mandato, con scritto se stava bene, cosa le avevano detto i dottori. Jessica si era ritrovata sola in balìa della madre impazzita, che prima di andare al lavoro le aveva ripetuto cento volte: «Domani non usciamo, capito? Se suona, non apriamo. Se chiama, nessuno deve rispondere. Teniamo le tapparelle chiuse e ci tappiamo dentro».

Il Ferragosto del topo, l'aspettava. Sembrava dovessero proteggersi dagli alieni. Da IT. Da Al Qaeda. Invece era solo suo padre e lei, anche se non lo poteva dire, aveva voglia di rivederlo.

Fece per entrare nell'androne della scala E, con le chiavi che le scivolavano dalle mani per l'impazienza, la speranza di trovarla in cucina sana e salva. Ma lo notò e si fermò sulla soglia.

Era là, in jeans e maglietta nera enorme. I capelli castani alla piccolo Lord, il passo sbilenco. Stava andando a buttare la spazzatura.

Jessica si nascose d'istinto dietro un pilone del porticato. Lo tenne d'occhio mentre si voltava, tornava indietro dai cassonetti con lo sguardo basso. E, senza alcuna ragione, presa da un raptus infantile, aspettò che si avvicinasse. Poi, da dietro le spalle, gli urlò: «Buh!» spaventandolo a morte.

«Sei impazzita?»

Jessica era piegata in due dal ridere.

«Che ti è preso?» chiese serio.

«Non lo so» rispose lei cercando di calmarsi, «volevo farti uno scherzo.»

Lui la osservò, come una strana creatura di un sottomondo.

«Liceo, stai calmo, era solo uno scherzo. Il minimo, dopo tutte le volte che ci hai spiate.»

La scrutò di nuovo, in quel suo modo basito e scientifico insieme. Poi, curvo, rientrò e salì i gradini dimenticandola.

«Oh!» gli gridò Jessica inseguendolo. «Come ti chiami?»

Non le rispose. Scomparve nell'ombra del pianerottolo.

«Fanculo! Mia madre è al lavoro, mia sorella è sparita.» Jessica si aggrappò al corrimano delle scale alzando lo sguardo. «Mi fai compagnia dieci minuti?»

~

Zeno si ritrovò di colpo in quella cucina, di cui per anni aveva osservato solo una frazione. In mezzo a pensili rosso fuoco, un frigorifero preso d'assalto da fotografie e bigliettini attaccati con il magnete, e un gran disordine generale: i piatti sporchi accatastati dall'ora di pranzo.

Lo assalì un imbarazzo enorme.

«Non c'è» disse Jessica dopo aver setacciato la casa gridando «Adele!», aprendo e sbattendo porte. «Non c'è» ripeté affranta sedendosi al tavolo, le braccia abbandonate lungo i fianchi.

E lui era lì, in piedi. Che non sapeva cosa dire.

«Cazzo fai. Il palo?»

Faticava a muoversi, a respirare. L'aria stantia sapeva di cucinato, di smalto per unghie, di ferro da stiro. Odori che conosceva bene, perché erano gli stessi di casa sua. Una parte di lui avrebbe voluto che quel luogo tornasse a essere una fantasia nel suo romanzo, l'altra era abbagliata da tanto realismo.

«Tu sai tutto di me, e io di te non so niente» lo accusò Jessica, già pentita di averlo fatto entrare.

«Be'» le rispose lui con cautela, «non è esattamente così.»

«E allora com'è, *esattamente*? Dove esattamente è, mia sorella?»

Zeno si sedette. Legnoso, paziente.

«Credo che dovresti aspettarla, senza allarmarti. Potrebbe essere con Manuel, potrebbero aver bisogno di discutere a lungo. Oppure potrebbe essersi presa del tempo per riflettere, in solitudine, con calma. Se entro le dieci non si presenta, allora ragioneremo sul da farsi.»

Ragioneremo. Sottinteso: noi. Sottinteso: non ti lascerò sola in questo casino. Sua madre non le aveva mai parlato in quel tono pacifico, non era mai riuscita a tranquillizzarla.

Rimasero lì, in silenzio, in tensione, ad ascoltare e analizzare ciascun rumore proveniente dalle scale per dieci minuti, forse un quarto d'ora. Poi Zeno, che aveva già notato un quaderno a righe aperto sull'altro lato del tavolo, si sporse per darci un'occhiata. Fu più forte di lui.

«È mio, non c'è niente da vedere.»

Zeno si scusò e distolse lo sguardo.

Jessica allungò la mano verso un pacchetto di sigarette, se ne accese una con fare da adulta. «Anzi, guardaci pure.» Prese il quaderno, glielo lanciò in faccia. «Già che ci sei, scrivimelo tu. Il tema delle vacanze.»

Il contatto con la carta sciolse i muscoli di Zeno: era tornato a casa, nel suo reame. C'era una Winx in copertina. Alcune pagine sembravano essere state asciugate dopo lo sversamento di una bevanda. Vide che la calligrafia di Jessica era un disastro, come se per lei le parole fossero chimere ostili e non riuscisse a intrappolarne il corpo con la penna.

Lesse il titolo nell'ultima pagina bianca: *Racconta la tua estate*.

«Facile, eh? Da cosa comincio: dal test di gravidanza o dalla galera?»

Zeno scorse le pagine precedenti: "un'attimo", "tornare ha casa", errori tipici delle elementari.

«Potresti cominciare dal descrivere cosa c'è là fuori. Aprire la finestra e osservare. È questo luogo, dopo tutto, la tua estate.»

«Naaa.» Jessica scosse la testa. «A chi interessa? Due coglioni.»

I suoi temi non superavano le dieci righe, e in calce avevano scritto, invariabilmente, "brutto" o "pessimo".

«Cos'è che non ti piace, dello scrivere?»

«Che non mi viene.»

Zeno scoppiò a ridere: «Ah, sapessi a me!».

Si trasformò. Gli cambiarono i lineamenti, la gestualità. Diventò di colpo sicuro di sé.

«Perché pensi che le torri, i cortili non siano interessanti? Li hai mai guardati, hai preso appunti? Finché non le metti nero su bianco, le cose, non le vedi. E poi, chi te l'ha detto che ti deve venire facile? Niente di più falso. Pensa che una volta» e fece un sorriso sorprendente, da attore «ci ho impiegato un mese a scrivere una frase. Perché volevo che fosse perfetta e non lo era mai.»

«E poi ci sei riuscito?»

«Certo, non mi sono arreso.»

«E come mai non era perfetta?»

«Perché le parole non combaciavano con le cose.»

«E che cose erano?»

«Le mutande, i calzini, le lenzuola stesi sul filo del vostro balcone.»

Jessica rimase di stucco, gli occhi larghi di stupore: «Davvero?» chiese. «I nostri calzini?»

Una chiave girò nella toppa.

La porta si aprì e comparve Adele. Spiazzata, esausta. Li sorprese là, al tavolo della cucina, come due che si sorridono e si conoscono da sempre. E sua sorella aveva proprio la faccia dell'innamorata, mentre lui. Lui chi cavolo era?

Il maniaco. Il tizio che per anni se n'era stato rintanato nell'interno 21, accanto al loro, e lei, qualche volta, si era divertita a fantasticarci su. Tipo che mangiava insetti e aveva imbalsamato la madre.

Non aveva mai sentito rumori dal suo appartamento. Lo conoscevano tutti, al Villaggio, ma nessuno era stato disposto a parlarne. Solo che andava al classico, si sapeva. E una sera, per questo, gli amici di Manuel l'avevano aspettato al portone e fracassato di botte.

Adesso la stava guardando, pallido, con negli occhi una tristezza abissale. E lei non sapeva cosa dirgli, come reagire. Perché la faceva sentire nuda, quello sguardo, e, allo stesso tempo, in un luogo dov'era già stata.

Era troppo stanca. Aveva camminato così tanto, quel giorno. Da sola. Nella città deserta di metà agosto, per strade e piazze che non aveva mai visto. E ogni volta era stata sul punto di fermarsi, salire su un autobus e tornare, ma qualcosa l'aveva spinta a non farlo.

Non poteva togliersi dalla testa che fosse capace di sognare. Quel puntino minuscolo, tra una decina di settimane, avrebbe aperto le palpebre e ascoltato la sua voce. E già adesso, *in quel preciso istante*, era in grado di sentire lei. Lei, che era la sua casa.

Senza accorgersene, aveva risalito via Sant'Isaia fino a via Barberia, e l'ombra dei portici l'aveva protetta dall'incandescenza del sole. Aveva incontrato Madonne affrescate con i loro bambini sotto le volte dei colonnati, il bassorilievo di un'Annunciazione. A guardarli, si era stupita dei colori vividi di quei palazzi: gialli, rosa, arancioni; la loro bellezza contro l'azzurro del cielo.

Erano tutti al mare. Le facciate erano immobili, finestre e terrazze disabitate. E lei si era incantata, affacciandosi a un portone rimasto aperto, di fronte a un chiostro con un pozzo al centro e vasi di piante ornamentali tutt'intorno.

Ma chi ci abitava in posti così? E che genere di vita faceva?

Adesso il centro storico le sembrava alla sua portata. Come un regno in balìa del vuoto. Se lo conquistava piano piano, ammirata. Entrando nel fresco delle chiese. Sedendosi sulle scalinate.

Non lo sapeva, da dove le veniva quella necessità di camminare e camminare. Lo stava cullando, forse. In quella camera nera in fondo alla pancia, lo portava con sé e tentava di rassicurarlo.

Ci aveva provato, a riflettere, ma non era venuta a capo di niente. Le mancavano proprio le parole, i pensieri. Mentre il suo corpo acquistava una nuova dismisura.

Si era ritrovata a fare pipì all'improvviso dietro una colonna. Ad attaccarsi a una fontanella in preda a una sete enorme. Le erano tornate le vertigini. A un certo punto, al cancello dei giardini Margherita, le si erano chiusi gli occhi per la stanchezza. Un sonno di piombo, arrivato di colpo, che l'aveva costretta a sdraiarsi sulle radici di un albero e addormentarsi.

Aveva cercato di ricordare, di sognare, il giorno della bugia.

Quando erano usciti con la moto per andare al Million a fare la spesa. I corpi sgualciti, non lavati. Manu aveva spinto il carrello, lei aveva preso dagli scaffali le cose appuntate da Antonia sulla lista. In fila alle casse si erano baciati. Si erano aiutati a riempire le buste. Ed era tardi, sua madre si era arrabbiata perché era rientrata dopo le nove. Un mese prima, forse. Ma che giorno era, nel dormiveglia, non le veniva in mente.

Poi si era destata e si era accorta che erano le sei. Aveva subito controllato i messaggi. Con il cuore in gola ne aveva trovato uno di Manuel: le aveva risposto.

Era scattata a sedere in preda a una felicità pazzesca.

Avevo ragione io, si era detta.

E mamma aveva torto.

Si era sentita invasa da un'energia tremenda. Avrebbe potuto incendiare il mondo. Ma aveva aspettato, a leggerlo. Perché era troppo felice e non riusciva quasi a respirare. Solo lei lo conosceva. In tutta la terra, solo lei *sapeva* com'era davvero.

Sensibile, generoso. Poi aveva aperto l'sms e aveva letto: "Parto stasera, non aspettarmi. Non sta a me decidere cosa devi fare, ma io non voglio esserci".

«Non sei più sola» le aveva detto la dottoressa. Invece lo era in un modo sterminato, assoluto e totale.

Lei, con quel puntino.

Con quel girino che le nuotava nella pancia. Che poi sarebbe uscito e diventato un bambino. E lei lo doveva crescere. Lo doveva *tenere*. E aveva diciassette anni.

Va bene. Lasciami pure, gli disse. Vattene. Sparisci. Tanto, gli gridò tornando a camminare sotto il sole, per le strade senza nessuno. Tanto, adesso non mi puoi più lasciare. Si toccò la pancia per la prima volta. Se lo sentì incagliato dentro.

Ti odio, Manu.

Arrivò a casa che ormai erano quasi le dieci.

«Che ci fa lui qui?» chiese a Jessica con severità. «Perché l'hai lasciato entrare?» Fissando Zeno con rabbia. Con tutta la rabbia con cui non poteva fissare Manuel.

Ma non aveva le forze. Per continuare, per aspettare una risposta. Il suo corpo stava costruendo un altro corpo a cui in quel momento si stavano ultimando le quattro cavità del cuore.

Davanti a Jessica e a Zeno che la guardavano meravigliati, si accoccolò in un angolo del divano, come una perla in una conchiglia, e si rimise a dormire.

16

La prima sera il telefono interno aveva squillato di continuo. Da dove vieni? Hai dello zucchero? Facciamo una festa?

Nel mentre aveva chiamato anche zia Maria, che si era già procurata il numero dello studentato: «Chiuditi dentro, mi raccomando! Non dare confidenza a nessuno!».

Il bagno cieco era grande quanto un ripostiglio. Il cucinotto aveva un fornello solo, la finestra affacciava su un gasometro: da un decennio immaginava quel momento, quella stanza, e la delusione era stata totale.

Gli schiamazzi erano proseguiti fino all'alba. Diligente, non aveva aperto a nessuno, ma aveva passato la notte a fissare l'altro materasso chiedendosi con terrore chi l'avrebbe occupato.

Aveva provato a uscire, la mattina dopo, e si era ritrovata una ventina di ragazzi sbronzi che russavano in corridoio. Poi si era sparsa la notizia di una, giù in portineria, che si era classificata sesta a Miss Italia, e tutti erano corsi giù dai nove piani di scale, dai 282 posti letto, per vedere Carmela: la sua nuova compagna di stanza.

Dora si fermò sul ponte di via Stalingrado. Era martedì primo settembre. Tornò con la memoria all'istante in cui, undici anni prima, si era voltata verso le valigie ancora intatte e aveva desiderato fare dietrofront fino alla stazione.

Adesso lo guardava con affetto, quel casermone dove venivano riunite le matricole provenienti da tutta Italia. Dietro le tapparelle celesti altri studenti tiravano fuori le proprie cose, le mettevano a posto sugli scaffali. Rivide se stessa nel '98. Poi alla laurea, al suo matrimonio, al Galvani il primo giorno di lavoro. Si rivide negli anni in cui si era bombardata di ormoni. E disse addio alle persone vecchie che era stata.

Scese la scala del ponte, affrettò il passo in via Gandusio. Iniziare era sempre difficile perché, un poco, occorreva morire.

Arrivò ai giardini Parker-Lennon, li attraversò zoppicando finché da lontano la riconobbe. Seduta sulla panchina "della perfezione", i capelli corti tagliati a caschetto: il motivo per cui, quel giorno, Dora non era tornata a casa con il primo treno.

«Allora. Le hai scalate sì o no, quelle montagne?»

«Non mi sono schiodata dal bordo piscina.»

Si abbracciarono, con la foga di chi non si vede da un mese.

«Mi hai mandato la cartolina più triste dell'universo.»

«Lo so.»

Si sedettero una accanto all'altra.

«Però ho preso una decisione importante.»

Serena non aveva nulla a che spartire con la cugina di Dora, o con certe sue ex compagne di scuola: di fronte a un annuncio come quello che stava per farle, non si sarebbe mai spremuta la faccia esclamando: "Oh, come siete bravi!" o peggio: "Speriamo non ve lo diano nero!".

Si era laureata con una tesi su *Gramsci e la letteratura dall'esilio*, insegnava grammatica a sedicenni in astinenza da Roipnol, con l'epatite B o l'Aids, con dieci minuti di telefonate alla settimana e spesso nessuno da poter chiamare. Serena li sapeva prendere, li sapeva aiutare. Del resto, nell'età in cui conta solo se sei fico, non aveva temuto di rispondere alla lettera di una coetanea senza una gamba.

«Basta ICSI, basta FIVET. Sei la prima a cui lo dico.» Dora fece una pausa e poi, d'un fiato: «Abbiamo deciso di adottare».

Serena afferrò la portata di quella frase. La accolse.

«Sono con te. Con te e con Fabio.»

«Siamo stati in Tribunale, questa mattina, per ritirare i moduli. Dovevi vedermi: tremavo tutta. Solo a chiedere dov'era l'ufficio di cancelleria civile mi sarò impappinata dieci volte.»

Serena la guardò con tenerezza.

Dora le prese le mani.

«Ho una paura folle.»

Serena gliele strinse.

«Guai se non ce l'avessi.»

Dora era convinta si dicessero tutto, come sorelle. Come qualcosa di più forte. Perché c'entravano la vita e le scelte, non il sangue.

«Mi sento liberata» continuò entusiasta. «*Rinata*. Lo abbiamo deciso in Alto Adige. È la scelta giusta. Abbiamo interrotto le vacanze per fare gli esami del sangue, le visite mediche, raccogliere le dichiarazioni dei redditi, il certificato di matrimonio.» S'interruppe, fece una smorfia. «E poi, pensa. L'altra sera mi piazzo sul divano, voglio solo distrarmi. Apro la posta e cosa trovo? Una mail della Rosselli.»

«No!»

Serena non ci aveva mai parlato, l'aveva solo intravista un paio di volte in facoltà. Ma da ragazzina, grazie alle lettere di Dora, si era lasciata trascinare da un'antipatia feroce per la campionessa di pallavolo, due in matematica e in latino, "biondo oca".

«Non era indirizzata a me, figuriamoci. Lei vive di mailing list, di annunci planetari. Comunque, era l'invito al battesimo del suo secondo figlio, che non sapevo nemmeno esistesse. Giacomo, quattro mesi. E io, puoi immaginarlo, normalmente sarei andata giù di testa.»

Non l'avrebbe indovinato nessuno, dall'esterno, a che livelli riusciva a odiare. Così ben educata, gentile e *disabile*. Ma Serena lo sapeva di mestiere, che il male non ti rende migliore.

«Fino a tre settimane fa avrei detto: Cazzo, non è possibile. Non uno, ma *due* figli, porca miseria. E le avrei augurato cose irripetibili, inenarrabili, invece giuro: non ho provato niente. Quella cosa che mi accartocciava lo stomaco e mi faceva chiudere in bagno a piangere a ogni annuncio di nascite o gravidanze: sparita. Le ho pure risposto: Tanti cari auguri a te e a Carlo. E ti dirò, sto bene.» Sorrise, di un sorriso che le antenne ultrasensibili di Serena captarono come lievemente forzato. «Davvero. Mi sento una persona nuova.»

Serena non credeva alle persone nuove. A trent'anni sei quello che sei, con il tuo carico di ruggine e di difetti. Voleva bene a Dora, ma non le diceva tutto. Non esiste una persona a cui puoi dire tutto.

«Solo che adesso dobbiamo compilare le domande, e non è facile. Anzi, io e Fabio stiamo già iniziando a discutere. Dobbiamo deciderci riguardo all'età, agli handicap, ai traumi. Solo tu mi puoi aiutare.»

Serena rimaneva concentrata. I colori infiammati delle foglie, i bambini con le tate dopo l'asilo, la poesia fredda dei giorni feriali non riuscivano a distrarla dal volto della sua amica.

«Posso dirti che ci sono quindicenni che hanno accoltellato per due grammi di fumo, ma credo cambierebbero vita se avessero una madre ad aspettarli. Ho conosciuto un bambino di sei anni in una casa famiglia, che quando è stato adottato ha voluto essere attaccato al seno, e sbucare fuori da una maglietta simulando il parto. Per riprendersi quello che gli avevano tolto. Non ce n'è uno, anche adolescente, abusato o violento, che sia da considerarsi perso. È che se da bambino non sei amato, poi non esisti.»

Era lei che chiamavano, quando uno nuovo arrivava al Pratello e si rifiutava di mangiare, o si tagliava le braccia con una lametta, o si spaccava la testa picchiandola contro il muro. Perché li sapeva ascoltare.

«Poi lo so che la stragrande maggioranza dei genitori adottivi li vorrebbe lattanti e senza storia. Lo capisco, è umano. Ma rimani sempre senza paracadute, in qualsiasi caso, non hai protezioni. E ogni figlio ha bisogno di un genitore. Più è compromesso, più ti aspetta.»

Dora si asciugò gli occhi: «Non so se sarò abbastanza forte, ma voglio provarci».

«Devi farlo solo se sei convinta, altrimenti rischi di abbandonarlo anche tu.»

Dora annuì, cercò un fazzoletto.

«Ora mi vedi piangere, ma sono pronta. Giuro. È tutto quello che voglio. Sarò forte.»

Serena abbozzò un sorriso.

«Succederà» le disse. «Prima di quanto immagini.»

Non aveva mai compreso l'ossessione di Dora di diventare madre. C'era così tanto da conoscere a questo mondo, da cambiare. Invece per Dora sembrava non esserci nulla di più straordinario, di più epico di un figlio.

E negli ultimi mesi sembrava pensarla allo stesso modo anche il suo compagno.

Per anni non ne avevano mai parlato. Era ovvio che avessero troppo da fare. Dovevano prendersi cura di decine di ragazzini: i detenuti del riformatorio a cui insegnava lei, i minori affidati alla casa famiglia in cui lavorava lui. Ma poi Giulio aveva cominciato a descrivere questo figlio immaginario, quasi per gioco. E il gioco era diventato desiderio. Abbiamo trent'anni, perché non vuoi? Lei non avrebbe saputo spiegarlo, il perché. Ma amava Giulio.

Forse, arrivò a pensare Serena in quel momento, abbracciando la sua migliore amica, avevano ragione loro. Forse era vero che vivevano in un'epoca e in un Paese in cui si nasceva così di rado, in cui non si faceva altro che invecchiare, ristagnare e avere paura, che un atto di fede come crescere e educare un bambino, accettare la sfida del suo futuro, era diventato un gesto coraggioso. Quasi rivoluzionario.

«Sono contenta che tu abbia virato in questa direzione.»

Dora sorrise: «C'è voluto un mio studente per farmelo capire. Un ragazzo speciale, dovresti conoscerlo».

«Oh, no! Ho già le mie baby-gang, ti ringrazio» guardò l'orologio, si alzò dalla panchina. «Che in questo momento mi stanno bramando con ansia, me e il ritorno dei congiuntivi.»

Dora scoppiò a ridere, le stampò un bacio dandole appuntamento al giorno dopo. Ancora non lo sapeva, che tra le amiche la felicità è veleno.

~

Sulla lavagna magnetica i pennarelli sibilavano tracciando linee verticali, cerchi, trapezi. L'idea per l'auditorium, quella ispirata dalla lettura del *Teeteto*, aveva riscosso un grande successo, la sala riunioni era animata, i colleghi ne discutevano con entusiasmo. Edificare un'anima, questo sì che significava riscatto. E il progetto era il *suo*.

Avrebbe dovuto godersi il momento, gongolare. Invece sorrideva a stento, abbassava lo sguardo e aveva solo voglia di sparire.

Fu quello che fece. Chiudersi in bagno e aprire il rubinetto dell'acqua fredda, passarsela sulla faccia. Lo desiderava davvero: concentrarsi sulla riqualificazione dei Budelli, cambiare il mondo in una periferia. Ma la sua mente era ossessionata dalla casella da barrare.

Fino a tre anni. Fino a sei. Fino a dieci.

C'era l'universo in mezzo.

E lui non è che si fosse trincerato in una posizione inattacca-bile: si era solo permesso, per un istante, di *tentennare*.

Era bastato. Dora era subito scattata sulla difensiva: «Ma dopo tutto quello che abbiamo passato, ancora hai 'sti dubbi? Davvero? Ma che differenza fa se ha due anni, se ne ha sei? Se ha cinque dita, se ne ha quattro?». Lo aveva accusato, a metà pranzo. «Allora lasciami, piuttosto.» Schiantando la forchetta contro il piatto. «Anche in un neonato possono nascondersi dei problemi. Hai paura di quelli invisibili, delle condanne conficcate nei geni? Proprio con me, vuoi fare questo discor-so?» Lo aveva inchiodato allo schienale. «Guarda che uno non diventa genitore quando dipinge la cameretta o lo scrive su Facebook. Lo diventi nel momento in cui barri quella casella e accetti tutto il futuro imprevedibile, tutta la vita, tutta la sto-ria, di un altro.»

Lo aveva ammutolito. Quelle parole lo avevano trapassato da parte a parte facendolo sentire piccolo e inadeguato. La amava per avergliele dette, la detestava per lo stesso motivo.

Fabio entrò in uno dei cessi, aprì la finestra ed estrasse una sigaretta dal pacchetto delle emergenze.

Quanto era durata, la spensieratezza, due settimane?

Si erano barricati in camera per tre giorni di fila, dopo aver preso *la decisione*. Si erano precipitati in città subito dopo Fer-ragosto per non perdere altro tempo. Impavidi, impazienti. Non c'erano più figli biologici da rimpiangere, questa volta: c'era solo da andare avanti.

Poi erano arrivate le caselle da barrare, le batoste, tum tum tum, una dopo l'altra come sberle.

Disponibilità per:

Figli di tossicodipendenti.

Bambini sieropositivi.

Bambini abusati sessualmente.

Erano tornati a casa, si erano seduti a tavola. Lui in silenzio e lei agguerrita come un'amazzone, con la solita urgenza insaziabile di essere la migliore, ineccepibile, la numero uno. Sì, sì e sì, voglio affrontare tutto, anche l'abuso. Mentre lui girava la forchetta nella pasta e si sentiva ancora più umano e solo di quando pesava 79 chili e aveva undici anni, e non poteva azzardarsi a dirlo.

Non voleva rifiutare un figlio perché aveva un carico in più di dolore. Non stava cercando un impossibile *normale*. Stava solo provando a immaginarsi dentro una storia che non aveva ancora vissuto.

E Dora lo aveva subito messo a nudo, lui insieme alla sua fragilità.

Quando uscì dall'ufficio alle sei del pomeriggio, salì in macchina e cominciò a prendere strade a casaccio pur di non tornare a casa.

Pensò a una delle prove che gli toccava sostenere, che non poteva più rimandare: dirlo a suo padre.

Selezionare il numero della casetta a schiera ai margini del paese, a duecento metri dalla pompa di benzina. Esordire: "Ehi, papà, adotteremo un bambino". Si figurava già la reazione: "Cos'hai detto?". Avrebbe fatto finta di non aver sentito: "Da quant'è che non vieni a trovare tua madre? Lo sai che ha quel problema alla vescica". Oppure, avrebbe solo sputato fuori dai denti quello che pensava: "Ti tiri in casa uno che non sai chi è. Però sei tu quello che ha studiato".

Non lo stimava. Si era sempre vergognato di lui, così burbero e di poche parole, seduto su una seggiola di plastica tutto il giorno, con il sole, con la pioggia, con -10° o 40°. Sempre là, accanto ai secchi con l'acqua e la spazzola per pulire i vetri. Che si alzava solo per fare benzina, per contare i soldi, per far stare zitto il cane che ringhiava alla catena. E lui si era sentito tante, troppe volte, come quel pastore tedesco.

Si ritrovò in via Saragozza quasi senza accorgersene.

D'istinto parcheggiò davanti alla Snai. Non sapeva che fare. Solo quando la riconobbe al di là della vetrina, con i capelli raccolti a coda di cavallo, lunghi e un po' sfibrati come quelli di plastica di una Barbie, si ricordò perché aveva guidato in quella direzione.

Oltrepassò la soglia e l'odore degli altri. Una ventenne carina lo invitò allo sportello, ma lui fece segno di no, che voleva la collega. E lei, paziente, oltre le spalle di un uomo che tirava fuori dalla tasca un rotolo di banconote da cento, gli inviò un occhiolino d'intesa anche se era chiaro che non lo aveva riconosciuto.

C'era qualcosa nello squallore del luogo che lo faceva sentire a casa.

Come da bambino quando giocava con i Lego sul pavimento del negozio, alla pompa di benzina, sotto gli scaffali impolverati con i flaconi di antigelo e di olio per il motore, con gli Arbre Magique appesi. E guardava. I ragni nelle ragnatele. I vetri sporchi. Il cane con il muso tra le zampe.

Forse, ad attrarlo, era che dalla miseria si poteva solo migliorare.

Quando fu il suo turno, la guardò negli occhi e fece una cosa che di norma avrebbe detestato: il galante. Azzardò qualche complimento di troppo con una che, al lavoro, non poteva mandarlo affanculo.

Una donna più vecchia e, con ogni evidenza, anche più povera e più ignorante, che tuttavia aveva una dolcezza nel volto. Un indizio di comprensione per le debolezze altrui.

«... ma si ricorda di me, non è vero?»

Lei ci pensò su, sorrise.

«Non importa, non si preoccupi. Ci tenevo a dirle che mi ha portato fortuna.»

Le allungò il biglietto della scommessa: «Se ho letto bene, la vincita si può riscuotere entro sessanta giorni».

«Vediamo.»

Lei afferrò la ricevuta con fare professionale, la esaminò, fece alcune operazioni al computer e spalancò gli occhi: «Caspita, 2.500 euro su un'amichevole in Bielorussia». A bocca aperta. «Non mi era mai successo.»

Poi, voltandosi di nuovo a guardarlo: «Ah, ma ho capito chi è lei. Mi ricordo…». Si mise a posto la spallina della canottiera che le era caduta. «Il signore ben vestito della pallavolo, certo. Complimenti!»

In quell'istante Fabio comprese perché certe persone arrivassero a pagare una donna. Non l'avrebbe mai fatto, lui. Ma quella gentilezza servile, dopo una giornata pesante, faceva piacere.

C'era un retrogusto caldo e pulito, anche se era solo un'illusione, che rievocava la voce e le carezze di tua madre quando eri piccolo, e lei ti cambiava e ti lavava e ti offriva il seno. L'idea che qualcuno vivesse per renderti felice.

«Grazie» le disse. «Se non fosse stato per lei, non avrei neppure giocato, quel giorno. Ha una luce speciale, lo tenga a mente.»

Riscosse la vincita, piegò le banconote e se le mise in tasca. Un intero stipendio così: non male. Un regalo per Dora, per fare pace, o il primo acquisto per il bambino che sarebbe arrivato.

Per il bambino sieropositivo.

Per il bambino di sette anni.

Per il bambino abusato e violentato, e tu come fai. Ad avere le forze di fartene carico. Come fai ad avere il cuore di rifiutarlo. Di dire no. No a una persona così sola che non ha nessuno al mondo.

Tornò indietro, tirò fuori tutti i soldi dalla tasca, li infilò sotto lo sportello di quella donna. «La prego, li prenda.»

Lei lo fissò incredula, allontanandoli da sé con le mani,

farfugliando che non poteva accettare: «Oddio no, cosa sta facendo?».

«Non voglio niente in cambio, stia tranquilla. Non mi vedrà più in tutta la sua vita.»

Il primo istinto fu di entrare in una profumeria e svaligiarla. Meglio ancora, una boutique di intimo. Di più: le tende di Mastro Raphaël.

Ma erano le 19.00. E sopraggiunse un secondo istinto, di madre che accatasta rami, foglie e fango secco in un luogo sicuro per costruire il nido. Metterli via, era quella la cosa più giusta.

Rosaria si sedette sul bordo di un marciapiede. Si sistemò la fibbia dei sandali, si diede un'occhiata nello specchietto portatile. Poi ricontò *tutti quei soldi*. Che erano un botto, una manna. E fanculo, si disse, la vita è adesso.

«Adè? Senti un po'» chiamò casa, «c'è Jessica pure? Hai preparato? No, e allora fai una cosa.» Gridava per sovrastare il passaggio degli autobus. «Prendete il 22 e venite in centro, a Porta Ravegnana. Non ti preoccupare, il perché ve lo spiego dopo. Tu fammi solo uno squillo quando state per arrivare.»

Da quanto tempo non passava una bella serata con le sue figlie? Senza Claudio o Ernesto o qualche altro cretino?

Si sentì felice. Salì su un autobus ma scese molto prima; aveva voglia di farsela a piedi, di godersi la città dentro le mura. Cominciò a camminare nella sera sfavillante di luci, sotto i portici di via Saragozza, come l'attrice in quel film bellissimo in bianco e nero... Chi era? Anna qualcosa.

C'era il problema di Adele, che non voleva tornare a scuola. Con la pancia, diceva, si sarebbe vergognata. E il delinquente che era sparito. *Pum*, volatilizzato. Quel fetente, che non lo poteva nemmeno nominare e che era tale quale il suo ex marito.

Milioni di donne sole avevano tirato avanti per millenni, lavorato, cresciuto figli: ce l'avrebbero fatta anche loro. Lo pensava, ci credeva: con *duemila-e-cinque-cento-euro* nella borsa.

Allora proseguì spedita in via D'Azeglio tra i negozi eleganti. Le gambe nude, il vestitino da quindicenne che svolazzava nell'aria frizzante di settembre.

Non era tornato: era questa la vera ragione del suo sollievo, del senso magnifico di liberazione che la faceva sentire giovane e libera.

Non era uscito. Non aveva citofonato. Non esisteva.

Aveva mentito, lurido bastardo fino alla fine. Si era informata da vecchi amici, le avevano risposto: Nessuna pena ridotta. Aveva ancora un intero anno davanti, senza sconti. E poco importava che le sue figlie ci fossero rimaste male: lo idealizzavano perché non lo conoscevano, perché erano ferme con la memoria a quando erano bambine.

Ma lei aveva voglia di festeggiare. C'erano ancora uomini che si giravano a guardarla. Non le interessavano più.

Non mi manca niente, si disse. Aveva Jessica, aveva Adele.

E contanti a sufficienza per un lettino, per qualche mese di pannolini.

Le torri le si pararono di fronte con lo stesso impatto della prima volta. Fiere, tenaci: una conferma.

Poi le vide scendere dall'autobus, le sue figlie. Belle e truccate, come piaceva a lei. La città cominciava a ripopolarsi dopo la pausa estiva. Le pizzerie e i ristoranti erano di nuovo aperti.

«Cazzo succede, ma'?»

«Jessica, per favore. Le parolacce!»

Le diede un pizzicotto affettuoso. Baciò Adele. Le prese

sotto braccio e le trascinò dentro i vicoli del vecchio ghetto ebraico.

Non era facile camminare con i tacchi che s'infilavano tra i ciottoli: inciampava, le scappava da ridere.

«Mamma, ti droghi?»

No, ma si sentiva ubriaca ancora prima di aver bevuto.

«Chi ci devi presentare? Osvaldo? *Ge*son?»

«Nessun uomo.»

«Che strano!»

Rosaria guardò Adele mentre si staccava e camminava avanti, anticipandole. Con i fianchi stretti che tra poco si sarebbero allargati, le caviglie sottili che avrebbero patito gonfiandosi negli ultimi tre mesi.

Era un casino, un cataclisma.

Ma forse, era anche una cosa troppo bella.

Sbucarono nella zona universitaria. Passarono di fronte a una copisteria, la serranda abbassata a metà e la luce ancora accesa: STAMPA QUI LA TUA TESI! TRE COPIE, 10 EURO DI SCONTO.

Quanto le sarebbe piaciuto, che studiassero là un giorno. In quegli edifici monumentali, dietro le finestre ornate di tende rosse.

Non si era mai perdonata di aver lasciato le superiori a un anno dal diploma: per la foga di sposarsi, di trasferirsi, perché era incinta. Tutte scuse, errori madornali. E poi, aveva perso il treno.

Ma per Adele doveva essere diverso. Non trovava il coraggio di dirglielo, ma l'avrebbe aiutata lei con il bambino. Glielo avrebbe tenuto la mattina mentre andava a lezione, e chiesto turni pomeridiani e serali. Sarebbe stato massacrante, ma l'avrebbe fatto volentieri.

Allora la guardò, la sua figlia maggiore, la camminata già un pochino più dolce. Anche se non aveva ancora la pancia. Anche se la nausea l'aveva un po' asciugata. Rosaria ricordava

la sua, di gravidanza. Le faceva effetto. Come se i loro tre corpi
– quello di Adele, della creatura, e il suo – fossero contenuti
uno dentro l'altro.

«Chissà se è un maschio o una femmina» si lasciò scappare.
In preda a una voglia matta di essere felice.

Adele si voltò infastidita: «Ma a cosa pensi? Ma piantala».
Affrettò il passo.

«Io spero che è maschio» disse Jessica. «Un bel maschio
cazzuto.»

«Io invece che sia una femmina, come noi.»

Via Zamboni era popolata di universitari, anche se era il primo settembre e i corsi dovevano ancora iniziare. Jessica, Adele
e Rosaria ci passavano in mezzo, osservandoli curiose, divertite.

Ascoltavano accenti diversi, da ogni parte d'Italia. Li vedevano sbracati in piazza Verdi, assiepati intorno ai tavolini dei
bar. A fumare, a conversare, a leggere. Sotto l'abbraccio dei
porticati, delle bifore. Con una spensieratezza contagiosa. E
anche se loro tre non c'entravano niente, si sentirono, per un
istante, parte di quell'entusiasmo.

«Siamo arrivate.» Rosaria si fermò di fronte a un ingresso
con l'insegna illuminata: IL FIORE DEL VESUVIO – SPECIALITÀ DI
MARE.

Jessica e Adele la guardarono stranite. La pizzeria del Million, da tanti anni, era il top del sabato sera. E oggi era martedì.

«Hai vinto al Gratta&Vinci?» le fece Jessica.

«No, ma quasi.»

Chiese un tavolo vicino alla vetrina. Si tolse la giacca di jeans,
la borsa tarocca di Prada e si sedette accavallando le gambe.

«Cosa prendete?» esordì eccitata. «Adele, tu no i crostacei.»

«Io chiedo riso in bianco, mi fa schifo tutto» rispose lei.

Rosaria la guardò delusa: «Non puoi, il pesce fa bene al
bambino». Con voce implorante: «Vedrai com'è cresciuto,
nell'ecografia…».

Avrebbe voluto accompagnarla, alla prossima visita. Che era presto, tra due settimane. Ma non osava chiederglielo, sperava lo facesse lei.

«Devo andare in bagno» le rispose Adele.

Si alzò, e si vedeva lontano un chilometro che era triste. Che lo pensava. Che non si era arresa. Ogni giorno si svegliava e per prima cosa accendeva il cellulare e non trovava alcun messaggio. Allora scendeva e andava a vedere nei garage se c'era la sua moto: non c'era. Rosaria avrebbe potuto scommetterci un rene, che non l'avrebbe più chiamata, manco dopo il parto, e le saliva un nervoso.

Ma non voleva arrabbiarsi, almeno stasera.

Il locale aveva le pareti tappezzate di scorci di Napoli, di Procida, di Ischia. Le sue figlie non potevano ricordarlo perché erano troppo piccole all'epoca, ma ci erano già state. Era il suo ristorante preferito, perché le faceva venire nostalgia del golfo, il più bello del mondo. E il suo ex marito, quando le cose andavano bene, la portava là a festeggiare perché era diventato amico del gestore.

Gli altri tavoli, gradualmente, si stavano riempiendo.

Quando arrivarono i loro piatti, e lo spumante che Rosaria aveva ordinato per brindare «a noi e alla creatura», le sue figlie cominciarono a divertirsi. Jessica mandò giù un bicchiere e si fece allegra. Adele, anche se non poteva bere, si lasciò un po' andare.

«Ma s'inizia a sentire, poi?» chiese.

«Scherzi? Poi ti trema tutta la pancia quando si muove. I gomiti, le ginocchia… Dobbiamo pensare al nome.»

«Kevin» propose Jessica.

«Sì, è *bellillo*. Ma se è femmina, Cira. Quanto mi piace.»

«Pure Chanel, è bello. Come la figlia di Totti.»

«Gennaro, se è maschio, un grande classico.»

«Tutti stranieri o napoletani. Allora perché a me mi avete chiamata Adele?»

«Perché» rispose Rosaria ormai sbronza, con il tono di chi deve ancora vendicarsi «era il nome di tua nonna, quella di Ravenna. E lo stronzo di tuo padre mi ci ha obbligata.»

In quel momento un uomo che non era il cameriere comparve al loro tavolo, come un'ombra. In silenzio.

Rosaria alzò lo sguardo, lo riconobbe. E si sentì male.

~

Era un uomo bellissimo.

«Posso interrompervi?»

Elegante. Educato. Un signore.

Sbarbato con cura. Gli occhi azzurro cielo e il volto squadrato, alla Brad Pitt. Il suo sorriso ricordava quello degli attori californiani. Sette anni di galera e nemmeno una scalfittura?

«Siete magnifiche» disse.

Abbronzato, come fosse appena atterrato da Tenerife.

«Volevo farvi una sorpresa nel fine settimana. Poi mi sono voltato, vi ho viste qui…» sorrise. «Anche tu ci sei rimasta affezionata, vero Ros?»

Rosaria afferrò la borsa immediatamente. Con le mani che le tremavano, con tutto il corpo che tracimava e sembrava preda delle convulsioni, cercò il portafoglio rovesciando sigarette, accendini. Quando lo trovò, spiattellò un biglietto da 100, poi uno da 50 sul tavolo e si alzò di scatto.

«Andiamocene. Subito.»

Jessica era imbambolata sulla sedia. Adele era diventata pallida. Non riuscivano a staccare gli occhi di dosso a quella specie di divinità dell'Olimpo, biondo bruciato, camicia bianca sbottonata, che stentavano a credere fosse il loro padre.

«Avanti!» ordinò Rosaria.

E loro così castane, così ordinarie.

«Muovetevi!»

«Ros, per favore.» Le bloccò con delicatezza il braccio. Un tono di voce radiosamente calmo. «Un minuto, voglio solo salutarvi.»

«Non mi toccare!» gli rispose lei, isterica. «Non chiamarmi Ros! Manco una lira ci hai mandato, brutto bastardo, e poi te ne vieni qui nei posti sciccosi!» urlava, facendo voltare il ristorante intero. «Dove cazzo sei stato? In galera? A Ibiza? Vaffanculo!»

Adele fece per alzarsi, considerò il dolce nel piatto che non aveva toccato. Era indecisa se correre in soccorso di sua madre o dare una possibilità, anche minuscola, a quell'uomo che adesso, mortificato, si rivolgeva a tutte loro: «Vi prego di credermi. Non volevo tornare a mani vuote. Solo per questo ho preso tempo».

«Non ti crederò mai, figlio di puttana. Siete solo capaci di raccontare bene, tu e i tuoi sodali» sibilò Rosaria sforzandosi di tenere bassa la voce. Ma non ci riusciva, era più forte di lei: «Pezzo di merda!» gli gridò. «Stai lontano da noi. Non ti azzardare a venire a casa. Devi crepare.»

Uscì di corsa dal locale, come se temesse di spaccare tutto altrimenti, di tirarlo giù a forza di sediate.

Jessica e Adele rimasero lì a osservarlo, titubanti.

Poi Adele si costrinse ad abbassare lo sguardo. Ad andarsene, anche se aveva il cuore a pezzi. Ma Jessica non ci riuscì.

Arrivata alla porta, si fermò. Suo padre era ancora al loro tavolo, in piedi, a salutarla da lontano. Gli corse incontro. Senza riflettere, senza protezioni. A occhi chiusi, lo abbracciò. Annusò il suo odore. Che era lo stesso dell'infanzia.

«Ciao, papà» gli disse. Poi scappò subito a raggiungere sua madre e sua sorella.

Rosaria le diede una sberla.

«Mi devi obbedire. Capito?»

Jessica avrebbe voluto replicare che non aveva più cinque

anni e che quello là dentro era pur sempre suo padre, ma mamma era troppo furiosa. «Dio!» gridava. «Ma perché?» e piangeva. «*Tutto* mi ha rovinato. *Tutto* mi deve rovinare sempre.»

Si accese una sigaretta, risalì la via in direzione della fermata dell'autobus. Camminava veloce, come se dovesse prendere a calci l'asfalto. Dopo un centinaio di metri, le si stortò un tacco. Rischiò di cadere. Come quella volta a Capri, con le infradito. Era proprio un destino cornuto. Allora se li tolse, quei sandali, li gettò via. Continuò a piedi scalzi.

Jessica e Adele la seguivano lente, rimanendo sempre più indietro. Nella notte lieve del centro storico, la musica che usciva dai pub, le bande festanti di universitari, e loro due spaesate come in terra straniera.

«Secondo te torna?» chiese Jessica alla sorella.

«Secondo me sì» rispose Adele.

Una mano la fermò d'improvviso da dietro le spalle.

Suo padre le fece aprire le dita, le mise un'agenda tra le mani.

«È il diario, te l'avevo promesso.»

Le fece una carezza.

Si voltò verso Jessica.

«Anche a te porterò un regalo.»

Le diede un bacio. Le labbra schioccarono sulla sua guancia.

«Vi voglio bene» disse.

Poi lo videro tornare indietro di corsa, rientrare nel ristorante.

Quando raggiunsero Rosaria alla fermata dell'autobus, si sforzarono di non farle vedere che avevano pianto.

18

La prima volta era stata un pomeriggio di fine agosto.

La camera nuova era un cubo con le piastrelle grigie, le pareti sporche e niente dentro. L'assorbente le dava fastidio. Era riuscita a recuperare dalla fuga solo Barbie Sunshine, a cui però aveva tagliato i capelli.

Si era affacciata. La finestra sezionava un pezzo di cielo ingombro di due torri alte diciassette piani. Le persone che abitavano lì non erano gentili, nessuno le aveva aiutate con gli scatoloni. Non c'erano violinisti né ortensie né altri fiori. Solo riquadri di cemento adibiti a cortili e, in uno di questi, un ragazzino che faceva le sgommate in bici, da solo.

«Cosa ti guardi?» le aveva gridato. «Chi cazzo sei?»

Lei era appena diventata "signorina", a dieci anni e cinque mesi. Si sentiva metà qualcosa. Aveva provato l'impulso di nascondersi ma una forza opposta l'aveva inchiodata al davanzale. A sostenere gli occhi riarsi e prepotenti di quel bambino.

Erano ugualmente soli.

Ugualmente tristi.

«Sono nuova» gli aveva gridato. «Non conosco nessuno.»

Manuel aveva ricominciato a sgommare, come nulla fosse. E lei, invece, era scesa in cortile. A guardarlo da vicino, ad aspettarlo. Seduta su un muretto con la Barbie rovinata. Era rimasta lì come una scema finché un amico era venuto a prenderlo ed erano andati via insieme.

A distanza di sette anni, stava ripetendo lo stesso errore.

Stava aspettando lo stesso vuoto.

Si voltò su un fianco, dalla parte del muro. Il respiro di Jessica era lento e regolare. Non riusciva a frenare i pensieri.

Per un po' aveva fatto l'orgogliosa, convinta che sarebbe tornato. Ma poi, dopo tre settimane, aveva mandato sua sorella a chiedere in giro: nessuno ne sapeva niente. E chi sapeva, stava zitto. Ci godevano tutte, che l'avesse lasciata. Quando il motivo sarebbe venuto fuori, quando non avrebbe più potuto nasconderlo sotto i vestiti, l'avrebbero presa per il culo a vita.

Cosa te ne frega, si disse, di cosa pensano gli altri.

Ma gliene fregava, e tanto. Aveva questo bambino che le cresceva dentro, che la faceva sentire mortalmente sola.

Erano le due. Si alzò dal letto senza fare rumore, sfilò il diario di suo padre da dove l'aveva nascosto e a piedi nudi raggiunse la cucina.

Si sedette al tavolo, lo posò al centro e racimolò il coraggio.

Era una cosa troppo intima, leggerlo. Le faceva paura.

La notte era immobile. I Lombriconi sonnecchiavano in un ronzio di televisori dimenticati con il volume al minimo, e mamma era rientrata tardi, ammazzata dal doppio turno.

Apri una pagina, si disse, una sola.

Era suo padre, sì, e con questo? Anche Manuel era il padre del bambino, e se n'era andato.

L'agenda aveva nel mezzo un segnalibro. La aprì in quel punto, trattenne il respiro. Lasciò cadere lo sguardo su una parola a caso: "Destino".

E poi sul frammento di una frase: "la storia con tua madre".

Richiuse. Come se si fosse scottata le dita.

Non lo voleva sapere, il passato dei suoi genitori.

Era l'ultima cosa al mondo di cui le importava.

Raggiunse la porta a vetri. Avrebbe voluto conoscere la propria, di storia. Che le sembrava non fosse mai cominciata. Cosa aveva fatto in quei diciassette anni? Era andata a scuola, aveva trovato qualche amica, si era messa con Manuel, e poi? Cosa aveva vissuto, lei, d'importante?

Niente.

E adesso era già incinta.

Uscì sul balcone. Forse era ancora in tempo a fare *quella cosa*, che dicevano durasse poco, te lo toglievano e poi avevi solo qualche macchia di sangue. Il 15 settembre sarebbe tornata a scuola: nessuna pancia, nessun figlio. Come cancellato, mai esistito.

Però esisteva.

Si appoggiò con i gomiti alla ringhiera. Come aveva spiegato Marilisa, loro due erano una cosa sola. Ne aveva la responsabilità piena, di lui e della sua vita nuova. Il cielo era nero come nell'ecografia, abitato da stelle lontane. Non chiedetemi perché, si promise, ma non lo farò mai.

Quando si voltò per rientrare, si accorse che la finestra del vicino aveva la luce accesa, era aperta. Con una leggera tachicardia intravide un movimento dietro le tende.

Un filo di voce: «Non ti stavo spiando».

Adele si avvicinò. Spinta da una curiosità irrazionale.

«Affacciati» gli disse.

«Non so se ti conviene.»

«Perché?» Adele appoggiò una mano ai fili del bucato, sporgendosi. «Tanto non riesco a dormire, non ho voglia di tornare a letto.»

Il rettangolo illuminato si aprì un altro poco e il suo capo emerse, scompigliato, come le creature magiche che sbucano dai tronchi o da sotto i cespugli, nelle favole.

Senza una ragione, gli sorrise.

«Ciao, Zeno.»
«Ciao, Adele.»

Sospesi tra finestra e balcone, dentro la notte disabitata. L'uno di fronte all'altra, a viso scoperto. Non poteva credere che stesse accadendo, che lei avesse appena pronunciato il suo nome.

«Mia sorella dice che sei supermegaintelligentissimo, è vero?»
«No.»
«Però fai il classico, quindi sei un secchione.»
«Non è così automatico.»

Le luci diradavano dal centro alla periferia, dissolvendosi nel petrolio della pianura. Un'auto entrò nei garage a fari spenti; dal finestrino uscì la strofa di una canzone.

«Perché non riesci a dormire?» provò a chiederle.

Lei alzò le spalle. Si voltò a guardare il quartiere, come galleggiava inerte nel buio: «Niente, troppe cose».

«Se vuoi, comincia a dirmene una.»

Non poteva saperlo, Adele, che lui aveva nel computer un intero file con dentro la sua vita, dal 2005 a oggi. I dettagli: una stringa slacciata, una forcina. Le parole ricorrenti nelle liti con sua madre, le espressioni del suo viso quando cercava Manuel al telefono e lui non rispondeva. I video con Claudia, le sigarette a metà. Il modo che aveva di asciugarsi i capelli contro il termosifone e, naturalmente, i compiti d'inverno.

«Tanto lo so che lo sai, quindi...» Il bagliore della Luna, quasi piena, le colava su una spalla, illuminandole un lembo di cotone del pigiama. «La mia migliore amica mi ha chiesto perché non abortisco.»

«Mi sembra una domanda difficile.»

«Be'» tornò a guardarlo. «Ho solo da perdere, cosa ci guadagno? Non so niente, di bambini. Non ci ho mai pensato. Ho diciassette anni.»

Rimase in silenzio.

Un silenzio disarmato ed enorme in cui Zeno percepì i passi di un vicino che andava in bagno, e il cigolio di un altro che apriva il frigorifero, un cucchiaino di metallo in un bicchiere d'acqua.

«A volte penso che questo bambino sia l'unica cosa che mi rimane di lui, del padre intendo. L'unica cosa che nessuno mi potrà togliere.»

Quelle parole gli fecero rabbia. Non riuscì a contenerla.

«Un bambino non è una cosa. Non sono nessuno per dirtelo, ma non dovresti mettere al mondo una persona solo perché ne vuoi un'altra.»

Adele staccò le mani dal filo del bucato, si abbracciò i fianchi.

«Lo so.»

«Il bambino non c'entra niente» continuò Zeno contro la propria volontà, e la posizione ferma in cui credeva: di spettatore neutrale. «Conosco Manuel abbastanza bene da sapere con certezza che non ti puoi fidare. Perché nemmeno lui si fida di se stesso.»

Gli occhi di Adele s'illuminarono: «Davvero lo conosci? Manuel?».

Zeno nascose il volto dietro la parete, spense la luce: «Scusa, non ne voglio parlare».

Era un narratore, non un protagonista.

Non poteva vivere una vita sua, solo quelle degli altri.

«Buonanotte» le disse.

«Rimani.»

La voce con cui Adele lo richiamò aveva dentro qualcosa di urgente.

«Per favore.»

Indeciso, torturato dall'indecisione. Aveva una mano sulla maniglia della porta e non la abbassava.

«Non ti chiederò più di lui, lo giuro. Però tu fammi compagnia.»

C'era il computer acceso in camera sua, il cursore di Word che pulsava. C'erano il corridoio silenzioso e la stanza dove dormiva sua madre insieme agli incubi che la svegliavano ogni notte: sintomi da stress post traumatico, avevano spiegato i dottori, una depressione da cui sarebbe anche potuta non uscire mai. E dall'altra parte c'era quel rettangolino nero, con una bava di neon lattiginoso che illuminava Adele.

Non aveva mai sognato, mai osato sperare in così tanto.

«Dimmi qualcosa di te» gli chiese quando tornò ad affacciarsi. «Dimmi perché *tu* non riesci a dormire.»

«Mi spiace» sorrise imbarazzato, «anche questa cosa non te la posso dire. Ma perché mi prenderesti in giro, e ti assicuro che è una cazzata.»

«Oh» Adele fece finta di arrabbiarsi. «Com'è che io a te le cose te le dico, e tu non mi racconti niente?»

«Hai ragione. Alla prossima domanda ti rispondo.»

«Devo giocarmela bene.» Prese tempo per pensarci. Come alle feste, quando toccava a lei a obbligo o verità, si concentrò sull'argomento più scomodo: «Vai d'accordo, tu, con tuo padre?».

«Cosa?» Zeno si sforzò di non ridere. «Hai un'inclinazione naturale per i tasti dolenti?» Divertito, le rispose: «Io *non* ce l'ho, un padre».

«In che senso?»

«Che non ho idea di chi sia. Giuliani è il cognome di mia madre, e lei ha ritenuto giusto non parlarmene.»

«Stai scherzando? Sei messo peggio di me, allora.»

Stavano attenti a tenere bassa la voce per il timore che le loro madri, o Jessica, si svegliassero e li sorprendessero insieme, alle tre del mattino. Stavano solo parlando, sì. Ma non si erano mai sentiti così liberi di dire la verità e di fare brutta figura.

«E non sei curioso?»

«Di conoscerlo? Mi bastano le cose di me che non so da dove vengano per capire che non è una bella persona.»

Si guardarono.

«Cos'è successo con tuo padre?» le chiese.

«È sparito per sette anni. Era in galera, o forse no, non si capisce. Mamma ha sempre nascosto tutto: le sue lettere, le sue foto. E io adesso ci vorrei parlare, lo vorrei vedere. Ma mamma ha detto che ci sbatte fuori di casa anche solo se gli rispondiamo al telefono.»

L'aveva osservata per anni, aveva preso migliaia di appunti. Eppure, non l'aveva mai incontrata.

«Ho solo un suo diario, ma non riesco a leggerlo. Mi mette a disagio.»

Zeno avvertì il suo sguardo dentro il corpo, si sentì esistere in quello sguardo. E avrebbe continuato così per sempre: a farle domande, a rispondere alle sue. Ma un rumore in corridoio gli fece capire che non aveva più tempo: «Devo salutarti».

La luce era già spenta, gli bastava solo chiudere la finestra.

«Grazie.»

«Aspetta!» Adele lo chiamò un'ultima volta. «Martedì 15, a mezzogiorno e mezza. Inizia la scuola, però. Ho la visita per il bambino. In via Sant'Isaia. Forse sai dov'è…»

Zeno avvertì il cuore deflagrare e collassare ed esplodere di nuovo.

«Non ho voglia che ci venga mia madre. Però non ho voglia nemmeno di andarci da sola.»

Pausa. Immane adrenalina della pausa.

«Ti va di accompagnarmi?»

~

Sandro Poli era in vena di massimi sistemi quando guidava il Porsche Cayenne. Costeggiava aggressivo una coppia di blocchi di cemento armato fatti a zig zag, lunghi ottocento metri e alti venti.

«Che poi, non sarebbero neanche brutti.»

«No» rispose Fabio, «se uno pensa alle prigioni cambogiane, questi ecomostri non mancano di allegria.»

I residenti avevano saputo reagire, e i balconi trasformati in verande abusive, la distribuzione irregolare delle parabole, le scarpe da ginnastica fosforescenti appese per le stringhe ai fili del bucato conferivano una certa creatività al rigore delle pareti squadrate.

«Lo sai che li chiamano Lombriconi, vero?»

Fabio allungò la schiena sul sedile in pelle: «L'ho sentito dire».

Una flotta di nubi scure si aggrumava in cima ai tetti di quei casermoni che sembravano non finire mai.

«Vedi, bisogna imparare dai nomi. Sono parole che esprimono senso di comunità, di appartenenza. Dobbiamo lasciarci ispirare! Lombriconi» sorrise divertito. «Io la amo, questa gente.»

Fabio non amava Poli, invece. Mandava la figlia a tennis, il figlio a equitazione, a cena nel ristorantino, e poi si autoproclamava «uomo di sinistra».

«Gli cambieremo la vita, Sartori, a queste persone.»

«Me lo auguro» replicò Fabio, sommesso.

Ci sperava sul serio che un nuovo polo tecnologico, e il suo auditorium a forma di anima, avrebbero portato lavoro, occasioni e fama, e trasformato quella periferia in un posto migliore. Ma adesso l'unica cosa a cui riusciva a pensare, passandoci in mezzo, era che forse, da qualche parte dietro i graffiti di ogni colore e dimensione, dietro la ruggine delle ringhiere e le piante spente sui davanzali; *forse*, laggiù c'era suo figlio.

«Frena!» gridò a Poli, senza riuscire a controllarsi.

«Oh! Che ti prende? Lo avevo visto!»

Un cinesino minuscolo, più piccolo dello zaino che portava in spalla, attraversò la strada fermandosi a metà per ringraziarli.

Il sorriso di quel bambino rischiò di farlo piangere.

«Scusami, ero sovrappensiero.»

«Hai bisogno di un Martini, amico mio.»

«Può darsi.»

«Allora ti porto a fare un aperitivo. Ho un appuntamento con alcuni amici in piazza Minghetti, non puoi rifiutare.»

Non rifiutò. A casa lo aspettava un'altra serata a ridefinire i confini del possibile: Dimmelo sinceramente, tu con una bambina violentata ce la faresti? A sedersi l'uno accanto all'altra con gli stessi libri. Con Dora che a un certo punto alzava la testa e gli chiedeva, per l'ennesima volta: Gliel'hai fatta firmare, la dichiarazione di assenso all'adozione, ai tuoi genitori?

Aveva bisogno di svago. Per una volta, per un'ora. Il Top Café sembrava poter esaudire desideri di tregua e leggerezza.

Poli ci parcheggiò davanti, nei posti riservati, vicino ad altre Porsche, Mini e Smart.

«Belle donne, bella gente» sintetizzò aprendogli la porta.

Fabio lo seguì perplesso mentre salutava e rideva da padrone di casa. Raggiunsero un tavolo già coperto di flûte e noccioline, intorno a cui gli amici di Poli discorrevano beati.

«Vi presento Fabio Sartori, l'enfant prodige.»

Un paio esclamarono cose come: «Sì, ma certo!» e «La tua fama ti precede». Fabio si sentì avvampare, ma si sedette in mezzo a loro, su divanetti che sembravano comodi ma non lo erano, e ordinò uno spritz.

Gli altri parlavano, e lui faceva finta. La conversazione dopo un po' si spostò dal lavoro alla famiglia: «Tu hai figli? Fortunato!», «Aspetta a farli, mi raccomando!». Pensò di finire lo spritz e andarsene. Che discutere con Dora fino allo sfinimento su cosa significasse *in concreto* "disabilità lieve o reversibile" era cento volte meglio. Quando accadde qualcosa di così sconvolgente che gli mandò a fuoco la retina, e a secco le corde vocali. Che gli fulminò il cuore.

Entrò una donna.

Infinitamente sconosciuta.

Infinitamente familiare.

Talmente bionda da emettere luce. Che indossava un completo antracite favoloso, quel genere di tailleur alla maschiaccio con camicia di seta che solo un'ex kefiah al collo più maglietta sformata di Bob Marley e jeans macchiato di candeggina poteva scegliere. Per rivoluzionarsi. Per nascondersi.

«Scusate.»

Fabio si alzò e rimase in piedi, al centro del locale, senza sapere se andarle incontro oppure svanire.

Perché erano uguali.

Perché erano stati, insieme, I Bellissimi di San Martino.

Avrebbero fatto schiattare d'invidia il mondo intero. Avrebbero avuto cento figli. Sarebbero diventati famosi. E, nello stesso tempo, sarebbero rimasti quelli del Regionale puzzolente fino a Reggio Emilia, delle scopate in mezzo ai campi di mais, della Festa dell'Unità con la cover band dei Modena City Ramblers.

Doveva fuggire. Prima che fosse troppo tardi.

Doveva guardarla negli occhi un'ultima volta.

Doveva almeno sfiorarla.

Dopo che si fu seduta insieme a un paio di amiche, le andò incontro come nei film americani. Barcollando, passandosi una mano tra i capelli. E, senza poter più tenere a bada il cuore, recitando male, malissimo, le disse.

«Giochi ancora a pallavolo?»

«FABIO!» gridò Emma, attirando l'attenzione di un paio di tavoli. «NON CI POSSO CREDERE!»

Si alzò in piedi, rimase a bocca aperta per qualche secondo.

«No, giuro! Non potete capire!»

Le amiche ridacchiavano imbarazzate. Fabio si sentì di nuovo, dopo un decennio, un figo.

Emma lo abbracciò, gli baciò una guancia.

Quel contatto bastò a distruggere le barricate e i cordoni sanitari che aveva eretto nel tempo.

«Da quant'è che non ti vedo?»

«Anni.»

«Oh, mio Dio, Fabio.»

«Sei meravigliosa» le disse.

«Ho partorito quattro mesi fa, si vede?»

«Sei meravigliosa» ripeté.

Si sentiva un cretino. Si sentiva in colpa. Si sentiva esplodere come in piena adolescenza.

«Usciamo, fumiamoci una sigaretta!» Lo prese sottobraccio. «Non dovrei perché sto allattando, ma tanto. Stasera glielo dà la babysitter, me lo sono già tirata. Adesso, no, sono *troppo* emozionata.» Poi, rivolgendosi alle amiche: «Mi aspettate cinque minuti? Dopo ve lo presento».

Fabio non voleva uscire: voleva entrare dentro qualche sgabuzzino, cesso, stanza del personale, come avevano sempre fatto. E spogliarla.

«Allora, come stai? Ti trovo bene.»

«Grazie.»

«Però mi spiace un sacco che non veniate al battesimo di Giacomo. Dora mi ha scritto che hai questo convegno a... Amsterdam, possibile?»

«Sì, purtroppo...» Ma come le sapeva raccontare grosse, e senza neanche avvisarlo, sua moglie?

Cercò il pacchetto di sigarette nella tasca della giacca. Le nubi sopra i tetti della città si erano fatte ormai nere e sempre più minacciose.

«Va be', troveremo un'altra occasione.»

Gli stava diabolicamente vicino. Con la sigaretta, con le spalle, con il seno. Ammiccava e alludeva, come ai vecchi tempi.

«E cosa fai adesso» le chiese, «oltre la mamma?»

«Oh, lascia perdere. Due marmocchi: una prigione. Ma sto riprendendo a scrivere, sai, di urban style e fashion trends, non so se te ne avevo parlato…»

Non ne sapeva niente. Non gliene fregava niente.

«Sì, mi avevi accennato qualcosa.»

Tra lui ed Emma era sempre stata una questione di corpi. Atomica, apocalittica, e non c'era spazio per il cervello.

«Comunque.»

Non aveva perso il vizio di dire "comunque".

«Sono ancora in maternità. Carlo mi concede un aperitivo a settimana» sorrise ironica, sottintendendo che il loro matrimonio ormai era un mortorio. «Ma a ottobre mando anche Giacomo al nido e riprendo da free lance per un paio di riviste, nazionali…»

«Non hai risposto alla mia domanda» la interruppe, «se giochi ancora a pallavolo.»

Si fece serio.

Lei lo guardò come lo guardava a sedici anni.

«A volte» bisbigliò.

Bagnò il filtro della sigaretta con la saliva, aspirò profondamente. «A volte mi chiedo perché ci siamo lasciati, al Capodanno del 2000.»

Dio, come sapeva giocare bene.

Fabio si morse le labbra. Serrò le mani a pugno così tanto da affondarsi le unghie nella carne.

Poi Emma si ricompose di colpo buttando la cicca. «Sta arrivando Carlo. Ciao, amore!» Aggiungendo sottovoce: «Scrivimi una mail nei prossimi giorni».

E arrivò Carlo, il suo vecchio amico.

«Ho finito di lavorare adesso.»

Allampanato, sconclusionato, lento come sempre. Fabio ricordò il giorno in cui erano partiti tutti e quattro dalla provincia, alla conquista dell'università più antica del mondo. Ricordò il cambio a Modena, il ritardo per un guasto al convoglio del treno. E la prima notte al Country Inn.

La prima, mitica notte con il frigobar saccheggiato.

«Carlo, guarda chi c'è!»

«Ah» fece lui senza entusiasmo.

Si strinsero la mano. Fabio rivide se stesso insieme a lui, diciannovenni, mentre saltavano sul letto tracannando vodka e urlando: «Vaffanculo San Martino, vaffanculo!».

«Quanto tempo.»

L'aveva sposata ugualmente, anche se era stata la *sua* fidanzata del liceo, anche se *lui* se l'era già scopata migliaia di volte. Carlo era uno che lasciava correre. Che portava rancore, ma sottotraccia.

«Come sta Dora. Ti unisci a noi.»

Che faceva le domande senza punto interrogativo.

«Abbiamo pagato la babysitter fino alle nove, ti offro un Negroni.»

«No grazie, Dora è a casa, sta benissimo...» Cercò nella tasca la chiave della macchina che non aveva, perché era venuto con Poli. «Però *ribecchiamoci*, dài. *Davvero*.»

Andò via di corsa. Più in fretta che poteva. Dal suo passato con Dora, dal passato che *non* aveva vissuto con Emma.

Scoppiò a piovere. Fabio cominciò a correre sempre più forte sotto i portici di via Santo Stefano. Rivide il pomeriggio in cui aveva comprato l'anello, il 31 dicembre del '99. Gli sembrava una data magica, un evento epocale. La fine del millennio, l'inizio di uno completamente nuovo. Avevano ballato, si erano ubriacati. Al veglione del paese con i giochi pirotecnici offerti dal Comune.

Erano tornati apposta dalla città, per festeggiare a casa da bravi ragazzi. Ma lui non era bravo per niente, e voleva sposarla. Scappare con lei dall'altra parte del mondo. Emma era uno schianto mentre ancheggiava al ritmo di *Acido Acida*, il tormentone di un gruppo che poi si era subito estinto. Le tette di fuori, gli occhi caldi dopo un paio di canne. La guardavano male tutti: i vecchi, i genitori seduti sulle sedie di plastica sotto il tendone.

«Ti amo» le aveva detto portandola fuori, nel buio. La musica continuava ad andare, ma lontana, inconsistente. L'aveva baciata. Con una passione animale che non avrebbe più provato. «Voglio che stiamo insieme per sempre.» Mancavano 60 secondi alla mezzanotte. Dentro il tendone avevano cominciato il conto alla rovescia. «Ti devo chiedere una cosa.» «Entriamo, me la chiedi dopo.» «No, adesso.» «Dài, Fabio, torniamo dentro. Voglio brindare.» Le aveva sollevato la gonna, messo una mano nelle mutande, ma lei si era divincolata ed era fuggita.

Allora era rientrato anche lui, ferito, mancante. E tutti i nove nel tabellone erano diventati zeri, l'uno era diventato due, ed erano esplosi i palloncini, i petardi e i fuochi d'artificio più tristi della storia.

Fabio smise di correre. Tirò fuori il cellulare.

Sudato, con il cuore a mille, disse: «Pronto, papà».

Con il fiatone, le ginocchia che cedevano: «Ho bisogno che mi firmi una cosa».

«Cos'è?» La voce di suo padre era insormontabile come la ricordava da bambino.

«È una dichiarazione. Bisogna che la firmiate sia tu sia la mamma.»

«Sì, *ma cos'è*.»

Doveva dirglielo. Senza giri di parole. Doveva trovare il coraggio di tenergli testa. Come la domenica mattina in cui era sceso alla pompa di benzina e aveva fatto scappare il cane. Gli aveva tolto il collare, la catena, gli aveva sussurrato: «Vattene, tu che puoi».

«Abbiamo intenzione di adottare un bambino.»

Lo disse. Lo aveva detto. Vaffanculo, San Martino.

VAFFANCULO.

Aspettò la risposta, era pronto a pararla. Pronto a gridare, a bestemmiare, a insultarlo.

Suo padre rispose: «Va bene. Venite quando volete».

Ma a questo non era preparato.

19

«Dieci più sei.»

Marilisa sollevò lo sguardo dal calcolatore delle settimane e glielo puntò contro sistemandosi gli occhiali.

«A un'altra paziente direi: Signora, sta per cominciare uno dei periodi più belli della sua vita. A te francamente, se ti comporti così, non so cosa dire.»

L'aveva fatta arrabbiare. Adele rimise in borsa la sfilza di analisi che le aveva portato, e pensò che Marilisa stesse esagerando.

I problemi erano altri: per esempio la toxoplasmosi a cui aveva appena scoperto di essere negativa, per cui doveva lavare l'insalata con il bicarbonato; e tornare a farsi prelevare il sangue tra quindici giorni, e aveva paura dell'ago.

«Ti passeranno le nausee e le vertigini. Ti sentirai piena di energia. Ti vedrai la pancia, comincerai ad avvertire i movimenti. Dovrai assolutamente portarmi tua madre al prossimo appuntamento altrimenti mi vedrai ancora più incavolata. E goderti il secondo trimestre.» Tossì. «Del terzo parleremo poi.»

Forse pensava che Rosaria fosse una madre normale, con cui era possibile ragionare. Invece urlava, spaccava le cose e non faceva altro che fumare e litigare con il mondo intero.

«Spogliati. Sai già come funziona.»

Le dispiaceva che Marilisa le parlasse con quel tono, che non fosse gentile come la volta scorsa. Le era simpatica, le ispirava fiducia. Più che altro, era l'unica persona che potesse aiutarla.

«Ho preso l'acido folico tutte le mattine» le disse orgogliosa, per tornare nelle sue grazie.

Marilisa si era alzata per prepararle il lettino, per accendere il monitor dell'ecografia, quella ufficiale. Le lanciò un'occhiata di traverso: «*Tesoro*, forse non ci siamo capite». La sua voce era di pietra: «Qui non siamo a scuola, dove se studi prendi 8 e se non studi prendi 2 e alla fine della fiera non muore nessuno. Qui c'è in ballo una vita. Anzi, molte. E tu sei ancora minorenne. E se io ti dico che devo vedere di persona tua madre e parlarci, sto dicendo una cosa *fondamentale*».

Adele sedeva immobile.

«Io sono dalla tua parte, non fraintendermi. Ma tu devi imparare una parola nuova e inculcartela bene nel cervello: *responsabilità*.»

Adele non si mosse, come una preda che tenta di dissolversi nell'ambiente circostante. Guardò Marilisa mentre si avvicinava alla finestra e chiudeva le imposte. Mentre si lavava le mani e s'infilava i guanti.

«Ti dirò una cosa dura, ma che è bene tu senta adesso e non dopo. Tuo figlio non è solo tuo, Adele. È del mondo.»

Le andò vicino.

«E se lo Stato italiano capisce che non sei in grado di occupartene, te lo toglie. Te lo porta via con un'ordinanza del Tribunale. Non c'è legame più irreparabile di quello tra una madre e un figlio, ma non c'è legame che non si possa spezzare. Devi agire in modo responsabile, Adele, e noi ti aiuteremo. Voglio il cellulare di tua madre, subito, adesso.» Le indicò un foglio. «Scrivimelo lì, per favore.»

Adele ci mise un po' ad afferrare la penna, a ricordare i numeri: 328 e poi? Aveva il sangue inerte nelle vene, e sabbia nei polmoni.

Si tolse i vestiti, piano. Si sdraiò sul lettino posandosi d'istinto una mano sulla pancia. Marilisa gliela spostò, la cosparse di gel sotto l'ombelico. E accese il monitor.

Non era più un punto.

Erano un corpo e una testa.

«Hai visto quant'è cresciuto? Ora lo misuriamo.»

Spinse la sonda più all'interno, tracciò linee fosforescenti nel nero abissale. Un luogo che aveva il potere di annullare i Lombriconi, le liti con sua madre, i mesi e i giorni; e riportare tutto al prima.

«È quattro centimetri e due millimetri, *perfetto.*»

Giaceva raccolto. Come qualcosa di caduto.

Come un guscio di chiocciola in un fondale.

Adele avvicinò pollice e indice, cercò di comprendere cosa significassero davvero *quattro centimetri e due millimetri.*

«Perché non si muove?» chiese, tornando a guardare lo schermo.

«Forse sta dormendo» rispose Marilisa e proseguì le misurazioni. «Mica deve fare quello che vuoi tu, cosa credi. I figli non lo fanno mai.»

Ma Adele continuava a vederlo fermo, e rigido. Il suo respiro si stava inceppando. «È vivo?» Si mise seduta.

«Devi stare calma.»

Un allarme sconosciuto le risaliva il corpo: «Sembra morto!» gridò senza riuscire a controllarsi.

E con tutto quel subbuglio lo svegliò davvero.

Aveva il fegato, e le reni.

Aveva le gambe, che la scorsa volta non si vedevano, e le braccia. Uno lo sollevò. Cominciò ad agitarlo nel buio in cui abitava. Come a salutarla, o rassicurarla.

Adele non lo voleva, un bambino. Non l'aveva mai voluto.

Però quello lì, che ora nuotava sul lato sinistro dello schermo e compiva una capriola, non era affatto un bambino: era suo figlio. E lei era l'unica persona in tutta la Terra in grado di prendersene cura.

Niente poteva mettersi di mezzo. Né lo Stato né un tribunale, né Dio in persona. Lo capì in quel momento. Perché lei, con i suoi diciassette anni, con le quattro cose in croce che sapeva, avrebbe ucciso.

«Bene, sta crescendo come deve ed è vispo come un grillo. Ti sei tranquillizzata, adesso?»

«Fammi sentire il cuore.»

«Ti assicuro che batte. Vedi qui, questo simbolo che lampeggia?»

«No, lo voglio sentire.»

Non le importava più di non avere Manuel accanto, adesso. La sua assenza era diventata così sottile che quasi non la percepiva. Erano solo lei e suo figlio.

Inscindibili, uno nell'altra.

Avvertì di colpo, prepotente, l'urgenza di dargli un nome.

«Tra due mesi, forse, con la prossima ecografia, sapremo se è maschio o femmina.»

Adele non si soffermò sull'ultima parola, la lasciò scivolare via. Era maschio per forza. Lo sapeva, se lo sentiva.

Era l'uomo che Manuel non sarebbe mai diventato.

~

Non ci era andato.

Come il più vile, come l'ultimo dei vigliacchi.

Era rimasto inchiodato al banco a prendere appunti meccanicamente.

«Avete di fronte a voi il secolo perfetto. Il secolo del romanzo.»

Ci avrebbe messo un niente a scriversi una giustificazione per uscire prima: sapeva falsificare ad arte la firma di Cinzia.

Invece, l'ultima ora era cominciata, la Cattaneo aveva già attaccato a spiegare. Ed era tardi.

«Godetevelo. Poi dovremo cominciare il Novecento, le guerre mondiali e la fine dell'illusione nel progresso. La felicità è un frammento, la durata è nel dolore. Per questo voglio inaugurare l'anno, con voi che studiate francese, con il più spietato racconto sul tempo.»

Tirò fuori un libro, lo mostrò a tutti: «Questo è Flaubert, ragazzi, è *L'educazione sentimentale*».

La classe non fiatava, era in apnea. C'era solo lui che scriveva ogni parola, si dondolava sulla sedia, rosicchiava la biro. Non trovava pace.

«Un titolo provocatorio» proseguì la Cattaneo camminando tra i banchi. «È possibile, secondo voi, imparare i sentimenti?»

No, era impossibile, di più: era inutile.

«I genitori, la scuola, tutti vorrebbero educarvi. La chiamano affettività, la chiamano sessualità. Ma la questione è più complessa e forse.» La prof si fermò, appoggiò la schiena alla cartina dell'Europa. «Dovrebbero chiamarla educazione al fallimento.»

Zeno riportò FALLIMENTO in stampatello, grande come una casa. Poi la Cattaneo cominciò a leggere e, per fortuna, lo portò a Parigi. «"Il 15 settembre 1840..."» descrisse il battello in partenza sulla Senna, il diciottenne Frédéric Moreau avido di una felicità che *tardava a venire*. Madame Arnoux, seduta a ricamare.

«"E fu come un'apparizione."»

Lui lo sapeva, cosa voleva dire: descrivere una persona. L'incarnato, le sopracciglia, le labbra, i pensieri. Studiarla tanto da avere male agli occhi. E adesso Flaubert lo faceva avvampare. Lui, che era il più pallido dell'intera scuola, un Leopardi chiuso in casa.

La Cattaneo leggeva, ed era come se quelle pagine rivelassero i suoi segreti: «"Avrebbe voluto sapere com'erano i mobili della sua camera, tutti i vestiti che aveva indossato…"». Li aveva contati: i maglioni, i jeans, le felpe, i calzini stesi ad asciugare. Aveva imparato a decifrare il labiale di Adele, a immaginare l'odore dei suoi capelli. «"… e il desiderio stesso scompariva, assorbito da una passione più profonda, da una curiosità dolorosa che non aveva limiti."»

Guardò l'orologio: mancavano venti minuti alla campanella.

Perché non ci sei andato, bastardo?

Perché era troppo, ecco.

Era arrivato a scuola quella mattina, salutando i compagni a malapena come sempre. Erano stati in Puglia, in Sardegna; lui non aveva niente da raccontare. Si era seduto in fondo. Aveva guardato il cielo perfettamente terso. Ed era stato come l'istante prima di realizzare un sogno. Il più grande della tua vita.

Non ce la fai.

La Cattaneo chiuse il libro, cominciò a sparare compiti minacciando verifiche a sorpresa già dalla settimana seguente, ma lui non la stava più ascoltando. Si sentiva eroico, quando scriveva. L'aveva baciata, nel romanzo, e portata via dai Lombriconi. Al mare. Una mattina d'inverno quando in spiaggia c'erano solamente loro. L'aveva presa per mano. Avevano camminato insieme in una giornata senza fine.

Ma nella vita.

Nella vita lui era una persona sbagliata.

Uno che si nasconde perché non ha il diritto di mostrarsi.

Non c'entrava niente con Adele.

Non la meritava.

La campanella esplose facendolo sobbalzare. I suoi compagni si affrettarono a ficcare libri e astucci nello zaino e a correre fuori. Rimase indietro, come un detrito. Incapace di staccarsi dalla sedia, finché la Cattaneo lo chiamò forte per nome.

«Zeno, cosa succede?»

«Niente, mi scusi.»

Tornare a casa, era il suo destino. Preparare il pranzo per sé e per sua madre, ogni giorno. Rintanarsi, per tutta la vita.

«Scusarti per cosa?»

Zeno si alzò, raccolse dal banco il quaderno, la biro.

«Com'è andata l'estate?»

Non le voleva rispondere, non la voleva guardare.

Nessuno poteva ficcare il naso nel suo dolore.

«C'è qualche problema? Posso aiutarti?»

E tantomeno guarirlo.

«No» le rispose. Duro, cupo.

«Zeno, lascia solo che io ti dica»,Dora lo prese per un braccio prima che uscisse dall'aula «che tu hai aiutato me, non immagini quanto. E io adesso voglio restituirti il favore.»

«Mi lasci in pace» si divincolò.

Lei non si fece sorprendere, non si scompose. Gli lasciò il braccio ma afferrò il suo zaino e ci ficcò dentro *L'educazione sentimentale*.

«Non ti punire» lo strattonò per costringerlo a guardarla. «Se c'è qualcosa che desideri, non difenderti. Non cercarti delle scuse per evitare di raggiungerla.»

Quelle parole lo mandarono in bestia. Spintonò la Cattaneo. Era una malata, una menomata. Cosa voleva da lui? Avvertì il desiderio di picchiarla. Allora uscì in corridoio. Si fiondò giù dalla scalinata, veloce, senza guardare. E si sentì di nuovo cattivo. Come con Manuel, da bambini. Cosa pensava, la Cattaneo? Che fosse diverso dal resto del mondo? Che fosse migliore, più buono? Col cazzo. Lui era peggio.

E colpevole. Certo. Perché se fosse stato innocente, avrebbe avuto un padre e una famiglia normale. Non ci sarebbe mai stato alcun incidente. Sua madre avrebbe continuato a parlargli delle *Nozze di Figaro* e della *Tosca*, della *Turandot* e del *Lago dei cigni*, ad avere sulle labbra il sorriso di quando stava bene.

La felicità, si disse. Era una cosa destinata agli altri.

Percorse via Castiglione come un missile. Sudato, rosso in viso, con addosso i pantaloni e la giacca più brutti che aveva nell'armadio: l'aveva fatto apposta, conciato così da chi poteva presentarsi?

Raggiunse la fermata. Il 22 stava arrivando dal fondo di via San Vitale. Decine di persone si pigiavano per salire per prime. Immaginò il volto di Adele, deluso. Mentre lo aspettava, invano. E poi entrava nel posto dove la dovevano visitare. Sola, con quel bambino.

Non salì sull'autobus.

Lui non era Manuel.

Guardò l'autobus andare via.

A piedi, fino a via Sant'Isaia, quanto ci voleva?

La visita, quanto durava? Era ancora in tempo? Almeno per salutarla? Per riaccompagnarla a casa?

Si lanciò senza ragionare. Con lo zaino carico di libri che sballottavano di qua e di là, *assorbito da una passione più profonda, da una curiosità dolorosa che non aveva limiti.* Voleva vedere come andava avanti quella storia. Di più: voleva farne parte. E se finiva male? Pace. Sarebbe tornato a scrivere, a far finta di vivere, in camera sua.

Ma oggi no.

Era una giornata troppo nitida. La luce pioveva dall'alto sulla fontana del Nettuno, sulle facciate severe e grandiose del Medioevo, rendendole vive e partecipi, e i secoli che li avevano preceduti erano serviti a questo: a loro. A Zeno e ad Adele. E forse, poteva provarci.

A essere felice.

Raggiunse il 94 di via Sant'Isaia. Superò il portone del Roncati ed era ovvio che se ne fosse già andata. Provò a cercarla nel cortile. Provò un amore fulminante per quel vecchio ospedale, l'orologio incastonato nel campanile a vela. Pensò che almeno era stata qui, che poteva indovinarla in controluce, captarne le tracce. Lesse il cartello con le indicazioni per orientarsi nel poliambulatorio. Si voltò per vedere dov'erano "Le aule monumentali", "La casa del giardiniere" e si trovò davanti, di colpo, Adele.

Il rossetto rosso ciliegia.

Immensi orecchini a forma di cuore.

La giacca di jeans con le borchie, quella di sua madre.

Sorrideva, gli veniva incontro.

«Oh, ma ce l'hai fatta, allora!»

Non riusciva a risponderle.

«Sei stato a scuola?»

Non riusciva a vivere, ma lo voleva.

Era qui, adesso. Non c'era altro che desiderasse se non rinascere. Con lei. Nello stesso luogo.

«C'erano i matti, una volta» gli disse ridendo. «Pensa te dove sono capitata. Però.»

Lo prese per una manica.

«Qua dietro c'è un posto bellissimo.»

Non era mai successo: c'erano sempre stati un paio di metri a dividerli; quelli tra il balcone e la finestra, tra un capo e l'altro del pianerottolo, delle scale, dell'androne, del cortile.

Le sue dita erano affusolate e lunghe. Aveva uno smalto fucsia così lucido che sembrava bagnato. Lo strattonava, ma lui rimaneva fermo e non ci credeva: le nocche, i rilievi, le falangi.

Non le aveva mai visto una mano da così vicino.

Scoprì quel piccolo Eden: due altalene, una fontanella, quattro panchine. C'erano anche un rododendro e alcuni abeti, altissimi, che ingombravano il cielo.

«Sai, non capivo dov'erano tutti quegli alberi che vedevo sempre quando mi visitava... E poi ho scoperto che erano proprio qui dietro.»

Si sedettero sulle altalene. Era proprio come ci s'immagina un giardino segreto. Nascosto, cesellato. Li circondava e li racchiudeva come uno scrigno. E c'erano lui e lei soltanto.

Capì di doverle chiedere qualcosa.

«Com'è andata?» trovò il coraggio.

«Bene» sorrise lei. «Mi ha salutato.»

«Chi?»

«Mio figlio.» Dondolò nella luce ferma. «Fa impressione dirlo, comunque. È lungo quattro centimetri.»

La realtà crepitava. Sulla retina, sotto i polpastrelli. Zeno avvertì le nervature del legno, la ruggine sulle catene, la vernice che veniva via come una pellicina da quei giochi sbiaditi nel giardino dei matti.

Provò a figurarseli: con i pigiami, gli occhi sgranati, che facevano gesti inconsulti e vedevano chissà che cosa. Come sua madre tutto il giorno, tutti i giorni, davanti alla finestra.

Il dolore che rimane, si disse. I vuoti che lasciano le persone quando se ne vanno. La memoria del loro odore, il lembo di un vestito impigliato dove le avevamo viste l'ultima volta.

Adele si cullava in silenzio.

Zeno ascoltò l'altalena che cigolava. Gli parve di riconoscere, in lontananza, la voce di una bambina, le risate di Agnese trasportate dal vento insieme ai soffioni delle piante. In un giardino simile a questo, ma dietro la Ducati. Gli tornò in mente quella casa, il rumore delle posate la domenica a pranzo, l'eccitazione generale quando dovevano prepararsi per andare a teatro tutti insieme: lui, zia Nadia, persino Agnese che era troppo piccola ma ormai la conoscevano tutti, al Comunale, e dietro le quinte la lasciavano giocare con gli accessori di scena.

Sua madre trovava il modo di farli assistere alle prove, qualche volta, a cinque passi da Figaro o dalla Tosca.

«A cosa pensi?» gli domandò Adele.

Aveva ragione la Cattaneo: lui si puniva. Si guardò i mocassini marroni, i calzini scoloriti. Era un momento così bello, e lui si era messo a ricordare le cose peggiori.

«Credo di dover andare» disse.

Lei si fermò. Si voltò a guardarlo: «Di già? E perché?».

Si cercò qualcosa nella tasca, qualcosa che non aveva.

Perché non sono capace. Ma rimase in silenzio.

«Cosa c'hai da fare? Che impegni hai?»

«Devo studiare.»

Adele si chinò. «Ma se la scuola è cominciata oggi.» Raccolse la borsa lasciata nell'erba. «Non dire stronzate.» Tirò fuori il cellulare, lo accese: «Ecco, ventimila chiamate di mia madre. Vacci tu, a casa. Io non ci torno».

Zeno si alzò, tenne lo sguardo rasente la ruggine, i cespugli. Il tempo era un'astrazione, secondo i fisici. Eppure lui si guardava intorno e lo vedeva lavorare. In sottrazione, in agguato.

Doveva preparare il pranzo a sua madre. Pulire i vetri e andare avanti con il romanzo. *Non cercarti delle scuse.* La Cattaneo aveva così ragione che lui l'aveva spinta contro la cattedra.

«Rimango.» Con tutte le forze che aveva, lottò contro se stesso. «Cosa ti andrebbe di fare?»

La vide rifiorire. Studiarlo con attenzione. «Tu cerchi sempre di nasconderti» corrugò la fronte in un'espressione buffa. «E ti vesti come mio nonno. Toglimi una curiosità, quanti anni hai?»

Zeno si guardò ancora una volta le scarpe.

«Diciotto, oggi.»

«Stai scherzando? È il tuo compleanno e non dici niente?»

Cosa doveva dire? Non lo festeggiava dalle elementari.

«Sei maggiorenne, puoi fare *tutto*!»

«Davvero?» si sciolse, gli venne da ridere.

«Io li compio a marzo, il 21, e non vedo l'ora. Non c'è più nessuno che può dirti quello che devi fare.»

Era dalla terza media che nessuno glielo diceva. Faceva la

spesa da solo, cambiava le lampadine da solo. E non si era sentito libero nemmeno per un attimo.

Adele si sistemò la gonna che le era salita troppo.

«Voglio farti vedere una cosa, non è distante.» Gli sfiorò di nuovo la manica della giacca. «Una cosa che non sa nessuno.»

Lo strattonò con forza costringendolo a seguirla. Lo prese per mano, lo trascinò fuori dal giardino, poi dal cortile del Roncati. E Zeno si ritrovò sui viali, ad attraversarli di corsa insieme a lei. Verso una parte della città che non aveva mai visto.

«Perché ti chiami Zeno?»

«Perché è il nome del protagonista di un romanzo che piaceva a mia madre. E tu perché ti chiami Adele?»

«Perché era il nome di mia nonna, quella paterna, di cui però non ricordo nulla perché poi mia madre ci ha litigato.»

«Va be', chi se ne frega dei nomi.»

«Invece sono importanti.» Adele gli camminava così vicino che le loro spalle e i loro gomiti si toccavano di continuo. «Perché io adesso devo sceglierne uno, e non so da dove cominciare.»

«Posso aiutarti» le disse Zeno. «Possiamo leggere le vie, i titoli dei libri, i manifesti. Possiamo inventarli.»

Si stava lasciando andare, anche lui, trascinato dalla fretta, dall'entusiasmo di Adele, che in via Turati alzò lo sguardo, gli indicò del verde che spuntava: «Parco Melloni, ci venivamo a giocare finiti i compiti, quando mamma non aveva tempo di portarci a Villa Spada».

Si muoveva sicura guardandosi intorno, arrestandosi all'improvviso per mostrargli un negozio, un dettaglio. E più si sfioravano, più Zeno sentiva il rumore delle loro giacche che si strofinavano, più il suo corpo esisteva, esigeva, e la memoria non aveva più peso.

«Siamo arrivati.»

Due file di palazzine basse e graziose si allineavano ai lati di una via tranquilla e piena di luce. Seguì Adele che gli faceva strada sul marciapiede. Ogni tre passi si girava su se stessa e diceva: «È tutto uguale!», meravigliata, felice. «È rimasto tutto com'era prima!»

Si fermarono di fronte a un cancello, al di là del quale sbucavano due cespugli di ortensie, rosa e azzurre.

«La vedi, quella finestra lassù?» Il braccio teso in alto. «Era la nostra camera, mia e di Jessica. E là» indicò altre finestre «ci stava uno che suonava il violino tutto il giorno, a tutte le ore. Era qui che abitavamo quando eravamo piccole» si voltò a guardarlo, «quando tutto era perfetto.»

Adesso, pensò Zeno. Adesso era perfetto.

Adele lo fissava. Era molto vicina.

Devi farlo, si disse. Non è più necessario che lo scriva.

Il volto di Adele era così nitido, dischiuso.

Lo giuro: se accade, non scriverò più una parola in vita mia.

Ma non poteva accadere, non sapeva nemmeno come si faceva.

Allora Adele lasciò cadere la borsa, si alzò in punta di piedi, e gli baciò le labbra.

20

Udì la porta aprirsi, una folata di baccano dal ristorante, e poi richiudersi immediatamente. Avvertì nella sala, netta, la sua presenza.

Si costrinse a terminare la frase, un articolo sui nuovi mercati dell'Est. Per prendere tempo, dissimulare. Per mascherare l'emozione che stava provando, contro cui non aveva alcun potere.

«Maria Elena» si sentì chiamare.

Chiuse il giornale, sollevò la testa.

Lui era lì, in piedi, sulla soglia.

Cosa potevano dirsi? Da quali parole cominciare?

Rimase seduta al tavolo, l'unico apparecchiato. Era una stanza riservata a lei, che utilizzava per gli incontri di lavoro. Aveva fissato qui l'appuntamento nell'illusione che la neutralità del luogo, la sua austera finezza potessero proteggerla.

«Ciao» lo salutò.

Lasciò che lui si guardasse intorno. Indovinò al volo i suoi pensieri.

Infatti, poco dopo, le disse: «Hai costruito tutto questo» con meraviglia, con imbarazzo perché gli era scappato di bocca troppo presto. «È splendido, è come me lo avevi raccontato quando era solo un'idea nella tua testa.»

Gli era sempre piaciuto, lo sfarzo. Si lasciava abbagliare. Dai soldi, dalla bella vita. Non aveva mai imparato a governarla.

«La piscina l'ho inaugurata a maggio 2003, la discoteca l'estate dopo» gli rispose afferrando un tovagliolo, sistemandoselo sulle ginocchia. «Sto pensando di ampliare anche la terrazza per i ricevimenti.»

Lui la guardò annuendo: «Be', sei incredibile».

Le venne incontro a larghi passi. Recitando alla perfezione la parte dell'uomo sicuro di sé. Anche se era solo un bluff e lei si era già scottata. Però prendere coscienza non serve né a farti cambiare né a impedirti di ricordare.

La sera che si erano conosciuti. Al ristorante Il capitello. Era appena arrivata in città dopo la morte di Gaetano, si sentiva ancora spaesata lassù. E lui, così giovane. Così biondo e attraente.

«Sei abbronzato» gli disse.

«Sai, su un faro non è che ci siano molte alternative.»

Prese posto di fronte a Maria Elena, versò a lei poi a sé dell'acqua. Le avvicinò il bicchiere. Lo stesso gesto della prima volta.

«Raccontami.»

«Da dove comincio? Dalle periferie sovietiche, a -15°? O dalle Baleari, a 40°?»

Le rubò un sorriso.

«Ho mangiato *rassol'nik* tutti i giorni, dentro un cubo grigio in mezzo a cubi grigi, ed era sempre buio, a San Pietroburgo. Poi, ho passato settimane a scollare telline dagli scogli e a tenere compagnia al guardiano del faro. Te l'ho mai detto, che sei un po' sadica?»

Maria Elena strappò un pezzetto di pane alle olive, lasciando trapelare una piccola soddisfazione: «Io ci provo sempre, come vedi, a insegnarti qualcosa. Solo che tu sei una di quelle persone che non imparano mai. Hai l'anima cieca, direbbe Gaetano. Vedi solo te stesso».

Gli aveva voluto bene, a Gaetano, più che a suo padre. Gli doveva tutto: lo studio, la carriera. Solo che quella sera del 1994, nel bel ristorante dove facevano tardi le signore dopo il teatro, aveva scoperto di avere ventisette anni senza mai essere stata giovane.

Senza mai essersi innamorata.

Senza sapere cosa fosse un'anomalia.

Una passione straordinaria che decide al tuo posto.

Aveva perso la testa. Subito. Anche se l'avevano avvertita che lui era sposato, che aveva due bambine, che ci sapeva fare, sì, nello scovare attività di copertura e aveva già lavorato per un'altra famiglia, ripulito molti soldi: non doveva abbassare la guardia.

L'aveva abbassata.

«E cos'altro hai fatto, sono curiosa, in questi lunghi mesi di confino?»

Era arrivata una cameriera, intanto, a portare il Moët & Chandon e poi gli antipasti.

«Non ci crederai, ma mi sono appassionato alla poesia russa. Marina Cvetaeva, Osip Mandel'štam. Lo hai mai sentito quel verso: "A tu per tu, il gelo in volto io fisso"? Ecco, riassume bene la mia esperienza. L'ho amato così tanto, questo poeta, che me lo sono portato anche a Palma di Maiorca. Quando mi ci hai spedito.»

«Ti lamenti?» Maria Elena sollevò le sopracciglia, interrompendo il pasto. «Se tu vai a truffare le persone sbagliate, e poi quella che deve sistemare i tuoi casini sono io…»

Non finì la frase, per la rabbia che stava riaffiorando.

Lui aveva conservato intatto il suo volto da schiaffi. La sua eleganza. Il suo magnetismo. E lei si sentiva di nuovo sfuggire il controllo.

Perché lui era tutta la sua debolezza.

«Hai già visto tua moglie?» fu più forte di lei.

Lui finse di accomodarsi sulla sedia: «Sì, ma per puro caso».

«Oh, ti prego!»

«Sul serio, non sto mentendo!» protestò. «Dimmi di te, piuttosto. Non mi hai ancora…»

«Le domande le faccio io» s'impose Maria Elena.

Non come capo, adesso. Ma come donna tradita e ferita.

«Sono quindici anni» gli disse «che ci conosciamo.»

Lui sostenne il suo sguardo, ma solo per qualche secondo.

«Sono sette che non ci vediamo. E perché, secondo te, oggi ho accettato d'incontrarti? Rispondi. Visto che sei pregiudicato, visti i guai che hai combinato, ed è un rischio troppo alto farmi vedere in giro con te. Perché siamo qui, adesso?»

Lo fissò, la luce azzurra malferma nei suoi occhi.

«Perché ti amo» le rispose lui.

Lei si mise a ridere: «Certo che no. È perché posso solo sbagliare con te, Adriano».

Allungò il braccio, le prese una mano, gliela strinse.

«Mi sono fatto sei anni e mezzo di galera» continuò, serio, «poi ho dovuto nascondermi. E in tutto questo tempo ho pensato a una cosa sola, a te.»

Maria Elena fece per liberarsi dalla stretta, lui glielo impedì.

«Non sto scherzando.»

«È tardi.»

«Possiamo ricominciare.»

«Ho quarantadue anni, ti conosco. E ho un'attività da preservare.»

«Giuro» strinse fino a farle male, «recupereremo ogni giorno.»

Avrebbe potuto alzarsi, prenderla e divorarla, pur di dimostrarglielo.

Lei non lo sapeva, cos'erano state tutte quelle notti in cella. Il desiderio di parlarle, di toccarla, che lo afferrava alla gola e sbatteva contro la realtà delle cose. Poi entrò la cameriera a servire altri piatti, altro champagne. E loro due non toccarono più nulla.

Maria Elena rimase in silenzio per un tempo insopportabile, a leggere qualcosa sul cellulare. Lui la guardava e si sentiva invischiato in quel gioco sottile di potere che si erano costruiti intorno.

Ricordò come gliel'avevano annunciata nel '94: «Un pezzo da novanta, Adriano, devi organizzare la cena migliore nel posto migliore». L'effetto ipnotico quando l'aveva sentita parlare, in modo conciso e pulito, come una che insegna Giurisprudenza.

E lui a casa aveva Rosaria incinta di Jessica, Adele che si svegliava ogni tre ore e non li faceva dormire. Sua moglie che si lamentava di tutto, che lo rimproverava di continuo, che pretendeva che stesse lì con lei ogni minuto. E lui aveva solo venticinque anni!

«Sei sempre tornato da loro» gli rinfacciò Maria Elena. «Perché dovrebbe essere diverso, questa volta?»

«Perché Adele e Jessica sono grandi, non hanno più bisogno di me.» Mentre lo diceva, ci credeva. «Mi basta sapere che stanno bene.»

«Solo di queste due figlie, t'importa.»

La battuta gli fece male.

«Non è vero. Sei stata tu a estromettermi, alla fine.»

«Avresti potuto almeno chiedermi come sta, come va a scuola.»

«Lo avrei fatto, se tu me ne avessi dato il tempo.»

Maria Elena fece un gesto come a dire: Non ha importanza. Poi però afferrò il telefono e chiamò davanti a lui: «Tesoro, per favore, puoi raggiungermi nella saletta?».

Dopo poco Adriano si vide arrivare questo adolescente biondo come lui e lei, che aveva gli stessi occhi azzurri di lui e di lei, e nonostante l'acne il suo volto era molto bello e regolare.

Allora gli tornò in mente.

Quando Anthony aveva tre, quattro anni, e Maria Elena li lasciava giocare. Giusto qualche ora, ogni tanto. E lui lo portava sul triciclo, gli insegnava a tirare con il pallone, gli faceva il solletico sui fianchi e sotto le ascelle. Era lì, il figlio maschio a cui non aveva potuto fare da padre, e che adesso non lo degnava di un'occhiata, credendolo uno dei tanti che lavoravano per sua mamma.

«Amore, forse devo andare via un paio di giorni» gli disse lei.

Anthony annuì senza staccare gli occhi dall'iPhone.

«Non saltare la scuola, per favore. Non accampare scuse a Marisol, che tanto mi riferirà tutto. Ti chiamerò ogni sera.»

«Va bene» rispose il ragazzino, allontanandosi con insofferenza dal suo bacio.

Adriano tentò di salutarlo, ma lui a malapena si voltò nella sua direzione.

«Si vede che è in gamba» disse nascondendo la tenerezza che provava, quando se ne fu andato.

«È introverso e schifosamente viziato. Ma è colpa mia.»

Si guardarono, disarmati.

«Dov'è che devi andare?» le chiese.

«Via» gli rispose Maria Elena, «con te.»

Allora Adriano si alzò d'impeto, andò a sedersi accanto a lei. Le prese il viso tra le mani.

«Mi basta una possibilità, una sola.»

«Te la sto già dando.»

«Mi basta un solo giorno insieme, anche in Russia.»

Maria Elena sorrise. Si sottrasse, ma per andare a chiudere a chiave e accostare le tende.

Poi si lasciò baciare, spogliare. Adriano avvertì ancora una volta quella sensazione bellissima di riuscire a sfangarla. Comunque. Di cadere sempre in piedi.

Mentre si rivestivano sudati e cedevoli d'amore. Mentre lei

di nuovo gli si consegnava, lui tornò a essere quello che Rosaria aveva smascherato una volta per tutte.

«Solo un favore ti chiedo», baciandola ancora, «poi basta. Ma prima di andarcene, facciamo una deviazione... Dieci minuti, non uno di più. Lo giuro.»

~

Si era già alzata sulla punta dei piedi. Stava per prendere la rincorsa e colpire lo spazio lasciato indifeso da Claudia, quando un grosso fuoristrada nero fece il suo ingresso nel cortile.

Si voltarono tutti: i suoi amici, i vecchi che giocavano a carte su un tavolino di plastica improvvisato, il Torace con la fidanzata. Tutto il mondo tranne lei sembrava aver riconosciuto quella macchina.

Jessica si fermò, rimase con la palla tra le mani a guardare, finché da una delle portiere posteriori uscì un attore hollywoodiano.

Che le veniva incontro sorridendo.

E lei stentava a riconoscerlo, perché non ci credeva.

Era l'uomo del ristorante.

L'uomo dell'aereo.

Avvertì l'ammirazione, l'invidia, dell'intero Villaggio.

Per la prima volta, si sentì importante.

«Purtroppo non ho molto tempo, amore mio» le disse, chinandosi a baciarla sulla guancia.

Jessica lasciò cadere la palla, osservò prima lui, poi i finestrini oscurati.

«Perché, dove devi andare?»

«Starò via pochi giorni.»

«Come? Sei appena tornato!»

Vederla così delusa gli strinse il cuore. Non poteva sopportarlo, doveva trovare subito il modo di rimediare.

«Tieni, non sono ancora riuscito a comprarti un regalo.» Le ficcò nel palmo della mano un po' di biglietti da cento. «Sono anche per tua madre, ma non dirle che te li ho dati io.»

Jessica non li contò, non li guardò nemmeno. Si ricordò che Rosaria aveva il turno di sera, che era ancora in casa e avrebbe potuto sgamarli.

«Dobbiamo nasconderci» disse, «sennò mi uccide.»

Afferrò il padre per un braccio, lo trascinò verso i garage, dentro uno a caso che aveva la serranda alzata. Era inutile: mezzo quartiere si era affacciato dai balconi a studiare la BMW X6. Le madri delle sue amiche li avevano già adocchiati, radiografati, e sarebbero corse a dirlo alla sua.

«Dov'è Adele?»

«Non lo so, oggi aveva la visita…» Si morse le labbra.

«Che visita? Non sta bene?»

«No no. Sta benissimo.»

«E tu? Ti lascia vivere tua madre?» Le fece un occhiolino d'intesa.

«A volte la odio.»

Jessica non riusciva a staccargli gli occhi di dosso: la camicia bianca sbottonata, le scarpe nere di vernice. Era proprio come Brad Pitt sulla rivista della parrucchiera. Non si chiese perché dovevano nascondersi come due ladri, o dov'era stato in quei sette anni, o perché non aveva fatto loro nemmeno una telefonata.

Era suo padre, era assolto a priori. E tutto in lui parlava di una fantomatica vita straordinaria che era l'opposto di quella con mamma.

«Ho nove in matematica» gli disse, quando vide che si cercava già l'orologio sotto la manica.

«Assì? Bravissima.»

«Perché hai fretta? Non ci vediamo mai.»

«Cambierò le cose, *te lo prometto*. Passeremo un'intera giornata insieme. A Gardaland, a Mirabilandia...» Ma sua figlia era troppo cresciuta, ormai, quindi raddrizzò il tiro: «Dove tu desideri».

Jessica sapeva che mentiva.

«Quando?»

«*Presto*. Però adesso devo salutarti.»

La baciò di nuovo accarezzandole la testa, lo sguardo puntato verso la macchina. Fece per staccarsi da lei, dall'ombra putrida di quel garage che ristagnava di polvere e di benzina. Con sollievo: perché un conto era ricordare la testolina minuscola delle sue figlie appena nate, come aveva pianto tenendole in braccio per la prima volta, e un altro era sostenere la realtà dei loro occhi diventati adulti.

Stava già per correre fuori, per raggiungere Maria Elena e sparire, quando dal fondo della strada comparve Adele.

Insieme a uno strambo ragazzo dinoccolato.

Lei rallentò il passo, captando qualcosa.

Notò la macchina piazzata in mezzo al cortile, i vecchi che spiavano nella loro direzione. Sommò le cose e si voltò verso il garage.

Li riconobbe, fu più forte di tutto.

Si fermò. Non riuscì a contenere la felicità.

Perché non era vero che bastavano le madri. Servivano anche i padri.

Anche se erano bugiardi e farabutti.

Adele gli corse incontro, dimenticando Zeno.

Si nascose anche lei nel buio.

«Sei venuto a trovarci» gli disse. «*Davvero.*»

Adriano la strinse a sé: «Certo, avevi dubbi?». La guardò con orgoglio. «E tu lo hai letto, il diario?»

«Sì.»

Ed era solo una gran menzogna.

Erano clandestini nel garage di chissà chi.

«Scusami, devo proprio andare.»

Adele lo prese per la giacca: «Ti devo dire una cosa».

Ce l'aveva, l'arma per strappargli ancora cinque minuti.

Per esistere per lui.

«Te lo volevo dire già l'altra sera, al ristorante.»

Jessica intuì, e si sentì esistere anche lei.

«Cosa?» Adriano fece segno che stava arrivando alla BMW.

«Che sono incinta» rispose fiera. «Ho fatto l'ecografia oggi, è lungo quattro centimetri e sta bene.»

Adriano si voltò a guardarla. Il sorriso di circostanza gli crollò di colpo. Il tempo crollò di colpo. Dimenticò la BMW, Maria Elena, il cinque stelle lusso in Costa Azzurra dov'erano diretti. I suoi occhi diventarono ciechi. Eppure sensibilissimi. La pupilla si allargò e invase tutta l'iride. Come gli occhi a pelo d'acqua degli alligatori. Mentre nuotano e cacciano e rispondono a un impulso di violenza universale.

«Chi è?» biascicò, paonazzo.

E si riferiva all'immondo bastardo che gli aveva messo incinta la figlia. *Sua* figlia. Lo doveva ammazzare.

Adele lo guardò senza capire, spaventandosi.

Adriano cercò di tornare in sé. Ricacciò nel fondo di se stesso la furia primordiale che gli era salita in gola. C'erano altre priorità, adesso. Non poteva ancora permettersela, una scenata.

Abbracciò Adele senza sapere che fare, cosa dire.

La buttò lì: «Ti voglio bene».

Poi Rosaria uscì dal portone e s'incamminò lungo la strada per andare al lavoro. Adriano e le figlie si nascosero più a fondo nel buio. Lui vide quella donna con quella borsa: consunta. Come si affrettava trafelata, i capelli raccolti male da un fermaglio arancione. E per un istante si sentì responsabile.

Colpevole. Condannato. Senza appello.

Ma cosa significa avere una colpa? C'erano la Costa Azzurra e la piscina sul tetto dell'hotel. C'erano il secchiello del ghiaccio con lo champagne e Maria Elena nuda fino all'alba.

Un uomo non è fatto per restare. Anche se ha un cuore. Anche se ha una coscienza.

Un uomo non è congegnato per fare il padre.

«Torno domenica...» balbettò. «La prossima settimana...»

Adele e Jessica lo guardarono allontanarsi, salire sull'auto nera e sgommare via. Rimasero lì, con quella promessa tra le mani.

Non lo avrebbero rivisto per più di tre mesi.

21

Fabio scostò la tenda, il riverbero delle luminarie gli arrivò flebile e sgranato come in un film a colori degli anni Trenta.

La nevicata del giovedì prima, ormai, si era ridotta a una striscia annerita lungo i bordi del marciapiede.

Era il 23 dicembre, ed erano ancora in balìa del vuoto.

Ogni cosa, gli avevano chiesto: se avesse mai pensato di tradire sua moglie, quale sentimento aveva provato leggendo l'esito dello spermiogramma. Era il loro lavoro, certo.

Ma quella era la sua vita, e faceva male.

Come la pompa di benzina. L'estate tra la prima e la seconda media. I tre ripetenti della III B che venivano a rompergli il culo, letteralmente, quando lui era timido e grasso.

Lo obbligavano a fare il pieno gratis ai loro motorini, poi lo spingevano contro un muro e gli tiravano giù i pantaloni. Lui si divincolava, ma non aveva le forze. Lo chiamavano *trippone*, *lardoso*. Gli ficcavano la pompa nelle mutande. Suo padre, anche se c'era, non vedeva mai niente. E lui avvertiva il freddo del metallo premergli contro, in quel punto che nessuno avrebbe dovuto sapere.

Lo aveva raccontato ad alta voce, come la mattina in cui aveva aperto la busta e visto il risultato: "Motilità totale 19%", che era nato per deludere, per vergognarsi. E una volta, al posto della pompa, avevano provato a usare l'aria compressa; si era salvato solo perché era riuscito a scappare, a correre fin quasi a morire in aperta campagna.

Lo aveva dovuto dire, davanti alla psicologa e all'assistente sociale, e a Dora che si era voltata incredula, in lacrime. Perché non immaginava che anche lui avesse una zona così contaminata, irrecuperabile, come Černobyl'.

Appoggiò una mano sul vetro della finestra. Avvertì sua moglie che trafficava senza sosta. Non c'era modo di fuggire, di cambiare.

E adesso gli stavano pure venendo a casa.

Aveva visto Dora pulire, e pulire ancora. Di notte, nei weekend. Ficcare tutto in lavatrice: tende, tappeti. Disseppellire dalla cantina un servizio da caffè mai usato. Togliere la polvere dai libri, il calcare dalla doccia. Passare la macchina del vapore sui vetri e tra le piastrelle. Si era esaurita. Era impazzita. Gli aveva ripetuto trenta volte: «C'è un alone qui? Guarda bene. È rimasto un alone?».

Aveva cambiato ordine alle poltrone. Sistemato i cuscini come in una rivista di arredamento di quelle patinate. E ora, a dieci minuti dalla fine, Fabio si voltò e la sorprese che scuoteva la testa: «Non è reale, non è spontaneo».

«Piantala.»

«Hanno detto né troppo ordinato né troppo in disordine. "Il giusto", hanno scritto.»

«Ma chi?» Fabio si staccò dallo stipite e fissò sua moglie con rabbia. «Gesualdo77? Gertrude82? Passi la notte su internet a riempirti la testa di stronzate.»

«È un forum intelligente» replicò Dora, gli occhi persi. «Sono solo consigli di chi ci è già passato.»

Si avventò sul divano, sparpagliò i cuscini. Prese dei vecchi giornali dal portariviste e li disseminò in giro.

«Cosa stai facendo?» chiese lui.

«Lo rendo più naturale.»

Se era *naturale*, facevamo una scopata e rimanevi incinta. Ma si trattenne.

In quel momento udirono il citofono.

Vide Dora pietrificarsi.

Avvertì il sangue addensarsi nelle vene come antigelo.

«Certo, primo piano» pronunciò dentro la cornetta, e la voce gli uscì fuori sghemba, irreale.

Si guardò i piedi: era in ciabatte. Sarebbe stato più opportuno indossare un paio di scarpe forse. O forse no, era meglio così: più *naturale*. Però la cravatta se l'era messa, come per andare in ufficio. E si sentì in tutto e per tutto sbagliato.

Si presentarono alla porta.

«Prego, entrate.»

«Datemi i cappotti» si affrettò Dora.

Aveva esagerato con il trucco: il rossetto rosso, l'ombretto viola. Mentre il suo maglione era grigio, troppo grigio. Gli pestò i piedi senza volerlo, lo guardò smarrita. Quello che veniva loro chiesto era di essere preparati, pronti a diventare genitori. Quello che stavano facendo era impappinarsi e inciampare nell'anticamera, come due adolescenti.

La Marchesi, l'assistente sociale, entrò con calma, facendo pesare lo sguardo su ogni mattonella, interstizio, battiscopa. Si fermò sulla soglia del salotto ed esordì: «Ah, che curioso divano».

«È norvegese» provò a giustificarsi Fabio. «Il designer intendeva evocare l'irregolarità di un fiordo.»

Evocare? Fiordo? Ma come stava parlando?

«Certo, è lei l'architetto.»

Non era vero, non lo era. Si trovava nel pieno di uno dei suoi sogni ricorrenti: realizzare all'improvviso di non avere il diploma. Di doverla ancora sostenere, la maturità. E quindi anche la sua laurea era un'impostura, e il lavoro glielo avrebbero tolto. Non era nessuno.

Dora si sforzò di sorridere: «Accomodatevi. Posso offrirvi un caffè?».

Anche questo lo aveva letto su internet.

La Marchesi e la Bruni, la psicologa, si sedettero appoggiando le borse. Osservarono lei che scappava in cucina, lui che faceva il palo. Ingessato tale e quale a un ragazzino, quello di 90 chili che era stato. Gli rivolgevano domande innocue, sulla musica che ascoltava, sui libri ben disposti nella libreria, e lui si confondeva, si mangiava le parole.

Non importa se dopo dimagrisci, se diventi il bello della scuola: dall'anima, quei chili, non se ne andranno mai.

«Ci avevate raccontato di una stanza affacciata su via San Sigismondo, di uno studiolo dipinto di giallo. Avete voglia di mostrarceli?»

Dora aveva appena posato il vassoio con i caffè fumanti. Li lasciò lì a raffreddare e fece subito strada in corridoio. Aprì le porte una dopo l'altra, orgogliosa dei pavimenti tirati a specchio. E lui dietro, assente.

Vedeva solo souvenir pacchiani, regali imbarazzanti che avrebbero dovuto buttare: la Tour Eiffel in miniatura, un centrino ingrigito. Ma lasciava fare. Gli ficcavano le mani dentro il passato, dentro gli armadi. E non poteva difendersi.

«Dove vorreste prepararla, la camera del bambino?»

Dora si aspettava questa domanda, la voleva. Aprì la stanza più grande, quella da cui si vedeva lo studentato. Con le decorazioni a tempera d'inizio Ottocento sui soffitti alti più di tre metri.

«Qui» affermò. «Dove adesso dormiamo noi.» Dicendolo le brillava lo sguardo. «Quello al centro è un Bacco» lo indicò, «è di poco valore, ma è uno dei motivi per cui abbiamo scelto questa casa.»

Cercava un complimento, ne aveva bisogno.

Invece la Bruni sembrò non stupirsi più di tanto.

E la Marchesi, con cui Dora si era trovata fin da subito, con cui era convinta di aver instaurato un legame speciale, si lasciò scappare una battuta, che forse voleva essere divertente: «Oh, una Cappella Sistina!».

Invece la ferì.

Metterli alla prova: di continuo, a ripetizione. Era parte dell'iter, era sacrosanto. Però Fabio non ne poteva più.

Chiuse gli occhi, si appoggiò a una parete. Ne avevano parlato così tanto, di quella stanza. Si erano talmente emozionati all'idea che *lui* ci dormisse. Adesso: tutto finito, tutto morto.

Solo che Dora non ci pensava neanche, a mollare.

La vide impallidire. Serrare le labbra.

«Credo non sia una colpa voler offrire al figlio che aspettiamo da anni la sistemazione migliore.»

I denti stretti. Il tono polemico all'ennesimo grado.

«*Migliore.*» La Marchesi, dispiaciuta, ripeté quella parola come fosse un peso. «È un aggettivo che non amo. Ne abbiamo già discusso decine di volte, di cosa sia bene, cosa male, cosa normale. Anzi, è stato il primo argomento che abbiamo affrontato, se lo ricorda? Quando abbiamo fatto così tardi che hanno dovuto mandarci via dagli uffici perché stavamo sforando l'orario di chiusura?» Sorrise, affezionata a quell'episodio. «Ma forse» si avvicinò al comodino, prese in mano il libro in cima a una pila, «è il caso di tornarci ancora.»

La guardò dritta in faccia. Con pietà, con comprensione.

Ma inesorabile: «Sto parlando della sua gamba, Dora».

Doveva accadere, ogni volta.

Che ti svegli, e ti sei trasformato in uno scarafaggio.

Che ti svegli, e ti vengono ad arrestare.

Perché sei colpevole. Lo sei. Anche se non hai fatto niente.

«Lo ribadisco: il nostro compito non è trovare *a voi* un figlio. Ma a un minore in stato di abbandono una famiglia. Perché lui ne ha diritto, mentre voi no. È per questo che dobbiamo essere severe, e scavare. Per il bene di quel bambino.» Aprì il libro, lo richiuse. «Lei è sicura, Dora, di essere la persona giusta per lui? Di essere pronta a crescerlo, a diventare madre? Di essere, mi perdoni mentre glielo dico, la persona *migliore*?» Si avvicinò. «Anche con la sua *disabilità*?»

Una parola squillante, con l'accento sulla A. Con un prefisso, *dis*, che stava a significare un meno, una sottrazione. Come i test di gravidanza che aveva buttato nel cestino.

«Era un discorso che andava ripreso» disse la Bruni. «Credo sia importante affrontarlo anche qui, a casa vostra.»

«E nel colloquio finale» commentò Dora, «bel colpo.»

«Non deve reagire in questo modo.»

«Ho il *diritto* di reagire come mi pare.»

«Invece non ce l'ha» ribatté la Marchesi. «Lei è molto intelligente, Dora, ha una sensibilità straordinaria e sa sempre mettersi nei panni degli altri. Eppure, quando toccano i suoi, comincia a difendersi, ad accusare. Ogni volta, è come se rivendicasse un risarcimento. Per la sua malformazione, per la sua sterilità, la sua sofferenza. Ma adesso, al centro c'è il dramma del bambino, non il suo. Non può reclamare una maternità che non le spetta.»

Infatti. *Spettava* alle ragazzine che avevano bevuto troppo, alle tossicodipendenti, alle prostitute. Spettava a quelle che abortivano, che abbandonavano, che maltrattavano. O alle disabili messe peggio di lei, ma con l'utero e le tube in funzione. A queste spettava, sì?

La Marchesi posò *I demoni* dove l'aveva trovato, indugiando in quel gesto come se volesse dire qualcosa a riguardo.

Raggiunse la finestra, quella a cui Dora rimaneva affacciata pomeriggi interi, a immaginare i lineamenti di suo figlio, l'angolo di mondo a cui era appoggiato. Poi si voltò, quasi con dolcezza.

«Lei deve fare uno sforzo, ora. Deve capire e rispondere, non solo a me, ma soprattutto a se stessa. Perché dovrei dare a questo bambino, già così provato dalla vita, un'ulteriore prova? Lo so che è doloroso sentirselo dire. Ma perché quel bambino non dovrebbe avere una madre come tutte le altre? Con due gambe, in grado di correre, scattare, arrampicarsi e infondergli fiducia?»

«Per legge non è vietata» intervenne Fabio «l'adozione da parte di persone disabili.»

«No, certo» rispose la Bruni. «Infatti non vi stiamo dicendo che non sarete idonei. Vi stiamo solo facendo riflettere ancora una volta sul fatto che la disabilità di Dora costituisce una criticità.»

Un altro termine con l'accento sulla A.

Ma la parola vera, quella nascosta, era un'altra, e Dostoevskij, Kafka, tutti gli autori che Dora amava, lo avevano capito.

Cos'è una colpa. Cos'è un destino.

Il processo era rimasto incompiuto.

Il finale dei *Karamazov* era completamente aperto.

Dora si alzò dalla sedia su cui si era raccolta per frenare il cuore, per racimolare le forze. Le ultime sì, ma le doveva usare.

«Io non lo so» cominciò. «Cosa serve di preciso per formare la madre, la famiglia *migliore*. Non ho studiato medicina né chimica né psicologia. Insegno letteratura, finzioni. Non corro i cento metri, non nuoto.» Fissò la Bruni, poi la Marchesi con forza: «Sono nata senza una gamba, è vero. Perché mia madre in gravidanza fumava. Perché un gene non ha funzionato. Vai a saperlo, non m'interessa. Ma vi assicuro che quel *senza* ha contato più della gamba che avrei potuto avere. Che è grazie a quel *senza* se sono qui e non cedo. E voglio prendere in braccio mio figlio, un giorno, e aiutarlo a fare i conti con tutti i senza che si troverà davanti, con tutti i senza che lo hanno già segnato». Si riprese il romanzo dal comodino, se lo tenne stretto tra le mani. «Ci ho messo trent'anni a capirlo, ma non è una colpa.»

Era la stessa donna, adesso Fabio la riconosceva.

I nove erano diventati zeri, l'uno era diventato due.

Aveva perso di vista Emma nella folla, mentre i tappi delle bottiglie saltavano da ogni parte, esplodevano i miniciccioli, i magnum, le cipolle. Dentro, il tendone era diventato una placenta. L'aria molle di sudore, di spumante. Quando l'aveva ritrovata – ubriaca, mezza nuda – stava riversa su Carlo. E rideva. Vuota. Gridando cose vuote.

Si erano nascosti nei bagni. Li aveva seguiti.

Anche se non ce n'era bisogno. Aveva guardato.

La porta chiusa a chiave. La fessura abbastanza alta da terra da lasciar trapelare. I rumori.

Era andato via. «Perché ci siamo lasciati, al Capodanno del 2000?» Perché ti ho vista per quello che eri, avrebbe dovuto risponderle nove anni dopo al Top Cafè: *banale*.

Era uscito, quella notte, in preda a un furore cieco. C'erano -5°, fuori, un parcheggio coperto di brina. Alcune macchine stavano già mettendo in moto per tornare a casa. La nebbia gli gelava le ossa. Aveva dimenticato dentro il piumino ma non voleva tornarci. Sarebbe morto di freddo, piuttosto. Poi, l'aveva notata.

Sola, nella polla bianca di un lampione. Teneva per mano un bambino che si era perso. Non era ubriaca, non stava scopando con un altro. Riconduceva quel bambino al caldo, proponendogli il gioco delle storie.

«Vieni anche tu a inventare una storia!» gli aveva gridato, invitandolo con la mano a raggiungerli. «Vince chi la racconta più bella.»

Così si era ritrovato insieme a loro di nuovo nel tendone, a sbirciare tra i nonni seduti con il bicchiere di plastica in mano e il cappellino di carta in testa. Avevano subito individuato un vecchio in canottiera che mostrava i bicipiti a una signora. Avevano spronato il bambino a raccontare. E quando i genitori, spaventatissimi, erano venuti a riprenderselo, loro avevano già costruito la trama di dieci romanzi.

Erano rimasti insieme, nella notte che andava schiarendo. San Martino distava sette chilometri, era una luce tremula in mezzo alla bassa.

Dora era salita sulla sua Uno rossa, ma avevano deciso di non tornare a casa. Si erano fermati in mezzo ai campi, a margine della strada, con il motore acceso per mantenere il riscaldamento.

Avevano visto l'alba sollevarsi dal filo teso della pianura. Gli spazi bianchi. I filari di betulle. Altri spazi vuoti. Il fiume, i canali.

«Ci sai fare, con i bambini» le aveva detto a un certo punto.

«Mi piacciono» aveva risposto lei. «Come ti guardano, come si affidano. Ti fanno sentire amato in un modo in cui nessuno ama.»

«Già. Perché non sanno quanto sono incapaci i genitori.»

«Tutti i genitori, sì. Sono dei grandissimi incapaci.»

Un cartello blu poco più là, sul ciglio della statale, indicava l'autostrada. Tutto dritto, poi a sinistra. C'era lo svincolo per Bologna.

«Tu no» le aveva detto. «Tu non lo sarai.»

Da qualche parte sparavano ancora i botti. Il nuovo millennio era appena iniziato. Dora gli aveva chiesto una sigaretta, poi era scesa e aveva cominciato a camminare verso il cartello. Imperfetta, ma fiera. Indicandogli sorridendo quella che sarebbe rimasta, per loro, la città del futuro.

«Sarai una madre meravigliosa» le aveva detto raggiungendola.

«Ti ringrazio, ma non ci giurerei.»

«La madre che vorrei aver avuto io.»

Era scoppiata a ridere: «Mi spiace, ti hanno già rovinato».

«Lo so» aveva risposto lui, divertito. E in quel momento, per la prima volta, lo aveva capito.

Tremava. Aveva già la bronchite che lo avrebbe steso a letto per due settimane. Eppure, gli era balenato in testa. Forte come una premonizione. Che era Dora, non Emma, la persona giusta.

Quella con cui avrebbe potuto crescere, e combattere.

Si era avvicinato, le aveva sfiorato la mano.

L'anello per Emma chissà dove se n'era caduto.

Si erano baciati, ma non come alle superiori.

Si erano baciati con tutta la campagna intorno, la luce che spingeva via le stelle, ed erano diventati adulti.

Le luminarie appese su via San Sigismondo riverberavano nella camera divenuta immobile. I caffè in salotto ormai erano gelidi.

La Marchesi scorse i titoli degli altri libri sul comodino di Dora: «Lo sapevo che anche lei, come me, era una dostoevskiana».

Fabio vide sua moglie abbozzare un sorriso.

Li aspettava l'ennesimo Natale triste, senza figli. Avrebbero scritto su di loro una relazione negativa, il giudice li avrebbe dichiarati non idonei. Perché erano storti, difettosi; non sarebbero mai guariti.

Però, lui la amava.

La guardò, in quel preciso istante, dopo che lei aveva appena mandato a puttane la loro adozione, e pensò che avrebbe fatto qualunque cosa per renderla felice, che le sarebbe stato accanto per sempre.

Perché era lei, la famiglia migliore.

22

«E poi, poi cosa succede?»

«Poi passano gli anni» rispose Zeno.

Allungò un braccio per raggiungere il ramo più alto e ap-
penderci una ghirlanda in pasta di sale.

Rosaria lo seguiva con lo sguardo, ammaliata, seduta al tavolo ingombro di vecchie palle e decorazioni rotte incollate più
volte, di lucine nuove da srotolare. Si accendeva una sigaretta e
se ne stava lì, a pendere dalle sue labbra.

«Frédéric viaggia, conosce "la malinconia dei piroscafi"»
citò Zeno. «Ma nessun amore regge il confronto con il primo e
il suo cuore diventa indifferente. Finché una sera.»

«Mamma!» protestò Adele dal divano. «La pianti di fumare?»

«Zitta. Fallo andare avanti.»

La cucina sapeva di posacenere, di polvere portata su dagli
scantinati insieme all'albero e alle statuine, dei popcorn saltati
nel burro che Jessica stava divorando. Zeno tese la mano, si
fece passare una palla cosparsa di ditate. «Oh» disse Jessica
indicando la tv accesa, «le stai facendo dimenticare la D'Urso.
Non so se capisci.»

Ma lui non capiva, era troppo impegnato a imitare la Cattaneo durante le lezioni: «Finché una sera, è solo nel suo studio.
E Madame Arnoux ricompare».

«Lo sapevo!» Rosaria batté una mano sul tavolo con soddisfazione. «Giuro, me lo sentivo.»

Poi udì sua figlia lamentarsi: «C'è puzza di fumo, aprite!» per l'ennesima volta, allora perse la pazienza. «Quando aspettavo te, *signorina*, scaricavo scatoloni dal furgone, al settimo mese. Un intero trasloco mi sono fatta, e c'avevo due caviglie grosse come una casa. Sei incinta» indicò la finestra, «non ingessata. E ora fammi ascoltare in pace.»

Non lo aveva mai trovato, qualcuno che le raccontasse una storia.

Sua madre no, figuriamoci suo padre: erano sempre stati troppo occupati dalla gestione dell'albergo – la biancheria, le pulizie, le riparazioni – per trovare il tempo di fermarsi e aprire un romanzo. Anche le sue sorelle. E adesso le era spuntato in casa quel ragazzo alto due metri, esile e timido all'inverosimile, che però sapeva come mettere insieme le frasi.

«Indossa un velo che le nasconde il volto. Ammette di avere sempre avuto paura di amarlo.»

Anche Adele lo stava ascoltando.

Rosaria guardava lui, poi lei, e pensava che era un peccato, anzi una tragedia, che non si fossero conosciuti *prima*.

Zeno si chinò a provare le luci: due fili andavano, uno era fulminato.

«Frédéric la tiene sotto braccio» continuò, «pensa di poter vivere con lei, di realizzare il suo sogno, finalmente, dopo ventisette anni. E invece.»

«Invece?»

«Lei si toglie il velo. E ha tutti i capelli bianchi.»

Adele si sollevò adagio. Il maglione celeste, che per quattro inverni si era infilata in casa per fare i compiti, le tirava ormai sulla pancia. Camminò tra le scatole rimaste aperte sul pavimento, raggiunse la portafinestra e la socchiuse.

«E la persona che lui amava è finita, non è più quella.»

Un'aria gelida entrò nella stanza scompaginando i libri di scuola, gli incarti delle palle di Natale. Anche Adele non era più *quella*: era aumentata di otto chili, le si erano allargati i fianchi.

«Che storia di merda» commentò Jessica.

«È che siamo fatti di tempo» rispose Zeno.

Adele era rimasta sospesa ad annusare la notte, mentre intorno la gente si affaccendava per mettere insieme un cenone e la neve scintillava nei cortili riflettendo le luminarie appese alle ringhiere. Adele guardava, si accarezzava la pancia. E nessuno conteneva più tempo di lei.

«Basta» concluse Rosaria, «non ho voglia di essere triste.» Si alzò, aprì il frigorifero per prendersi una birra. «Ho passato tanti di quei Natali brutti nella mia vita, che questo non me lo farò rovinare da un libro.»

Zeno sorrise, sistemò il puntale sulla cima. Spense la tv, l'interruttore della stanza. E non ci credeva nessuno.

Né Jessica né Adele, tantomeno Rosaria: era solo un abete sintetico da 70.000 lire, che però aveva accompagnato le loro feste in via XXI aprile, quando ancora i parenti si davano il cambio alla pensione per venirle a trovare da Napoli. Solo che poi, con tutti i guai che erano capitati, altro che albero. Lo avevano lasciato marcire in cantina per sette, otto anni, finché ieri Zeno si era offerto di andare a disseppellirlo, e di lavarlo nella doccia, perché era tutto coperto di muffa.

Infilò la spina nella corrente, e l'albero si accese.

Più storto, più arrangiato, sì. Ma spettacolare.

Rosaria fischiò, partì l'applauso. E a Zeno, per un istante, sembrò di appartenere di nuovo a qualcuno. Come da bambino, quando si svegliava abbarbicato a sua madre la mattina del Venticinque, e andavano insieme a scartare i regali. In pigiama, in salotto.

Rimase incastrato in quel ricordo.

Poi Adele si tirò su il maglione e disse.

«Si muove.»

~

Aveva sempre pensato che fosse un maschio.

Di più: se n'era convinta a tal punto, da subito, che il contrario non lo aveva nemmeno preso in considerazione.

Era un maschio per forza. Perché Manuel se n'era andato, suo padre se n'era andato, e invece suo figlio non lo avrebbe mai fatto.

Avrebbero dormito insieme, raggomitolati nel lettino a una piazza. Se lo sarebbe tenuto in braccio, la testa appoggiata al seno. Gli avrebbe parlato sottovoce, detto cose che solo loro due potevano capire. Sarebbero usciti con il passeggino, e tutto il quartiere lo avrebbe visto: quanto erano felici.

Poi, lo avrebbe accompagnato a scuola, sorvegliato con le altre mamme mentre giocava a pallone, giù in cortile. Gli avrebbe preparato la merenda, lavato le mani. Lui avrebbe avuto gli stessi lineamenti di Manuel, la stessa bocca di Manuel. E lei avrebbe avuto un senso.

Invece il 30 novembre c'era stata l'ecografia morfologica, e un dottorino giovane di poche parole le aveva chiesto se voleva sapere il sesso. Aveva risposto di sì, anche se non ce n'era bisogno. E quel tizio occhialuto mai visto prima aveva indicato un punto nel monitor, una piega anonima. «È una femmina» aveva sentenziato.

Come dicesse: Domani piove.

Non ci aveva creduto. Si era voltata verso Marilisa cercando i suoi occhi: «Non è vero» aveva ripetuto, due, tre volte. «Certo che lo è» aveva ribattuto l'altro. Anche Marilisa non aveva potuto farci niente.

Ci era rimasta male, ma così male, che era uscita dal consultorio e aveva pianto. Era tornata a casa in autobus, sull'ultimo sedile in fondo.

Si era toccata la pancia e le aveva chiesto: Ma tu chi cavolo sei?

Non era più il suo piccolo Manuel. Era una femmina, una che poteva pure essere odiosa, antipatica, una stronza. E potevano non andare d'accordo, come lei con sua madre. Come lei con se stessa.

Aveva nella pancia una sconosciuta.

Marilisa l'aveva cazziata: «Ti sei affezionata a un'idea, va bene, può succedere, ma adesso basta. Pensa che hai messo su otto chili, piuttosto. Otto chili, non ci siamo per niente. Se non ti metti a dieta, Adele, a stecchetto… basta grassi saturi, basta dolci! Se non righi dritto…».

Aveva trascorso settimane sul divano a mangiare schifezze, buttata davanti a *Uomini e Donne*. Adesso che le erano passate le nausee e le vertigini e aveva smesso di affacciarsi a guardare se Manuel era tornato. Era di nuovo tutto una merda. Ogni mattina a litigare con sua madre, che non la finiva più di parlare di soldi.

Dove li troviamo i soldi.

Non abbiamo i soldi.

Chi ce li dà i soldi.

Ogni mattina si svegliava e non voleva andare a scuola. Allora sua madre s'inviperiva: le gridava che non avrebbe mai combinato niente, che avrebbe pulito i cessi nei supermercati, come la mamma di quel fallito, di quel pezzo di merda, e un figlio costa, e se da questa casa ci sbattono fuori, e se ci mandano i servizi sociali perché fai troppe assenze? Ma tu cosa ne sai? Cosa? Che c'hai diciassette anni e ti ho cresciuta male.

Lei mangiava: patatine, merendine, Nutella. Si chiudeva in bagno e si tappava le orecchie. Si accoccolava nella doccia, accendeva il cellulare e andava su Facebook. A guardare le foto degli altri, le foto felici degli altri. Intanto la pancia cresceva. Non c'erano più jeans che riuscisse ad abbottonare, niente che le stesse bene, non c'erano vie d'uscita. E lei non la voleva, non la voleva, non la voleva.

Finché, tra l'ombelico e il fianco, l'aveva sentita.

Un tuffo.

Seguito da un altro tuffo.

Piccolo, verticale. Come un *ciaf* in una pozzanghera con gli stivali di gomma, da bambina.

Adele si posò una mano sulla pancia, si tirò su anche la canottiera.

«Guardate, fa le capriole.»

Forse perché era sera, e sul libro che le aveva preso in prestito Zeno in biblioteca c'era scritto che i bambini appena nati, ma anche quelli dentro la pancia, avvertono il buio, il peso delle ore, e diventano inquieti.

«Vuoi sentire?»

Lui rimase dov'era, abbassò lo sguardo. Anche sua madre si voltò, cominciò a trafficare nel freezer parlottando tra sé. Solo Jessica si avvicinò al divano, ma con cautela.

Era una cosa loro, solo di lei e *lei*.

Che aumentava: i centimetri, le ossa, i sogni.

E chissà cosa sognava. Che pensieri aveva.

La pancia le tremava, prima a destra poi a sinistra. Un gomito, che forse era un ginocchio. La testa, che forse era il sedere.

Adele la rincorreva. Si toccavano attraverso le membrane.

Per ribadirsi l'una la presenza dell'altra. Che era continua, assoluta, che era la stessa identica cosa. Ma erano anche due persone diverse, e avevano bisogno di conoscersi, di comunicare.

«Cosa si prova?» le chiese Jessica.

Adele sollevò lo sguardo verso sua sorella e non avrebbe saputo spiegarlo: che non era più lei soltanto.

«Fa male?»

«No, non fa male.»

«Fa il solletico, allora?»

«Nemmeno, è una sensazione diversa.» Si sforzò, ma non ci riusciva. «È che lei esiste e io… Zeno aiutami, non mi viene la parola.»

Guardava le luci dell'albero che riverberavano in cucina, era felice che lo avessero fatto, dopo tanti anni, perché oggi c'era anche lei.

«Come si dice il contrario di quando sei solo? Non nel senso di solitudine, è una cosa proprio fisica. Come se d'improvviso fossi diventata…»

«Plurale.»

~

Era così: una persona che ne conteneva un'altra.

Zeno avrebbe dovuto andarsene, perché non c'entrava niente. Invece rimaneva, si ostinava a suonare alla sua porta ogni giorno.

Alle tre in punto, dopo pranzo. Si sedevano ai lati opposti del tavolo con un libro davanti. Lui studiava, lei guardava altrove: i trucioli di matita nel temperino, i rimasugli di gomma da cancellare. Accumulava assenze, scarabocchi agli angoli delle pagine. Zeno non sapeva come muoversi, cosa dirle. Eppure tornava.

Impacciato, cocciuto. Non scriveva più.

Aiutava Jessica con *I promessi sposi*, Rosaria con le buste della spesa. E una sera, sul pianerottolo, lei glielo aveva proprio detto, che era disperata. Che a settembre le erano piovuti tra le mani dei soldi, ma adesso erano finiti. Il contratto alla Snai le scadeva a giugno, e la casa in qualche modo la doveva pagare, era già indietro con l'affitto. E Adele doveva prendersi il diploma, era questa la cosa più importante.

Si era messa a piangere, si era coperta il volto mentre lo diceva, ma una quarta persona là dentro non ci stava.

«Ti fermi a cena?»

«Non posso, la ringrazio.»

«Sto aprendo una busta di pizze.» Rosaria si chinò ad accendere il forno. «Non c'è niente da ringraziare.»

«Nemmeno domani puoi venire?» gli chiese Jessica, implorante. «Nemmeno se porti tua madre?»

Adele non ascoltava, non interveniva. Era come una farfalla imbozzolata, impegnata nella sua metamorfosi. Il corpo raccolto in un angolo, la testa reclinata su un bracciolo. Stava entrando nel settimo mese.

«Sempre noi tre» disse Jessica. Sputò una gomma, l'appicciccò alla tovaglia. «Mamma, chiamiamolo.»

«Chi? Di chi stai parlando?»

«Di papà. Dài, per favore.»

«Guarda che ti prendo a sberle.»

«Ma è Natale, cazzo!»

«Non dire cazzo.»

«Tu lo dici sempre. Ti prego, è Natale!»

Rosaria fissò la sua figlia minore, che metteva in castigo di continuo, con la faccia di pietra: «Quel pezzo di merda». Si fermò, si corresse: «Tuo padre. Non è cosa, non si discute».

«Ma è Natale! Zeno, diglielo anche tu, che è Natale. Una volta sola. Solo domani. Vero, Adele?»

Zeno era accanto alla porta e non si decideva a salutare.

Adele si voltò a guardarli, con distacco, come se non le importasse nulla di quella discussione: «Perché dovremmo invitarlo? Se n'è sempre fregato».

Jessica ci rimase male. Rosaria annuì soddisfatta: «Appunto». Aprì il frigorifero: «Adele, a te cosa preparo?».

«Io non mangio» le rispose secca. «Che è vero che lui se ne fotte, ma te non è che sei meglio.» Si alzò dal divano. «Hanno tutte scarpine e tutine, a sette mesi, e noi non abbiamo niente.»

«È presto, porta male.»

«Non porta male, sei tu che sei una stronza.»

«Ma pure stasera dovete litigare?» Jessica afferrò il telecomando, alzò al massimo il volume del televisore. E in quel casino, tra le lucine intermittenti dell'albero di Natale, gli auguri del Presidente Napolitano al Tg1, non c'era più niente da dire, niente che fosse a posto.

«Mi accompagni in camera?» Adele gli prese la mano.

Zeno la seguì. Inerte, inutile.

Lei chiuse la porta e si lasciò cadere sul letto.

«Non ne posso più» la testa affondata nel cuscino.

Si sdraiò su un fianco, gli chiese: «L'hai vista? Che faccia ha fatto quando ho detto che si muoveva? Non la vuole, Zeno. Non me lo dice, ma non la vuole. E mio padre, cosa gli costa farmi una telefonata?».

Flaubert avrebbe risposto che erano tutti inadeguati. Che il tempo li sovrastava, li divorava, e poterlo vincere era un'illusione.

«Devo trovarmi un lavoro. Per forza.»

Di' una cosa ragionevole, s'impose Zeno: «Devi studiare».

«A cosa serve?»

«Adesso ti sembra a niente, ma dopo.»

«Dopo non esiste. Me ne devo andare.»

Zeno aveva l'assegno d'invalidità di sua madre, qualcosa sul conto a cui, da maggiorenne, poteva accedere. E forse.

Ma dove potevano fuggire? In un albergo? In un sacco a pelo, nella sala d'aspetto di una stazione? Per quanti giorni? Con lei incinta?

«Devi tornare a scuola» le ripeté.

«Parli come mia madre.»

«Allora non farlo per te, fallo per *lei*» le indicò la pancia.

Adele lo guardò. Come se fosse rimasta incastrata in una tagliola, in una gabbia, in un incendio. Come una bestia che non sa, e non capisce, ma da qualche parte, in salvo, il suo cucciolo lo deve portare.

«Non voglio. Mi prendono in giro, in classe. Le altre mi fanno sentire una merda, un pallone, una fuori dal mondo. Poi ho le analisi tutti i mesi, la schiena che mi fa male, e quando nascerà, le dovrò dare il latte ogni due ore. Dovrò mollare comunque.»

«Se molli, resterai qui per sempre.»

«Allora portami via tu.»

Adele posò una mano sul bordo del letto: «Siediti».

Zeno avrebbe voluto. Toccarla, accarezzarle una guancia, anche solo una spalla. Non si erano più baciati dal pomeriggio in via XXI aprile. Solo, per caso, sfiorati. E Zeno avrebbe davvero voluto sedersi, adesso. Sdraiarsi e tenerla tra le braccia.

Ma lei aveva dentro quella cosa viva che non lo riguardava; che aveva già un peso, un'altezza, e sarebbe diventata una persona che un giorno le avrebbe chiesto di suo padre.

«Per favore» gli disse Adele, «non avere paura.»

Ma la sua non era paura. Era realismo.

Ti ho aspettata così tanto, avrebbe voluto risponderle. Se vai in camera mia e accendi il computer, troverai ogni dettaglio che hai perso, ogni giorno che hai dimenticato. Tu mi hai salvato, senza neanche accorgertene. E io ti ho immaginata così tante volte in questi anni, che non avrei mai creduto di poter stare qui, un giorno, in camera tua.

Il volume della tv si stava attenuando, le voci, i ricordi, arrivavano sempre più deboli. Poteva baciarla, adesso. Poteva aiutarla e stare con lei nonostante il futuro. Vedere come andava a finire quella storia. Ma era tardi.

Non si sedette. Rimase dov'era.

Però riuscì a dirle.

«Ti amo.»

Vide Adele allargare gli occhi.

Sorridere confusa. Alzarsi, fare per. Trattenerlo? Toccarlo?

Si voltò e uscì di corsa dalla stanza. Nel corridoio, fino alla porta.

Salutò veloce Rosaria e Jessica che cenavano sole. Sentì Adele dietro le spalle che diceva: «Aspetta».

Lui non sapeva se aspettarla o se morire. Se affidarsi alle conseguenze di quelle due parole.

Poi suonò il citofono, di colpo, alle nove di sera.

Rosaria e Jessica smisero di mangiare.

Zeno stava togliendo il chiavistello, aprendo la porta. Adele lo tenne fermo con una mano. Con l'altra si portò il ricevitore all'orecchio.

La sentirono tutti i due, la sua voce.

Adele chiese: «Chi è?».

Lui rispose: «Manuel».

23

Dimenticò ogni cosa.

Il freddo degli autobus alle sei del mattino, le sale d'attesa. Con la musica nelle cuffie a guardare: le altre, che avevano un fidanzato, un marito e lei niente. Quel senso lancinante di abbandono che la prendeva ogni volta, quando chiamavano il suo numero per un prelievo, una visita, l'elettrocardiogramma. E lei era sola, il bigliettino in mano.

Spalancò la porta e si fiondò giù per le scale. Con due maglioni uno sopra l'altro, i pantaloni della tuta con l'elastico rotto. Si teneva al corrimano e saltava i gradini, alla cieca, in preda a una forza sbagliata che però era più potente di tutto.

Arrivò nell'andito senza fiato. Il suo cuore non pompava più per una persona soltanto, lo aveva letto nel libro: il suo sforzo era aumentato del 50%, i battiti a 90 al minuto, e adesso a 180, a mille. Uscì fuori.

Manuel era lì, nella neve.

Una sagoma nera accanto a un pilone, illuminata a metà.

Era cresciuto, era cambiato.

Era lo stesso bambino che alzava lo sguardo e diceva: *E tu, che cazzo vuoi?* Con gli occhi prepotenti, pieni di dolore.

Le andò incontro fumando, serio. E lei provò di nuovo quel desiderio terribile di rintanarsi con lui in una caldaia, in una buca sotto terra, di togliersi i vestiti e appiccicarsi al suo corpo fino a perdere i contorni.

«Voglio stare con te» le disse.

Adele lo aveva sempre sognato: loro due insieme, che si sposavano, facevano un figlio e diventavano la stessa identica cosa. Quel sogno le stava di fronte, a mezzo metro di distanza.

«Ho fatto carriera» aggiunse, spavaldo, «ho un mucchio di soldi.»

E quelle parole, il sogno, lo mandarono in pezzi.

Adele si asciugò gli occhi e vide che non lo erano affatto, la stessa cosa. Lui aveva un paio di jeans e delle scarpe da centinaia di euro, il Rolex che si sapeva da dove veniva. Erano due persone, anzi tre, diverse.

Sempre lì, sotto il porticato triste dei Lombriconi.

Drasticamente singolari.

Tornò a ricordare.

Sua madre, quando da bambine papà spariva per settimane, e lei la vedeva avvolgersi in un plaid e annullarsi. Davanti al televisore. Con le sigarette, gli ansiolitici. Si dimenticava di loro, di preparare la cena, di mandarle a scuola. Perché papà diceva di dover stare via per lavoro e in realtà aveva l'amante. Solo che Adele non voleva diventare così, voleva continuare a ricordare: ogni singola umiliazione, il disamore e il male che Manuel e tutti quanti le avevano fatto.

«Lo sai che giorno è oggi?»

«Mi dispiace.»

Non era un destino, era una scelta.

«Lo sai di quante settimane sono?»

Stava scegliendo, non più in suo nome soltanto. Anzi, doveva trovarglielo al più presto. Rosa, Sabrina, Costanza.

Manuel si ficcò le mani in tasca.

«Ti chiedo scusa.»

«Non è a me che devi chiederlo.»

Provò a sfiorarla.

Lei si ritrasse.

Carmen, Beatrice, Antonia.

«Lo so, anche al bambino.»

«Non è un bambino, è una femmina.»

«Ah.» Rimase in silenzio.

Era così freddo che Adele non si sentiva più le mani. Il loro respiro si congelava a mezz'aria, galleggiava a lungo prima di sfaldarsi.

«Io non ti ci voglio, accanto a lei.»

Manuel provò a prenderle un braccio per spostarla, per portarla via.

Ma Adele niente.

«Ti verrà la febbre.»

«Perché, te ne frega qualcosa?»

«Sì, altrimenti non tornavo.»

Non per te, ma per lei. Ed era lei, la sconosciuta, che Adele non sapeva che faccia avesse, a chi assomigliasse, che ora si stava svegliando, le puntava i piedi contro le costole e spingeva, a darle memoria, ribellione.

«Tu non lo sai, quanto ti amo io. Quanto ti ho pensato, e ti penserò ogni giorno. Mi mancherai, non potrò farci niente. Però» e si abbracciò la pancia, «tu non meriti di essere suo padre.»

Era così trascurata.

Così vestita da casa, in ciabatte, gli occhi stanchi.

Era così *incinta*.

Che quando l'aveva vista emergere dall'androne polveroso, lo stesso dove l'aveva aspettata tante volte, si era sentito in colpa.

Una luce fioca le spioveva sul viso pallido, struccato, i capelli in disordine, usciti dall'elastico. L'aveva distrutta, l'Adele di prima.

E la nuova era tale quale a tante donne del quartiere. Con quella prominenza che le sbucava dal maglione, che la deformava, aveva un corpo che non gli piaceva più. Eppure.

Era stato lui a rovinarla in quel modo, a imbruttirla. Il pensiero lo faceva ammattire di tenerezza.

«Non ti voglio più vedere» gli disse.

Manuel non ci credeva.

Che si ribellasse. Che lo lasciasse.

Non era vero.

«Non cercarci mai più, non ci provare.»

Avvertì l'impulso di afferrarla per un braccio, di spezzarglielo per restituirle il male.

«Avevi detto che eravamo la stessa cosa.»

«Era una cazzata.»

«Che era metà me, metà te.»

«Va be', cosa significa?»

Provò il desiderio di buttarla a terra e riannetterla con violenza a se stesso. Non era libera di andarsene, non ne aveva il diritto. «Voglio che stiamo insieme» ripeté. E avrebbe voluto gridarlo tanto era vero, ma quella pancia gli faceva paura.

Allora la implorava, si toglieva ogni difesa, ogni menzogna. «Voglio stare con te perché sei l'unica cosa che ha senso.»

«Io no» gli rispose Adele. «Ho freddo, me ne torno in casa.»

Si voltò, aprì il portone.

Manuel la guardò svanire.

Era la notte di Natale.

Le finestre dei Lombriconi e delle torri erano quasi tutte illuminate. Non c'era nessuno in giro. La gente era rimasta a casa ad aprire lo spumante, il pandoro, a guardare *La carica dei 101*.

Quelle luci gli arrivavano mute, distanti milioni di anni.

Era stato tre mesi a Gioia Tauro, a fare esperienza. Non si era iscritto a nessun liceo, non aveva ricominciato a studiare. Aveva visto le solite cose: casse di banane, container, muli e trolley col doppio fondo. Perché? Cosa aveva creduto, di laurearsi davvero?

Gli tornò in mente la cucina, lui e sua madre davanti alla solita pastina in brodo col parmigiano. A cinque, sei, sette anni: sempre lo stesso regalo. Una macchinina. Delle peggiori. Le più cinesi, le più di plastica. Quante volte glielo aveva chiesto, di guardare insieme un cartone animato? Poi arrivava lui, ubriaco, strafatto, a urlare, a pretendere soldi.

Buon Natale, Manuel, si disse.

Fissò una nicchia nel muro, dove qualcuno aveva sistemato una Madonna di gesso, del tipo da 10 euro che si trova dagli ambulanti sulla statale. Ci affondò i pensieri fino a estraniarsi. Come i bambini negli orfanotrofi che fanno il pendolo per cullarsi da soli.

L'aveva rovinata, sì, ma non fino in fondo. Le era rimasto lo sguardo pulito, quella cieca ostinazione al bene, che era l'esatto contrario della sua infanzia, di tutto quello che conosceva.

Ciao, Adele.

Era troppo cresciuto per dare fuoco ai copertoni, per spaccare porte e finestre negli spazi comuni, anche se era proprio ciò che aveva voglia di fare.

Ricominciò a cadere la neve.

Veniva giù piano, fine, come i capelli d'angelo nel piatto di Natale.

S'infilò sotto il porticato, camminò sempre più veloce in direzione dei garage, ascoltando i passi rimbombare nel deserto.

Eppure, pensò, in quella notte schifosa qualche stronzo in giro lo doveva trovare. Qualcuno di ancora più infame di lui.

Sì, si disse, vai a cercarlo.

Pareggia i conti.

Alzò la serranda del garage, la richiuse e accese la lampadina che pendeva dal soffitto. Superò la sua moto. Tra tre giorni avrebbe compiuto diciotto anni, avrebbe potuto prendere la patente e comprarsi una macchina. Ma come faceva, quel passo dei *Karamazov*? Il futuro non gli interessava più.

S'infilò dietro la parete di cartongesso.

Diceva: "Cos'è l'inferno? È la sofferenza di non poter più amare".

Lo ritrovò com'era: il suo piccolo laboratorio. Un fornelletto, un lavandino, un bilancino e un frullatore.

Cos'era il male. Lo aveva letto nella Leggenda del Grande Inquisitore, in *Delitto e castigo*. Il male era un meno.

Un vuoto, che ti portavi appresso per sempre perché qualcuno non ti aveva amato, non ti aveva sorriso, non ti aveva insegnato a parlare.

Adele aveva ragione, aveva fatto bene a mandarlo a fanculo.

Era colpa sua, sì, ma non del tutto.

Non usava quel laboratorio della scorsa estate. Se metti al mondo una persona, la devi amare. La devi guardare negli occhi e le devi dire: Sei al sicuro. Se no la fai vivere, ma non nascere. Se no la uccidi.

Inserì la spina del frullatore nella corrente, constatò che funzionava ancora. Se no le inietti nell'anima una sottrazione, di cui non si potrà mai liberare.

Come lui stava facendo con sua figlia.

Tirò fuori da un nascondiglio sotto il lavabo un pacchetto di eroina. Come aveva imparato a fare quando aveva tredici anni, confezionò una dose. Due grammi, pura. Poi ripulì il piano, il bilancino e spense la luce.

Riaprì il garage, salì sulla Betamotor. E si disse: Facciamo un gioco.

Ho tempo un'ora. Se non lo trovo, me la sparo in vena io. Tanto, sono morto.

S'immise nella tangenziale, un lungo serpente di buio. E neve sporca accumulata di fianco al guardrail, i cartelloni catarifrangenti che s'illuminavano contro il faro della moto. Casermoni grigi, laggiù nella foschia, il tendone di un circo con l'insegna spenta. Uscì alla 2, verso la città, e costeggiò il cimitero. Un paio di barboni, brina, niente.

Allora tornò indietro verso il Country Inn, le prostitute nigeriane, l'altra faccia del mondo nella notte di Natale. Un McDonald's ancora aperto, una poveraccia di diciotto anni che ci lavorava. Ma nulla, non c'era.

Erano passati venti minuti.

Continua, si disse, nella città nera. Perdi te stesso, come cantava Eminem. Rallenta, registra. Una lite tra fidanzati ubriachi. I semafori lampeggianti che erano diventati arancioni. Babbi Natali di plastica arrampicati ai terrazzini, luminarie sempre più rade con scritte in inglese.

MERRY CHRISTMAS, HAPPY NEW YEAR. Cosa stai facendo, Adele?, le chiese. Stai dormendo? Mi stai pensando? Che nome le darai?

Me lo hanno detto, che vedi Zeno. Mi avete ferito a morte. Ma tranquilla, vi lascerò stare. M'informerò solo quando nascerà, su come l'avrai chiamata. E forse un poco riuscirai a perdonarmi, alla fine, forse una foto me la manderai.

Intanto era tornato sulla tangenziale. Mezzi spazzaneve, mezzi spargisale. Un freddo micidiale in moto, ma non lo avvertiva. Non sentiva niente. Inserì la freccia, diretto all'ultimo posto in cui forse andava ancora a rintanarsi. Uscita 7, Stalingrado. Ma di sicuro non l'avrebbe trovato.

Ancora quindici minuti, si disse, e sei morto.

C'era un bar, dopo la prima rotonda, gestito da cinesi. C'era luce, la serranda era sollevata. Ci entrò. Per andare di là, nel

276

cesso, e farla finita. Ormai non ci credeva più. Sudava freddo, gli tremavano le mani, le ginocchia, non stava in piedi. Poi lo vide.

Solo, seduto su uno sgabello, al videopoker.

Lo riconobbe subito. I capelli rasati, una tigre tatuata sulla nuca.

Mancavano cinque minuti, al suo gioco.

«Ehi, pa'» lo chiamò, allegro.

Cercò di ricordarsi una carezza, una sola. Un paio di calci al pallone insieme, una battuta, uno scherzo, una briciola di attenzione. Ma niente, in tutta la memoria gli aveva lasciato solo botte, sangue e gli occhi rovesciati quand'era in rota.

L'uomo si voltò, lo guardò senza capire.

Le vene del collo a pezzi, la pelle grigia.

I denti marci, devastati.

«Guarda, mi trovi in buona.» Manuel si mise una mano in tasca, si diede un'occhiata intorno: un cinese stava chino sullo schermo del cellulare, un altro guardava *Mamma, ho perso l'aereo* in tv.

Tirò fuori la mano, l'aprì allungando il braccio.

«La vuoi una dose? Tieni, te la regalo.»

24

Un piccolo cedimento, nient'altro. Il concedersi, per un minuto, una debolezza. Seduta sul water, chiusa a chiave nel bagno, aprì la pagina del motore di ricerca e digitò: "Clinica fertilità Ucraina".

Non voleva andarci, solo leggere. "Le prime due visite sono gratis", "Sappiamo aiutarvi!", "Confronta i prezzi". Scorreva gli annunci sponsorizzati, le opinioni nei forum. I centri erano decine, avevano nomi impronunciabili, promettevano nascite, madri surrogate, ovodonazioni. Avevano interpreti e alberghi di riferimento: era il mercato globale.

Non gliel'avrebbero data, l'idoneità. Ormai era chiaro.

"Abbinamento" si diceva, quando veniva trovata a un bambino la famiglia giusta. Ma come poteva, qualsiasi giudice, abbinare a un bimbo rifiutato, o portato via dai servizi sociali, una madre handicappata?

Erano troppi vuoti, se li sommavi. La somma era zero.

Era da tempo che non stava male quando le venivano le mestruazioni, e oggi le erano venute, proprio la mattina di Natale, e non riusciva a smettere di piangere.

Si accaniva: "Diagnosi personalizzate", "Crioconservazione", a caratteri cubitali sotto immagini tenerissime di mamme con neonati, naso contro naso, manine minuscole ad accarezzare il viso. Pacchetti promozionali: "5 FIVET, 9.900 euro, soddisfatti o rimborsati". E lei adesso l'aereo per Kiev lo avrebbe preso in quello stesso momento. Perché ti assaliva una tale disperazione, a volte, che non guardavi più in faccia nessuno.

Dora se ne stava lì con il telefono in mano, le mutande macchiate di sangue, a gridare dentro se stessa, mentre Fabio in cucina fischiettava per anestetizzare l'ansia e apparecchiava per quattro.

Il servizio buono, la tovaglia bordata di rosso.

E poi come glielo avrebbe spiegato, a suo figlio? Che era stato nove mesi nella pancia di un'altra, che era giovane e povera e pagata per questo; che l'aveva ascoltata parlare, le consonanti, le vocali, che aveva assorbito le sue emozioni. L'amore per lui, gli avrebbe risposto.

L'amore furioso, furibondo e cieco.

Non esiste limite, a questo amore.

Non esiste accettazione. Né giusto né sbagliato.

Quando soffri così tanto.

Udì suo marito che la chiamava. Si asciugò le lacrime, cercò di sistemarsi. Non avrebbe mai acconsentito, lui, a quel viaggio. "2.600 bambini nati grazie a noi." Dora chiuse la pagina e scaraventò il cellulare sulla lavatrice. Lui non poteva capirlo: una volta al mese, sentirti dire dal tuo stesso corpo che non servi a niente.

«Eccomi.» Comparve in cucina, si sforzò di abbracciarlo. «Anche le candele hai acceso, che bello.»

Non era bello nulla. La casa era muta. Un silenzio gelido, sterile: senza bambini, spirava da ogni stanza.

Fabio spense il forno, abbassò la fiamma sotto una pentola: «I miei stanno arrivando».

Dora percepì tensione nelle sue parole.

«Sono alla solita rotonda dove si perdono sempre. Per favore chiamali tra dieci minuti, e senti se hanno trovato parcheggio.»

~

Il 10 giugno 1993 ho liberato il cane. Ero convinto di fare la cosa giusta. Che la catena arrugginita gli facesse venire le piaghe.

Ricordo tutto di quella mattina, la prima delle vacanze estive per gli altri e degli esami di terza per me. Mi ero alzato alle cinque per realizzare il mio proposito. Il cane si era messo subito a saltare e a scodinzolare. L'ho visto attraversare la strada e sono tornato a letto.

Di lì a un'ora ho sentito mio padre che gridava: «Macchia, dove sei?», incredulo, in ansia. «Dove cristo sei?» E poi un urlo.

Pesavo 92 chili, ero alto un metro e settanta, avevo quattordici anni.

Alle sette ho fatto colazione tranquillo nonostante il trambusto e, per la prima volta, ho lasciato stare le merendine. Ero capace di mangiarne anche otto o nove. Mi sono trattenuto e ho bevuto solo un caffè.

Avevo fame, una fame che non so spiegare a parole; come un vuoto enorme che non sarebbe stato riempito nemmeno da un supermercato. Ho resistito, ho preso il motorino. Sono arrivato in paese, ho parcheggiato di fronte all'unica palestra, un posto che si chiamava Vital Gym, e ho visto che rimaneva aperta anche tutto giugno, luglio e agosto.

Ho preso la licenza media con Ottimo.

Mio padre non è riuscito nemmeno a dirmi: Bravo.

Mangiavo verdure alla griglia e pollo al vapore, passavo in palestra due ore la mattina e tre al pomeriggio. Non parlavo con nessuno, impostavo il tapis roulant in salita, 120 minuti, e sudavo, sudavo.

Ero solo, il più solo al mondo, eppure mi davo un obiettivo e lo realizzavo. Senza sgarrare, con una disciplina pazzesca, dimostrando a me stesso che valevo qualcosa.

Sono diventato un'altra persona. In prima superiore nessuno dei miei vecchi compagni delle medie mi ha riconosciuto.

Non sono più stato vittima dei bulli. Anzi. E avrei dovuto sentirmi liberato.

Invece, è successo il contrario.

Avevo visto mio padre piangere, la sera del 10 giugno.

Per la prima volta, nel retro del negozio. Singhiozzava disperato, e io mi sono nascosto. Sono rimasto dietro la porta non so per quanto tempo, ma l'ho osservato fino a farmi bruciare gli occhi.

Aveva il berretto della Total calato sui capelli radi. Continuava a chiedere chi glielo aveva fatto scappare, chi glielo aveva investito. A voce alta, da solo. «Perché?»

Lo aveva sempre chiamato: «Macchia, bastardo». Gli aveva sempre dato delle carezze sul muso che sembravano schiaffi. Non lo avevo mai creduto capace di volergli bene. Come non l'avevo mai visto volerne a me. E Macchia aveva attraversato la strada, sì, ma poi era anche tornato indietro a cercare il suo padrone.

Ho perso 25 chili, quell'estate. E, in cambio, sono diventato colpevole.

Era l'unica pagina che Fabio era riuscito a scrivere. Di tutti gli eventi significativi della sua vita, che la Marchesi e la Bruni gli avevano chiesto di mettere nero su bianco, questo era l'unico che gli era venuto in mente.

Adesso suo padre gli stava di fronte, la faccia bruciata dal sole anche d'inverno, scavata come un pezzo di roccia delle Dolomiti.

«Papà» gli chiese, «quando pensi di chiuderla, la pompa di benzina? O perlomeno di darla in gestione a qualcun altro.»

«Mai» gli rispose lui.

Entrò nell'anticamera, rigido, invecchiato. Si guardò intorno come faceva ogni volta, come uno che si ostina a non capire.

Dopo di lui fu la volta di sua madre: la pelliccia finta, un chilo d'oro al collo e alle orecchie, la stessa colonia della domenica a messa a San Martino.

«Signor Gino, signora Marianna, buon Natale.»

Dora li accolse da moglie efficiente. Con solo una sbavatura nel fondotinta, sotto l'occhio sinistro, che stava a significare che si era chiusa in bagno a piangere, poco prima.

Attraversarono il salotto lenti, impacciati, insieme. Parlando del tempo, del traffico, dell'autostrada. Suo padre si fermò a considerare il divano, ancora una volta, e il televisore al plasma grande mezza parete.

Lo avrebbe tirato fuori, il discorso dell'adozione, nel momento meno opportuno e con il solito tatto. Fabio lo sapeva, faceva strada verso la sala da pranzo, i nervi a fior di pelle, e si teneva pronto.

Anche sua madre se ne sarebbe uscita con qualche sproposito, se lo sentiva. Non per insensibilità, nel suo caso, ma per ignoranza. E Dora avrebbe fatto quella faccia contrita che lui detestava, quella faccia da prendere a sberle, e sarebbe stato l'ennesimo Natale di merda.

«E ce l'hai sempre, la Jeep?» gli chiese suo padre.

Mamma andò con Dora in cucina a visionare il menù.

«Grand Cherokee, sì» rispose, sedendo al tavolo e fingendo di aggiustare le posate, i grissini.

«Bella macchina, robusta.»

«Già.»

«Una macchina sicura.»

«Sì.»

Cadde il silenzio. Gino andò a piantarsi alla finestra con le mani sui fianchi, a osservare la città che non gli era mai piaciuta, su cui non era mai stato d'accordo. Tutti quei libri, gli diceva, ti confondono il cervello sulle cose *reali*.

Arrivarono Dora con gli antipasti e sua madre con la bottiglia di spumante. Si sedettero anche loro. «Auguri» dissero in tono sommesso, alzando i calici senza guardarsi negli occhi. Poi cominciarono a mangiare, a far stridere le posate sulla superficie dei piatti, a chiedersi di passarsi il pane, l'olio. E per Fabio era un fallimento, stare lì davanti ai suoi genitori, a trent'anni quasi trentuno, ed essere solo e soltanto un figlio.

Si era rotto le palle dei weekend, delle serie tv. Avrebbe voluto sapere come si stava dall'altra parte. Svegliarsi al mattino e non essere lui il primo pensiero di se stesso. Venire dopo. Non dormire più otto ore filate. Rinunciare al cinema, agli aperitivi. Sentirsi schiacciato dalle responsabilità, angosciato per qualche linea di febbre. Non avere più quella libertà.

Suo padre cominciò a tossicchiare, e Fabio si preparava. Aveva firmato il consenso senza battere ciglio, non gli aveva detto mezza parola, ma prima o poi doveva pur esplodere e rivelarsi per quello che era.

E se non parla italiano?

E se è grande e fa del male a tua moglie?

Non ti preoccupare, gli avrebbe risposto, non ci sarà nessuna adozione. A Dora manca una gamba, a me manca tutto: siamo noi quelli sbagliati. E anche tu, sai, saresti stato un pessimo nonno.

«Il sistema Isofix ce l'ha? Hai controllato nei sedili posteriori?»

«Il sistema che? Non ho capito.»

«Isofix» ripeté suo padre, «serve per fissare bene il seggiolino. Che non cada, che sia sicuro.»

Fabio smise di mangiare. Guardò Dora, che si sforzava di non piangere. Sua madre, che aveva le mani malferme sul bicchiere. E suo padre, che aveva gli occhi lucidi e lo guardava, adesso, come il cane quando si teneva il muso tra le zampe.

Capì che era lui, a non essere stato capace di volergli bene.

~

«Non ci crederai» disse Dora lasciandosi cadere sul divano, esausta, sollevata, «ma ho voglia di una pizza.»

«Stai scherzando?» Fabio si voltò a guardarla allibito. «Dopo quel mattone di lasagna? Dopo i branzini? A me ci vuole un Maalox.»

Dora si sfilò la collana, le scarpe, le calze. Sprofondò con tutti i ricci tra due cuscini: «Eddài, giusto una margherita per fare merenda!». Si mise a ridere. «Non ti offendere, ma la tua lasagna era una colla.»

Erano quasi le cinque, Gino e Marianna erano appena andati via.

«Era la miglior lasagna della tua vita, e non te ne sei accorta.»

Il Natale era finito, fuori era già buio e faceva freddo.

«Occupati degli auditorium, piuttosto.» Lo prese in giro: «Com'era già quel tuo progetto?» chiese in tono affettuoso. «Le finestre a forma di anima? O erano i pavimenti a essere platonici?»

«Smettila.»

Fabio si distese accanto a lei, le abbracciò la vita. Basta, anche per quest'anno era andata. Posò una guancia sulla spalla di lei. La tavola ancora da sparecchiare, la lavastoviglie da riempire, ma chi se ne frega. Potevano stendersi sul paraurti norvegese, e starsene un po' beati.

«Va bene» disse Fabio tirando fuori il cellulare, «vuoi una pizza d'asporto il pomeriggio del Venticinque? Nessun problema, io te la trovo.» Aprì internet. «Però poi tu la mangi nel cartone.»

«Te lo giuro!» Dora applaudì, divertita. «Come all'università prima degli esami. Allora prendimela salamino piccante e doppia mozzarella.»

«Gesù Cristo» fece Fabio, nauseato.

Aveva tutti quei capelli che le spiovevano sul viso, anarchici e anticonformisti, com'era lei. Fabio la vide alzarsi, raggiungere lo scaffale dei cd a piedi nudi, cercare in fondo, tra quelli che non ascoltavano mai.

«Cosa stai per fare?»

«Tu chiama Pizza Più e non preoccuparti» gli rispose con malizia.

«Sì, pronto, siete aperti? Ah, benissimo» e quasi non riuscì a terminare la frase, come un pischello al telefono che fa uno scherzo.

Poi, di colpo, un giro di batteria, una chitarra elettrica amplificata rintronarono nel salotto riportandolo di prepotenza al liceo, sui gradini della scala antincendio. Il sapore della sigaretta fumata durante l'intervallo. I pomeriggi in biblioteca. E il sabato sera al cinema, l'unico che c'era, a vedere il film che tutti dovevano vedere.

«Oh mio dio, *Armageddon*.»

«Già» annuì Dora, rovesciando la testa e ancheggiando come a un concerto. «E non è tutto, in questo cd ci sono anche Nek, Alex Britti, Alexia, e tutte le hit dell'ultimo anno delle superiori.»

Allora Fabio si mise le mani sulla faccia, chiuse gli occhi. Ma poi li riaprì subito perché voleva vederla ballare.

«Avanti» gli disse lei sfidandolo, «che tra poco arriva *Laura non c'è* e dobbiamo pogare.»

Le luminarie di Natale continuavano ad accendersi, fuori dalla finestra, a intermittenza. Fabio e Dora ballavano in salotto, adesso, e aspettavano il fattorino con il cartone della pizza.

Erano solo vecchie canzoni, che però, là dove erano cresciuti, li avevano fatti sentire grandi e invincibili, a diciotto anni.

Fabio guardava sua moglie scatenarsi e non gli mancava niente: né il passato né il futuro. Era qui che voleva stare. Con lei in un pomeriggio qualunque, nella casa che avevano arredato insieme.

Dora anche, pensava la stessa cosa. Che ne avevano passate

tante, e tante ne avrebbero ancora dovute passare. I colloqui, le caselle da barrare, le iniezioni, le FIVET, i fallimenti. Cose che ti scarnificano dentro, che ti tolgono qualsiasi leggerezza. Invece adesso la sentivano, la felicità lieve di stare al mondo. E pogavano tra la libreria e il divano. Venendosi addosso, spingendosi via, tornando a prendersi.

Dora pensò che questa cosa: lui e lei insieme a trent'anni a fare i cretini, non gliela poteva togliere nessuno. E Fabio pensò lo stesso: questa cosa qui che rimaneva, risaltava, e li legava, era più forte di tutto.

Ed era amore.

25

Era tornato a vedere, un quarto d'ora dopo.

Dentro il bar, nel cesso, sul retro, nel magazzino. Era stata una cazzata, un colpo di testa. Voleva solo togliergli dalle mani quella dose e andarsene. E magari, già che c'era, sputarglielo in faccia: "Mi hai rovinato la vita". O neanche, non ne valeva la pena. Si sarebbe limitato a questo: "Ridammi la dose, è merda". Come si fa con i bambini. Gli avrebbe detto: "Vai al Sert, prova a farti aiutare".

Ma non c'era, da nessuna parte. E lui aveva continuato a parlargli ad alta voce spalancando porte, rovesciando tavoli, scansando espositori di patatine e prendendo a calci i due cinesi.

Aveva perlustrato la zona, con la tachicardia. Erano passati quindici minuti, dài, non poteva essere. Si era detto: Calmati, cosa vuoi che sia. Giocava al videopoker un attimo fa, sarà andato a raccattare altre monetine. Alle undici e mezza di sera, a Natale. Ma non poteva essersela già sparata in vena. Era assurdo: lui era Manuel, non Raskol'nikov, non Smerdjakov. Non era un libro questo, era la sua vita.

Aveva percorso un paio di chilometri. Prima lungo il marciapiede e poi in mezzo alla strada, sulla riga continua. Via delle Cave, una decina risicata di lampioni. Aveva setacciato magazzini abbandonati, spiato attraverso reti di laboratori abusivi, manifatture clandestine, relitti industriali. Fino alla fine della strada, che era un vicolo cieco, a un semicerchio di cassonetti colmi. E di là, un vuoto di stelle, aperta campagna.

Aveva abbassato lo sguardo, accanto a un cumulo di cenere spenta. E lì lo aveva trovato. La siringa conficcata in un piede.

Aveva sentito come se una mano gli sradicasse un polmone.

Non era nemmeno più un corpo, era una cosa. Le guance incavate, il mento aguzzo da topo. Non pesava più di 45 chili. Sarebbe bastata una dose normale, forse, a farlo fuori. Aveva la caviglia nera, un calzino a brandelli. Ma come si può, si era chiesto Manuel, provare così schifo per la propria vita?

Però quel corpo gli faceva pena. E l'unica cosa che avrebbe voluto, adesso, era vederlo muoversi all'improvviso, azzerare tutto, rialzarsi.

Gli si era avventato addosso. Lo aveva steso a terra, gli aveva messo la bocca contro la bocca e soffiato aria nei polmoni, praticato il massaggio cardiaco anche se non sapeva come, così forte che gli aveva spaccato le costole.

Aveva ricordato la volta in cui aveva spogliato sua madre per lavarla, quando l'aveva immersa nella vasca da bagno nuda. Era ancora lì, incastrato nei corpi dei suoi genitori, a tentare di salvarli, di curarli. Aveva urlato: «Riprenditi, cazzo, respira! Respira, porca puttana!». Poi si era lasciato rotolare nella polvere e, in ginocchio, aveva vomitato.

Adesso era là, e gli costava fare quella telefonata.

Ma non aveva scelta. Erano le sei di sera.

Aveva vegliato il cadavere al buio, nella neve, per non sapeva quante ore. Assicurandosi che non venisse nessuno, che non si avvicinassero i topi. Poi si era alzato e aveva cominciato a vagare per la città in moto. Finché non gli si erano congelati le mani e i piedi, allora si era rintanato in un bar e ci era rimasto mezza giornata, a fissare la prima pagina del giornale del giorno prima. Poi era uscito a vagare ancora. Fino a lì.

La schiena contro la cabina, il ricevitore in mano.

Se si concentrava, oltre le finestre delle case che vedeva di fronte, poteva sentirlo: il crepitare della carta da regalo buttata via, la stanchezza e la felicità dei bambini dopo aver giocato per ore con le nuove macchinine, l'odore di canditi e uvetta sui polpastrelli appiccicosi.

Come si dice: Sono un assassino?

Per un istante pensò a sua figlia, ai Natali con lei che avrebbe perso.

Credeva di averlo dimenticato, e invece: 458976, lo sapeva.

Lo sentì squillare.

Lo sentì rispondere.

Come si dice: Ho ucciso mio padre?

«Zeno, aiutami, per favore.»

La mattina del Venticinque, ogni anno, si svegliavano insieme. Dopo aver dormito lui su un fianco e lei che lo abbracciava.

Poi lui saltava giù dal letto, eccitatissimo. «È arrivato, è arrivato?» E lei, che era rimasta in piedi fino alle due ad aspettare che si addormentasse, a far sparire i dolcetti che avevano lasciato a Gesù Bambino, a tirar fuori i regali dalle mensole più alte degli armadi e a sistemarli sotto l'albero, gli rispondeva sorridendo: «Andiamo a vedere».

Saltavano tutte le regole: lavarsi i denti, fare colazione. Zeno correva in pigiama, a piedi scalzi lungo il corridoio, si aggrappava alla maniglia del salotto e tratteneva il fiato. Aspettava che Marta lo raggiungesse, poi spalancava la porta e si avventava come un barbaro su una distesa fragrante di regali.

Era il momento più bello dell'anno.

C'erano lui, sua madre, l'albero, decine di pacchi da scartare, e queste cose sommate insieme formavano un'unità assoluta, indistruttibile, a cui era dolcissimo appartenere.

Poi la moka era straripata. Zeno aveva smesso di ricordare,

era accorso a spegnere il fuoco, a versare il caffè nelle tazze. Era un tardo pomeriggio grigio e gelido, Marta sedeva da ore sulla solita sedia, avevano trascorso la giornata ad ascoltare le vite degli altri attraverso le pareti. Aveva sentito la voce di Adele e di Jessica a un certo punto, che chiamavano Claudia dal pianerottolo, e avrebbe voluto unirsi a loro, ma non aveva trovato il coraggio di lasciare sola sua madre.

Aveva zuccherato per lei il caffè bollente. E, aspettando che si raffreddasse, si era perso di nuovo a ricordare. La preparazione: il bagno, il profumo, i pantaloni di velluto ancora caldi di ferro da stiro. «Come a teatro» gli diceva lei rifacendogli l'orlo, aggiustando un bottone. Dopo partivano, eleganti. Raggiungevano casa di zia Nadia, il giardino coperto di neve. Bussavano e c'erano tutti: i nonni, gli zii di Milano, solo Agnese mancava, ma perché doveva ancora nascere.

Poi era squillato il telefono.

Era convinto fosse di nuovo Cinzia che insisteva a invitarli a pranzo, l'indomani. Invece era lui.

«Ti prego.»

Sembrava piangesse.

«Passo a prenderti tra un quarto d'ora. Non sotto casa, ai Budelli.»

I Budelli, non ci era mai più tornato.

«Ho bisogno di te.»

Gli ci erano voluti anni per togliersi di dosso la puzza di quelle macerie, la polvere di quel cantiere, le incrostazioni della loro amicizia.

Se lo chiamava, era perché era successo qualcosa di enorme. Oppure perché aveva saputo di lui e di Adele, e voleva menarlo.

«Non posso stare al telefono, dimmi solo che ci sarai.»

«Ci sarò» rispose d'istinto. E mise giù perché si era già pentito.

Quando tornò in cucina, il caffè era tiepido.

«Tieni, mamma. Devo uscire, tornerò per cena.»

Marta non rispose. Avvolse le dita intorno alla tazza e la strinse; con forza, con sicurezza, come quando aggiustava addosso agli attori i costumi di scena. Zeno le baciò la fronte e scappò in camera sua.

Aprì l'armadio, s'infilò le prime cose che gli capitarono. Se lo voleva picchiare, bene. Gliele avrebbe restituite. Era quasi felice, avvertì calore nei palmi delle mani. Aveva voglia di sentire di nuovo l'impatto contro il suo corpo, colpirlo e farsi colpire. Gli avrebbe detto: So che sei stato tu a mandarmi quei tre quella sera, al ritorno da scuola. Gli avrebbe puntato il dito contro: Che bisogno c'era? Potevi venirci anche tu, al Galvani. Potevamo riscattarci insieme. Gli avrebbe gridato: Che bisogno c'era di metterla incinta e andartene?

Ogni cosa, gli avrebbe rinfacciato. Facendo l'elenco, uscì di casa. Vide una bicicletta rovesciata contro un pilone, senza lucchetto né catena. Ci salì e si lanciò nella neve, lungo i varchi che qualcuno aveva spalato e cosparso di sale. Poi giù per il canalone, per stradine secondarie tra lotti incolti. Il Villaggio sembrava avvolto in un torpore di fiaba, tutti rintanati al caldo. E loro due nel buio, gettati fuori, a cercarsi come randagi.

Quando arrivò ai Budelli era sudato marcio e Manuel non c'era.

Setacciò i piani sventrati, i piloni che non reggevano niente, i vuoti resi ancora più spettrali dai fasci bianchi dei lampioni, ma non lo vide.

Meglio così, si disse. Pensò che era l'ennesima presa per il culo, e di tornare a casa, di fare una sorpresa ad Adele la mattina dopo: portarla a fare un giro, magari in centro, magari in piazza Maggiore.

Per scrupolo gli venne da spingersi oltre le reti arrugginite, le fondamenta incompiute. Dov'era la piscina, dove c'era quel gigantesco graffito con il cane-topo e il coniglio-gatto. «Siamo noi due, quelli!» avevano esclamato trovandoselo di fronte la prima volta.

Era là sotto, seduto sul bordo della vasca. Le piastrelle erano sbiadite e scheggiate come il residuo di una civiltà perduta. Teneva le gambe a penzoloni e contemplava la neve.

Indossava un piumino nero, costoso, un paio di jeans sporchi, scarpe da ginnastica giallo fosforescente.

Non guardava, non vedeva.

Aveva gli occhi spalancati contro qualcosa di orrendo.

Zeno gli arrivò vicino. Si era ripromesso di dirgli, di fargli chissà che cosa, invece si sedette per terra, accanto a lui.

Avvertì la presenza del suo corpo, a una spanna. Era una sensazione quasi bella, che aveva scordato.

«Cos'è successo?»

Manuel raccolse un sasso e lo gettò in piscina.

«Ho ucciso mio padre.»

«Cosa vuol dire?»

«Quello che ho detto, le parole coincidono con le cose.»

«Non ti credo.»

Zeno si girò a guardarlo, come avrebbe fatto quattro anni prima. E anche Manuel si voltò verso di lui, lo fissò con insolenza, con calma.

«Eri un fratello per me. Ogni mattina mi svegliavo e pensavo che era un buongiorno perché tu esistevi. Facevo tutto veloce per vederti presto. Per aspettarti sotto casa, prendere l'autobus insieme e andare a scuola. Eri la mia unica certezza.»

«Cosa stai dicendo?»

Manuel si alzò in piedi. «La verità.» Prese a camminare sul bordo della vasca come un equilibrista. Un piede davanti all'altro.

«Te la ricordi ZeMa, la casa editrice?»

Zeno avvertì una frattura aprirsi da un lato all'altro del torace, e tremare, come la faglia di Sant'Andrea. «Di cos'è che la gente avrà sempre bisogno?» «Della droga.» «Sì, e dopo?» «Di scopare? Di mangiare?» «C'è un'altra cosa, Manu, ci sono le storie.»

«Che grandissima puttanata!» Manuel scoppiò a ridere. «Una casa editrice» allargò le braccia, «che era anche una casa di produzione cinematografica e un'etichetta discografica. *Tutto*, volevamo. Eh, Ze'? Eravamo seduti qui dove siamo adesso, e sparavamo cazzate gigantesche. E ci credevamo pure. Mi avevi detto: Io scriverò un libro, farò l'editore, e tu scriverai canzoni, farai il talent scout.» Si picchiò una mano sul petto: «Guardami in faccia, stronzo. Ho diciotto anni. Sono meglio di Kanye West, di 50 Cent, lo vedi?» gridò nel deserto di cemento. «Sono uno spacciatore e un assassino.»

Il cielo era lucido e cupo come l'acciaio.

Come un ghiacciaio insormontabile.

Come la fine di una storia.

Gli aveva voluto tanto di quel bene, che sì, era stato come perderci la testa. Aveva le farfalle nello stomaco quando lo rivedeva dopo pochi giorni. La tachicardia quando lo raggiungeva il pomeriggio per giocare a pallone. Quando rubavano i libri, quando si mescolavano agli studenti di via Zamboni.

Zeno s'impose di non dirglielo, di non cedere.

«Perché te ne sei andato?» si sentì accusare. «Perché mi hai lasciato diventare questo schifo?»

Manuel gridava come un pazzo e la città era lontana, non gli rispondeva. Urlava: «Dovevo studiare anch'io, mi dovevo laureare» nella notte gonfia di neve. «Guardami, Zeno. Perché mi hai tradito?»

«Manu» gli rispose lui con un filo di voce, «sei ancora in tempo.»

«Rispondi alla mia domanda!»

«Manu» allargò gli occhi, «mia madre non si alzava dal letto, non sono più tornato a scuola, ho fatto l'esame di terza media da privatista...»

«Balle, tu non mi volevi!»

Si tolse il piumino, il maglione. Rimase a fumare in maniche corte.

«Ti avrei dato tutto, cazzo. Ti sarei stato accanto ogni minuto. E invece ti ho aspettato, aspettato, aspettato. Per mesi come uno stronzo in mezzo al cortile. Quando sei tornato al Villaggio, sono venuto subito a cercarti. Ti citofonavo e non scendevi. Ti chiamavo e non rispondevi. Poi, un bel giorno di settembre, te ne sei andato al Galvani, e io al tecnico come uno sfigato.»

«Non sai niente» si difese Zeno.

«Bene, neanche tu sai un cazzo.»

Gettò a terra il mozzicone, smise di gridare: «Cos'hai intenzione di fare, con Adele?».

Riempire il vuoto che hai lasciato tu, avrebbe voluto dirgli.

«Aiutarla, nient'altro.»

Manuel gli andò addosso, lo costrinse ad alzarsi, gli strinse entrambe le mani intorno al collo: «Le devi stare vicino, capito? Me lo devi promettere. Devi dirmi come ha deciso di chiamare la bambina, devi riferirmi ogni cosa».

«Va bene» gli rispose Zeno, ansimando.

«Giuramelo.»

«Te lo giuro.» E si sentiva soffocare.

«Siamo nati per perdere, vero, Ze'?»

Poi mollò la presa, lo lasciò andare di colpo.

Zeno cadde per terra. Si risollevò, non si arrese.

«Sei ancora in tempo, Manu» gli ripeté. «Per cambiare.»

~

Avrebbe potuto dire: No, vacci da solo. Io non ti accompagno.

Io non voglio più entrarci, nelle tue ferite.

Ma quelle erano solo parole e qui c'era un pezzo di carne viva, che non era più amicizia ormai, ma una condanna.

Era salito sulla Betamotor, gli si era aggrappato mentre Manu si lanciava in mezzo agli sterpi a rotta di collo, nel gelo.

Erano passati dal Villaggio, prima. Erano scesi nel suo garage e lui gli aveva dato un pacchetto di eroina, che sembrava piccolo, innocuo: Tieni, è ancora da tagliare. Nascondila tu.

Aveva lasciato lì la moto, chiuso il garage. Si erano buttati dentro il primo autobus che passava, in silenzio. I viali, le mura, la porta. Fino all'ingresso illuminato del Pratello.

L'Istituto Penale Minorile.

Zeno non ci credeva. Era un luogo su cui avevano fantasticato tante volte da ragazzini, ma che non immaginava potesse diventare reale.

Aveva guardato Manuel fermarsi fuori, davanti alla soglia. Adesso si volta, aveva pensato, adesso scoppia a ridere e mi dice che è tutto uno scherzo. E io lo mando affanculo, gli tiro un pugno. Poi andiamo a fare casino in piazza Verdi e ci sbronziamo.

Invece Manu non rideva, non scherzava. Zeno stava per afferrarlo per un braccio e portarlo via: Oh, adesso basta, fine del gioco.

Quando Manu si voltò davvero.

«Adele» gli disse. Non finì la frase.

Gli sorrise soltanto, come uno che ha perso.

Ed entrò a costituirsi.

Adesso Zeno correva giù negli scantinati, nel buco dove aveva nascosto l'eroina. La recuperava, se la metteva in tasca. Saliva le scale fino al quarto piano. Ed era già notte.

Non le avrebbe bussato domani per portarla in centro, non avrebbero visitato insieme le stanze e la collezione d'arte di Palazzo d'Accursio.

Trovò sua madre in cucina dove l'aveva lasciata, addormentata con le braccia e la testa sul tavolo. La sollevò e la accompagnò a letto, la aiutò a sdraiarsi. Poi si fece una doccia bollente, entrò in camera nudo. Senza nemmeno vestirsi accese il computer.

Aprì il file.

Scorse le pagine fino all'ultimo capitolo, all'ultimo paragrafo, all'ultima frase. Vide che mancava un punto, ce lo mise.

Salva, sì. Anche se non c'era più niente da salvare.

Chiuse icompitidinverno.doc e lo eliminò definitivamente.

26

L'appuntamento era alle dieci in via Santo Stefano, una delle strade più belle e famose del centro.

In giro non c'era nessuno della sua età, perché erano tutti a scuola, e lei risaliva tranquilla via Farini godendosi i palazzi storici dagli ingressi monumentali, le vetrine impossibili: Gucci, Louis Vuitton, con le commesse magrissime e annoiate.

Si teneva stretta la borsa e incedeva: i tacchi a spillo, i collant dieci denari anche se si gelava. Era felice da morire.

La squadrassero pure, le cinquantenni col cagnolino, le mogli impellicciate con la messa in piega. Non era più una Bolofeccia, lei. Oggi poteva camminare sotto quei portici maestosi a testa alta, come una regina. Perché suo padre l'aveva invitata.

Jessica svoltò l'angolo e arrivò di fronte alla pasticceria. Che non era una pasticceria, ma un quadro della Pinacoteca Nazionale dove l'avevano portata un mese fa in uscita di classe. Vetri così lindi che li potevi leccare, dolci piccoli come gioielli, con le fragoline di bosco in pieno inverno, e tavolini in legno, sedie in ferro battuto, e seduto là che aspettava, in completo blu notte: lui.

Entrò come stesse calcando un palcoscenico. Adriano la intercettò al volo e chiuse il giornale. La goffaggine di sua figlia che camminava da bambina nelle scarpe della mamma, il suo sorriso quattordicenne imbrattato di rossetto, gli strapparono un sorriso tenero, sincero.

«Ehi miss, vieni qua.»

Jessica si lasciò abbracciare, gli macchiò la camicia di fondotinta.

«Cosa prendi?» le chiese scherzando: «Puoi già bere, alla tua età?».

Jessica si tolse il piumino fucsia e si sedette accavallando le gambe. Spalancò il menù, lo lesse con minuziosa attenzione: «Io bevo, fumo, e mi faccio pure le canne. Ma oggi mi limiterò a una sfogliatella con la ricotta perché costa 12 euro».

«Benissimo.»

Adriano chiamò la cameriera, aggiunse due caffè corretti Sambuca strizzando l'occhio alla figlia che lo contemplava incredula, elettrizzata: «Se lo sa la mamma, mi uccide. Già ho fatto fuga a scuola».

«È semplice» Adriano aprì le braccia, sorrise, «non lo saprà mai.»

C'erano solo personaggi sciccosi là dentro, che potevano permettersi di fare colazione tardi. Jessica osservava, registrava: ogni pettinatura, colore di smalto, paio di scarpe, divorando in silenzio la sfogliatella.

Suo padre, intanto, aveva lasciato 20 euro di mancia sotto la zuccheriera, sulla sedia accanto c'era un cappotto con l'etichetta di Valentino e, adesso che lo studiava meglio, era ancora più abbronzato dell'ultima volta.

«Ma tu» gli chiese, «che lavoro fai?»

Adriano, senza un attimo d'esitazione, rispose: «Il broker, tesoro».

«E cos'è?» domandò con la bocca piena di zucchero a velo.

«Altri ti direbbero un mediatore, un intermediario» rispose ispirato, «ma io preferisco definirmi un traduttore di linguaggi.»

«Che linguaggi?»

«Soldi e merci.»

«Che merci?» Non capiva.

«Oh, qualunque. Che differenza fa? Ananas, mattoni, candele. Una merce è materia, tempo e lavoro che devono essere venduti. E rotte intercontinentali, container, navi.»

«Perché, viaggi?» si accese improvvisamente.

«Moltissimo.»

«E dove sei stato?»

«D'interessante? A Panama, a Miami, a Istanbul, ad Amburgo.»

Non li aveva mai sentiti, quei posti, a parte Miami. Doveva andare a cercarli sul mappamondo in camera di Claudia. Anche se non era questo l'importante: era che la galera fosse una menzogna. Ma ci voleva la prova del nove, la conferma: «E lo prendi, l'aereo?».

Lui schioccò le dita: «Certo!».

Nel caffè c'era un dito di sambuca, Jessica lo aveva mandato giù d'un fiato e ora le girava la testa. Si sentì frizzare, affiorare sulle labbra una ridarella esplosiva, incontenibile.

«Lo sapevo che avevo ragione» disse a se stessa.

«Su cosa?»

«Niente, un gioco tra me e Adele.»

Adriano si fece serio di colpo, quasi triste: «Mi spiace che non abbia voluto vedermi».

«Ha un sacco di casini» gli rispose Jessica, brilla, «e comunque adesso ci sono qui io!»

Suo padre si riscosse. Appoggiò i gomiti sul tavolo e si sporse, come per farle una confidenza: «Tra undici giorni esatti è il tuo compleanno. Cosa credi, che me lo sono dimenticato?». Vide sua figlia sciogliersi, si sentì compiaciuto. «Allora anticipiamo i tempi, guarda quella porta» la indicò, «voglio uscire di qui e comprarti quello che vuoi, *qualsiasi cosa*.»

A Jessica luccicava lo sguardo: «Qualsiasi, davvero?».

Era il sogno di tutte le sue amiche, di tutte le ragazze. Un padre favoloso che viene a prenderti, ti porta via, ed esaudisce ogni tuo capriccio.

«Non ragionarci, altrimenti non funziona. Usa l'istinto, rispondimi: cosa desideri, più di tutto?»

Jessica gridò: «Un tatuaggio!» scoppiando a ridere. «Una farfalla qui, sul collo, dietro l'orecchio. Con le ali blu e viola.»

Si aspettava che suo padre le dicesse: Tu sei scema. Questo no, non si può fare, ci sono dei limiti nella vita. Perché anche se era splendido e stravagante e faceva quel mestiere stranissimo che non aveva capito, era pur sempre un padre, un genitore, e il suo ruolo era dire no, dare dei divieti.

Invece Adriano batté la mani sul tavolo: «Un tatuaggio, fantastico! Fammi fare solo una telefonata».

Tirò fuori dalla tasca della giacca l'iPhone, che era un 3GS, il più nuovo. Scorse velocemente la rubrica: «Mario, ciao, sono io. Senti ho mia figlia qui che vuole tatuarsi una farfalla. Anzi, ti dirò di più, siccome sono innamorato, sono pazzo di lei, me ne voglio tatuare una anch'io, uguale alla sua. Che ne dici?». Guardò l'orologio. «Hai tempo, diciamo, tra un quarto d'ora?»

Sua madre avrebbe gridato: È una fregatura una fregatura una fregatura! Quando sarebbe tornata a casa con la pellicola unta di vaselina e il tatuaggio sotto, l'avrebbe presa a sberle per un mese intero, e messa in castigo per sempre. Ma i soldi per il laser, per farglielo togliere, tanto non ce li aveva.

«Me ne farò due, di farfalle» decise Adriano uscendo dalla pasticceria. «Diglielo, ad Adele. Una è per te e l'altra è per lei.»

~

Quando c'entravano i bambini, usavano il bianco.
Le vesti del battesimo, le bare, le sbarre.

Le sbarre erano bianche, come le lenzuola stese dai balconi intorno, come l'ultima neve rimasta. Forse per attutire l'urto e fare meno male.

Era buffo, perché in quella strada pedonale c'erano quasi solo pub, locali e ristoranti: via del Pratello era famosa per il sabato sera. Anche adesso la mattina si allargava tenue e spensierata, con i negozietti di alimentari che mettevano fuori la verdura e le arance, le pizzerie aperte per areare le sale, lavare i pavimenti e rassettare i tavoli. C'erano un greco d'asporto che inondava di profumo i portici e li speziava, studenti in bicicletta che passavano fischiettando. Non l'avresti mai detto, che proprio là si trovassero il Tribunale e il carcere per i minorenni.

Adele smise di camminare. Era da più di un'ora che faceva avanti e indietro di fronte all'edificio e aveva perso la cognizione del tempo. Si fermò a osservare le finestre che davano sulla strada: rettangoli ciechi, sigillati da tapparelle chiuse, oltre un alto muro. L'ingresso era sorvegliato da due militari. Non poteva saperlo, lei, che il carcere si trovava dietro, in un'ala invisibile da lì. E che la cella di Manuel affacciava all'interno di un cortile. Lei guardava lassù, tra gli uffici del Tribunale, e lo cercava.

Le venne l'istinto di chiamarlo. Forte, per nome, come aveva visto fare in un film. Ma a cosa sarebbe servito? La via risuonava di così tanti rumori, di voci che discorrevano allegre. Immaginò che fosse insopportabile ascoltarle da là dentro, e non poterne fare parte.

Si sedette su un gradino, girandosi prima da un lato poi dall'altro. Da quando Bianca, così aveva deciso di chiamarla, come un colore innocente, si era messa giusta, con la testa incanalata e le gambe in alto, le aveva piantato i piedi contro il costato. Li puntava. E Adele era scomoda in qualunque posizione, le mancava il fiato e doveva riposarsi.

"Reo confesso di omicidio colposo e spaccio di sostanze stupefacenti" avevano scritto. Il 27 dicembre, che era il compleanno di Manu. Nel titolo: "Minorenne vende dose letale, poi si costituisce".

Era corsa in edicola, quella mattina, appena le avevano detto che era sul giornale. Prima non le aveva ascoltate, le chiacchiere degli altri. Poi, con le mani che tremavano, il cuore a pezzi, lo aveva trovato.

Il suo nome, il cognome puntato.

Era un taglio basso, in cronaca. Con una veduta triste del Villaggio Labriola, il cielo nuvoloso e i Lombriconi in primo piano. Una sfilza di parole: "miseria", "emarginazione", "dramma", che stavano lì a dipingere le loro vite come qualcosa di tremendo.

Aveva buttato via subito il giornale, provato odio per chi aveva scritto quelle cose, e un senso di colpa insormontabile: era lei, ad averlo lasciato la notte di Natale; lei, ad avere permesso tutto questo.

Erano passati dieci giorni senza che riuscisse a dormire, senza quasi toccare cibo. Il giorno prima, l'Epifania, avevano disfatto l'albero, riposto le palle e le statuine dentro i cartoni, riportato ogni cosa in cantina. Si era data della stupida per averci creduto, di poter ambire a una vita normale.

E adesso era qui, a elemosinare un frammento di Manu.

Erano la stessa cosa: no, ma i loro destini erano diventati inscindibili, precipitati nel codice segreto di ciascuna cellula. E Bianca le avrebbe chiesto di lui, un giorno.

Avrebbe voluto vederlo, conoscerlo.

Lui, che era un assassino.

E chissà dalla galera quando sarebbe uscito.

Cosa poteva risponderle? Come si poteva comportare?

Come sua madre?

Aveva pianto, Rosaria, quando lo aveva saputo. Per un paio di minuti si era appoggiata al frigo e si era messa a singhiozzare. Poi si era asciugata le lacrime, aveva imprecato in napoletano.

Si era voltata a guardarla, bene in faccia, con l'indice puntato: «Adesso è proprio finita, Ade', adesso 'sta creatura è più sfortunata di noi».

Si tirò su dallo scalino perché la pressione sulle costole era diventata fastidiosa. Cercò ancora Manuel con gli occhi, anche se era inutile.

Lo amava, lo detestava. I militari, intanto, l'avevano notata: forse avevano capito che era la ex incinta di uno degli adolescenti là dentro. Basta, doveva andarsene. Ovunque, ma non a casa.

Una decisione, le aveva intimato sua madre, andava presa.

S'incamminò verso il centro che non vedeva da mesi. Passò di fronte a San Francesco. «O tu veramente la vuoi far crescere in questa situazione?» Alzò lo sguardo e si stupì di come attraverso la facciata della chiesa si vedessero pezzi di cielo.

Le aveva telefonato Marilisa: «Cosa è successo?» Le aveva chiesto se volesse incontrare una psicologa che lavorava in consultorio e poteva darle un sostegno. Nel frattempo, al Pratello, erano riusciti a proteggere la storia di Manu dai giornalisti, a non far trapelare più nulla. E al Villaggio nessuno riusciva a crederci. Che fosse andato a costituirsi: lui, di sua volontà. Ne parlavano tutti, su ogni pianerottolo.

Tutti, tranne lei e Zeno.

Faceva troppo freddo. Adele fluì sotto il portico di via Ugo Bassi, tra i passanti infagottati che si affrettavano, come un sassolino portato dalla corrente. Avrebbe voluto entrare da Mango o da Intimissimi, solo per ricevere un po' d'aria calda, per rannicchiarsi in un camerino. Ma andava avanti, instancabile. Finché arrivò in piazza del Nettuno, di fronte a un edificio maestoso in cui non era mai entrata.

Si avvicinò, vide centinaia di piccole fotografie in bianco e nero a lato dell'ingresso: CADUTI DELLA RESISTENZA c'era scritto. Nomi sconosciuti di eventi che non avrebbe saputo spiegare, così tanta storia da esigere distanza. Però, vedeva gente normale che entrava e usciva sotto la targa SALA BORSA, e d'istinto si decise anche lei.

Superò il muro di calore della porta e si sentì subito meglio. Si slacciò il cappotto, si tolse la sciarpa e, dopo un vestibolo e un corridoio, fu dentro.

Era un luogo arioso e sonoro, come una grande voliera. Con molti piani, anzi, balconi che affacciavano tutti su quell'immenso cortile chiuso. Che aveva pavimenti di vetro con sotto qualcosa: sassi, rocce? Le persone le vorticavano intorno come uccelli, le luci la abbagliavano. C'era qualcosa che s'impilava e correva, scaffali pieni di libri.

Adele trovò una poltroncina e si sedette a contemplare, a riprendere fiato. Come avesse, finalmente, attraccato in un porto.

Poi i suoi occhi si soffermarono su uno spazio separato, dai colori accesi. Si avvicinò e vide. Una stanza per bambini.

Fu tentata di uscire, subito. Poi si disse che no, doveva osservare. I cuscini morbidi, le pareti dipinte, i libri di stoffa. E loro: nove, dieci mesi, ma anche meno. I genitori che li guardavano gattonare, provare ad alzarsi in piedi, cadere. Che li consolavano quando scoppiavano a piangere. Li incitavano a riprovarci. Oppure leggevano loro alcune pagine. O ancora, li allattavano.

Una decisione.

Adele rimaneva ferma, oltre i vetri, a fissare quelle mamme e quei papà in calzini, che sorridevano e parlavano tra loro. Erano così grandi, così adulti, che le parvero irraggiungibili. Pensò: Ecco cos'è una famiglia. Mentre i loro figli ruzzolavano tra libri sonori e favole scritte in tutte le lingue del mondo, se li portavano alla bocca, li mordevano.

Stava dall'altra parte, chiusa fuori.

A chiedersi: Cosa ho io da offrire, a Bianca?

Avrebbe voluto vederla là, tra i cuscini e gli scaffali. In quella piccola biblioteca, con quel papà con la barba, quella mamma che leggeva a voce alta. Una famiglia *vera*. Che le avrebbe insegnato tante cose, e portata in aereo, fatta viaggiare, iscritta nelle scuole migliori. Questo, voleva.

Non era una decisione, era una preghiera.

Intanto glielo diceva, a Bianca: Tu non sarai come me, tu non avrai problemi. Te lo prometto, avrai tutto.

La bibliotecaria si accorse di lei. Le sorrise e la invitò a entrare. Ma Adele si avvolse il cappotto intorno alla pancia e fece cenno di no.

Quando qualcuno ti abbandona, e lei lo sapeva bene, ti lascia in eredità un vuoto. Che rimane lì, tra le costole, e non c'è modo di mandarlo via. Però, le disse. Tu avrai una vita intera per costruirci intorno delle cose belle.

Sai, io non conto niente alla fine. È il mondo dove andrai ad abitare che conta. Un giorno ripasserò di qui, tra cinque, sei anni, te lo prometto. E la bambina più bella che vedrò giocare, anzi non la più bella, la più felice, penserò che sei tu.

27

Era tornata la nebbia: dagli interstizi remoti della pianura, tra betulla e argine, tra cascina e cascina; dagli strati depressi della sua adolescenza era venuta a cercarla fin là.

Dora la guardava galleggiare in via Castiglione, sotto i portici. Ricordò San Martino, il percorso dallo scuolabus a casa quando non si vedeva nulla, il freddo ancestrale che le ripeteva a ogni passo: questo non è un mondo ospitale.

Era così frustrante, aspettare.

Passavano i giorni, le settimane, erano arrivati al 20 gennaio e nessuno aveva detto loro niente. Cosa gli costava comunicarlo? No, non ce l'avete fatta. Non sarete genitori. Sarebbe stato terribile sentirselo dire, ma non sapere era peggio.

Allora se ne stava lì, al freddo, all'ingresso del Galvani, e non aveva alcuna voglia di rientrare a casa. Aveva davanti un intero pomeriggio a correggere compiti. Fabio, la sera, tornava sempre più tardi. Il suono della campanella esplodeva alle sue spalle e una carica di studenti, zaini, vocabolari di greco e di latino la travolgeva.

La vita non era perfetta, pensò, mai. Da nessuna parte, da nessuna panchina.

Si sentì toccare la schiena: «A domani, prof».

Riconobbe la voce di Zeno, si voltò verso di lui.

«Non mi piacciono per niente i futuristi» le gridò scherzando, «depenniamoli dal programma, per favore!»

A me non piace il futuro, avrebbe voluto rispondergli. Ma si limitò a sospirare alzando gli occhi al cielo, come a dire: Sì, tutte quelle abolizioni – della punteggiatura, degli aggettivi – erano proprio una stronzata. Lo seguì con lo sguardo attraverso il fiume degli altri. Era così alto, aveva quei capelli lisci e folti che gli scendevano fino alle sopracciglia, e quella sciarpa a righe arrotolata male che lo faceva sembrare un bambino bisognoso di affetto. Del *suo* affetto.

Le venne la tentazione d'invitarlo a pranzo. E poi a una mostra, a un concerto. Le sembrò subito di stare meglio, all'idea, e aprì la bocca per chiamare il suo nome.

Ma era lontano, cercava qualcuno nella folla.

Dora si chiese con curiosità, con gelosia, chi fosse. Si impegnò a non perderlo rimanendo in disparte. Ricacciandosi in gola la voglia di parlargli, sedersi a un tavolo con lui. Finché lo sciame cominciò a diradarsi, i motorini a partire e lontano, tra due colonne, c'era una ragazza.

Che avrà avuto sedici, diciassette anni.

Truccata pesante, i collant a rete e la minigonna volgare. Con enormi orecchini di plastica che le sembrò di avere già visto. Il piumino rosso, la pelliccetta finta intorno al cappuccio. E la pancia.

Vide Zeno che le andava incontro, sorridente. Vide lei che gli sorrideva a sua volta. Lui che la raggiungeva, si chinava per baciarla. Sulla bocca. La sua fidanzata. Al settimo, ottavo mese.

Dora si sentì cieca e sorda.

Avvertì tornare quel mostro, che non era lei, ma si era annidato dentro le sue viscere, in un posto così buio da non poterlo nominare. Perché lei aveva studiato, sofferto e capito. Aveva letto, pensato, amato. Era adulta, consapevole. Però era prigioniera del mostro.

Allora lo fece. Non lei, il mostro.

Prima di poterglielo impedire. Attraversò il porticato. Con il fiatone, il volto contratto dall'odio, e quella cosa che le si attorcigliava dentro come una radice nera.

Li raggiunse, afferrò Zeno con violenza.

«È tuo?» indicando la prominenza atroce, che stonava così tanto con la faccia spaurita di quella ragazzina. «L'hai messa incinta *tu*?»

Zeno si voltò stupito, allarmato. Indietreggiò, circondò con un braccio le spalle di lei, per proteggerla. E Dora avrebbe dovuto reagire perché il mostro aveva preso il sopravvento, scusarsi, sparire. Ma la terra le franava sotto i piedi, non c'era più niente che avesse un senso, e l'unica domanda che le girava in testa era: Perché lei sì e io no? Perché quest'incosciente troietta di periferia sì, e io no, no, NO?

«Non deve permettersi» le disse Zeno, duro. «Io ci tengo a lei, prof, ma lei deve farsi curare.»

Portò via la ragazza senza voltarsi. Si allontanarono insieme, abbracciati, nella nebbia gelida in cui si distinguevano a malapena le luci accese negli uffici, i colori dei semafori.

Dora avvertì l'incendio spegnersi.

Il mostro ritirarsi.

Si mise una mano sulla fronte, chiuse gli occhi.

Dio mio, cosa aveva fatto.

Discese via Castiglione, veloce. Sforzandosi di correre, sentendosi una persona orribile, linciandosi.

Zeno padre, una minorenne. Le si rivoltava lo stomaco al solo pensiero. Ma non era neppure questo, alla fine.

Era che la gamba l'aveva accettata, ma la sterilità no.

Quella era una cosa che non poteva accettare.

Aprì la borsa senza fermarsi. I passanti rallentavano, la guardavano, e lei doveva trattenersi dal gridare loro: Cosa avete da scandalizzarvi? Non l'avete mai vista, una donna incazzata?

Aveva il cappotto aperto, la sciarpa a penzoloni. Rimestava dentro la borsa come una strega. Finché trovò il cellulare. Lo accese e chiamò Serena.

Dava libero, la linea c'era.

Ma lei non rispondeva, per l'ennesima volta.

Solo i legami che non si scelgono non si possono spezzare. Tutti gli altri sono labili, precari.

Le lasciò un messaggio in segreteria: «Serena, cosa succede? È da dopo Natale che non riusciamo a vederci. Sei tornata da quel viaggio a Berlino? Che viaggio era? Non mi dici più niente, io sto male, un male cane. E tu eri strana quando ci siamo fatte gli auguri. Per favore, richiamami e spiegami. Non mandarmi un sms del cavolo».

Se solo avesse potuto tenerlo tra le braccia, la sera, per addormentarlo. Distenderlo nel lettino, sentire la filigrana dei suoi capelli, l'odore del suo corpo. Ritrovarlo la mattina nella stanza accanto, come un minuscolo prodigio. Allora, avrebbe potuto dimenticare.

Il tempo bloccato per anni.

Tutto quel dolore.

E invece non glielo avrebbero mai dato.

Arrivò sotto casa, la Jeep di Fabio c'era. Tirò fuori le chiavi, chiamò l'ascensore. E mentre compiva questi gesti ordinari, quotidiani, prendeva di nuovo fuoco. Aprì la porta, ritrovò il "confortevole appartamento in centro" dell'annuncio immobiliare. Vaffanculo, gli disse. Attraversò l'anticamera. Fradicia di nebbia, il rimmel sfatto. Trovò Fabio in salotto che visionava schizzi preparatori, un calice di bianco in mano.

«Oh, miracolo!» La sua voce era troppo alta. «Già qui?»

Fabio posò il bicchiere, spostò le stampe dei contesti e i lucidi sul tavolo, mosse il mouse del computer. Stupito, educato: «Te lo avevo detto, che oggi avrei lavorato da casa».

Quell'educazione, quel condizionale, le grattugiarono i nervi.

«Tesoro» le chiese, «cosa è successo?»

Anche quel *tesoro* di cortesia la mandò in bestia.

«Niente è successo. È che non sono più abituata a vederti prima delle undici di sera.»

Fabio, lentamente, riprese il bicchiere, bevve un sorso. Fece un respiro profondo: «Dora, lo sai quanto sto lavorando».

«Certo. Solo tu lavori, a questo mondo.»

Non si era nemmeno tolta il cappotto, le scarpe, la sciarpa calpestata e trascinata per chilometri sull'asfalto.

Cercava lo scontro, lo voleva. Perché se niente aveva senso, allora tanto valeva distruggere tutto. Fabio si sforzava di non abboccare, ma intanto l'espressione l'aveva indurita, anche il tono: «Sai che ho questo grandissimo progetto per le mani. Si parla della riqualificazione di una periferia intera, qualcosa che può cambiare davvero la vita a un mucchio di persone. Devo lavorarci. Giorno e notte».

«Notte, soprattutto. E con quale collega? Sentiamo.»

Fabio la guardò a lungo.

La sua calma forzata cominciò a sgretolarsi.

«Hai avuto una brutta giornata» le disse. «Vai a farti una doccia.»

«È sempre mia, la colpa. Se sono incazzata, se il nostro matrimonio fa schifo.»

«Per favore» Fabio si chinò di nuovo sui giganteschi fogli AO, «non ti sopporto quando fai così.» Serio, superiore. «Lasciami lavorare.»

Mentre lo diceva, l'avviso di un sms lampeggiò sullo schermo del cellulare. Lui gli lanciò un'occhiata, senza poter fare a meno di arrossire. Finse di ignorarlo, tracciò linee con la china.

Dora si avventò sul tavolo e lo prese.

«Ah, lo sapevo!» esultò furibonda. «Niente di meno che Emma Rosselli! Complimenti.» Lo fissò in un tripudio di ferocia e soddisfazione. «Sempre la stessa, sei proprio fedele.»

Fabio si alzò: «Dammi il cellulare».

«Sempre al liceo, sei rimasto.» Ignorò la mano aperta di Fabio, l'imperativo categorico di quel braccio teso che esigeva rispetto, comprensione. No, pensò Dora.

Aprì il messaggio, lo lesse ad alta voce: *Stanotte ti ho sognato, Faby*. Scoppiò a ridere, impietosa. «Faby? Faby?! Cos'è? Un peluche? Un Tamagotchi?» Lo guardò, devastata. «Dio santo, l'oca del paese. Ma quanto sei caduto in basso.»

«*Tu*, ci sei caduta.»

Fabio provò a difendersi, ma era tardi.

Vide Dora andare alla finestra, spalancarla, gettare il telefono in strada, e richiuderla. La vide chinarsi a caso accanto al televisore, afferrare a due mani la lampada e mandarla in frantumi.

«Se ho avuto una brutta giornata?» gli gridò. «Certo! Il mio studente migliore, diciott'anni appena, ha messo incinta una ragazzina. E io? Guardami. Non lo sarò mai.»

Fabio si mise le mani tra i capelli: «Basta, ti prego, pensavo l'avessimo superato questo discorso».

«Non lo avremo mai.» Dora si strappò di dosso il cappotto, il maglione. «Non ce lo daranno mai. È passato un mese da quando sono venute qui, un mese! Allora dimmi perché mi hai sposata. Perché me e non la zoccola della Rosselli. Lei ne ha sfornati due, di figli, no? Lei sì che è fertile! Oppure quell'altra bagascia che era in stanza con me al Carducci, lo studentato. Carmela. Che mi ricordo come la guardavi.»

Fabio la fissava impotente. Dimenarsi, annientare il salotto, i giorni belli che ci avevano passato insieme, se stessa.

«Carmela» biascicò istupidito. «Cosa stai dicendo?»

«Ci hai provato con lei, di sicuro. Miss Sorriso '98, un metro e mezzo di coscia. Sono certa che ci hai fatto qualcosa.»

«Stai delirando.»

Vederla in quello stato, che afferrava libri dalle mensole e li buttava giù, toglieva quadri dalle pareti, tirava fuori cose del passato, di dieci anni prima, gli faceva venire voglia di piangere, ma anche rabbia.

Tanta rabbia.

Poi Dora si fermò, con la sua più plateale faccia da schiaffi: «Ammettilo, che mi hai sposato per pena».

E quella frase oltrepassò tutti gli argini.

«Vaffanculo. Levati dal cazzo.»

Fabio si allontanò di scatto, non fece attenzione, colpì il tavolo e rovesciò il vino sugli schizzi dei progetti. «Cosa credi, che non me ne sono accorto anch'io che è passato un mese?» Quei fogli rovinati, con la china che si scioglieva e macchiava la carta, la cupola ariosa e semitrasparente che doveva sorgere al posto della piscina sventrata, delle fondamenta interrotte dei Budelli e riscattarli, gli ruppero qualcosa dentro: «Sì, mi fai pena».

Cominciò a urlare anche lui. «Ti ho sposata perché eri la mentecatta della scuola, la più inscopabile. E tu mi hai reso infelice. Ogni giorno, me lo hai rovinato. Perché tu sai solo logorare, te e chi ti sta accanto.»

Dora era pallida, appoggiata allo stipite della porta. «Ah, visto che avevo ragione?»

«Adesso sparisci.»

Lei non si mosse: «Non saremo mai genitori».

«Va bene.»

Era stravolta, tremava.

Ma continuava: «E sai perché? Per colpa mia».

«Va bene.»

«Il nostro matrimonio è finito, ti lascio andare.»

«Va bene.»

«Ti lascio libero di essere felice.»

Fabio si voltò esasperato, la prese per le spalle: «Ti ho detto che va bene!» gridò con tutta la voce che aveva in corpo. «Cosa vuoi ancora da me, che ti sbatta fuori? Cosa credi, che io non ci sto male?»

La spinse. La fece cadere. La tirò su e la trascinò per il corridoio fino in camera. Spalancò gli armadi. Afferrò a due mani i suoi vestiti, li strappò dalle grucce, li scaraventò a terra: «Tieni, fatti le valigie». Vuotò un compartimento intero, e non gli bastava: «Sei patetica. Ti voglio fuori dalla mia vita».

Dora lo guardava spaventata. Era crollata a piangere sul pavimento, raccattava la sua roba, a bracciate, senza sapere dove metterla, cosa farne. Con il tubo al carbonio della protesi che le usciva fuori dai pantaloni, che la costringeva a una posa innaturale. Ma ne aveva pieni i coglioni, lui, e non era più disposto a tollerare. Le sue uscite, le sue sceneggiate. Era vero che era colpa di Dora: *tutto*. Perché era sterile e pure handicappata, fuori di testa, egoista. La detestava così tanto, adesso, che per non prenderla a calci stava spaccando la porta. Si stava aprendo le nocche. Stava sanguinando, sventrando il legno.

«Fermati! Scusami!»

Era tardi, per le scuse.

«Giuro che me le scopo tutte, da stasera. Emma, Serena. E tu sparisci» glielo sputò in faccia. «Basta che non ti fai più vedere.»

Squillò il telefono.

Irreale, alieno. Come dentro un film.

Come da una vita parallela.

Lo squillo si propagava intruso, assurdo, dall'anticamera al salotto, dal bagno alla loro stanza. Metallico, sbatteva contro le pareti. Rimbalzava tra i mobili divelti, i libri caduti. Indifferente al ferro e fuoco che avevano fatto, alla devastazione delle loro vite. Squillava, squillava e squillava. Tranquillo, sul tavolino di noce.

«Vado io» la fermò.

Dora era un fiore floscio dopo un temporale, circondato da

una corolla di camicie spiegazzate, con il mascara che le colava dalle guance insieme alle lacrime.

Chi cazzo era, si chiese Fabio. Non gliene fregava niente.

Voleva solo che quel suono cessasse. E tornasse il silenzio dopo le bombe. La pace dei cimiteri. Solo alzare la cornetta e dire: No, grazie, non m'interessa.

«Pronto» disse.

«Fabio, sono Silvana Marchesi.»

Rimase inchiodato al muro, piantato nel pavimento.

«Non te l'ho mai fatta, questa telefonata.»

Con il ricevitore all'orecchio, raggelato.

«Anzi, non potrei proprio saperlo. Sto rischiando il posto. Però, volevo essere io a darvi la notizia. Perché l'ho sempre saputo, che sarete dei bravi genitori. Siete due persone speciali. C'è Dora?»

«Sì» spiccicò lui, «è di là.»

«Bene. Allora puoi dirle che il giudice De Michelis ha stilato il decreto ed è positivo.»

Fabio strinse la cornetta con entrambe le mani, più forte.

Vide Dora emergere, scalza. Distrutta.

«Voi non sapete niente, mi raccomando» prima di riattaccare. «Congratulazioni. Avrete l'idoneità.»

Il cuore dov'era?

Che genere di organo era, a cosa serviva?

Dora barcollava, lo guardava senza il coraggio di chiedere. E Fabio la fissava a sua volta, con il ricevitore in mano, la linea caduta che faceva tu, tu, tu. E il cuore che rimbombava nel petto, nel corridoio. Quel cuore immenso che non era più il suo soltanto.

Andò addosso a sua moglie, singhiozzando. La abbracciò.

Caddero insieme per terra.

Biascicò: «Ce l'abbiamo fatta».

Tra i suoi capelli, sulla sua spalla.

Riversandosi su di lei come un bambino che ritrova la mamma dopo tanto tempo.

«Ce l'abbiamo fatta» ripeté.

Dora ci mise un attimo a realizzare quella frase.

Senza aggettivi. Senza punteggiatura.

Come un getto d'acqua improvviso da un tubo di gomma, come i gavettoni al Ferragosto Sanmartinese e il manifesto di Marinetti: rumoroso, accecante. Lo sentì tornare.

Il futuro.

28

La prima a prendere la parola fu una donna bionda, che indossava un maglione prémaman sopra una fascia elastica per sostenere la pancia.

Si sollevò dalla sedia un po' a fatica, camminò timida in mezzo alle altre. Poi raggiunse la lavagna, ancora intonsa, e, emozionata, disse: «Mi chiamo Sabrina, ho trentacinque anni, e aspetto Riccardo».

Si chinò su una scatola di pennarelli, ne scelse uno arancione. Scrisse in alto a sinistra il suo nome, una freccia, quello di suo figlio.

«E cosa fai nella vita, Sabrina?» la incoraggiò l'ostetrica. Non era Marilisa, ma un'altra. «Sei a casa? Lavori?»

«No no, lavoro» rispose lei, fiera. «Sono interior designer e viaggio molto. O meglio, viaggi*avo*» sorrise sbuffando. «Sugli aerei, ormai, non mi ci fanno più salire.»

Adele non aveva idea di cosa fosse un'interior designer. Ma osservava quella signora, che aveva la fede al dito, il doppio dei suoi anni, prendeva gli aerei, e quelle due parole inglesi le risuonavano nella testa importanti, prestigiose.

«Lo cercavamo da due anni» continuò, «io e mio marito. Alla fine, mi ero quasi convinta a mollare. Ero certa che fosse l'ennesimo ritardo, l'ennesima delusione e invece» si guardò intorno, rintracciò storie simili nei volti che la ascoltavano e annuivano, «ho fatto il test, era positivo. E sono morta di gioia.»

Erano una ventina, sedute in cerchio.

Ciascuna con la sua pancia di trenta, trentadue settimane, portata con orgoglio. Con le gambe divaricate, le caviglie gonfie, le occhiaie. Però, erano anche belle. Non si conoscevano, ma sembravano già amiche. Erano vestite con abiti fatti apposta, le scarpe comode da ginnastica. Non come lei, che aveva allentato tutti gli elastici dei pantaloni delle tute, e sfondato le maglie, e si ostinava ad andare in giro con le zeppe di dieci centimetri. Perché?

Perché era l'unica arma che aveva.

«Parlaci dei sintomi di questo terzo trimestre» le chiese l'ostetrica, «cos'è cambiato? Sentimenti? Paure?»

Sabrina alzò gli occhi al cielo ed esclamò: «Paura del parto, tanta!».

La platea si sciolse in una risata. Tutte ad alzare le mani: anch'io, anch'io, ne ho il terrore! Adele avrebbe proprio voluto essere là, in quel momento, seduta in mezzo a loro a dire che sì, anche lei non voleva partorire. Che aveva pure chiesto il cesareo e Marilisa le aveva risposto: «Te lo scordi». Raccontare di quando aveva fatto il test e invece a lei era venuto un colpo. Il test rubato al Million insieme a Claudia.

«Ragazze, calma. La paura è il vostro più grande nemico! Non il dolore, non il parto. Ma procediamo con ordine, finiamo prima il terzo trimestre: vai avanti, Sabrina, elenca gli altri sintomi.»

«Be', non so più come sedermi, come dormire. Dopo dieci minuti che cammino, mi s'indurisce la pancia, mi viene il fiatone. Diciamo che comincia a essere ingombrante, questo coinquilino.»

L'ostetrica sorrise: «Ragazze, è sacrosanto che non ne possiate più. La natura è geniale, vi sta aiutando. L'armonia che avete sentito fin qui, essere come una cosa sola, se continuaste a sentirla, vorreste essere incinte per sempre».

Adele si sporse un filino in più, attenta a non farsi vedere.

«Invece dovete partorire, anzi, non vederne l'ora, scalpitare all'idea di liberarvi. Perché il parto è questo, una separazione.»

Lo aveva già sentito, lo aveva letto sul libro della biblioteca. Si ritrasse dietro la porta, smise di guardare.

La palestra pulita, raccolta. L'illuminazione a faretti, i colori pastello, i cartelloni con le foto attaccate: "Mamme di dicembre", "Mamme di gennaio". C'era una ragione, se lei non era dentro ma fuori. Se non aveva il diritto di partecipare e dire il suo nome, di esercitarsi con i bambolotti e i pannolini, con i cuscini per l'allattamento ordinati sulle mensole laggiù, in fondo.

Perché lei, tra due mesi, si sarebbe separata davvero.

E non avrebbe cambiato nessun pannolino.

E non avrebbe attaccato nessuno al seno.

«La borsa dell'ospedale» chiese una, «quand'è che la dobbiamo preparare?»

«Cos'è che dobbiamo metterci?»

«Giusto. Ne parliamo subito, va tenuta pronta a partire dalla trentaquattresima settimana.»

Adele si appoggiò con la schiena al muro. Lei ci era già, alla trentaquattresima settimana, e non aveva pronto niente, non voleva preparare niente. Si costringeva ad ascoltare. L'elenco delle tutine, dei calzini, delle cuffiette che non avrebbe portato. La metà della borsa che non le sarebbe servita. Rimaneva lì dove per sempre sarebbe voluta rimanere, in quell'angolo del Roncati. Senza mai partorire, mai separarsi. Solo stare lì a respirare e a sentirsi Bianca nel corpo.

Dal fondo del corridoio si spalancò una porta e uscì Marilisa. Adele si allontanò dalla palestra, veloce, sperando che non l'avesse sorpresa a origliare. Ma lei aveva già notato e capito, e le stava andando incontro con la faccia triste.

Era diventato tutto triste, dopo la decisione. Gli appuntamenti con la psicologa, le parole di conforto dell'assistente sociale. Anche se lei si fidava soltanto di Marilisa. Però, persino l'ambulatorio dove stavano entrando, persino la grande finestra affacciata sulla corte e il giardino, dove adesso faceva buio e non si vedevano più i rami degli abeti, erano diventati pieni di tristezza.

«Come stai?» le chiese Marilisa sedendosi.

«Normale» rispose.

L'ultima ecografia non l'aveva nemmeno voluta vedere, aveva girato la testa dall'altra parte. Non riusciva a dormire, continuava a riempirsi di schifezze che poi le facevano venire un'acidità insopportabile, e Bianca si ostinava a puntarle i piedi contro lo stomaco, le costole, e lei lo amava, quel dolore.

Marilisa tirò fuori dal cassetto un paio di fogli sulle tecniche di respirazione, glieli diede: «Studiateli bene, quando sei a casa».

Anche lei lo faceva, il corso preparto. Ma da sola. Perché il suo prevedeva un prima, ma non un dopo. Le insegnava a spingere, a respirare. Poi a sparire, a non farsi più vedere, a non essere ricollegabile a Bianca, che non si sarebbe chiamata Bianca e avrebbe avuto altri genitori.

«A occhio, mi sembri ingrassata.»

«Non è vero.»

«Sulla bilancia, forza.»

Adele sospirò e cominciò a togliersi le scarpe, che era un'operazione laboriosa ormai. Sollevò lentamente una gamba, allungò il braccio. E la amava, anche quella lentezza. Quel non avere più possesso del proprio corpo, che era la casa di Bianca. Avrebbe solo voluto farsi più sottile intorno a lei, fino a diventare una membrana trasparente, la sua stessa pelle.

«Quattordici chili, non ci siamo.» Marilisa perse la pazienza, la accusò: «Stai continuando a mangiare fuori controllo».

«Non è vero.» Mentiva senza neanche impegnarsi.

«Come te lo devo spiegare, che se ingrassi tu, ingrassa anche lei», guardò il calendario, «e che oggi è il 19 febbraio, e manca solo un mese e mezzo.»

Non me lo dire, non me lo ricordare.

«Poi sei tu che la devi tirare fuori, mica io.»

Adele la guardò con due occhi da cane, così penosi che Marilisa rinunciò a sgridarla. Si sedette, fece finta di controllare il computer.

«Ti chiedo solo un favore» le disse dopo un po', «promettimi che ci andrai, anche solo una volta a settimana, al corso di acquagym. Ho già parlato con la piscina, con la ragazza che ti farà lezione. Rassicurala, tua mamma, non dovete pagare niente. Non ci saranno altre gestanti, non dovrai dire né spiegare. È perché tu stia bene.»

Bene. Che parola breve.

Quando uscì dall'ambulatorio, dalla palestra stavano uscendo anche le altre. Adele si confuse per le scale in mezzo a loro, che avevano l'età di sua madre e scherzavano allegre, a voce alta.

Lei chiudeva gli occhi e le sembrava quasi di farne parte. Grande, adulta. Con tutto giusto nella vita: il lavoro, il matrimonio, la casa. Le sembrava di saperlo, adesso, cosa sarebbe voluta diventare.

Una persona libera.

Si ritrovò sotto il portico di via Sant'Isaia, fuori c'erano forse 5°, i mariti che venivano a prendere le altre, e lei che rimaneva sola, con la fermata dell'autobus da raggiungere a piedi, sui viali, e la certezza che, comunque, ormai era tardi per diventare qualsiasi cosa.

Il 22 era il solito, con i finestrini appannati. La direzione era la stessa, dal centro alla periferia. Le strade per bene, i palazzi per bene, il bene che apparteneva agli altri. E a lei toccavano la tangenziale, il cemento, i ragazzetti in moto con gli occhi duri che le ricordavano Manuel, il *suo* Manuel irrimediabilmente perduto.

Arrivò a casa, aprì la porta.

Zeno era seduto in cucina ad aspettarla.

~

Un giorno, com'era successo a Josef K., si sarebbero presentati sul pianerottolo per venirlo a prendere: Giuliani? Lei è in arresto.

Senza giri di parole, senza spiegazioni. Tanto tu lo sai, di cosa sei colpevole. Lo avrebbero ammanettato e portato al Pratello, dove almeno avrebbe avuto un sacco di tempo per leggere – anche se non per scrivere, perché se l'era giurato.

Forse, poi, gli avrebbero dedicato due righe su un giornale locale, un trafiletto di quelli così in basso che nemmeno li vedi: era solo il complice dell'altro, non il protagonista, e nascondere droga non era un reato che facesse notizia. Ma forse qualcuno lo avrebbe notato. In un bar, in un paesino in provincia di Parma o di Ferrara. Forse suo padre per caso, per noia, si sarebbe soffermato su quella pagina, fumando, sollevando la tazzina di caffè.

«Com'è andata?»

Adele buttò a terra le chiavi, la borsa, il piumino.

«Una merda» gli rispose.

Andò dritta alla dispensa, trovò un pacchetto di patatine e lo aprì piazzandosi sul divano.

Zeno la guardò impotente. Non lo avrebbe mai ammesso, ma ci sperava, che suo padre prima o poi venisse a sapere di lui. O perché era un fallito, un criminale, o perché era un celebre ricercatore alla Sorbona. Ma il suo sogno più grande, il più innominabile, era diventare scrittore. Era che lui vedesse il suo romanzo in vetrina e lo comprasse.

Mentre immaginava, Adele si sdraiava su un fianco, le dita unte di patatine, le scarpe bagnate sopra il divano. Cercava la posizione, si sistemava un paio di cuscini dietro la schiena. Assente.

«Dove sono le arpie?» gli chiese.

«Al Million.»

E lui non poteva farci niente: né salvarla né ribaltare il destino. Che era scritto nel sangue e nei millenni prima di loro.

«Mi chiedo perché continui a venire, se poi passi tutto il tempo zitto a fissare il muro. Cos'avrà di tanto interessante? Boh.»

Zeno rimase in silenzio.

Adele si voltò scocciata: «Cioè, a volte mi sembri il più figo del mondo e a volte il più sfigato».

È perché non so chi sono. Perché mi manca una metà. Perché quando sono ovunque, vorrei essere qui. E quando sono qui, non riesco a starci.

«Allora, praticamente.» Adele si alzò perché aveva freddo. Prese una sedia, la spostò contro il termosifone e ci si abbarbicò: «Funziona così. Che quando sento che la pancia mi diventa dura, sono le contrazioni di Breston?, Braxton?, e non contano niente. Mentre quando diventano regolari e fanno male, devo aspettare due ore e poi andare in ospedale. Che detto così sembra facile».

«Non sei costretta a pensarci adesso.»

«No, e a cosa devo pensare?» lo affrontò con rabbia. «A quanto è giusto, a quanto è sbagliato?»

«Sono solo idee» le rispose.

«Come dici?»

Adele aveva il viso appoggiato alle scanalature del termosifone, la calzamaglia di lana che le tirava e i polpacci gonfi. Non aveva quasi più niente della ragazza dei compiti, eppure lui la adorava.

«Che sono solo idee: la giustizia, l'ingiustizia. Come quelle platoniche: astratte, eterne. E poi c'è questa cucina. Ci sono queste piastrelle. Questo casermone in cui viviamo, in via Antonio Labriola, che era un filosofo grandissimo. E che una volta, in una lettera, ha scritto a Benedetto Croce: "Sai come le spiegava, un professore di liceo di Napoli, le idee di Platone ai suoi studenti? *Figurateve tante casecavalle appise*".» Si mise a ridere. «È favoloso. Le idee stanno là, appese. E noi stiamo qui, dentro una storia. Che ci determina e ci costringe.»

«Mia mamma è di Napoli» lo interruppe Adele, «là c'è il mare.» Gli sorrise: «Il mare non è un'idea, no? È una cosa».

Zeno afferrò la sedia e la trascinò fino al termosifone, si sedette davanti a lei. Le prese le mani. Sì, la storia li determinava. I modi di produzione, il capitale, quella periferia perduta. Però. La guardò negli occhi. Però: lui era vivo. E anche se aveva ancora il portafoglio di Spiderman, anche se dentro c'erano 20 euro.

Le disse: «Sì, andiamo via».

Adele s'illuminò, tornò ad essere *lei*. La protagonista del suo romanzo. Gli strinse le mani: «Quando?».

«Fammi ragionare, è venerdì» calcolò. «Ho bisogno del lunedì per passare in banca. Allora martedì, martedì mattina.»

«Davvero?»

«Te lo giuro.»

Entrarono Rosaria e Jessica con le buste della spesa.

«Un freddo, porco giuda.»

Sbatterono la porta.

Adele e Zeno sciolsero le mani.

Abbassarono lo sguardo facendo finta di niente.

«Dimmi che ti fermi a cena, stasera» gli disse Rosaria.

«Non puoi rifiutare» lo minacciò Jessica, «ci sono le cotolette impanate e pure il ketchup.»

Zeno rimase.

Contro il 13 febbraio del 2005. Contro la catena delle casualità, la legge di gravità. Contro Manuel, che gli si era piantato tra le costole per sempre. Contro il concetto di pena e il senso di colpa. Contro sua madre che si era voltata a destra anziché a sinistra, lo specchietto retrovisore che non era servito a niente.

Contro il tempo.

Aiutò ad apparecchiare, a friggere. Si sedette accanto a Adele. Rosaria raccontò la sua giornata, del barbone che dipingeva tramonti, scommetteva sul Cesena e avevano ribattezzato "L'artista", del cialtrone alcolizzato che cercava sempre di toccarle il culo. Poi Jessica si alzò, prese il telecomando: «Zitti tutti!». Perché iniziava l'anteprima di Sanremo. E loro due in silenzio, complici, che si tenevano di nuovo, sotto il tavolo, la mano.

Fanculo mondo, io vado via.

Fanculo scuola, futuro, io mi ribello.

Rimase anche dopo cena, a far finta di vedere il Festival. Solo per mezz'ora rientrò a casa, per occuparsi di sua madre e metterla a letto. Poi non riuscì a frenarsi e tornò da Adele.

Jessica era in bagno a lavarsi i denti, Rosaria aveva preso l'ansiolitico e se n'era andata in camera sua, a fare il Sudoku.

Tornarono soli in cucina. Con la televisione al minimo che trasmetteva cantanti muti, in sovraimpressione il codice del televoto, la luce dello schermo tremula e flebile come una stella.

La prese tra le braccia e la baciò sul collo d'istinto. Anche se non era mai stato con una ragazza, anche se lei aveva quella pancia ed era tutto impossibile. La baciò dietro l'orecchio, sulla nuca. Le mise una mano sul seno, allargò le dita.

«Dormi con me» gli disse lei.

Era folle, assurdo. Ma lo voleva.

La seguì in camera. Jessica dormiva su un fianco, voltata al muro. Le tapparelle rimaste alzate filtravano il riverbero delle luci fuori facendo emergere i contorni dell'armadio e dei due lettini.

Adele si spogliò, infreddolita. Per la prima volta la vide quasi nuda, con solo gli slip e la canottiera addosso. Le veniva da ridere: per lui che la osservava, per l'imbarazzo. Ma si tratteneva per non svegliare sua sorella e cercava a tastoni, nella penombra, qualcosa da mettersi addosso.

Zeno continuava a guardarla, incantato. Finché Adele gli disse sottovoce: «Devi spogliarti anche tu».

Allora si ritrovò che non sapeva che fare, con la fibbia della cintura in mano. Si slacciò i jeans, se li sfilò. Rimase in maglietta e mutande, e nessun posto dove appoggiare la sua roba.

La notte entrava, gelida, nella stanza. Li assediava da ogni parete, da ogni fessura. E loro dentro, asserragliati.

Si sentì troppo alto e magro e goffo.

S'infilò sotto le coperte, insieme a lei.

Aderì alla sua schiena, alle sue gambe, perfettamente. E quella cosa che credeva impossibile, d'improvviso, gli venne naturale.

Allungò un braccio, le abbracciò la pancia. Contro il palmo della mano, mentre chiudeva gli occhi, avvertì Bianca.

Che provava a muoversi, che aspettava di nascere.

«Buonanotte, ragazze.»

29

Metà del suo volto era tumefatto.

L'occhio sinistro cerchiato di nero, la palpebra gonfia, un ematoma al centro della guancia. Non avrebbe voluto cedere, l'altra sera, ma il compagno di cella cretino si era messo a insultare il ragazzo afgano.

Uno che si era fatto migliaia di chilometri sotto un camion a tredici anni. Per arrivare qui, vivere su una panchina, crepare di freddo. C'era qualcosa, in quella storia, che lui sentiva di dover difendere.

Erano le nove del mattino, adesso.

Gli venne in mente quel verso di Eminem che diceva: "*You only get one shot*". E lui ci aveva creduto. Quando lo aveva cantato in piedi sulla cattedra dell'aula III di Filosofia, insieme a Zeno, se l'era sentita esplodere nelle vene, l'occasione. Una sola, sì, ma che gli spettava.

Ricominciò ad alta voce. Seduto storto, sotto una luce fredda a basso consumo. Lesse di questo idiota, una testa di cazzo colossale, che se ne andava in giro per Los Angeles con due tamponi imbevuti di Benzedrex nelle narici. S'interruppe, scorse un paio di righe: era sempre strafatto di alcol e anfetamine.

«Sì, lo conosco. È *tutta* la gente che ho incontrato nella vita.»

«Dagli fiducia, vai avanti.»

Andò avanti. Il coglione rubacchiava, non si lavava, delirava. Indossava sempre gli stessi lerci pantaloni come i tossici e i guardoni che si aggiravano ai Budelli, si era imbottito le orecchie di cotone per non sentire le voci nella sua testa.

Manuel sollevò lo sguardo sulla tipa con il caschetto, le rise in faccia.

«Fanculo, io 'sta porcata non la leggo.»

«Invece sbagli. Vai a pagina 172, in fondo.»

Sfogliò il libro. «Ah» esultò, «ho capito dove volevi arrivare: "Andavo a leggere nelle biblioteche". Volevi dirmi che i libri salvano la vita: che culo. Mi sono sparato Dostoevskij al completo e, ti do una brutta notizia, non ha funzionato.»

Le lanciò il libro addosso, colpendola a una spalla. Serena si chinò a raccoglierlo senza fare una piega.

«Anch'io lo so, dove vuoi arrivare tu.» Si sistemò gli occhiali che le erano scivolati sul naso. «Sei uno di quelli che si compiacciono di essersi fottuti la vita, a diciott'anni: che figata.»

Manuel si spazientì: «Chi cazzo sei, la psicologa?».

«Sono la tua insegnante d'italiano.»

«Arriva al punto.» Provò a mettersi diritto, ad appoggiarsi allo schienale, ma avvertiva dolore anche a una costola e non riusciva. «Ti hanno mandata a dirmi che devo mangiare? Che mi ficcheranno una flebo su per il culo? Che non devo menarmi con gli altri detenuti?»

«No, mi hanno detto che vuoi ricominciare a studiare.»

Manuel sbuffò: «Esagerati. Non ho deciso niente».

«Per ora, m'interessa solo che tu legga.»

«E a me che tu vai a farti fottere.»

«Che tu *vada*, per favore. È importante.»

Era una troia. Aveva l'aria saccente da laureata che lui non poteva soffrire. Quella grande stanza dove aveva voluto incontrarlo era troppo vuota per essere una biblioteca. Anche se in corridoio, sui soffitti, c'erano degli affreschi del Trecento che sembravano quasi uno scherzo, in un posto come quello, e persino un biliardino; il resto, compresi i volumi sugli scaffali, sapeva di solitudine e di abbandono.

«È il modo della possibilità, il congiuntivo. Del desiderio, del dubbio, dell'alternativa. Se non lo usi, non riesci a immaginare.»

«Ti senti figa?»

«Il giusto» rispose lei.

«E dove hai detto che abiti, tu, in via Castiglione? In Strada Maggiore?»

Serena lo frugava, in cerca della frazione infinitesimale di lui che non era ancora stata rovinata.

«Mi spiace» gli disse posando il libro sul tavolo «che tu non voglia leggerlo. Ti assicuro che Ellroy non ha mai abitato in via Castiglione. El Monte era una periferia che faceva schifo. E quando aveva dieci anni, una domenica mattina, è tornato a casa e si è ritrovato la polizia davanti alla porta. Sua madre era stata ammazzata, strangolata con una calza di nylon. Non hanno mai beccato il colpevole e, pensa» sorrise, «nonostante tutto è diventato uno dei più grandi scrittori al mondo.»

Manuel rimase in silenzio.

Rivide Zeno, seduto sulla benna di un escavatore, tra le macerie dei Budelli, che gli diceva: «Scriveremo una storia, io e te».

Quale? Era l'epoca di ZeMa, l'impresa culturale che avrebbe cambiato il mondo; di quando facevano la seconda media e, come sempre, sua madre puliva i cessi e suo padre era in rota.

Quale storia?

«Lo so, cosa stai pensando: che è colpa degli altri. Della tua famiglia, del posto in cui sei nato, della società intera. E in parte hai ragione, ti presterò *Il Capitale*. Però, intanto, ci sei venuto tu qui a costituirti.» Si sporse appoggiando i gomiti. «Potevi non farlo. Magari non ti avrebbero mai preso, come l'assassino della madre di Ellroy. Avresti potuto continuare imperterrito per la tua strada. E invece» lo guardò negli occhi, «a modo tuo, ci hai chiesto aiuto.»

«Frena.» Manuel diventò nervoso.

«Ora vuoi punirti, lo capisco. Però ti chiedo» il tono di Serena era serio, «ce l'hai un motivo. Uno solo. Per tirarti su le maniche e tornare là fuori? Una ragione» insisté «per *cambiare*?»

Manuel distolse lo sguardo, s'incantò sulle barriere altissime che circondavano il campo da calcio al di là dei vetri. *Fuori*, era un covo di ricordi. E lui viveva qui e adesso, come un animale in una fossa, e l'unico obiettivo era morire di fame.

Però disse: «La mia ex deve partorire». Contro la sua volontà, contro se stesso: «La darà in adozione».

«E tu sei d'accordo?»

Manuel tirò un calcio a una sedia: «Io me ne sono andato».

Serena si protese verso di lui, abbassò la voce: «Anch'io aspetto una bambina. E sai cos'ho pensato quando l'ho scoperto? Non sono pronta, non ho la testa. Ma poi mi sono detta: *esiste*, è la miglior occasione che mi sia mai capitata».

Manuel cominciò ad ascoltarla. Non per altro, ma perché in un remoto angolo di se stesso una frazione non rovinata doveva essere rimasta. E aveva fame di parole.

«Ti faccio una proposta.» Serena si tolse gli occhiali. «Scrivimi una lettera.»

Manuel la guardò basito.

«Fai finta di avermi trovata su un giornale, in un annuncio per amici di penna. Non ci conosciamo, non ti devo giudicare. Raccontami della tua ex, di tua figlia, di quello che vuoi. Se ti piace Fabri Fibra» gli indicò la felpa, «scrivimela pure in rima.»

Si alzò in piedi, aprì la porta. E Manuel, guardandola uscire, pensò che era proprio un cesso.

Incinta sì, ma fatta male. Maschile, trasandata. Il contrario esatto di Maria Elena, eppure.

Aveva le palle. E la sua proposta, adesso, gli frullava nel cervello come una roba ridicola, inutile, ma anche allettante.

Scrivere.

Cos'aveva da perdere?

Uscì anche lui, s'incamminò verso la cella prima di raggiungere gli altri ai laboratori.

Rumore di chiavi contro le sbarre.

Il primo cancello che si apriva.

Salì le scale. Si aprì anche il secondo cancello.

Aveva quel libro in mano. Lesse il titolo: *I miei luoghi oscuri*. Poi la guardia lo chiamò per nome, udì ancora una volta quel suono: di ferraglia, di fine, che gli accartocciava lo stomaco a ogni mandata.

La finestra della cella dava su un cortile. Manuel si avvicinò e attraverso le grate la vide. La neve. Da quel silenzio poteva persino immaginarne l'impatto sui cofani delle auto. Le voci che si rincorrevano per le vie, di scolaresche accompagnate a qualche visita, di facchini forse che scaricavano un furgone.

Aveva sei ore di colloqui al mese, come nelle carceri per adulti, e quattro telefonate. Adele non era mai venuta, lui non aveva mai trovato il coraggio di chiamarla. Per dirle cosa? Non lo fare?

Solo sua madre aveva visto, in quei due mesi. Si sedeva sulla sedia di fronte e gli ripeteva: «Perché? Perché?», pretendendo una risposta. E la notte era difficile dormire: via delle Cave, i capelli d'angelo, il sorriso di Adele, i sogni che non c'erano più, in nessun luogo.

E quel libro, si chiese gettandolo sul letto, a cosa serviva?

~

Al capanno, là si dovevano incontrare. Un magazzino sventrato dove correvano i topi, che aveva il vantaggio di trovarsi nascosto, e vicino alla fermata del 57 per la Stazione Centrale.

Ma erano quasi le nove e mezza, e Zeno ancora non si vedeva.

Adele si spinse oltre con cautela, nella vegetazione rada e brinata, per tenere d'occhio via Labriola e controllare se stesse arrivando.

Niente. Solo un crocchio di donne sotto il portico del primo Lombricone: gesticolavano invocando pazienza, mentre i bambini sfuggivano loro di mano, si lanciavano in mezzo ai cortili a fare la guerra, e le madri stanche a richiamarli.

La cosa giusta, si ripeté.

Avvertì la pancia che si contraeva. Ripensò a cosa aveva messo nello zaino: i jeans allargati con le toppe, il maglione allo stremo, lo smalto preferito "fucsia ceramic".

Intanto Zeno non arrivava e, forse, non sarebbe arrivato mai. Adele non credeva più alle promesse. Trovò una sedia mezza rotta e provò a sedersi.

Ricordò le volte che avevano fantasticato la fuga, sdraiati uno contro l'altra nello stanzino. Manu che raccontava, al futuro, come se il futuro dovesse essere tra un'ora: «Ruberò la BMW a Maria Elena, anzi la Porsche. Due posti senza baule, ma tanto: non dovremo portarci dietro niente. Tutta questa merda», sfilandosi la felpa, sfilandola a lei, «non ce la voglio più vedere addosso».

La spogliava, baciandole la pelle più chiara tra le clavicole, e poi intorno all'ombelico. Raccontava: «Prenderemo l'A14 direzione mare. Avremo la targa rubata, butteremo via i cellulari. Quando arriveremo», e lei lo amava. Lo ascoltava in un modo così fisico e assoluto, che le faceva sentire un vuoto, proprio lì dove adesso c'era Bianca. Dove lui doveva entrare, e continuare: «Compreremo i vestiti da Scervino, anche le mutande. Avremo un tavolo prenotato, una camera al Grand Hotel Des Bains. Coi nomi falsi», ma loro erano veri.

«Scusami, ho avuto dei problemi.»

Adele smise di ricordare e si trovò davanti Zeno: trafelato, il giaccone verde dei banchi dell'usato alla Montagnola, uno zaino che andava di moda cent'anni prima; e niente di quello che stava vedendo coincideva con quello che aveva sognato.

«Passa un autobus tra cinque minuti» le disse, «vieni.»

Fece per prenderle la mano, ma lei la ritrasse.

Non avevano ancora deciso niente. Adele era riuscita a fregare a sua madre solo 70 euro. Lui qualche centinaia. Alla pensilina non c'era nessuno, e i Lombriconi si stagliavano cupi e assenti contro un cielo ancora più grigio.

Lo sapevano entrambi, che era impossibile andare via.

Impossibile rimanere.

Ma l'autobus accostò e si fecero portare.

Seduti accanto, senza parlarsi. La luce del 57 in quella mattina buia era così crudele, illuminava Zeno per quello che era, cioè non Manu. Uno che conosceva da sei mesi, che non era il padre di sua figlia, che non le stava a significare nulla. Non riusciva neanche a guardarlo.

Arrivarono. La stazione era ferma e congelava.

Nell'atrio principale l'altoparlante rimbombava ritardi e cancellazioni per via della neve. La gente ristagnava nella sala d'attesa, sfogliava il giornale; e loro due minuscoli, impacciati, sotto il tabellone delle partenze.

«Dove vuoi andare?»

Adele lesse la data, 23 febbraio, l'ora: 10.34. Calcolò che domani sarebbe entrata nella trentacinquesima settimana, e non aveva ancora la borsa per l'ospedale.

Chiuse gli occhi per non piangere, rispose: «A Riccione».

E Zeno forse capì, forse no, ma non disse niente.

Lo sbirciò di spalle, allampanato e troppo alto – e troppo magro e troppo tutto – allontanarsi verso le biglietterie. Allora uscì nel piazzale, si appoggiò a una colonna a guardare: oltre la stazione, più lontano.

Via del Pratello dov'era? Dopo quegli alberghi? Dietro quel palazzo? Cosa stai facendo, Manu?, gli chiese. Come ti trattano, là dentro? Ma tu ci pensi, che tra poco al mondo ci sarà questa bambina, che proviene da me e da te, e noi che cosa abbiamo fatto?

Poi Zeno la raggiunse. Le prese lo zaino, che cominciava a pesarle. Scesero insieme nel sottopassaggio, provarono a correre anche se lei non ce la faceva. E al binario 9 si trovarono di fronte un Regionale decrepito coperto di graffiti, che aveva già più di mezz'ora di ritardo e non si sapeva nemmeno se sarebbe partito.

Pensò che era una delusione, *dopo*.

Dopo aver sognato, voluto, desiderato.

La realtà era sempre *diversa*.

Salirono su una carrozza con il riscaldamento guasto e il bagno fuori servizio.

Si sedettero in uno scompartimento vuoto.

«Sei sicura» le chiese Zeno «di volerlo fare?»

Perché?, stava per rispondere. Tu credi che partiremo? Che stasera saremo in qualche altro posto senza mia madre che rompe, che mi dice che ho sbagliato tutto, che devo tornare a scuola?

Invece il Regionale si mosse. Si staccò dal binario, e a lei mancò il respiro.

Era la terza o quarta volta che prendeva un treno. Era sempre rimasta giù a guardare gli altri che andavano via.

E adesso vedeva la sua città sfaldarsi in un muro di neve.

La sua città allontanarsi. Le cupole, i casermoni, le chiese: lasciarla sola su quel sedile.

«Lo so, cosa stai provando. È come dire addio a una persona.»

Adele si voltò piano, non completamente, verso Zeno.

«I luoghi» indicò la città che si era dissolta, «l'odore e la forma dei Lombriconi non ce li toglieremo mai di dosso.»

Era seduto di traverso. Era maggiorenne mentre lei ancora no, per cui avrebbe anche potuto passare dei guai.

Provò a guardarlo. Stava rinunciando a tutto per lei, non l'aveva presa in giro. E ormai erano in viaggio. Il cellulare staccato, il prelievo del sangue saltato; non appartenevano più a niente.

«Non ci credo» gli disse «che lo stiamo facendo davvero.»

Zeno sorrise: «Nemmeno io».

«E cosa succederà quando arriviamo?»

«Boh. Cercheremo un posto dove mangiare, uno dove dormire.»

«E poi?»

«Non ne ho la più pallida idea.»

Adele osservò la campagna, come correva. La testa di Bianca le premeva sulla vescica perché la pancia le si era abbassata, ogni dettaglio era già predisposto alla nascita, e lei si sentì una folle irresponsabile.

Cominciò a divertirsi.

«Prima» ammise, «ho pensato che non eri Manuel. Che era con lui che avevo sempre sognato di fuggire.»

Zeno si voltò verso di lei, senza rancore: «E io invece ho pensato sempre a te, mille volte. Su un treno come questo, per Ferrara, per Firenze. A te e a nessun'altra. E adesso ci sei».

«Sì» Adele si mise a ridere, «ma sono un baule.»

«Un po'. Ma io non sono Manuel, quindi siamo pari.»

Allora Adele gli afferrò la manica del giubbotto e lo tirò a sé, per baciarlo. Perché era troppo alto, e i desideri erano solo menzogne. Gli schiuse le labbra con la lingua e cercò la sua.

Il treno sferragliava. Zeno le prendeva il viso tra le mani. E lei capiva che in un modo diverso e nuovo, che non era quello che le avevano raccontato, che aveva sempre immaginato, e forse – proprio per questo – era adulto,

lo amava.

334

30

L'aveva sorpresa all'ingresso quella mattina, lo zaino sulle spalle, e si era quasi commossa. Torni a scuola, che brava, le aveva detto schioccandole un bacio sulla guancia.

Forse potevano ancora farcela: a recuperare le assenze e non perdere l'anno. Dovevano, a costo di rimettersi a studiare anche lei.

Rosaria uscì di casa con l'ombrello perché nevicava. Così imbiancato, persino il Villaggio Labriola era un bel posto. Attraversò i cortili bucherellati di impronte, resti di pupazzi e palle di neve. Il pensiero di Adele seduta là, al suo banco, le dava di nuovo fiducia nel futuro.

Arrivò al punto servizi canticchiando sovrappensiero una canzone del Festival, *Malamorenò*. Non le sarebbe dispiaciuto riprendere in mano *I promessi sposi*. A volte ci pensava davvero, a iscriversi alle serali.

Nel piccolo centro commerciale c'era un caldo torrido, vide Palmira al bar e fece un salto a salutarla. Poi infilò solo la testa, senza entrare, al Fiorella Sun: «Hai posto questo sabato?». Ma sì, prese appuntamento. Infine corse dentro al supermercato, che si stava facendo tardi. E, al reparto frutta e verdura, d'improvviso se la trovò davanti.

Il grembiule a righe della ditta di pulizie, le ciabatte ortopediche e i capelli a spazzola tinti non di biondo, ma proprio di giallo.

Si era appena tirata su dal pavimento che aveva ripulito da un barattolo di vetro caduto. L'odore di pomodoro era rimasto impresso nell'aria. Si era impietrita a fissarla.

Era accaduto spesso, che s'incrociassero, e avevano sempre fatto finta di nulla. Ma oggi era la prima volta dopo l'arresto di Manuel.

«Sta già con un altro. Ha fatto presto.»

Rosaria incassò senza rispondere.

«E *che* altro, il suo migliore amico.»

Fottitene e vai avanti, si disse. Pensa alla spesa, non a 'sta sciagurata.

Però la sciagurata aveva un magnetismo nello sguardo, nero e ardente, che la teneva lì inchiodata, a friggere.

«Adesso vi sbarazzate pure della bambina, e chi s'è visto s'è visto» annuì. «Bella gente, siete.»

«Ehi» Rosaria si fece avanti. «Prima di insultare, cerchiamo di capirci.» L'ultima cosa che voleva era alzare i toni, attirare l'attenzione. «Quello che si deve vergognare, e pure chiedere scusa, non è qui, sta in galera.» E ci riusciva alla perfezione.

«Abbassa la voce» le intimò Antonia, «non fare sceneggiate.»

Ma Rosaria non la ascoltava: «Se avesse fatto le cose per bene, per me, si potevano pure sposare. Se avesse avuto un lavoro vero, onesto. Tuo figlio».

Antonia tirò in disparte il carrello delle pulizie, prese Rosaria per un braccio e la trascinò dietro una porta di servizio.

«È anche mia nipote» le disse con violenza. «Manuel ci tiene, non potete togliercela e fare quello che volete.»

Rosaria si liberò dalla stretta con un gesto stizzito. La parola "nipote" le aveva fatto male, ma anche salire il sangue al cervello. Non si era mai permessa, lei, di chiamare la bambina in quel modo. Per rispetto, per pudore. E adesso arrivava 'sta cretina.

«Non la potete lasciare all'ospedale così.»

Rosaria non ci vide più: «Ma di che parli, eh? Cosa sai tu, che hai cresciuto un delinquente. Fammi fare la spesa, che finisce male».

Tentò di andarsene. Ma Antonia glielo impedì.

Le si parò di fronte, sbarrandole il passo. Dava occhiate in giro per accertarsi di non essere beccata, stava rischiando un richiamo disciplinare. Però non riusciva a staccarle gli occhi di dosso. Occhi segnati, stanchi. La stavano linciando, implorando.

E Rosaria, per un istante, la vide per quello che era. Una donna che le aveva prese, sempre, e non aveva mai trovato la forza di ribellarsi. Una che lei poteva capire, a cui avrebbe persino potuto dare una mano. E stava quasi per rimangiarsi gli insulti che sentiva lì, a fior di labbra. Quando Antonia si avvicinò a un centimetro dal suo volto.

«Io avrò anche cresciuto un delinquente, ma tu te lo sei sposato. E in più, non hai nemmeno insegnato a tua figlia a tenere le gambe chiuse.»

Un ceffone. Secco, ben assestato.

Ma si trattenne.

«Mia figlia almeno non sta per strada» replicò con orgoglio. «Sta a scuola.»

«Sì sì» rise Antonia, «bella scema. L'ho vista sull'autobus due ore fa, con il ragazzo nuovo.»

~

Quando scesero dal treno, il cielo si era fatto largo e alto, e una luce intensa che proveniva da ovest squarciava gli ammassi di nubi.

Non aveva nevicato là, solo piovuto. Fuori dalla stazione era una spianata di case vacanza con le imposte serrate e pini marittimi allineati lungo i marciapiedi.

Zeno si avventurò tra quelle vie che in parte ricordava, con la cartina in mano e Adele che lo seguiva guardandosi intorno.

Si voltò ad aspettarla: «Hai fame?».

«Voglio vedere il mare, prima.»

I negozi avevano saracinesche abbassate e cartelli affissi: SI RIAPRE IL 15 MARZO. I parcheggi erano deserti. Inoltrandosi, cominciarono a sentire il grecale alzarsi, portare sale e sabbia nella loro direzione. Adele scalpitava, lui leggeva: viale Gorizia, viale Gramsci.

Dopo seicento metri, se lo trovarono davanti.

Una riga blu tirata tra due alberghi.

Adele aprì la bocca per dire qualcosa, poi ci ripensò e decise di correre. Tra le file di cabine screpolate, i tavoli da pingpong senza rete, le altalene smontate. Lenta, goffa, ridendo come una matta. Tra i pedalò in secca, le palme avvolte nelle cerate. E stabilimenti chiusi, ristoranti chiusi, hotel chiusi. Era tutto chiuso e perfetto, pensò Zeno mentre correva insieme a lei, fuori stagione.

Arrivarono al Baltic e si lasciarono cadere in mezzo alla spiaggia, le braccia e le gambe spalancate a fare l'angelo, i capelli pieni di sabbia.

Zeno sentì la mano di Adele incastrarsi alla sua e, per la prima volta, avvertì il bisogno di raccontarglielo. Ma lei lo prevenne.

«Sai cos'ho pensato, appena l'ho visto?» gli chiese mettendosi a sedere. «Che sembrava il mio test di gravidanza, lo stesso colore.»

Indicò l'orizzonte solcato da una petroliera.

«Marilisa ha detto che il tempo nella pancia, in un modo segreto, però ti rimane. E io adesso l'ho portata qui.» Fece una pausa, disegnò un cerchio nella rena. «Spero che i futuri genitori lo capiranno, che le ho voluto bene.»

Da lontano arrivava il rumore di una smerigliatrice.

D'inverno la Riviera era questo: manutenzione. Impalcature alle facciate, elmetti gialli, carrucole. Zeno avrebbe voluto scrivere, adesso, descrivere. Perché i luoghi sono persone, di più: è dove rimangono per sempre le persone. E quella fatica incessante per eliminare la salsedine, disincrostare, ridipingere, anche se era inutile, anche se non potevi tornare mai a com'era prima, era l'unica cosa da fare.

Loro, solo a luglio ci erano venuti. Affittavano sempre lo stesso ombrellone al Bagno 51, non lontano da lì, quattro asciugamani e un retino per i pesci. Zeno rivide sua madre in bikini che giocava a racchette, com'era slanciata e felice in quelle estati. E come l'aveva lasciata questa mattina, invece, accampando a Cinzia migliaia di scuse, la promessa di telefonarle appena possibile.

Provò una fitta tra le costole.

«Mangiamo qualcosa, e torniamo a casa.»

Adele si voltò incredula: «Perché?».

«Perché è pericoloso, è da irresponsabili. E se ti succede qualcosa?»

«Stai scherzando? Ho una vita di merda, tra un mese e mezzo devo partorire. Fammi essere un po' felice, no?»

Si alzò in piedi, si tolse le scarpe: «Fammi sbagliare fino in fondo. Fai almeno chiamare a mia madre *Chi l'ha visto?*».

Si tolse i jeans anche se era freddo, anche se il mare era selvatico e schivo. «Tu ti caghi in mano» lo accusò, «ti nascondi.»

Raggiunse l'acqua, ci mise dentro i piedi. Li tolse subito come se si fosse scottata. Poi aspettò un'altra onda e si fece rincorrere. Con il piumino addosso, le gambe nude e il tempo presente.

Allora Zeno si disse: Vaffanculo.

Si alzò anche lui, la inseguì. Sul bagnasciuga impastato di alghe, la schizzò con i piedi, le tirò giù il cappuccio. Qui, da soli, quanto potevano durare? Cosa ci erano venuti a fare, se non i cretini?

Adele rideva, gli faceva lo sgambetto, esultava mentre lui cadeva di faccia e mangiava la sabbia. Da quanto tempo non si divertiva così, sì: come un cretino? E c'era solo il presente. Che era presente e quindi *vivo*, come nell'*Infinito* di Leopardi.

«Guarda laggiù!» lo fermò Adele all'improvviso, indicando un luogo nella foschia, lontanissimo. «Che roba è?»

Aveva il fiatone, si teneva la pancia con due mani.

«Stai bene?»

«Sì, voglio sapere cos'è quella cosa.»

La luce abbagliava, l'umidità saliva dal mare.

Adele si rivestiva, si accoccolava dietro una duna a fare pipì mentre il vento si alzava più forte.

Zeno strinse gli occhi fino a quel punto sfocato del litorale, così labile che era come se nemmeno esistesse.

«Là è Rimini» rispose. «Sembra... ma forse non è vero.»

«Cosa?»

«Una ruota panoramica.»

Li prese la smania.

Raccolsero gli zaini, tornarono in fretta alla stazione. C'era un autobus che sostava davanti e ci salirono, euforici. Come se Adele non fosse all'ottavo mese, e Zeno non avesse una madre malata. Erano senza storia, senza memoria. E si tenevano abbracciati.

La strada costeggiava il mare. A quell'ora, con il sole alle spalle, le sagome degli hotel si facevano imponenti e nere come colossi industriali, e la ruota panoramica, laggiù, sempre più nitida.

A Parco Fellini l'autista disse che era la loro fermata. Li aveva visti in faccia, non aveva neanche chiesto loro il biglietto. Quando furono a terra, alzarono la testa e se la videro lì, contro gli occhi.

«Ma secondo te è aperta, oggi? Che giorno è?»

«Martedì, non lo so. Andiamo a vedere.»

Ricominciarono a correre. Non era più solo smania adesso, era volontà di esistere, di vincere, era disperazione. E la ruota era lì, sopra di loro, illuminata. Completamente vuota.

«Si può salire?» chiese Zeno.

«Certo» rispose l'uomo dentro la guardiola.

«E quanto costa?»

«Otto euro.»

Adele lo afferrò per una manica: «È un botto». Lo strattonò: «Poi è troppo alto, io ho paura».

Ma Zeno voleva salire.

Lo aveva deciso: voleva essere vivo e non avere più difese, più il controllo su niente, affidarsi, fare cazzate, perdersi. Insieme a lei.

«Quanto dura un giro?»

«Sette minuti.»

Bene: *voleva* quei sette minuti.

Un altro uomo comparve dalle viscere della giostra. Aveva la faccia abbronzata anche se era pieno inverno. Li fece passare, chiese ad Adele se se la sentiva, con quella pancia. Lei annuì. Poi l'uomo aspettò che una cabina si fermasse. Aprì loro lo sportello, e lo richiuse.

Iniziarono a salire.

Nel vuoto, con tutte le altre cabine vuote.

Alle cinque del pomeriggio, il 23 febbraio. Che non era bassa stagione, ma il punto più morto di qualsiasi stagione. Salivano e il tempo perdeva peso, il futuro consistenza. Adele premeva il naso contro il vetro, meravigliata: «Guarda, le navi, il porto».

Ma Zeno osservò giù, la banchina, e ci rimase impigliato.

C'erano due baracchini, che conosceva. Le insegne rilucevano a distanza: PIZZA AL TAGLIO, BRIGIDINI. Riconobbe i tappeti elastici, poco più in là. La rivide saltare. Avvertì in bocca il sapore della margherita, la mozzarella gommosa che voleva anche lei, e si arrampicava sulle sue ginocchia per prenderla.

«Facevamo questo gioco» disse, «stupido.»

La cabina si bloccò a un quarto di giro.

«A volte venivamo qui anche solo per un fine settimana, senza programmi o prenotazioni. Oppure pranzavamo da loro la domenica, e poi andavamo a sentire i concerti al Comunale, da dietro le quinte.»

Adele si voltò a guardarlo, senza capire.

«Facevamo questo gioco, tipo una caccia al tesoro. Ma a tempo. Io le nascondevo le parole di una frase, e lei doveva ricomporla. Perché stava imparando a leggere e a scrivere, in quel periodo. E così, era una domenica. Era febbraio, come adesso. E il cielo era molto bello.»

Era come se ce lo avesse di fronte, adesso, quel cielo. Che era gelido e terso, e ci si stagliavano contro gli alberi del giardino. Sembrava così importante fare veloce, più veloce, battere il tempo. Le parole erano seppellite sotto terra, dentro pagine di quaderno.

«Era minuta. Aveva cinque anni ma ne dimostrava tre. Le piaceva indovinare le parole, aprire i foglietti e leggerli ad alta voce. Mia zia ci aveva messo una vita ad averla, era arrivata quando più nessuno se lo aspettava.» Mise le mani in tasca. «Mia madre la adorava.»

Ripresero a salire. La cabina era sospesa a venti metri d'altezza, oscillava colpita dal vento, e sotto, la città e il mare cominciavano a scurirsi.

«Non te la vorrei raccontare, questa storia. Però, se non lo faccio, non riesco ad andare avanti. Né con te né con me stesso.»

Stavano prendendo il caffè, gli adulti, dopo pranzo; e noi fuori a giocare. Eravamo a metà della frase: "Una rosa è". L'avevo trovata su un libro di mia zia, era di una scrittrice italiana che adesso è morta. E l'avremmo finita, forse in un quarto d'ora, perché le avevo nascoste bene, le altre due parole: una dentro l'innaffiatoio, l'ultima sotto la porta della cantina. Gli indovinelli che inventavo erano molto difficili, specialmente per Agnese.»

Adele era rigida sulla panca di fronte, lo fissava. Non guardava più ai lati, non respirava. Lo ascoltava soltanto.

«L'avremmo finita, davvero. Solo che il teatro chiamò mia madre per un'emergenza, doveva tornare subito al lavoro. E mia madre era un tipo molto emotivo, ansioso. Non è che non facesse attenzione alle cose, ma. Non sto dicendo che è stata colpa sua. Ero io che la incitavo a fare veloce, sempre più presto a ogni parola. E l'ultima l'aveva scovata proprio subito, e come ti dicevo era molto piccola. Era bassa, un metro appena. Ma era una scheggia. E mia madre ogni volta che usciva in retromarcia si voltava a destra, mai a sinistra. E anche se avesse guardato lo specchietto, comunque non avrebbe potuto farci niente. E io ho visto, ma non sono riuscito a gridare.»

Adele si mise una mano davanti alla bocca.

Zeno sorrise, perché stava piangendo.

«Non si può vivere *dopo*. Dopo, è impossibile.»

La cabina arrivò in cima e si bloccò, li lasciò sospesi a 55 metri d'altezza. La terra sotto i loro piedi, adesso, era molto grande, non si capiva dove finisse, dove iniziasse.

«Mia madre non ha più parlato. C'è stato un processo che è durato due anni. Con sua sorella non si sono più cercate. E io», si asciugò le lacrime con il dorso delle mani, «ti giuro che se sono qui, se ho continuato a studiare, è grazie a te. È per come ti sedevi su quella sedia contro il termosifone a fare i compiti, e guardarti mi salvava. Ma adesso, quello che veramente ti volevo dire», si avvicinò, le prese le mani, «è che non sei obbligata a lasciarla. In ospedale, intendo. Io ci sono, come tu ci sei stata. E voglio aiutarti.»

Adele scoppiò a piangere.

Mentre la ruota tornava a scendere, compiva un altro quarto di giro; mentre il litorale, la darsena e i baracchini sul molo levante rientravano nelle dimensioni reali.

«Quale era, l'altra metà della frase?»

Era una domanda troppo sciocca, Adele si pentì subito di averla fatta. Ma Zeno alzò gli occhi verso di lei, quasi con gratitudine. Rispose:

«"Una rosa"».

~

Avevano una gran fame, e freddo.

La cabina si fermò a terra, il giostraio la riaprì, e Adele e Zeno si scaraventarono fuori come uccellini appena liberati.

C'era quel chiosco di legno con il simbolo della pizza che baluginava contro il mare. Mandava un odore fragrante che li attirò subito come falene alla luce.

Entrarono precipitandosi al banco. Ordinarono dieci tranci, due maxi Coca-Cole. Poi, come se i loro corpi fossero magneti, finirono uno addosso all'altra contro una parete.

Avevano 320 euro e nessun futuro. Il pizzaiolo non li guardava mentre scaldava le ordinazioni nel forno, e loro due si baciavano sfilandosi i giacconi, le felpe, senza potersi separare.

Tornarono a Riccione che era buio. Le hall degli alberghi erano tutte spente, le porte sbarrate. E loro si spintonavano per le strade vuote, continuando a cadere uno sull'altra, a bagnarsi di saliva.

«Non l'ho mai fatto» le disse Zeno a un certo punto, «con nessuna.»

«Adesso lo farai» gli rispose Adele, «con me.»

Non erano stanchi, non avevano più freddo. Potevano essere ovunque, dentro qualsiasi vita. Poi ci passarono accanto e rimasero muti.

Adele vide la facciata imponente illuminata a giorno, con i balconi bianchi a forma di fiaba, un ingresso fatto di vetrate e una Lamborghini parcheggiata davanti.

GRAND HOTEL DES BAINS c'era scritto. Caratteri cubitali circondati da bandiere e, per meno di un istante, se lo chiese: Come aveva potuto, Manu, pensare di entrare sul serio in un posto così. Loro, che erano Bolofeccia. Che erano marmaglia vestita male, rimasugli, scarti.

«Ah, era proprio qui che volevo portarti» scherzò Zeno.

«Infatti» rispose Adele, «non mi aspettavo niente di meno.»

Ricominciarono a baciarsi, a prendersi in giro.

«Dormiremo alla stazione.»

«E chissenefrega.»

«Non vorrei che tu partorissi qui.»

Adele si mise a ridere: «Sì, in spiaggia!».

Ormai avevano smesso di crederci, ma in una via minuscola, in fondo a un groviglio di pini, sfocata la videro brillare. E sorrisero.

PENSIONE SPERANZA.

Dentro, era come i Lombriconi. C'era un vecchio alla reception, che guardava *Capri* su Rai Uno. Lanciò loro un'occhiata indifferente.

Domandò a lui la carta d'identità, a lei solo il nome e la data di nascita.

«Melissa Satta» rispose Adele. «12 maggio 1986.»

«Hai 23 anni?» le chiese Zeno mentre salivano una scala buia con una passatoia deprimente.

«*Yes*, e sono molto famosa anche se non lo sa nessuno.»

Aprirono la porta della stanza ed era quasi peggio, adesso, di casa loro. Muffa alle pareti, il lavandino intasato, il bagno al piano.

Non gliene importava niente: si buttarono sul letto vestiti, sulla trapunta a fiori piena di buchi di sigaretta. 25 euro a notte erano una bazza. Quante notti ci potevano passare? 12!

«Allora veramente tu lo vuoi fare?» Adele si sdraiò su un fianco di fronte a lui. «Con 'sta pancia?»

Zeno si sdraiò allo stesso modo: «Non lo so, se è possibile».

«Lo vedi? Hai già paura.»

Adele si allungò per raccogliere lo zaino. Si sedette e lo aprì con fare plateale: «Lo vuoi sapere cos'ho portato? È molto sexy come gioco».

«Avanti, voglio sapere.»

«I jeans che non mi entrano.» Li tirò fuori. «Ma stamattina ho fatto veloce se no Jessica mi sgamava. Poi, lo smalto. Che è fondamentale quando uno scappa di casa. E questo è "ceramic", fa proprio l'effetto di una piastrella.» Lo rimirò alla luce dell'abat-jour e lo posò sul comodino. «Aspetta, adesso arriva il bello. Il sudoku di mia madre!»

«No!» Zeno si coprì gli occhi con le mani.

«Seriamente: tu te la vedi, adesso, da uno a dieci miliardi, quanto è incazzata?»

«Non voglio immaginarlo.»

«Te lo dico io: è in cucina, con la duecentomilionesima sigaretta in bocca, che urla a Jessica e Jessica si tiene le cuffie con la musica. Ma lei urla lo stesso, esce, si affaccia alle scale. Palmira, Carmela, tutte le sta chiamando. Chiama pure la Sciarelli e la D'Urso, soprattutto.»

Zeno si scoprì gli occhi: «Dài, una telefonata fagliela».

«Non ci penso neanche.»

Si baciarono di nuovo. Cominciarono a spogliarsi. Era molto difficile trovare un modo, una posizione. Era così strano, in quella stanza. E intorno, nelle altre, non si sentivano rumori.

Zeno le accarezzò la pancia. Quello che non era mai riuscito a scrivere, a immaginare, stava accadendo.

Le baciò le scapole, le spalle, la nuca. Gli venne da dirglielo, da prometterglielo: «La renderemo felice. Le insegneremo a parlare».

Allora Adele sentì male. Male male male sotto lo sterno.

L'illusione di quella giornata andò in pezzi.

Si alzò di scatto.

Si rivestì veloce e rimise tutto nello zaino.

Poi corse fuori, in corridoio, e si chiuse in bagno.

Erano le dieci, forse le undici di sera, e Bianca spingeva. Con i gomiti, i piedi, per farsi spazio. Ma di spazio non ce n'era più. Non c'era nessun posto in tutta la Terra dove potessero andare, lei e sua figlia.

Perché lo era. Anche se altri l'avrebbero sentita parlare, altri glielo avrebbero insegnato. Cosa significava, che una rosa era una rosa?

Se non ti chiamano mamma, non lo sei.

Se non hai un nome, non esisti.

Avvertì Zeno bussare piano contro la porta.

Avvicinò le labbra dall'altra parte: «Vattene, io non esisto».

31

"Cara Dora, scusami, non riesco a liberarmi dopodomani. Ho questo progetto pomeridiano con i gangster che m'impegna molto. Però, ti faccio un grandissimo in bocca al lupo per il colloquio."

Cestinò la mail senza finire di leggerla. Era troppo delusa.

«Potresti piantarla di stare al cellulare?»

Era troppo arrabbiata. Posò il telefono sulla tovaglia, si voltò a guardare: i colli, i castagni e i tigli che mettevano le foglie nuove.

Faceva freddo per essere il 4 aprile. Nella saletta al pianterreno il camino era acceso e ristagnava un forte odore d'inverno, di legno corroso dall'umidità e conserve.

Sette anni prima a quest'ora, pensò, chiudeva gli occhi e si lasciava truccare da sua cugina. Sua madre faceva avanti e indietro con i fiori per allestire la sala del Comune e Serena, che era la testimone, si provava la sua giarrettiera.

«Non era così che me lo immaginavo, oggi.»

«Fabio, per favore.»

«No, lasciami dire.»

Avevano ordinato un Franciacorta, due risotti agli asparagi. Ma niente serviva a niente e Dora frantumava un grissino, Fabio fissava il riflesso della luce sul bicchiere.

Il giorno dopo era Lunedì dell'Angelo e Fabio glielo aveva chiesto mille volte di andare in Toscana o nelle Langhe: potevano prenotare in un agriturismo, dormire fuori. Ma lei si era opposta.

«Stiamo vivendo in funzione di martedì» le disse, «e non ha senso.»

«Dài, cambiamo argomento.»

«No, adesso lo affrontiamo.»

Fabio si versò un calice intero. Una panoramica distratta sui tavoli accanto: una prima comunione, un compleanno, tutti felici.

«Mi sono rotto i coglioni di non potermi svagare mai, nemmeno fare una gita. Anzi, voliamo più basso: di non poter riposare la testa un'ora al giorno, perché ci sarà sempre un altro colloquio, un altro interrogatorio. E poi silenzio. Poi nessuna risposta. Cosa ce l'hanno data a fare, l'idoneità?»

Dora piegò il tovagliolo per l'ennesima volta.

«Non possiamo mollare.»

E Fabio sorrise perché se lo aspettava, perché era esausto. Avevano incontrato due giudici diversi. L'ultimo li aveva chiamati addirittura per la terza volta, sempre per parlare di un bambino rom che non si sapeva neppure se esisteva, se non esisteva.

«Perché tu sei sicura? Davvero ti senti pronta? Ad accogliere quel bimbo che ha otto anni, *otto*. E io non riesco a smettere di pensarci. Se ne sono capace, se posso sostenere il suo passato, raccontarglielo con le parole giuste. Quali parole?»

Dora provò a prendergli la mano per tranquillizzarlo.

«Come fai a dire a una persona, anzi a *tuo figlio*, una cosa del genere? Di suo nonno? Come fai?»

Qualcuno, nella sala, cominciava a girarsi dalla loro parte.

Dora gli strinse la mano ancora più forte.

«Mi sento come te. Ma ce la faremo.»

Arrivarono i primi. Dora spostò la stampella per permettere al cameriere di posare i piatti e grattugiare sopra il parmigiano. Affondò la forchetta nel risotto senza smettere di guardare

Fabio, che era indeciso, come se avesse ancora qualcosa di difficile da dire, e non ci riuscisse.

«Quando ero grasso, ero convinto che chiunque stesse meglio di me. Perché in tutta San Martino non esisteva un altro trippone della mia età.» Fabio fissava il piatto, ma non lo toccava. «Ero convinto che la colpa fosse delle mie braccia enormi, della pancia che mi traboccava dai pantaloni, e continuavo a mangiare, con foga, come un ossesso, e dentro quei chili alla fine io ci volevo stare.»

Dora lo ascoltava, sapeva quanto male gli procurassero quei ricordi.

«E sai perché? Perché mi facevano sentire aggrappato.»

«Aggrappato?»

«Sì, perché non c'era niente fuori, a parte la pompa di benzina, *Bim Bum Bam* alle quattro del pomeriggio, e ogni sabato venivano i tre di III B a menarmi. Ma dentro, *dentro di me*, era peggio.»

Dora notò come si fosse sbarbato con cura per il loro settimo anniversario. Indossava una giacca sopra i jeans che gli dava un'aria da giovane brillante, di chi è leggero e *smart*, e ha smarrito la pesantezza del mondo.

«Io dentro avevo un vuoto, ce l'ho ancora. Che mi fa dire, qualsiasi cosa faccia, qualsiasi traguardo raggiunga: Tu sarai sempre il figlio del Gino, cioè nessuno. E quei chili mi servivano a non precipitare dentro me stesso.»

«Però, hai deciso di perderli.»

«Non è cambiato niente.»

«È cambiato tutto, invece.» Dora si mise dritta sulla sedia, tirò fuori il suo tono: quello della tenacia. «Hai scelto, hai sconfitto l'imperfezione. E dopo sei diventato il bello della scuola» sorrise. «Da subito, dal primo giorno di liceo, ti ho visto dentro una vittoria.»

«Nessuna vittoria è senza resto.»

Si erano sposati di venerdì sera in Comune, sfidando ogni tradizione. Il suo vestito da sposa era rosso flamenco, era arrivata in piazza a piedi. E lui, appena l'aveva vista, l'aveva presa in braccio e baciata, prima ancora di cominciare.

Dora ricordò come avevano ballato sul tavolo del ristorante, la notte del loro matrimonio. E quando avevano studiato insieme, alle superiori, per prepararsi all'esame di maturità recitando l'*Edipo re* a memoria, in metrica. E quel pomeriggio, quello della ribellione.

La biblioteca con il riscaldamento basso, il silenzio dei volumi ordinati e del vecchio schedario a cassetti. Fabio aveva alzato la testa dal libro, di colpo, e le aveva chiesto:

«Tu lo hai mai fatto?».

«Che cosa?»

«Lo sai, *che cosa*.»

«No, davvero, non lo so.»

Allora l'aveva presa e trascinata in fondo agli scaffali. Dora sapeva che si era appena lasciato con Emma, che ci sarebbe tornato, e di essere per lui, in quel momento, solo un diversivo anticonformista. Eppure si era sbottonata la camicetta, tirata giù i jeans. Perché aveva diciannove anni e voleva essere come le altre. Perché voleva essere diversa e più forte. E che lui vedesse: la protesi che non aveva mai visto nessuno. Che sapesse, il suo corpo sbilanciato, mancante.

«Guardami» gli aveva chiesto.

Adesso il liceale con le palle la stava fissando di nuovo, ma senza ribellione. Gli era rimasta solo la paura. Non era giusto, pensò Dora. Dopo tutto quello che avevano passato, non se lo meritavano.

«Non ce l'abbiamo fatta» le disse Fabio, «ma forse non è un male. Forse quest'esperienza ci servirà, alla fine.»

Dora si mise a ridere: «Ma vaffanculo».

«Va bene.» Fabio si sporse verso di lei. «Però tu te la sei mai fatta, la domanda più importante? Ti sei mai chiesta perché lo abbiamo cercato così tanto? Stiamo in mezzo, non apparteniamo a nulla. Non siamo vecchi, non siamo nuovi. Siamo nati alla fine del Novecento, siamo solo la fine di qualcosa. Ma un figlio non ce lo toglierà, questo vuoto. Non ci darà un significato. Quel bambino analfabeta di cui continuano a parlarci non ci salverà, Dora. In ogni caso», allontanò da sé il risotto che non aveva toccato, «martedì non succederà proprio niente.»

Dora cercò in borsa la pastiglia di acido folico che continuava a prendere, inesorabile, tutti i giorni. Nemmeno lei lo aveva toccato, il piatto.

Il cameriere continuava ad avvicinarsi per portare via i primi, e poi ad allontanarsi in fretta disorientato.

Dora avvertì la pastiglia scendere in gola, bloccarsi a metà strada. «Se vuoi arrenderti» gli disse, «non tirare fuori le generazioni, i massimi sistemi, il passato. Io martedì sarò in Tribunale, arriverò in anticipo, a farmi dire *ciccia*, nessun abbinamento in vista. Poi ci tornerò e ci tornerò ancora, finché me lo permetteranno. Ci andrò con questa faccia, a incassare in mio nome. E mi servirà un'immane dose d'italiano, che è una lingua vecchia, da barbogi, per decifrare i loro aggettivi, le loro perifrasi di Giurisprudenza, i loro no.»

Si asciugò le lacrime.

«Lo so anch'io, che martedì non succederà niente.»

E Fabio, vedendola piangere ancora una volta, si sentì perso. Si sentì arrabbiato, stanco e disperato.

«Quanto deve durare, ancora?» le chiese. «Non sono nove mesi, sono cinque anni. Cinque.» Era serio: «Possiamo vivere anche *senza* figli».

Lei alzò lo sguardo contro quello di lui.

«Tu forse, io mai.»

~

Due camicie da notte.

Una vestaglia.

Ce le aveva.

Pantofole e ciabattine per la doccia, «anche se difficilmente subito dopo avrai voglia di farla» l'aveva avvertita Marilisa.

Assorbenti postparto. Che costavano un occhio della testa.

Mutande di rete usa e getta. E anche quelle erano costate.

Scottex al posto dell'asciugamano per il bidè.

Asciugamani grandi.

Borsa dell'acqua calda per il travaglio: «può servire» aveva detto Marilisa, «se ce l'hai a casa, mettila dentro».

Bottiglietta di Coca-Cola, se viene la nausea.

Bottiglia d'acqua da un litro e mezzo.

Caramelle al miele.

«Non così! Porta le ginocchia in alto e spingiti con le braccia.»

L'aveva ripassata cento volte, la lista, eppure continuava a pensarci.

La sensazione residua che le sfuggisse sempre qualcosa.

No, non aveva dimenticato niente. Aveva spuntato le voci una a una con la matita, sia degli appunti di Marilisa sia dell'elenco dell'ospedale, che aveva due facce: Borsa della partoriente, Occorrente per il neonato. E forse era questo, che le mancava. Una metà intera.

«Ora lo stesso esercizio, ma all'indietro. Lasciati scivolare nell'acqua, così. Brava.»

Alla fine, era contenta di esserci venuta. La piscina era piccolissima, e si trovava in un seminterrato. Ma le lezioni erano divertenti e Sonia, la ragazza che le insegnava, era giovane e le metteva su la musica classica. La faceva venire gratis, nei giorni e negli orari del nuoto libero. E c'era un bel caldino, là dentro.

«Quando hai detto che partorisci?»

«Giovedì.»

«Ah, fantastico, abbiamo ancora tre giorni pieni di acquagym!»

Adele si mise a ridere: «Sì, così partorisco in piscina».

«Appunto, cosa vuoi di più?»

Era diventato tutto lieve, verso la fine.

Adele si lasciava galleggiare, l'acqua le attenuava il dolore alle ginocchia e alla schiena, le sgonfiava le caviglie. Era così piacevole mettere indietro il capo e posarlo in superficie, sentire la cuffia che s'inzuppava. Era così naturale che a un certo punto lo accettavi come un destino e non protestavi più: era ovvio che dovessero separarsi.

I movimenti di Bianca erano sempre più deboli. Non aveva più spazio neppure per agitare le mani. Anche i gesti di Adele si erano ridotti al minimo: il respiro, il cuore. Sentiva la testa di lei incanalata in basso. Le avevano detto che la cervice era già dilatata, che si vedevano i capelli attraverso le membrane. Che erano neri.

«Così, Adele, senza usare gli addominali. Portati avanti.»

Lei si portava. La testa leggera che non si soffermava più su niente, e l'istinto invece che sapeva e lavorava. Calmo, sicuro: aspettava.

La direzione era una. Lei procedeva, come il fiume al mare. Senza trovare una posizione per dormire, senza poter mangiare nulla che non le facesse immediata acidità di stomaco, senza camminare più di cento metri, fare le scale se non mettendoci ore, senza più incrociare Zeno su nessuno dei pianerottoli dei Lombriconi.

Quattro giorni erano quattro: eterni, un istante. Quando eri arrivata alla quarantesima settimana su quaranta, non aveva più alcun significato il tempo. Eri solo corpo, solo la fine e l'inizio.

Adele nuotava, scorreva l'elenco dentro se stessa, ancora una volta, della borsa per l'ospedale. Che era pronta, sistemata nell'armadio, ma davanti, per essere afferrata subito in caso di bisogno.

«Facciamo quel gioco che ti piace» le propose Sonia.

Calò in piscina un arco galleggiante, Adele lo prese e se lo mise sotto la schiena. Era meraviglioso azzerare il peso. Distendersi in superficie, allargare braccia e gambe, le orecchie sul pelo dell'acqua ad ascoltarsi respirare. Era meraviglioso esistere così poco.

«Va bene, i 45 minuti sono passati.»

Ed era triste, invece, quando la lezione finiva. Perché Adele sapeva che un giorno avrebbe ripensato a questi momenti.

Sonia la aiutò a salire la scaletta.

Una volta uscita, tornò tutto il peso, di colpo, tutto il freddo.

Si avvolse l'asciugamano intorno al corpo, infilò le ciabattine che a casa avrebbe pulito e rimesso nella borsa.

«Passa una bella domenica, mi raccomando.»

«Grazie, anche tu.»

Salutò Sonia con un abbraccio, un po' perché non sapeva se il giorno dopo l'avrebbe rivista, un po' perché adesso si affezionava facilmente. Era un sentimento strano: come se avvertisse la vulnerabilità delle cose, come se si preparasse a una piccola morte.

Lo spogliatoio era vuoto. Si tolse la cuffia, cercò il bagnoschiuma nello zaino. Era bello, quel luogo, perché i bambini ci dimenticavano sempre un disegno, gli occhialini, un dinosauro di gomma.

E un'altra cosa che le piaceva, là, era fare la doccia. Perché l'acqua veniva giù bollente, e non c'era sua madre ogni minuto a spalancare la porta: «Basta! Non è mica gratis!».

Erano andate al Million la scorsa settimana. Mamma si era subito lanciata alla Prénatal a misurarle addosso i pigiami, le camicie da notte carine. Avevano fatto finta che non esistessero: i passeggini, i seggioloni; come se non fossero lì davanti, in bella vista. Avevano continuato quel gioco stupido, delle vestaglie da abbinare per fare *pandàn*.

Però era tutto caro.

Adele s'infilò il maglione, il piumino, i capelli ancora umidi sotto il berretto di lana. Chiuse la porta dello spogliatoio a chiave, la consegnò alla signorina nell'ufficio, e uscì fuori.

La città era fredda e silenziosa nella domenica di Pasqua.

Anche il suo compleanno era passato così, in silenzio. Il 21 marzo sua madre le aveva fatto trovare la torta alla crema con sopra 18 candeline. E lei le aveva spente pensando: Ecco, non è cambiato niente.

Prese il solito autobus, quello di ogni giorno da quando aveva cominciato acquagym e Marilisa le aveva fatto i complimenti, anche perché si era fermata a 14 chili.

Erano entrate all'ipermercato, dopo la Prénatal. Avevano adocchiato i cestoni delle offerte, quelli dei prezzi stracciatissimi, e avevano cominciato ad affondarci dentro le mani, a ravanare.

«Mamma, quella camicia da notte neanche tu te la puoi mettere.»

«E perché, che male ti ha fatto?»

«Questa, questa!» aveva esultato Jessica trovandone una di flanella, a costine, orribile.

«No, vi prego» aveva implorato Adele, «lasciate stare.»

Ma Rosaria e Jessica si erano ostinate a cercare. Lei no, perché non riusciva a sporgersi né a chinarsi. Era stato anche divertente, per un po'. Perché quelle due facevano a gara a convincerla, sembrava una di quelle televendite prima di *Beautiful*, sembravano quasi una famiglia.

Finché mamma si era scocciata, di punto in bianco: «Oh, cosa ci dovrai mai fare con 'sta camicia? Ci devi partorire, poi la butti. Mica in viaggio di nozze la devi sfoggiare».

E lei era rimasta zitta.

Era andata al reparto prima infanzia, da sola.

Li aveva guardati bene, adesso, i ciucci, i bavaglini. Le era piaciuto che la gente le passasse accanto e le sorridesse. Mica lo sapevano, che avrebbe lasciato tutto sugli scaffali.

Ma non era triste, mentre prendeva in mano una scatola e la voltava per leggere: "0+, tettarella in silicone". Non era infelice. Poi aveva visto quella tutina, appesa in alto. Rosa, con un gattino. Aveva allungato una mano per toccarla. E le era venuta l'idea.

Aveva ancora i soldi rubati a sua madre per andare a Riccione. Si era detta: Perché non posso regalarle qualcosa?

Ormai era quasi a casa. La tutina l'aveva nascosta bene in fondo alla borsa, sotto gli asciugamani. Nessuno l'avrebbe trovata, si rassicurò mentre scendeva dall'autobus e attraversava il cortile.

«Ciao, Ade'» la salutavano gli altri. Quelli che sapevano e che non sapevano e a cui non importava niente, perché era solo l'ennesima ragazzina che il figlio non lo poteva tenere, o che lo avrebbe tirato su male, o a cui lo avrebbero portato via.

Girò la chiave nell'ingresso del suo Lombricone, che affacciava sulle torri, non su via Labriola. Però adesso sapeva chi era, quello dei caciocavalli.

Cominciò a salire le scale, un gradino alla volta. A ogni gradino pregava di non incontrare Zeno. Quando arrivò al pianerottolo, sperò che non uscisse di casa. Poi aprì la porta e in cucina c'erano Jessica che giocava al cellulare, mamma che spegneva la sigaretta e, seduto sul divano con un orologio scintillante al polso, suo padre.

«Cosa sei venuto a fare?»

Adele lasciò cadere a terra lo zaino, si tolse il piumino.

Lui era lì: le gambe accavallate, il sorriso bianco senza sbavature. Le aveva degnate della sua presenza, quale onore.

«Volevo vederti» le rispose. Rimase comodo dov'era. «Tesoro» aggiunse guardandola meglio, «sei proprio enorme.»

A Rosaria tremavano le mani mentre sminuzzava un pacchetto di Merit. Adriano continuò: «Volevo parlarti».

«Di che cosa?»

«Del fatto che diventi mamma. Non abbiamo mai affrontato il discorso, non ti ho mai detto cosa ne penso.»

«*Cosa ne pensi.*» Adele sillabò la frase come alle elementari. Piano, senza riuscire a legare le parole a un significato.

Rosaria friggeva: «Amo', gliel'ho già detto che se ne deve andare».

«No, ma'. Fai parlare me.»

Non c'era niente di pronto, in tavola. Non c'erano i piatti, non c'era il telegiornale, la pasta non era sul fuoco. E tutto questo perché a *lui* era partito l'embolo e aveva deciso di venire e radere tutto al suolo.

«Tu ti presenti qui, quattro giorni prima che devo partorire. Dopo diciotto anni che te ne sei sbattuto i coglioni.»

Adriano scavallò le gambe, si mise a sedere dritto sul bordo del divano: «Non usare questo linguaggio. Per favore, *sai* che non è vero».

«No no» rispose Adele facendosi avanti, «tu vieni qui, dopo che non ci sei mai stato, dopo i tuoi diari, le belle parole, le prese per il culo, a dire a me quello che devo fare?»

«Sono tuo padre.»

«Ma fammi il piacere!» Rosaria scattò in piedi, alzò la voce: «*Io* sono stata suo padre, sua madre, e pure gli zii e i nonni. Te l'avevo detto, bastardo, che ti avrebbe mandato a stendere».

Adriano si alzò. «Non t'intromettere.» La spinse via.

Jessica continuava a smanettare sul telefonino, canticchiava *Bad Romance* di Lady Gaga. Come da bambina, quando veniva giù la casa a forza di urla, e lei faceva finta di estraniarsi.

«Sono tuo padre, ho il *diritto* d'intervenire.»

Gli si stavano ingrossando le vene del collo. Non sembrava più così perfetto, anche se era firmato da capo a piedi, anche se si credeva tanto figo, non era nessuno. Adele lo vedeva.

«Sei una fregatura» gli disse, «tu sei una balla colossale.»

E sai che fine ha fatto, il tuo diario? Sai che non ne ho letta manco una pagina? L'ho dato a Zeno, che ne facesse quel che voleva. Ma questo non lo aggiunse, perché era una cosa delicata.

«Tua figlia non è scema, Adria'.» Rosaria scoppiò a ridere. «T'ha già inquadrato.»

E Adriano rimaneva lì, immobile: in quella casa di merda in cui non avrebbe mai abitato, in quella famiglia devastata che non era più la sua ma gli stava mancando di rispetto.

Cosa si credevano di fare, quelle tre sciagurate?

Lui era il capo, *doveva* comandare.

Batté una mano sul tavolo, con violenza: «Come hai potuto restare incinta?». La batté di nuovo, più forte: «A diciassette anni?».

Prese il posacenere, lo scagliò contro il muro: «Con quella testa di cazzo. Come si chiama, già? Manuel D'Amore? Quel delinquente che io lo ammazzo».

Adele si sentì impazzire: «Non lo devi nominare, capito?». Si avventò su suo padre: «Tu a Manu lo devi lasciare stare».

Provò a prenderlo a pugni, a calci, con la poca forza che aveva, con la pancia di nove mesi che la sbilanciava. Gli tirò la camicia, sbottonandola. Allora notò le due farfalle che si era tatuato a gennaio, di cui Jessica le aveva tanto parlato, emergere.

Una A e una J, a sinistra, sopra il cuore.

Ma suo padre non vedeva lei, non la conosceva, non si era mai accorto della sua esistenza. Aveva lo sguardo sottile, cieco e feroce. Fece per alzare una mano, darle uno schiaffo.

Si fermò in tempo. Però, tutta quella rabbia lui la doveva sfogare. Per forza. Perché gli faceva prudere le mani, pulsare le tempie, gli iniettava gli occhi di sangue. Perché lui era un uomo e non si faceva mettere i piedi in testa da tre donne.

Si avventò sulla prima cosa che gli capitò a tiro: una sedia. La sollevò e la scaraventò in corridoio, contro l'unico oggetto di valore della casa. La vetrinetta di mamma con i gatti di ceramica.

I gatti di Pompei, di Vietri sul Mare, di Procida, di Capodimonte. I gatti di quand'era ragazza, di quando si era sposata, di quando era incinta di loro: uno per ogni momento importante della sua vita.

Adele la vide, come in sogno, andare in frantumi.

I gatti spargersi per terra insieme ai vetri. Udì Jessica d'improvviso urlare. Sua madre inginocchiarsi a raccogliere i cocci ferendosi le mani.

Avvertì una contrazione. Che forse era solo quella finta di Braxton Hicks, ma forse no perché faceva male. E s'irradiava in tutto il corpo e lo bloccava, le schiacciava i polmoni, li soffocava.

Lo capì in quel momento, che non sarebbero arrivate a giovedì.

Nove ore prima della rottura delle membrane, dell'acqua in mezzo alle gambe. Prima di afferrare la borsa alle sei del mattino e in silenzio, calpestando i frantumi rimasti in corridoio, che nessuno aveva più pulito perché Rosaria era andata a buttarsi sul divano e Jessica si era chiusa in bagno a piangere. Lo capì.

Otto ore prima di uscire e prendere l'autobus delle 6.40, da sola. Aveva ancora qualcosa da dire.

Adele alzò la testa verso suo padre.

Gli sputò in faccia. «Mi hai rovinato la vita.»

Lui chiuse gli occhi, li riaprì: «Sei una puttana».

Parte III

Il nome

32

«Buongiorno, come posso esservi utile?»

La commessa sorrideva, gentilissima, dietro il bancone.

Aveva proprio la faccia della persona disponibile e professionale, e continuò a sorridere generosamente a vuoto mentre Dora e Fabio la fissavano senza spiccicare parola.

«Prego, cosa vi occorre?»

Fabio provò a riemergere.

«Tutto» rispose.

«Mi scusi?»

«Ci serve *tutto*.»

«Per un neonato» intervenne Dora, perché la ragazza era rimasta spiazzata, stentava a elaborare la richiesta. «Un neonato di pochi giorni» ripeté e si voltò a guardare gli scaffali, il negozio che aveva sempre visto da fuori con un nodo alla gola, e invece adesso era dentro. «Ce lo dica lei quello che serve, perché noi non lo sappiamo.»

La vide riscuotersi: «Certo, seguitemi».

Si lanciarono: lei davanti che andava spiegando, illustrando, raccontando, lungo cunicoli fitti di paracolpi, fasciatoi, riduttori, rasenti cataste di vasini, paste allo zinco, proiettori di stelle; e loro dietro che si tenevano la mano e non avevano la più pallida idea della differenza tra un trio e un duo, e cosa fosse una navicella, cosa un ovetto. Ascoltavano annuendo senza capire, facendosi mostrare più e più volte.

«Questo telaio si chiude con una mano: è comodissimo. Quest'altro, invece, vedete come ha le ruote? È un fuoristrada, potete andarci anche in spiaggia e in montagna.»

Fabio si figurò la scena: in Valle Aurina la prossima estate. Turisti russi e tedeschi con gli accappatoi, i figli in piscina a sguazzare. E lui e Dora con quel passeggino da cross, lanciati come pazzi su un crinale di roccia, in mezzo ai pini, a duecento all'ora.

«Questo qui» disse. «Sì, il fuoristrada.»

Mentre Dora vagava spaesata tra le culle.

«La volete tradizionale, di vimini, col baldacchino? Oppure più essenziale, di tessuto, da attaccare alla sponda del vostro letto?»

Continuavano ad annuire e a non realizzare. A non figurarsi in concreto tutta quella roba in via San Sigismondo. Dovevano ancora fare spazio in camera, nell'armadio, in bagno, disinfettare. Chiamare al lavoro, chiedere: La maternità, mi serve per domani. Di punto in bianco telefonare a scuola: Sono mamma.

«Avete quarantotto ore di tempo» li aveva ammoniti il giudice «per attrezzare la vostra vita a misura di bambino.»

Allora la tettarella, lo sterilizzatore, il materassino. Non sapevano nemmeno come si cambiava un pannolino, come si dava il latte con il biberon. Credevano avrebbe avuto otto anni e non ce ne sarebbe stato bisogno; pensavano che avrebbe parlato una lingua straniera, che andasse già in bicicletta e comunque sì, anche quell'oggetto lì di cui ignoravano uso, nome e significato. E quella culla lì, e il lenzuolino.

«Lo vuole rosa o azzurro?»

«Lo voglio giallo» rispose Dora, «per gli stereotipi ci sarà tempo.»

«E la giostrina con il carillon? E la bilancia?»

Era tutto sì, era un sì, era un aumento.

Era un'aggiunta, un più anziché un meno. Una cosa che non la potevi vivere senza morire.

E poi nascere di nuovo.

In una vita nuova.

«E questa, come funziona?»

«È una vasca per il bagnetto, da 0 a 12 mesi.»

«La prendiamo.»

«Prendiamo anche quello, il termometro.»

Non lo sapevano, cos'era un figlio.

Accumulavano roba sopra e sotto il banco, altra se la sarebbero fatta consegnare a casa con il furgone perché dentro la Jeep non ci stava. Non immaginavano che faccia avesse, non riuscivano a pensarci senza sorridere, o forse stavano piangendo. Stavano pagando, confondendo i numeri del bancomat, con il cellulare che squillava e non rispondevano. Perché erano troppo spaventati, erano terrorizzati: c'era questa immane batosta di felicità abbattutasi sulle loro vite, ed erano già le 11.30, e tra un'ora avevano appuntamento in ospedale.

~

«Non avevo voglia di vederti» gli disse tenendosi aggrappata a una maniglia di plastica. «E poi, credevo ce l'avessi a morte con me.»

«A morte, addirittura?»

Adele si lasciava dondolare dai movimenti dell'autobus, il cappuccio del piumino sollevato sulla testa, i jeans duri perché si erano seccati, e sotto era ancora sporca di sangue. Zeno la guardava: pallida, tornata di colpo nelle sue dimensioni originarie di ragazzina appena maggiorenne.

Era da due ore che viaggiavano su un 35 senza parlare, dall'Avis alla facoltà di Agraria e viceversa, senza scendere mai.

«A proposito, ti devo uno smalto.»

Adele corrugò la fronte e le sopracciglia.

«"Ceramic"» disse lui.

«Ah» e lei sorrise, a stento, per la prima volta.

Da dov'è che si ricomincia?, avrebbe voluto chiedergli.

Visto che lui aveva studiato, sapeva tante cose, ed era l'unico in tutto il pianeta a poter stare lì con lei, adesso, dentro questo autobus.

Dov'è che scendo io, a quale fermata?

Si mise a sedere perché non stava in piedi. I punti le facevano male, anche il seno. Aveva in tasca le pastiglie per bloccare la montata lattea, l'assorbente da cambiare, un bisogno assoluto di lavarsi. E cosa avrebbero fatto, nel pomeriggio? Una passeggiata, un salto al Million, guardato la televisione?

«Ho perso un anno di scuola» gli disse. La faccia rivolta al finestrino. «E dire che ero già stata bocciata una volta.»

«E allora?»

«Allora» Adele si girò con un sorriso triste, «sono un disastro.»

Oltrepassarono la tangenziale, il cavalcavia.

Si stavano avvicinando al mercato ortofrutticolo e il 35, ormai vuoto, viaggiava a velocità sostenuta senza accostare.

«Sono tutti a scuola» disse a Zeno, «sono tutti al lavoro, lo vedi?»

«E noi siamo qui» le rispose.

Lei tracciò una riga con il dito sullo sporco del vetro.

«Noi non siamo da nessuna parte.»

Erano rotonde e svincoli. Erano semafori, capannoni e camion; e tracce di piccoli borghi rimaste qua e là, come gusci riportati a riva.

«Noi stiamo andando» rispose Zeno.

«No, tu andrai. Perché *devi*, perché sei bravo e te lo meriti. Andrai a Parigi, in quell'università che mi dicevi. A giugno ti diplomi, poi parti.»

«Allora vieni con me.»

Adele si tirò il cappuccio ancora più basso a coprire gli occhi. Zeno lo capì dalle labbra che le tremavano, che stava di nuovo piangendo. Allora si sedette di fronte a lei e si giurò che glielo avrebbe detto. Anche se era pesante. E sarebbe stata l'ultima volta che provava a cambiare la vita a una persona.

Le prese il volto tra le mani: «Quanto tempo hai per ripensarci?».

Adele strinse gli occhi, come se non avesse capito. Poi emise un grido, una protesta inarticolata. Lo allontanò con le braccia, con un calcio.

«No» disse Zeno, premendo il pulsante per prenotare la prossima fermata. Che era quella del CAAB, il grande mercato ortofrutticolo, in mezzo ai tir, in mezzo al niente. Adele gli gridava contro: «Cosa stai dicendo? Che cazzo vuoi? Vaffanculo!». Parole sconnesse, insulti.

L'afferrò per le spalle e la trascinò alle porte.

«No a vanvera!» gridò per sovrastare lei che si dimenava e non voleva scendere. «Voglio sapere le cifre, i numeri, il tempo.»

Il 35 si fermò. Lui la tenne salda e la spinse giù.

«Le parole, Adele, *precise*. Voglio sapere come funziona.»

«Dieci» farfugliò lei in lacrime, «dieci giorni.»

«Bene. E dopo cosa succede?»

«Che la danno in adozione.»

«E poi?»

Adele continuava a piangere, a cercare di andare, di sottrarsi. Ma lui la riprendeva ogni volta e la costringeva a rispondere: «Poi?».

«Poi non l'ho riconosciuta. Quindi, anche se lei un giorno

chiederà al Tribunale, non glielo possono dire chi sono. Perché non c'è scritto da nessuna parte.»

«E a te sta bene?»

«Sì» gridò Adele esasperata, «secondo te cosa dovevo fare? Riconoscerla e aspettare che un giorno mi venisse a bussare? A dirmi: Sei tu la stronza?»

Adele immaginò questa ragazza della sua stessa età, questa estranea ben vestita, istruita, che provava a cercarla. E niente. Si sarebbe chiesta: Chi è la persona che mi ha lasciata lì, come una cosa? Perché lo ha fatto? Senza nemmeno uno straccio di nome. Forse sarebbe arrivata a domandare in ospedale, a setacciare i faldoni. O forse no, perché la sua famiglia vera sarebbe stata lì, al suo fianco, a volerle bene. A quella ragazza che però non era una sconosciuta, perché era Bianca. E l'aveva attaccata al seno, le aveva accarezzato la testa.

«Ok» disse Zeno, «adesso ho capito.»

C'era la facoltà di Agraria, poco distante. Due edifici marroni e moderni, ultimo baluardo dell'Università. E, di fronte a loro, uomini che scaricavano cassette dai camion, altri che arrivavano con i muli, tutta quella fatica quotidiana solo per andare avanti.

«Adesso credo tu debba mangiare qualcosa.»

«Non ho fame» rispose Adele asciugandosi le lacrime.

«Adesso torniamo a casa, invece, e ti lavi, e mangi.»

Automobili che passavano, sterpi.

Un benzinaio, due che facevano jogging, prezzi e merci.

«Non posso» gli rispose Adele.

Zeno la guardò negli occhi: «Lo so che non puoi. L'ho capito da tanto tempo».

Controllò gli orari del 35, si sedette sotto la pensilina.

«Tu cosa sceglieresti al posto suo?» le chiese. «Ti sei mai messa nei suoi panni? Cosa sceglieresti: una vita di merda con te o una vita favolosa con un'altra madre?»

Adele lo fissava, distrutta.

«Te la riformulo: cos'è più giusto? Che abbia un padre come Manu? Che si debba portare dietro questo peso? O il peso di non sapere chi l'ha messa al mondo? Anche se non sarai sua madre, perché non l'avrai cresciuta, perché non sarai la sua prima parola. Quale vuoto pesa di più?»

Adele continuava a fissarlo, gli occhi così gonfi e arrossati che non era neanche più in grado di piangere.

«Te la do io, la risposta: caciocavalli.»

Lei sorrise, con una stanchezza addosso, che era la stanchezza di tutte le persone del mondo.

«Sono idee, ipotesi, stanno là.» Zeno si alzò, le andò vicino. «I vuoti, lo vedi.» La costrinse a guardare: gli alberi sul lato opposto della carreggiata, una pila di cassette di asparagi, un signore che stava inciampando. «Dove sono i vuoti? C'è solo il pieno. Solo il pieno esiste. E tu cosa vuoi?» Mentre Adele provava a liberarsi e Zeno l'abbracciava più forte. «Non pensare a tua madre, ai soldi. Non pensare ai Lombriconi, a Jessica, al giudizio degli altri. Tu cosa scegli?»

Adele si staccò da lui, fece un passo indietro.

E si coprì con le mani il volto.

~

Il parcheggio dell'Ospedale Maggiore era un labirinto.

Fabio continuava a girare alla ricerca di un posto e Dora a saltare sul sedile: «Là, guarda, se ne sta liberando uno», invece non era vero. E un po' si spazientiva perché aveva fretta, un po' costeggiava le altre auto con lentezza. Dicendo grazie. Dicendo ho paura. Chiedendo ad alta voce: «Dora, come facciamo? Non sono capace, non ho le forze».

«Nemmeno io. Non lo so. Proviamo.»

Parcheggiarono, cercarono le monetine nel portafoglio e le

lasciarono cadere dentro la macchinetta, presero il biglietto e lo esposero bene in vista sul cruscotto. Camminarono in mezzo agli altri verso l'ingresso. Attraverso una folla che andava e veniva, pazienti in sedia a rotelle che si ostinavano a fumare, infermieri in pausa pranzo, parenti al cellulare.

Entrarono. Provarono a decifrare la mappa dei piani, dei reparti. Siccome non riuscivano, siccome lo straordinario era una somma di piccole cose ordinarie, si affacciarono allo sportello del punto informazioni e dietro c'era una signora che spiluccava un pacchetto di patatine.

«La maternità dov'è, mi scusi, a quale piano?»

«Nessun piano. Deve proprio uscire fuori e fare il giro.»

Uscirono, camminarono per un tempo che parve loro infinito, fino a un padiglione separato e raccolto. Con il cuore, le gambe e il corpo intero che non teneva, chiamarono l'ascensore. Impreparati fino all'osso, non pronti in assoluto.

Arrivarono al primo piano. La corsia era immane. La affrontarono con il respiro che s'inceppava, la vista annebbiata.

«Siete voi, i coniugi Sartori?» chiese qualcuno venendo loro incontro. «Prego, da questa parte.»

Li condussero in un altro corridoio, fino a una stanza dove c'era un lavandino con del sapone. Dissero loro di lavarsi le mani, d'indossare i camici verdi appesi accanto.

Li lasciarono soli.

C'era quella porta, alla loro sinistra. Che tra un secondo o mille anni si sarebbe aperta. E loro si ritrovarono nudi l'uno di fronte all'altra dopo tanto tempo, forse addirittura dal liceo. Si guardarono in silenzio. Con il loro carico di errori, di difetti.

Poi la porta si aprì, per davvero.

Un'ostetrica spingeva verso di loro una culla di plastica trasparente con un lenzuolino bianco.

Dora si mise una mano davanti alla bocca. Avvertì in fondo allo stomaco, dietro le costole, e ancora più in là, più lontano, in quel luogo del corpo che immaginava fosse vuoto, una fitta, un calcio.

Allora eri tu.

Gli disse.

La clinica in Svizzera, la gamba, le FIVET andate male, le Beta negative: era stato tutto giusto.

Ne era valsa la pena.

Dormiva, con i pugnetti alzati sopra la testa.

«Si chiama Gabriele» disse l'ostetrica, «ha 21 giorni.»

Ma loro lo sapevano già, il nome, perché il giudice lo aveva rivelato. Dopo l'infinità di bambini ipotetici, irreali, sognati, paventati.

Eccolo, lui. Che poteva essere solo lui e nessun altro.

Esisteva, un luogo da cui la vita era perfetta.

Dora si voltò verso Fabio che singhiozzava, gli prese la mano.

Poi Gabriele si svegliò, e loro, sorpresi, impacciati, si chinarono a conoscerlo. Una seconda ostetrica appena arrivata scattò una foto ricordo. L'altra, quella che lo aveva portato, lo sollevò dalla culla, lo avvicinò a entrambi: «Adesso v'insegno».

Lo mise sul petto di Dora, le sistemò le braccia intorno.

«La testa, la sostenga sempre.»

Era semplice, era così lieve da non avere un peso.

Fabio si sporse sulla spalla di Dora, si affacciò anche lui. Allora Gabriele sgranò gli occhi ancora semiciechi su quelli dei suoi genitori. Le ciglia trasparenti, il colore dell'iride che doveva ancora diventare e rifletteva già i loro volti, li teneva interi.

E in quello sguardo tutti e tre stavano nascendo.

Quando Dora uscì al volo, un'ora dopo, per telefonare a casa a San Martino e avvertire i nonni, si fece travolgere da una ragazzina che correva a perdifiato slittando sul pavimento con delle zeppe colossali.

Zeppe che Dora aveva già visto, che le sembrò di rammentare insieme agli orecchini. Allora, per un istante, si voltò e riconobbe Zeno.

Si sfiorarono soltanto con gli occhi, senza riuscire a dirsi niente.

La ragazzina stava gridando: «Bianca!», e poi: «Marilisa!», stava fermando tutte le ostetriche del reparto come impazzita, saltava loro al collo e implorava, piangeva.

Era quella con la pancia, ricordò Dora, che aveva visto quel giorno fuori da scuola, sotto il portico. Quando stava ancora così male. Nella sua vita di prima, in cui non sarebbe mai più tornata,

quella vecchia.

«Ciao a tutti!» Claudia esordì come al solito, prepotente, iperattiva. Ma questa volta c'era qualcosa di diverso nella sua voce. «Oh, dov'è finita la mia stanza? Il mappamondo che era sempre dietro di me? Il peluche? Allora» chiese al suo pubblico, «che fine hanno fatto?»

Si teneva l'obiettivo a cinque centimetri dal volto, che era sempre truccato all'inverosimile, con le ciglia finte e il rossetto blu. Un primo piano strettissimo senza alcuno sfondo, che inquadrava lei e solo lei.

«Bene, adesso ve lo spiego. Stamattina a scuola mi hanno fermato due deficienti di seconda, due sottosviluppate che mi hanno fatto girare le palle. Mi hanno detto: "Cla', sei tu quella dei video? Quella che si crede figa?". E io ho risposto: "Certo, ovvio". E loro: "Allora perché non fai vedere chi sei veramente, se hai le palle? In che quartiere stai?". E io, cinque minuti fa, mentre ero sull'autobus, ho pensato: Sai che c'è? Che sono come sono, e non come vogliono gli altri. E vivo dove vivo e se è un problema, addio, cambiate canale.»

Sorrise, si morse il labbro inferiore. Perché aveva paura, ma anche deciso. E ormai si doveva buttare.

«Se invece avete coraggio, allora tenetevi forte e venite con me.»

Allargò lo zoom.

Cominciò a riprendere. Non le cose camuffate, falsificate, come il mare l'estate prima. Che avevano dovuto tartassare Manuel per costringerlo a filmare pezzi di Riccione, e poi montarli registrandoci sopra le loro voci: di lei, di Jessica e di Adele che facevano finta di giocare in spiaggia a pallavolo.

Adesso i muri, le piastrelle e l'ascensore erano veri. Le cassette delle lettere con sopra la scritta gigantesca: ROSARIO RIPOSA IN PACE.

«Era un mio amico» disse, «l'hanno accoltellato fuori da una discoteca. Ma non è tutto» aprì una buca, di quelle con il cognome raschiato via, «se volete del fumo, eccovi serviti. E questo è solo un androne. Seguitemi, usciamo fuori.»

Claudia aprì la porta, sparì dall'inquadratura.

La verità era che quello che stava facendo la riempiva di adrenalina.

Non lo sapeva nemmeno lei se poi lo avrebbe messo online, ma stava attraversando il portico, il cortile. Con il terrore di deludere, la rabbia di provarci. Puntò l'obiettivo contro il paesaggio. Diventò una voce fuori campo.

«Sette torri, centinaia di migliaia di milioni di mozziconi di sigaretta che cadono da quei balconi a ogni ora del giorno e della notte.»

Riprese le parabole, le crepe, zoomò su una donna alla finestra che chissà cosa aspettava. E poi giù, tra i muretti e le panchine. I motorini in cerchio e sopra i suoi amici vicini di casa.

«Oh!» li chiamò ad alta voce facendoli voltare. «Salutate un po' qua, siete su YouTube!» E quelli, che avevano sedici, diciassette anni, si sbracciarono come una scolaresca. «Riprendi me, Cla'! Inquadra 'sto cazzo!»

Cominciò a camminare lungo gli androni, le scale E, F, G e H, rasente i garage, i parcheggi. Fece una carrellata sui volti: due bambine che ballavano Rihanna, il volume dell'autoradio al massimo, mentre la madre scaricava valigie dal bagagliaio. Un'altra signora che arrivava a piedi dal piccolo centro commerciale, i capelli grigi legati e gli occhiali.

«Lei come si trova, qui? No, non si spaventi, sono una youtuber.»

La donna si smarcò immediatamente. Abbassò gli occhi, tirò dritto con le buste della spesa.

«Signora! Mi dica solo se si sta bene qui, al Villaggio Labriola!»

Ma era già sparita. Allora Claudia si spostò verso gli orti abusivi, trovò un vecchio chino ad annaffiare. Chiese a lui: «Ehi, nonno! Sto facendo un'inchiesta per Italia Uno, sono una Iena. Come si sta qua?».

«Via» biascicò lui senza neanche guardarla.

«È quella che chiamano una ridente periferia. Capito, De Luca e Vannini della II B? Se non ho le palle, vi aspetto domani a ricreazione.»

Continuò a riprendere. Il parco con la biblioteca chiusa, vandalizzata, una torma di marmocchi impegnati in una partita di calcio con i Budelli sfocati all'orizzonte, un gruppo di signore che conversavano passando in bicicletta.

«Solo donne e ragazzini, qui. E gli uomini dove sono? A parte i decrepiti, dove stanno? Ah, eccone uno!»

Si mise a correre nella sua direzione: «E questo non è uno qualunque, è il più intelligente del quartiere!».

Fermò Zeno, che arrivava in quel momento dalla fermata dell'autobus. Lo prese per un braccio con il fiatone e lo costrinse a essere inquadrato: «Tu non puoi deludermi, non puoi non rispondermi».

Zeno sorrise con imbarazzo. Fece per andarsene.

«No, no, Zeno Giuliani! Ti sputtano a vita se te ne vai.»

Claudia ricomparve dentro l'inquadratura con una faccia scema. Poi puntò di nuovo la Canon dalla parte del mondo.

Per 800 metri, colossali: 672 appartamenti, 5 piani, 28 scale ciascuno.

«Allora, me lo dici cosa sono i Lombriconi?»

Zeno sorrise ancora, ma questa volta perché gli era piaciuta la domanda. E perché era felice, sì. Dopo tanti anni, dalle mattine di Natale da bambino a scartare i regali. Era di nuovo, in un modo diverso e inaspettato, felice.

Guardò dentro l'obiettivo, una cosa che non aveva mai fatto. Fissò quel punto nero e fondo dove forse non c'era nessuno, dove forse c'erano tutti. E disse:

«Sono due grossi lombrichi».

Claudia si affacciò nell'inquadratura: «L'avete sentito, il genio? Caspita, non l'avrei immaginato. E secondo te, Einstein, ce ne andremo mai da questo posto?».

Zeno si voltò verso le torri e oltre, verso i Budelli, il Million, la tangenziale. Pensò che magari non lo aveva proprio cancellato, il romanzo.

Magari poteva ancora recuperarlo e riscriverlo, cambiare il titolo. Magari, poteva provarci.

«No, non ce ne andremo mai» rispose. «Però, possiamo raccontarlo.»

Silvia Avallone
Bologna, 22 ottobre 2016

Nota dell'autrice

Il romanzo si svolge in una città reale, Bologna. Il Villaggio Labriola è invece un quartiere immaginario, che rappresenta la mia personale geografia dell'esclusione.

Allo stesso modo anche altre ambientazioni, come San Martino sul Panaro e I Paradisi, sono frutto della mia fantasia.

Nel corso del racconto, ho piegato in parte la realtà alle esigenze della narrazione. Ad esempio, i tempi medi di adozione nazionale in Italia sono più lunghi di quelli descritti. Ma alcune esperienze fondamentali dei miei personaggi coinvolgono luoghi a me molto cari: l'Ospedale Maggiore e il Poliambulatorio Roncati.

Infine, nel testo sono nascoste due citazioni.

I pensieri di Zeno sulle "sottili, invisibili frontiere" della città riprendono la lettura di Franco Moretti in *Atlante del romanzo europeo 1800-1900* (Einaudi, Torino 1997, pp. 80-94).

La frase oggetto della caccia al tesoro organizzata da Zeno per la cuginetta Agnese è il famoso verso di Gertrude Stein (*"Rose is a rose is a rose is a rose"*) attraverso la citazione contenuta in *Pro o contro la bomba atomica* di Elsa Morante (in *Opere*, I Meridiani, Mondadori, Milano 1990, pp. 1516-1517):

"Non si può trasferire o travisare il valore della parola, giacché le parole, essendo i nomi delle cose, sono le cose stesse.

Una rosa è una rosa è una rosa è una rosa".

Indice

Parte I   9
Tre chili e quattrocento grammi

Parte II   69
La ruota panoramica

Parte III   361
Il nome

Nota dell'autrice   377

Finito di stampare nel settembre 2021 presso
Grafica Veneta S.p.A. – via Malcanton 2 – Trebaseleghe (PD)
Printed in Italy